WENXIN
SHIYUN

文心诗韵

章云龙 主编

台州教育系统
优秀文学作品集

浙江工商大学出版社 | 杭州
ZHEJIANG GONGSHANG UNIVERSITY PRESS

图书在版编目(CIP)数据

　　文心诗韵：台州教育系统优秀文学作品集 / 章云龙主编. —杭州：浙江工商大学出版社，2021.7
　　ISBN 978-7-5178-4479-2

　　Ⅰ．①文… Ⅱ．①章… Ⅲ．①中国文学—当代文学—作品综合集 Ⅳ．①I217.1

　　中国版本图书馆 CIP 数据核字(2021)第 076430 号

文心诗韵
WENXIN SHIYUN

章云龙 主编

策划编辑	郑　建	
责任编辑	郑　建	
封面设计	浙信文化	
责任印制	包建辉	
出版发行	浙江工商大学出版社	
	（杭州市教工路 198 号　邮政编码 310012）	
	（E-mail：zjgsupress@163.com）	
	（网址：http://www.zjgsupress.com）	
	电话：0571 - 88904980，88831806（传真）	
排　　版	杭州朝曦图文设计有限公司	
印　　刷	杭州高腾印务有限公司	
开　　本	710mm×1000mm　1/16	
印　　张	24.25	
字　　数	335 千	
版 印 次	2021 年 7 月第 1 版　2021 年 7 月第 1 次印刷	
书　　号	ISBN 978-7-5178-4479-2	
定　　价	69.00 元	

《文心诗韵》编委会

序　言

为时代放歌

习近平总书记在文艺工作座谈会上的讲话中指出："文艺是时代前进的号角,最能代表一个时代的风貌,最能引领一个时代的风气"。"文艺是铸造灵魂的工程,文艺工作者是灵魂的工程师。好的文艺作品就应该像蓝天上的阳光、春季里的清风一样,能够启迪思想、温润心灵、陶冶人生,能够扫除颓废萎靡之风。"

近年来,台州教育系统通过成立教育文联、创办《台州教育文艺》,为八万台州教育人搭建文艺交流、学习的平台。广大教育系统文艺爱好者牢记总书记讲话精神,立足工作岗位,深入火热的生活,感受美、表现美、鉴赏美、创造美,充分展示了我们这个伟大时代的主旋律,大力弘扬了社会主义核心价值观!

《文心诗韵》一书收入了台州教育系统的文学创作成果,展示了台州教育人热爱生活、讴歌时代的精神风貌,可喜可贺!

台州市教育局党委书记、局长　黄人川

目　录

CONTENTS

序言　黄人川

第一编　小说

003　红魔（侦探小说）——龚泽华

027　曹贵人——谢卫民

036　雨天——不　丕

041　狼崽——吴宝华

045　如向日葵般绽放的女孩——张海燕

052　草木有本心——张　滔

068　酒驾——缪纪伟

082　上游下流——邢　邵

090　五月断章——尤建彬

104　撞出来的姻缘——陈琴斐

115 老树和五班——王雅娟

第二编　诗歌

127 长城组诗——洪　迪

132 海岸诗两首——海　岸

135 伤水的诗——伤　水

142 三月，光线猛然惊醒（组诗）——王学斌

145 旧事物的颜色（组诗）——赵永军

149 夏日痴——阿　罗

152 牧童的诗——牧　童

157 酒歌——曹必胜

161 雷雨（外一首）——章文花

163 寒山湖品鉴指南（外一首）——陈善劝

166 月光（外二首）——梅　子

169 过黄河——戈　丹

172 某个清晨（外一首）——赵幼幼

第三编　散文

177　雨夜松溪行——徐永恩

182　回眸高考：难忘高三（3）——郭建利

188　童年的味道——邱　熠

191　潮济的时光——章云龙

196　送年货——牟锡高

199　数尽峰头不肯还——曹瑛杰

203　等待——周冰心

209　献给母亲河的歌——陈新民

214　随笔三则——胡不归

217　在那遥远的地方——王学华

221　一半安详，一半飞扬——张丽萍

225　最美的等候——王云彪

228　他们是星星，璀璨我的心空——代艳梅

237　高明散记——周文维

244　难忘乡野黄鳝味——陈传撑

247　开梨花，落夜雨——梁天许

251　家乡的索面——朱敏江

255　吃饭的故事——林热军

257　父亲——吴方华

260　东屏印象——赵佩蓉

263　苦夏——陈素琴

266　六月六晒红绿——王凤仙

269　落日迷情——丁美华

272　面条情结——段俊利

275　秋大嫂——莫君行

279　楚中光阴——张文志

288　乡愁，是一曲温婉的越剧——潘慧敏

291　永宁江怀想——吴万红

295　老街风情——金海燕

298 远去的咳嗽声——黎葵阳

301 故乡——孙明敏

306 弱水三千，只取一瓢——赵霜霜

310 行者至疆——郑　丹

314 海之声　心之韵——李坚敏

第四编　儿童文学

323 梅花鹿和森林大王（外二篇）——解普定

326 勇士和苍蝇（外三篇）——邱来根

331 真朋友和假朋友（外二篇）——牟群英

337 寄居蟹先生的漂亮房子（外二篇）——梁　英

344 田螺手链——小河丁丁

第五编　悦读

357 走进《诗经》现场——金阳春

362 起风的夜里，玻璃终于碎了——温德斌

365   再读《雷雨》——张璐瑶

369   读杨绛《我们仨》零碎札记——叶海鸥

374   漫谈《倚天屠龙记》中的爱情——曹伶文

第一编

小 说

红魔（侦探小说）

◎龚泽华

> 在众多扑朔迷离的案子中，人们终于发现，它的罪魁祸首不是某个人，而是公害。可是，造成公害的还是人呀！
>
> ——作者题记

一

一辆红色摩托，一红一绿两顶头盔，在绿色的山道上流星赶月。

红头盔的名叫朱群，刑警，骑摩托是他的拿手戏；绿头盔的叫艾眉，教师，朱群的未婚妻。在最美的阳春三月，这对最幸福的人，要到没有人的地方去度过最甜蜜的星期天，这一条长长的山路便如一圈长长的银铃，一路是他们的笑声。

江的转弯处，水势平缓，硕大的石头散散地沿江而布，正是江鲫鱼聚居的好地方。朱群卸下钓竿、渔桶，艾眉却上山采起映山红来。她心不在花，只不停地召唤着朱群。朱群也急不可耐，窜上山去，还不忘带着塑料布。不一会儿，他俩就溶进了山色，只有那吃吃的笑声才证明他俩没有失踪。花色含羞，草木心动，它们看到了新婚夫妇才有的那种甜蜜。

他俩偎依在江边。鱼很容易上钓。钓上的鱼有几条极其怪异，全身通红,虽是鲫鱼,个头却比一般鲫鱼大得多。朱群很高兴,但也很疑惑,这红鲫鱼到底怎么回事?

中午,他们烧了一大锅鱼汤。好山好水好心情,他俩都喝得很多,因为鱼汤实在太鲜美了。

朱群来了劲,还要钓,希望再钓几条红鲫鱼,放在鱼缸里养着,不仅可观赏,稀客来了还可吃个稀罕。

突然,艾眉下腹有点痛,想要上厕所。城里人娇贵,她无论如何不肯随地大小便。她要找茅坑。她又不肯说出,只说去那边"轻松"一下。朱群正上劲,随便说了句"快去快回"。

谁知道这一去竟是生离死别。

朱群猛地钓上一条红鲫鱼,又肥又大,开心得鼓掌狂呼,突然想起艾眉走了好一会儿,怎么还不回来。他冲上山大声呼喊,没有人应。他又惊又慌,四处东张西望,发现竹林掩映着一两间平房,心想艾眉一定在那里与山里婆姨摆龙门阵,便猛冲上山去。

还未进门,他先闻到了一股血腥气。职业的敏感叫朱群大吃一惊。他一个虎跃,跳进门,一抬头,就呆住了,先是两眼一黑,后是天转地旋,再是大叫一声"艾眉",便扑上前去。

堂前横七竖八倒着四五具尸体,艾眉也在其中。尸体血肉模糊,刀痕累累,惨不忍睹。凶手残忍无比,似乎用刀发泄着什么,看样子是仇杀。艾眉撞见了,凶手为了杀人灭口,才……朱群抱着艾眉哭叫,突然背上一震,又痛又麻。他知道挨了一刀,立即来了一招"旋风扫堂",一手扪住伤口,一脚猛地朝身后扫去。看来凶手并不懂武功招术,朱群一脚正中他的髋部。凶手一踉跄,像一股赤色旋风般逃去。朱群看不清楚,只发现凶手似人非人,怪模怪样,通身赤红,连眼眶也是红的,不过,穿的却是人的衣衫。

想起民间曾有这样的传说——这片山林里有个杀人不眨眼的红毛怪,专吃人的脑髓,朱群感觉一阵恐怖袭上心头,脑袋一阵眩晕,差点昏厥。立即报案!朱群满载着疑惑、悲伤和复仇欲望骑上摩托,飞速回城。

二

市公安局组织专案组对此案进行侦查。专案组三进三出,都没有查出线索。血案成了悬案,朱群既是受害者,又是嫌疑犯。

朱群相信当时所见绝不是幻觉。他携带武器和干粮,准备花一周时间去搜山。

来到那天的垂钓处,朱群触景生情,禁不住嚎啕大哭。他又冲到山上,张开两手,向着苍天大喊:"艾眉,你在哪里?老天,还我艾眉,还我艾眉……"他猛地蹲下身子,抱头痛哭。

突然的事变使朱群感到人生无常。但这种意识在他身上并不起消极作用。他想:既然人生无常且短暂,我就要抓紧时间,豁出去了却心愿。他把生命都看轻了,还有什么事情办不好的呢!

朱群的一举一动都被一个人看在眼里。

这是位姑娘,生得眉清目秀、唇红齿白,一头乌发剪到齐耳,身体苗条而矫健,两眼很大,水灵而有神。这是一种综合型的美,英姿飒爽却秀丽动人,婉约多姿而柔中透刚。几个认识她的上了年纪的人说,如果生在"文化大革命"时期呀,这姑娘肯定被林立果选去当妃子了。

她的名字叫小菲。她盯着朱群,那双大眼时而愤怒,时而吃惊,时而迷惑。朱群在山上东奔西走,她躲在暗处,却始终监视着朱群。

朱群感到背后似乎有一种目光在注视他。他回过身搜寻,却不见一点影子。

附近一带人烟稀少,偶尔有一两家山民。当朱群说起红毛怪时,他们个个摇头:"那一定是猴子偷了人的衣裳穿着玩的。"不管朱群怎么说,他们都不相信是人。

几天下来,朱群一无所获。他垂头丧气地往老林里钻。他想,那红毛怪也许是"白毛女"之类的人,或许藏身在哪一个山洞里。不是常听说有人为了躲避"文化大革命",在深山老林里隔绝人世地生活了二十多年才出来吗?

朱群脑子里有种种设想,但归根结底是两类人:避祸者和复仇者。

古树蔽日,藤蔓缠绕,山高水险,荒无人烟。朱群跃跳腾挪,累得精疲力尽。他正在喘气,突然瞥见红光一闪,随即不见。他疑是看花了眼,用手揉了揉,听见前面有声响,陡地来了劲,拔出手枪便追,红光却已无影踪,只见树梢上挂着几丝红毛。朱群把它取下看了看,下意识地摇摇头——这分明是野兽的毛。为了弄个水落石出,他继续搜索。他正待转身,只闻到背后有一股腥风扑来。他叫声"不好",还没有把枪举起,一个似人非人、混身红毛的野兽已如泰山压顶,将他压倒。

这是南方山林里罕见的大猱狠,爱吃动物的脑子。此时此刻,朱群非常危险。他正想使用"旱地拔葱"招术,跳起身子。可是脚一抬,便吃了猱狠一掌,猛然被打倒于地。一人高的大猱狠跃起身,直攻朱群的脑子,突然,它惨叫一声,从空中沉沉地跌下,结结实实地夯在朱群身上,洒了他一身的血。

朱群懵里懵懂地跳起身子,觉得不可思议,大猱狠死得好蹊跷。他揉揉眼仔细一看,发现猱狠的咽喉上中了一把飞刀,颈动脉已经被切断,还在汩汩流血。奇怪的是这猱狠全身毛发都是红的,红得跟那鲫鱼差不多。

"谁?"朱群环顾四周,四面寻找,没有一点踪迹,"奇怪!"

朱群知道救他性命的一定是武林高手,这飞刀的本领比孩时看的电影《飞刀华》中的飞刀华还厉害,心想:如果找到这人一定要拜他为师。

他四处搜寻,一无所获,于是,拔下飞刀作为纪念。

假期还有两天,朱群沿江而上,继续寻找杀手的蛛丝马迹。

转过一个山垭,出现一片空旷地,不远便是一座化工厂,也不知道这工厂生产什么化工产品,一进厂,只觉得绿树掩隐,整洁美观,空气中还有淡淡的好闻的香气。工厂人多,人多风闻多,朱群亮出身份进行调查,却同样一无所获。

这夜,月色很好。朱群在山道上散步,人影在身后拖好长。他左顾右盼,这山道上只有他长长的人影。当他想起从前跟艾眉一块月下散步的情景,脚步变得踉跄起来,身后的人影便乱作一团。心乱了一阵之后,他便觉得孤单,由孤单而孤苦,心里又痛了一阵,神志也恍恍惚惚起来。他漫无目的地走着。眼前蓦地出现一座普通的旧平房,平房前面有一草舍,那是猪舍,里面养着猪,没有栅栏,山区习惯放养。平房里没有灯,门紧关着,山民习惯早睡早起,一切都很平常。朱群继续前行。他闪进树丛去小便,发现一堆白乎乎的东西。他仔细看了看,禁不住毛发倒竖——一堆肉糊。他蹲下去仔细辨认,发现一条猪尾巴。朱群百思不得其解:为什么把猪剁成肉糊?为什么这堆肉糊完好无缺而不取走一块?……

朱群立即跑回平房,把熟睡的山民喊起来询问。那山民夫妇到猪舍一看,确实少了一头猪。再看看那堆肉糊,夫妇俩只是直着眼睛发愣。朱群问有没有日夜想报复的仇家,他俩摇摇头。再问有没有偷鸡摸狗的小偷想偷他的猪,他俩还是摇头。又问附近有没有患有虐杀癖的疯子,他俩又摇摇头。这对老夫妻怎么一声不吭只顾摇头呢?朱群问他们是不是哑巴,他俩还是摇摇头。"傻瓜!白痴!"朱群骂了一声,转身便走。这时他一眼瞥到那个男人眼吐红光,像疯狗似的瞪着他,印象特别深的是两颗咧出唇外的大虎牙,白得可怕。当时朱群来不及思考,匆匆地离开了这对白痴夫妇。在门口的晒竿上,朱群看到晾着好多红鲫鱼干,他心里"咯噔"了一下也没多想。

朱群回城当天,小菲也回到了城里。

三

小菲原在市检察院工作,后调入市贪污贿赂侦查局搞侦查工作。不久前,她接下一个贪污案,被告是水利局局长卜红斌,原告是青山水库女会计,揭发他串通水库管理员处主任,盗卖钢筋水泥,贪污金额十多万。小菲接下案子后,卜局长曾托人说过情,他自己也找小菲解释过事情的原委。当时,卜局长气急败坏、拍桌打凳,又对天盟誓、怨天尤人,还扬言,如果小菲不相信他说的话,他要对她不客气。小菲第一次碰到这种倚老卖老、明目张胆进行威胁的人,她更加坚决、急切地要查清这个案子。

这天晚上,小菲去水库女会计家了解案情,出来已经深夜12点了。头顶满天繁星,脚下一地树影。女会计要留小菲住宿,小菲摇摇头,她向来胆子大,敢独自闯深山老林,这城市之夜更不在话下。虽然回家的必经之路中有一处常发生流氓行凶案,但她还是坚持往回走了。这地方一边是阴森的烈士陵园,山高林密;一边是水流湍急的乌龙江,江宽水长,来来去去一条路,人烟稀少,人迹罕至。小菲的性格有点像男孩,她在心里想:我还没有碰上过流氓,今天要是能遇上,倒要领教领教,可惜身上忘了带武器,不过我练过擒拿格斗,对付一两个流氓是绰绰有余的。小菲心里虽是这么想,可临近烈士陵园,那阴森的气氛逼得人难免有些心慌,于是她把自行车骑得飞快,一路揿着车铃,以此壮胆。在狭道上,前面突然亮起两盏手电筒,而且不怀好意地直对着她的眼。她两眼一花,差点摔下车来。她心里知道倒霉,今天真的遇上流氓了。但她是个机灵的人,骂了一声:"见他娘的鬼!"掉转身头往回骑。想不到后面也亮起了两盏手电筒,也是直射她的眼睛。来者不善,她"咔嚓"锁上了自行车,想把这两个打倒,夺路而走。她喊一声:"好啊,今天撞上了老娘,叫你们吃不了兜着走。"话音未落,左拳右腿都已见肉。只听两个流氓叫了一声"啊唷",也舞起了拳脚。小菲一个"黑虎掏心",一着"脚踢南山",都被对方避过,看来这伙流氓都练过拳脚;再说寡不敌众,今天的形势是严峻的,"三十六计,走为上策"。小菲猛喊一声:"警察!"流氓们一惊,她已经一个"旱地拔葱",跳出包围,正想脱身而逃,不想又从哪里闪出一个流氓,而且武功不错,一个扫堂腿,便将她踢倒。另外四个流氓如恶狗扑食,一齐扑到她身上。她正要叫喊,嘴巴里已塞进了一双臭袜子。

"好漂亮的小妞,今天让爷们享享艳福。"

"野做还是正做。"

"正做正做,这么漂亮的妞该好好做,多做几天。"

"呸!别误大事,野做。"

看来这是个"头",他最后出现,也许是先在路口望风的,看小菲要逃才半路杀了出来。

小菲被七手八脚抬上了山。这里杂草有半人深。她被扔在地上,杂草如垫,倒不觉得痛。她知道这伙流氓要干什么,倒没有惧怕与悲哀,这是她与一般女性不同的地方。她想的是如何反抗如何逃脱。她想,只要她的手或者脚能够由她自己支配,他们的邪恶就别想得逞。

"这次谁先来?"

"让头儿开苞吧! 他是头儿,人又是他擒拿的。"

"头,这妞厉害,有拳脚,我给你揿着脚吧!"

"伙计们,你们都避一避吧,姑娘害羞!"

头儿打个哈哈:"不正做是可惜了,但安全第一,对不对? 哥儿们。"

"对! 哈哈!"

所谓"正做"是把女人弄回家去,在床上像夫妻一样地做。

这班黑兄弟避到一边说笑去了,只有一个秃子流着涎水说:"大哥,我留下来帮忙吧!"

头儿摇摇头:"你看——不用吧!"

这头儿扶起小菲的头,在后脑勺只击了一掌,小菲便晕了过去,像滩烂泥软在地上。

秃子叫声:"好手段!"便帮头儿解取小菲手足上的绳索,而后追他兄弟去了。

头儿拉开小菲的上衣,欣赏起出笼馒头似的乳房,正要伸手拿捏,猛地看到红光一闪,背上便结结实实地着了一记铁锹。他惨叫了一声"啊唷……"便就势滚下坡去。

里面的兄弟听到头儿的惨叫声,知道有情况,仗着人多势众,一起向这边跑来。远远地看到这边似乎有一个穿红衣服的女人。"多一个更好!"不知道谁叫了一声,他们便摩拳擦掌地跑过来。跑在前面的首先吃了几铲铁锹,喊爹喊娘地逃了,后面的不自量力,挥动拳脚想拼一场。哪想到这人五大三粗,一柄铁锹舞得寒光闪闪,俨然是位武林高手。而且此人心狠手辣,咬牙切齿,勇不可挡,流氓们便只好落荒而逃,这人还穷追不舍。要不是他慌不择路,摔下一个岩坑,昏了过去,这班流氓有几个可能要吃苦头。

这救小菲的不是别人,恰巧是被小菲怀疑杀死她姐姐的朱群。她的姐姐就是艾眉。朱群在岩坑里不省人事。

小菲怀疑朱群不是没有道理的,她是根据"爱得越深、恨得越凶"的常规来推测的。朱群对艾眉的爱,深得能够为保护她而牺牲生命。那朱群有什么理由要恨艾眉呢?这是一个秘密,只有小菲知道。原来艾眉在读中学的时候,糊里糊涂地与一个社会青年谈上了恋爱,又糊里糊涂地失了身。如果朱群封建主义与大男子主义严重,他难免要恨艾眉,难免要与艾眉产生争吵……至于杀其他人,有可能是为了杀人灭口或者制造假象。哪里想到他嫌疑未解,现在倒成了救命恩人!

朱群醒来后,跳出岩坑,不知道自己为什么会睡在这里。想了好一通才记起,自己是跟流氓搏斗,还救了一个姑娘。他立即去看那个姑娘,这时,小菲也正在找他。双方一见面,朱群是吃了一惊:"原来是你!"小菲非常感激,在道谢的同时,问他怎么会到这里来的。朱群说:"你姐的坟不就是在烈士墓旁边的公墓里吗?我想你姐想得睡不着,就带了一把铁锹,想给你姐的坟添添土。后来听到路上有格斗声,我便下山来,哪里想到他们抬了个女人上山去,我便跟着来到这里……"

小菲的心动了动:看来他对姐姐是一片真情……不过,还得继续观察观察。突然,小菲像发现了什么:"朱群,你原先穿的是红衬衣,现在怎么……"朱群笑了笑:"你是看花眼了吧,我穿的就是白衬衫呀。"小菲没有否定,她想,也许真的是她自己花眼了。其实,小菲并没有花眼,朱群在这突然事件面前,白衬衣变成红色的了。

从此,朱群与小菲来往频繁,两人相好到竟有点恋恋不舍的样子。可是,两人之中总好像存在着一层隔膜,有时,两人谈得情真意切,难免心生飘摇,但相互睹着嘴唇咽口水,也不肯留下一个亲吻。两颗心贴不到一起,是因为各有各的顾虑。

小菲长得很像艾眉,朱群见到小菲就有一种亲切感。可是,艾眉新丧,凶案未破,朱群的感情还在艾眉身上。小菲呢,对朱群的怀疑尚未解除,她还要考察朱群对姐的感情到底有多深,如果是一个喜新厌旧的薄情人,那又增加了一层杀害艾眉的可能性。因此,她尽管喜欢朱群的仪表与风度,还感激他的救命之恩,可也不敢轻易地将感情投入。

这天夜晚,月色很好,他俩照例散步在郊外的田野上。他们谈工作,谈生活,谈得最多的是艾眉的案子。朱群坚持认为艾眉是被一个红色的野人或"白毛女"式的变态人所杀,小菲却认为是谋杀。美好的夜晚往往在这种争执中度过。争执带来思考,思考之后他俩又急于交换意见,于是又走在一起……

夜渐深。他俩来到空旷地,遇上两伙小流氓打群架。朱群呵斥了几句,他们理也不理,还舞刀弄棍地威胁他俩。小菲很火,想冲进去把他们打散。朱群一把拉住,说:"走吧,他们爱流血就让他们流去!"小菲不相信这话就是从朱群口中讲出,瞪着眼睛责问:"你不是警察吗? 这应该是你的责任呀!"小菲想摔开朱群的手,自个儿冲进去劝架。可是朱群的手又硬又有力,硬是把她拉了开去。

朱群说:"你我都有案子等着破,你一插手这事,他们会疯狗似地群起而攻之,你还想活命吗?"

小菲手一甩,很气愤地喊了一声:"你这是活命哲学! 你的男子气到哪里去了……"小菲走了。

她对朱群有点失望。这时,卜红斌的案子出现了变化。她经过调查、核对,发现卜局长接受礼物的事是有的,但勾结管理处主任盗卖钢筋水泥的事似乎不存在。案子得重新调查,重新讨论。这一忙,就把朱群和她姐的案子搁在了一边。朱群打电话来找过她,她没理,他俩开始疏远了。

好事总是多磨的。

四

就在这几天,市里出现一件众说纷纭的交通事故,事故的责任人偏偏又是卜红斌局长。这引起了朱群和小菲的注意。

事故发生在七星岩。公路到七星岩有一个大转弯,虽然一边靠山一边临水,但坡不陡,路也平,只是江水到这里形成一个深潭,黑黝黝。每年七星岩都会发生交通事故,每年都有车驶进深潭,而死的都是女人,没有男人。于是,传说便很恐怖,说很早很早以前有一名穷秀才,因为从小订亲的未婚妻变心,辜负了他的一片痴情,他就在这里投水自尽。为了对女人进行报复,他就每年要召一个女人到深潭和他作伴。因此,每逢初一、十五,都有信佛的老太婆在这里点香烧纸钱,超度亡灵。这天正是农历十五,卜红斌自己驾驶着一辆上海牌轿车从省城开会回来,车上坐的还有他的妻子——在省城某医院检查身体之后便一起回来。事故始末由卜红斌交待如下:

"那天,我们的车子刚离开省城,我妻子就有一种预感,要我开车小心一点。我呢,只觉得心跳加速,浑身烦躁。我还骂了一句:'碰到鬼了,这么难受!'我妻子劝我回省城去医院看看,我因为有任务,摇摇头,继续开车前进。车子临近七星岩,我妻子再一次提醒我:'小心点,减速!'我应了一声:'好!'车速慢了下来,我妻子却蓦地叫喊起来:'血,你怎么浑身是血!'我理也不理她。'你神经病!'还这么骂了一句。我妻子却惊叫起来:'啊,魔鬼!红斌,你怎么让魔鬼开车!'她边叫,边开门要跳车。我一把拉住她,喊:'你胡说什么……你要干什么……'她挣扎着要跳车,我一只手驾驶不稳,车子东冲西撞,正好迎面而来一辆车,我不能心挂两头,这边手一松,我妻子就跳了,正好滚落到七星岩的水潭。

"奇怪的是,我在我妻子眼里怎么成了红毛魔鬼?"

这件事故很蹊跷。朱群采用"大胆假设,小心求证"的方法开展调查,先假设是蓄意谋杀,这首先得搜寻谋杀动机的材料,其次是搜集谋杀的事实(迹象)。调查证明,卜红斌没有外遇,夫妻感情一直不错,家庭向来和睦。至于水库贪污案,他的妻子毫不知情。他妻子在医院当护士长,平常极少过问丈夫的事情。总之,朱群没有捕捉到谋杀动机。至于他妻子大叫"血"和"魔鬼",她看到了什么?朱群查了病历,她没有神经病史与精神病迹象,家属中也没有。再说,自己也目睹过红魔杀人的事,朱群肯定,这次交通事故也是红魔造成的。最后,尸检发现,除了有一处碰伤之外,没有一点其他外伤。结论是:溺水而死。

小菲也在调查这件事故。为了卜红斌,她和朱群又走到了一起。

她来到他的宿舍。一切都没变,一切都很熟悉,连同他身上的气息。他俩握了握手,分宾主坐,似乎有几分尴尬。

小菲说:"我愿听听你的调查和意见。"

朱群将上述情况详细说了一遍。小菲咬住嘴唇以最大的忍耐才没有骂出口:"这个老迷信! 你承认红魔,正是在姐的案子里为自己开脱罪责……"为了工作,她不得不互相尊重。因此,她不带个人感情色彩,也讲了自己的疑点。她说:"你知不知道,那个揭发卜红斌的女会计,在大学时代跟卜谈过恋爱。不久前,女会计向我们局说明她的揭发中有几点失误,为卜做了开脱。这里面他们会不会有一种交易? 而在这场交易中,卜的妻子成了牺牲品。"

朱群不耐烦地说:"证据,有没有证据? 光假设是不行的。"

小菲说:"现在还没有证据。这类事,最好的证据是当事人的口供。"

朱群叫:"废话!"

小菲看他这态度,也火了,嗓门也大了起来:"朱群同志,在破案之前最好各种意见都听听。正像你坚持的那个纯属迷信的'红魔作祟'的观点,我不能表示否定又不能表示肯定,结论总是在调查研究的末后……"

"什么迷信? 目前气功界不是有'大搬运'和'隐身法'吗? 我说的'红魔'不是神鬼,而是指'白毛女'式的变态人,或者是具有高等功夫气功那样本事的杀手……"

"我想,没有破不了的案子,让我们共同努力吧!"

小菲起立要走,朱群挽留道:"不可以多坐一会吗? 说点别的。"

小菲莞尔一笑:"等破了案子再好好儿地谈吧!"

朱群点点头。几个案子缠到了一块,多烦心。谈情说爱是得有一个好环境、好心情的。

五

小菲终于等到了这一天。

一幢六层灰楼的底层,窗口透出橘黄的灯光。整座楼的灯光一盏一盏地熄灭了,唯有这间房的灯还亮着,房里传出轻轻的古筝声,音乐带有几分忧怨与哀愁。夜深了,连月亮也睡了。

突然,一个男人的身影出现在门口,"笃笃",轻轻地敲响了门。

开门的是一个女人,女会计夏莉华。她一惊:"老卜,深更半夜有什么事?"

进门的是卜红斌。

"老同学,奇怪吗? 我睡不着,想找你聊聊。"

"卜局长,孤男寡女,我们都得谨慎点!"

"身正不怕影子斜。"

夏莉华给卜红斌沏了茶,瞟了一眼他的脸说:"老卜,你瘦多了,也老多了。那案子,我对不起你,我已去侦查局说明了,你放心吧!"

"莉华,你的为人与性格我知道。我想,这事一定有人在背后怂恿你,这个人也许有什么政治目的。老同学,你告诉我吧,他是谁?"

"老卜,请相信,背后没有人,完全是我一个人写的。"

卜红斌沉默了一会儿,说:"今天不谈这件事了,我还是那句话,身正不怕影子斜。我没有做过亏心事,所以我不怕。叫我伤心的是你至今还不原谅我,还带着历史的包袱、戴着历史的眼镜在看我,否则也不会去侦查局……"

"过去的事不说了好吗?"

又是一个短暂的沉默。

卜红斌突然说:"莉华,我们拼家吧!"

"什么? 结婚?"夏莉华叹口气,摇摇头坐下,很用力地拨了一下琴弦,"二十几年了,一场梦。"

"我付出的代价也不少了。"

"我呢？牺牲得还不够吗？"

"所以要抓紧时间补救。"

夏会计的儿子醒了,起来小便,盯着卜红斌看了一会儿。

谈话中断。夏会计催卜局长走,卜红斌还是呆坐着。

他们不知道隔着一层窗帘,外面有一个人在侦查他们。她就是小菲。

天气很热,蚊子成群。成群的蚊子叮在她身上大吃大喝,她不敢动一动,只是咬牙切齿地在心里怒骂:"这批反动派,我明天非拿喷雾器来把你们一扫而光不可!"偏偏楼上的凉台上又种着花,浇花的也不知什么水,滴滴答答地直往她头上掉,黏糊糊的,还有一股馊味儿。小菲在心里直叫"倒霉"。她贴墙而立,怕打草惊蛇,动都不敢动。直到里面的谈话中断,她才从窗口取下微型录音机,如获至宝,兴冲冲地往外溜。

这天,小菲带着微型录音机来到朱群宿舍,她一脚踹进门,便俏皮道:"朱同志,请你请客,陪老娘去杏花村酒楼吃一顿,我小菲绝不会亏待你的。"

朱群很敏感,知道小菲一定掌握了什么材料,便高兴地说:"请客没问题,问题是你那货是真是假,有价值无价值……"

小菲一听就来气:"自己被偏见束缚手足,弄不到第一手材料,对人家的劳动成果却抱怀疑的态度,岂有此理!"她脸孔涨得绯红,二话不说,打开录音机便播了起来。

朱群看了一眼那含春的俏脸和似嗔似怨的神态,心里暗暗高兴,他庆幸自己激将法的成功,否则这小调皮还要继续卖关子。

朱群听了录音,脸上不显山不显水,不动声色,只是看着小菲微笑。

"怎么样?"小菲问,朱群还是笑。

"你看怎么样?"小菲追问。朱群不回答,好一会儿才反问:"你看呢,你的意见呢?"

小菲心直口快,跳起来嚷嚷道:"你这家伙老谋深算、老奸巨猾,好啊,你别跟我耍滑头,你不跟我讲,你听着——"

　　小菲摆了自己看法。她说,录音证明卜和夏有爱情与婚姻的纠葛。这纠葛关系到两个案子,即卜的贪污案和所谓交通事故,实际有可能是谋杀案。谁拿到这场"交易"的证据,谁就掌握了连破两案的钥匙。

　　朱群笑而不答。

　　小菲上火了,大声催促:"讲呀,你讲讲自己的观点呀!"

　　朱群就是不讲。

　　"不知我姐怎么会看上你这个阴阳怪气的怪胎的。"小菲真的火了。

　　一提到艾眉,朱群就像是泄了气的皮球,再也不能玩他的深沉,摆他的从容了。

　　小菲触到了心思,立刻变被动为主动,从另一个问题开始进攻,打他个措手不及。

　　她问:"朱群,你老实讲,什么时候知道我姐不是处女的?"

　　朱群一怔:"你问这个干吗?"

　　"我要看看你老实不老实。"

　　朱群想到另一条路上去了——他与小菲的个人关系。女人就是多心。他故意不说。

　　"我姐全部告诉我了,我向来是姐的高参。"

　　小菲又顶上一句,使他无法再欺骗她。

　　"行,实说吧!领结婚证书的前一天晚上。你以为我乱来,以为我满脑子封建……"

　　小菲没有得到她想要的"破绽",故意夸了一句:"看来还老实,思想也不陈旧,有几分可爱……"

　　朱群苦笑了一下,摇摇头,说:"再可爱也没有用!"

　　小菲又"将"了一军:"说真的,如果你能把那案子破了,为我姐报仇,我会像我姐一样爱你的。"

　　"真的?"

　　"真的。"

两人击了手掌。

一种幸福感从心底升起,朱群很高兴。他坦白地讲了自己的看法:"小菲,我总感觉到这几个案子与'红魔'分不开。这'红魔'到底是什么,实在太神秘了。"

小菲开玩笑地说:"什么?很简单,一个穿着红色睡袍的人吧!"

说者无心,听者有意,朱群低吟了一声。

朱群送走小菲,便集中精力思考:这是一个什么样的人?

不能舍近求远,还是得盯着卜红斌调查。他觉得小菲先走了一步。这一步走得好。他觉得小菲更加可爱了。

私生活最能暴露人的灵魂。而作案动机是灵魂的一部分。

朱群关注着卜红斌生活上的每个细节,尤其想了解他的私生活。这天,他学小菲的样,带着微型录音机对卜红斌进行跟踪侦查。

首先,他发现有人给卜红斌送礼。送礼的是一个农民模样的人,提着一桶鱼,那鱼是红的,跟他在江的拐弯处钓的鱼一模一样——红鲫鱼。农民模样的人说:"上次给你送的几条红鲫鱼,局长中意吃,今天我又捉了几条来。这鱼不多,近几年才出现的,红得实在可爱。"卜红斌感谢着,一边掏出钱来,农民模样的人推辞着:"见外了,见外了,你在我们那里蹲点,帮我们建水库,多辛苦。今天,我只是来反映一下,那水库堤坝得修修,局里有水泥给我们拨点。"卜红斌说:"这事我叫他们下来看看再说吧,您老放心。"

卜红斌留农民模样的人一起吃饭。卜红斌口口声声赞美红鱼汤味道鲜美。饭席间,说起妻子的死,他长吁短叹,满脸悲痛。不难看出,他对妻子的感情是真诚的。农民模样的人劝他抓紧时间续弦,这使他更加悲切。他说:"人倒是有一个,是大学时代的同学。'文化大革命'期间因为观点分歧,吵得伤了感情。她至今还不肯原谅我。那时代,不把政治放在第一位不行啊,再说,她又是'黑五类'子女……"

朱群调查了卜红斌与夏莉华大学时代的那段恋情,知道卜红斌说的都是真话。那时,卜与夏是好得如胶似漆、难舍难分,要不是"文化大革命",他俩一定是如愿以偿,婚姻美满的。但更重要的是现在。关于小菲的假设与推测,他考虑过,不是纯属子虚乌有,可能性不能完全排除,但实在缺少有力的证据。因此,他一定要弄清卜和夏现在的关系,弄清他们的真实思想。

但是,他有一个心结在绞着他:红鲫鱼……

六

卜红斌一离开家门,就被朱群盯上了。

卜红斌今天特别敏感,老是回头看,弄得朱群东藏西躲。幸好天未黑,行人尚多,足可扰乱视线。

卜红斌闲荡着,东张西望地走着,似乎毫无目的;有时又显得惊慌失措,老提防着身后有什么威胁性的人物。

贼胆心虚,他一定要去干见不得人的事。朱群这么想,心里来劲,盯得也更紧了。

突然,一个黑影撞了过来,"嘭"一声,那人还"啊唷"喊了一句,接着便凶凶地骂:"眼系裤裆里去了,怎么不看路?"朱群连忙道歉,两眼仍然盯着前面的卜红斌。卜红斌正准备拐进一条胡同。他分不清是自己撞了人还是被人撞了,只是本能地朝口袋里一摸,叫了一声:"不好!"刚发的工资被人扒了。那黑影子也闪进了一条胡同。他想追,但脚却不听话,到底是卜红斌的吸引力大。他知道,机会就在眼前,稍纵即逝。卜红斌今晚的诡秘行动也许能为破案提供重要线索。他向前猛跑,等跑进胡同,看见了卜红斌的背影,才放缓脚步。

卜红斌在一家饮食店里吃"粉丝千张包子",朱群没法子,只好拐进厕所捱时间。他在心里直骂:你在享受,我在吃臭,妈的如果今晚一无所获,那不冤死?

朱群从厕所出来,正好看到卜红斌在用手帕揩嘴巴。卜红斌从原路往大街走。原来他是专门为吃这千张包子来的,朱群的兴致大落,对卜红斌又怨又恨。他巴不得卜红斌现在就去杀人放火、强奸幼女,或者去跳水自杀……可千万别回家去睡蒙头觉,否则今晚的工夫算是白花了。

幸好卜红斌没有往回家走。

前面来了一伙人,正好挡住朱群的视线。他正踮脚翘首,蓦地前面出现一个人,亲热地叫了声:"朱群!"他一看,原来是小菲,打扮得花枝招展,并且做了头发,难怪一下子认不出来。

"你干什么去?"

"相亲。"

"什么? 你……"

"找老公去呀! 怎么,你有意见?"

"唉,我走了。"

小菲一把拉住他,"咯咯"地笑了一番说:"别急嘛,陪我跳舞去嘛,今天周末。否则,我真的找老公去了。"

朱群手一甩:"找你的老公去吧,我有事。"

"唉唉,你别空忙。今晚你不陪我去跳舞,你会一无所获的,信不信?"

"不信!"

"不信? 咯咯咯,鱼溜了,鱼跑了,拜拜。"

小菲自个儿走了。

其实她也没有闲着,是老天让她玩一个晚上的。她本来去夏莉华家,想跟她谈谈心,哪料到她带着小孩出去玩了。她知道朱群正盯着卜红斌的哨,正急于弄清卜与夏的感情纠葛,夏莉华不在,朱群盯卜红斌还有屁用。

没错,正如小菲所料,卜红斌来到夏莉华的家,见灯火全熄,才垂着头默默往回走。朱群见卜红斌的模样,知道是怎么一回事,这才想起小菲刚才的话,骂了声"小鬼精!",继续跟踪卜红斌。

一路无秘密,也无浪漫。侦查别人的行为本应该是很刺激的,由于卜红斌在这一路上既无浪漫也无秘密,所以朱群也觉得无聊。他想找小菲跳舞去,心里又放不下卜红斌,许多机会往往在"万一"的时候出现。可卜红斌竟然沿着江滨散起步来,一副悠闲自得的样子,有时还哼几句京剧"苏三起解"。不一会儿,他又钻进了厕所。朱群叫一声"晦气!",跺跺脚,离开卜红斌走了。

朱群到了舞厅,看到小菲跟一位港商模样的老头跳得正起劲。小菲也看到了他,只是仰起笑脸抖她的快活。一曲终了,小菲款款而行,本来应该到朱群旁边坐下,这也正是朱群所想的。小菲向朱群飞了一个媚眼,却仍然到那老头身边坐下,大喝可口可乐,连理也不理朱群。舞曲又起,是"快四步"。小菲跳到朱群面前时,故意挑逗性地耍几个花步,丢几个媚眼。朱群知道她在撩拨他,心里直骂:小妖精,假如有一天跟我结婚,非好好收拾你不可。

小菲跟她姐有不同的魅力。艾眉文静,小菲活泼,小菲比艾眉更能激发男人的欲望。没有上舞池的女人有几个,但都是臃肿不堪,或者老弱病残的,朱群对她们没兴趣。他想主动邀请小菲,可一看小菲与老头那副腻歪的样子,他站起来准备走了,心想:花五元钱买了一小时的冷板凳与一张冷面孔,真他妈的扫兴。他正要走时,小菲"嗳"地叫一声,跳过来要他跳舞。他头一摇:"没兴致!"小菲"咯咯"地笑了:"醋性不小,这说明你对我还是……"朱群瞪了她一眼,快步离去。他知道今天输给了小菲,他承认自己有醋意。

小菲本来要跟着朱群一块出去——开玩笑她总能掌握一定的度,可那老头不识相,缠着小菲非跳下去不可。小菲只得礼貌性地应付了。

朱群走出舞厅,一肚皮的烦,对着星空大吼一声,然后,朝夏莉华家走去。破这类案子真叫人窝火,非下细工夫不行,没有香港枪战击中警察的那份惊险、热烈、悲壮和男子气。

事有巧合。朱群抬头间蓦地看到卜红斌立在药店夜间服务门口。"他买药干吗?"等卜红斌一走,他赶紧去问售货员,售货员说他买的是避孕套。

"避孕套?"这又奇了,他老婆已经死了,买这东西干吗? 他立即跟踪。好戏开场了,朱群心里一激动,浑身来劲。

夜已深。朱群的夜光表的短针向"11"靠近。卜红斌敲了敲夏莉华的门。夏莉华先问了声:"谁?"听是"老卜",便开了门,神态很惊讶。

老卜问:"孩子呢?"

"刚刚躺下。深更半夜的,什么事这么急?"

"老同学,难受呀,想找个人聊聊。"

只听夏莉华长长地叹了口气。

老卜的话特别多,情话不绝,似在求婚,又似在忆旧,夏莉华只是轻轻地叹口气。

老卜说:"我们都还不老,未来还很长呢! 小夏,你还记得那年在绣湖芳草地之夜吗?"

"我早忘了。"

"怎能忘? 那夜,你我尝到了男女之爱。我还问你,有血吗? 你说,好痛,肯定有,你可不能忘了那夜那时呀!"

"所以我恨你到今天。"

"恨? 恨的反面正是爱呀! 恨与爱在男女爱情问题上是一对双胞胎。"

"胡说。"

"我上卫生间去一下。"

卜红斌去了卫生间,大概是做避孕的准备工作吧!

他笑嘻嘻地回来,说了句"我们今夜芳梦重温吧!"便一把抱住夏莉华要亲嘴。夏莉华推着:"不行不行。"卜红斌说:"没关系,我们本来就是情人,以后……"夏莉华说:"你的案子未结,我又撤回了揭发信,人家不要怀疑吗?""人正不怕影子斜。""不,卜局长,我,我的心已死,你快走,否则我要喊人了。"

卜红斌一把拉开夏莉华的上衣,一只手便去捏那并不丰满的奶子。

夏莉华用拳头擂着卜红斌,叫着:"你要死了,你要死了。"

卜红斌采取了进一步行动,一把拉下自己的裤子,山一般地倒在夏莉华身上,夏莉华朝卜红斌肩膀上狠狠地咬了一口。卜红斌打了夏莉华一巴掌,双手正要去卡夏莉华的脖子,夏莉华惊吓地喊了一声"红毛鬼……"便晕厥了过去。卜红斌一惊,四面环顾,并无"红魔",以为是夏莉华吓唬他,她的晕厥是装的,是情愿的表示。他很高兴,褪去夏莉华的短裤,摸了一下她的阴户,便要进行"强奸",哪里想到刀光一闪,他的肩膀已挨了一刀,痛地大叫一声"啊唷!"他是机灵人,立即跳起身,拉上短裤,准备夺路而逃。抬头间,只见一个浑身暗红的怪物,瞪着血红的眼睛,正要伸手过来拿他。他惊叫一声"红魔……"便跳过桌凳,落荒而逃。

"红魔"扑向夏莉华,见她依然昏迷,便拿了碗水,泼了她一脸。夏莉华睁开眼睛一看,又惊吓地叫了一声"啊,红毛鬼!"又晕厥了过去。

夏莉华看到的"红魔"分明是卜红斌,而卜红斌看到的"红魔"却是朱群,这事可真得怪了。

"在哪里?红毛鬼在哪里?""红魔"四面搜寻着,大声喊叫,"卜红斌,快出来!"

响声、叫声惊动了左邻右舍。他们唤醒了夏莉华,问:"红毛鬼在哪里?"

她指着朱群迟迟疑疑地说:"是他,他,怎么不红了?"

朱群怒喝一声:"胡说,我是刑警,红毛鬼是卜红斌!"

夏莉华的儿子从床底下钻出来作证:"是他。他刚才还是浑身通红的,现在怎么……我还看到是他用刀劈了卜叔叔的……"

原来朱群看到卜红斌要强奸夏莉华,而且不择手段,一时怒火中烧,不可克制地冲进夏莉华的家,一眼瞥到桌子上放着一把菜刀,便拿了起来,朝"红魔"身上劈去。当时,夏莉华的儿子被吵醒了,从隔壁跑过来一看,卜红斌正捂着伤口逃跑,而一个红色的怪物朝他妈扑去,他被吓得躲到了床下。小男孩说,当时他看到的卜叔叔身上并不红,红的是他——朱群。

邻居报了警。

警察见是朱群,也不相信,但当事人和小男孩、邻居们一致说朱群是"红魔",处于无奈,只得请朱群去交待问题。

第二天,朱群打开录音机,放了卜红斌与夏莉华的对话,证明自己是在执行任务,这是无可辩驳的事实。小菲跑来,也为朱群证明。可是传讯卜红斌的时候,卜红斌也说朱群当时浑身通红,而所交待的过程与朱群所说的完全吻合。这事把大家都搞糊涂了——朱群怎么会变得浑身通红？

朱群不再辩驳,他在思考:卜红斌怎么会变成全身血红的怪物? 卜红斌会变色,那么自己也有变色的可能,这不能绝对否认。那么,杀害艾眉与那一家子的,也有可能是个变色人。为什么会变成红色的呢? 这……

小菲也在思考:夏莉华、她的儿子和左邻右舍都说朱群是"红魔",朱群和卜红斌则相互指控对方是"红魔",而关于卜红斌妻子之死,卜红斌说是"红魔"作祟,朱群说杀死艾眉的是"红魔"……看来,朱群、卜红斌都会变色,都是"红魔",除他俩之外,山那边也许另有"红魔",这完全有可能。案件的症结是他们是不是真会变色……

公安干警们在思考:这是件怪事,既然有嫌疑,就都得收审。只得委屈他们了,等弄清事情之后才能放了他们。朱群和卜红斌都得拘留。案子的关键是他俩会不会变色。这是医学界和人体科学的事,得向有关部门求助……

小菲去看朱群。朱群很乐观,说:"请相信我,我是好人。好人总有好报的。"

小菲故意刺激他:"你还是人吗? 都变成稀有动物了!"

"那岂不更好! 拿去展览,门票收入我们对半分怎么样?"

"不跟你胡扯了。你做过我的姐夫,看在这份上,你要我帮你什么忙吗?"

朱群招招手叫她过去,附在她耳边轻轻地说。

小菲点点头。

七

朱群心中对整个案子有了底,他知道该怎么破它。他向领导提出请求:保释一周,让他去破这个案子。领导因为他持刀砍人,又是艾眉一案的嫌疑,慎重起见,不同意放他出去,他只好求小菲帮忙。

拘留所里有惯偷、暗娼、诈骗犯,朱群跟他们关在一起,心里憋得火烧。

这更促使他实施一个冒险计划。

这天正好下大雨,天黑得特别早。关监之前,朱群溜进了厕所,小菲为他藏在那里的有女装、女裤、拖鞋和一把伞,还有脸盆之类的东西。朱群换了装,捧了脸盆打着伞,俨然是个洗衣女人。

不远处便是洗衣水槽,自来水"哗哗"地流。两位武警洗完衣服哼着《十五的月亮》,悠悠然地走在雨雾里。朱群从厕所里闪出,便跟在他们后面。岗亭的武警,只见从拘留所走出三个洗衣服的人,其中一个是女的,还以为是家属,怎么也想不到会是拘留审查的朱群。

这算闯过了第一关。要出公安局的大门,还必须经过车库、会议室、宿舍……

会议室正在放录像,里面人头济济。朱群把脸盆往树林里一塞,便大步朝大门方向走。有几个很熟悉的干警迎面走来,朱群把雨伞张得低低的,步子变得细碎,幸好他们都低着头走路,没有看出是朱群,却以为是某人的家属。看大门的老头正在接电话,朱群见是好时机,把拖鞋拖得"哒哒"响,大大方方地出了门。到街上,他往无人的隐蔽处钻。他不敢回家,看看身上的女装拖鞋,哭笑不得。怎么办? 正在犹豫,一个人蓦地跳到他面前,大吼一声:"举起手来!"说罢,"咯咯"地笑了个前仰后翻,嘴上喊:"我的妈,简直像个精神病人,疯子!"

真是雪中送炭。小菲把衣服鞋子都带来了,让朱群立即换下,问:"现在准备怎么办?"

朱群说:"你替我买几个大面包来,我要连夜出城!"

"干什么去?"

"捉鱼去!"

"捉鱼?"小菲觉得朱群这人越来越怪。

"据我估计,这一些案子快破了,你等着我的好消息吧!"

"与鱼有关?"

"还不能肯定。"

朱群借用了小菲的摩托车,直驱与艾眉度过最后一个星期天的那个江湾。他在那里钓了七八条红鲫鱼,又马不停蹄地奔往省城——幸好只有两百多里路,找到在某研究所工作的同学、年青的研究员骆光亮,详细讲述了自己的看法。骆光亮很感兴趣,他正在研究致幻药,朱群所讲的情况正符合他的研究课题。于是,他立即进行试验。

朱群躲藏在骆光亮家里,用电话与小菲取得了联系,并要求小菲采取卜红斌的血样。骆光亮从朱群和卜红斌的血液中分离出一种毒素(化学物质),红鲫鱼的肝脏上也充满这种毒素。骆研究员将这种毒素注入正常鲫鱼里面,三天后这条鲫鱼也变成了红色,而且性情凶暴,十分贪婪。实验证明这种毒素只有在 O 型血液的人身上才起作用。毒性反应致幻和精神分裂,但是系间歇性的,骆研究员称之为间歇性癔病。根据推测,鲫鱼得病是因为水受了污染。朱群认为一定是那座化工厂将污水排到那条江的缘故。

研究报告送到公安部门,广大干警哗然了。消息像长了翅膀,很快就飞遍了朱群生活的城乡,大家立即采取了防治措施。

朱群与卜红斌都住了院。

在此期间,公安局根据群众举报又拘留了一个"红魔"。此人就是化工厂附近山上的那个山民,朱群在艾眉被杀后曾经侦查过他。他是在举刀砍人时被抓的。那时,听说他通身血红,大家知道"红毛鬼"是中了毒的人,就不怕了,一起抓住了他。经抽血检验,他的血液中也有那种毒素,而且他的血型是 O 型。

小菲偷偷进入病房,还带了照相机。

朱群见了小菲很高兴,问:"事实证明我是好人吧?"

"你还是人呀?早就变成稀有动物'红毛鬼'了。我带了照相机来,你现个原形,留个纪念吧!"

"我也想看看自己的尊容,可要现原形是由不得人的。你守着我吧,现了就拍。"

"你一辈子不现我守你一辈子呀?"

"对呀！肯不肯吗？"

"你,坏……"

两人戏谑了一阵,朱群一下显出了悲哀。他说:"只是艾眉实在死得冤枉!"

小菲也黯然了。她轻轻地说:"我会对得起姐姐的。我会像我姐一样爱你。"

朱群满脸严肃地说:"我也会像爱你姐一样爱你。"

可是,失去了艾眉总归是一个无法弥补的损失。

【作者简介】

龚泽华,原台州中学高级教师,中国作家协会会员,原临海市文联专职副主席、台州市作协副主席。其在省市以上报刊发表了约三百万字文学作品,获省市级各种文学奖十余次以上。作品集有《八旗子弟》《虎暴》《龚泽华儿童文学作品选》等 10 部。

曹贵人

◎谢卫民

残疾车主曹贵人，这段时间不开残疾车送货拉客了，天天大汗淋漓地蹲在县一中的校长室门口，一遍又一遍数着校长室三个字的笔画。

今年夏天天气特别反常，三江这个小城不是排名中的火炉，气温却一直飙升，极端气温都到了四十多度，天也不下雨，山上的毛竹、茶叶都被烤得焦黄，像染得黄黄绿绿的小伙子的头。曹贵人白天躲在遮阳的楼梯角落，汗水依然从发梢一直流到裤腰，整条老布裤都湿透，拧得出水。晚上没了日头，丛林中吹过来的风还是热烘烘得让人心烦。曹贵人一边数笔画，一遍摇着一顶破凉帽，以驱赶没完没了的酷热，还有围着他游荡的"嗡嗡"作响的蚊子。

曹贵人当然不是专门来数"校长室"三个字的笔画的。他在老街旁边租了一间十几平米的地下室，没空调也没数字电视，只有一个排风扇和一台老式彩电。一家三口靠他的一辆残疾车，一元两元地赚钱过日子。他没日没夜飞风一样开残疾车，哪有这闲工夫。他是在等候校长。

行政办公楼是个独立的小楼，校长室在三楼东边，一直闭着门。白天闭着,晚上还闭着。曹贵人蹲着无聊,就数起笔画。他发现校长室三个字的笔画很难数,有时候二十三画,有时候二十一画,有时二十二画。他蹲久了,觉得腰发硬生疼,就直起身揉揉,黝黑的脸上布满期待。

县一中就建在北峰山南麓,树林繁茂,环境清幽,四季景色各有不同,能看见车马而不闻嘈杂的声音,是个读书的好所在。曹贵人非常佩服第一任校长的选址,这所圆了多少学生名牌大学梦的学校,一直让他津津乐道。学校坐北朝南,前面是城市,后面是山高树密的北峰山,主峰高耸而不险峻,左右各有绿色的丘陵左拥右抱,绵延数公里,他自言自语:"真是落穴了。后面有靠山,两边有助手,风水好啊!"

曹贵人一直向往这所风水好的学校。他虽然患过小儿麻痹症,左腿瘸了,智慧却一样不少。十二岁那年,他把邻居不要了的双卡录音机拿回家。一夜功夫全部拆开,把电路板一张一张分割掉,又把电路板拼装齐整。第二天,重新组装的双卡录音机飘出了邓丽君美妙的歌声。邻居后悔了,说:"比原来的好听多了,早知道让你修一修,我还可以用。"

但曹贵人没有读上他向往的县一中。他在乡中学成绩是数一数二的,但学校整体教学质量低下。他当年初升高考试离县一中分数线就差了一分,因而也就与大学失了缘分。他娶妻生子后,由于妻子是个矮子,生个儿子顺理成了个侏儒,智力也一般般。

曹贵人的儿子读书很努力,成绩也可以。因为学区在老家,今年也没有考上县一中,离县一中的自费分数线就差了一分。曹贵人心想:这就是命吗? 他不信,跑到山里庵找王瞎子去了。

山里庵是这个小城的唯一景区,也是市民们爬山锻炼的好去处,王瞎子就在半山腰的凉亭边摆摊。曹贵人要王瞎子给儿子算一卦。王瞎子说:"求什么?"曹贵人说:"求学。"王瞎子说:"把你儿子的生辰八字报来。"曹贵人说了一遍。王瞎子扳了几分钟手指,问:"你叫什么名字?"曹贵人回答:"姓曹。""名啥?""名贵人。"王瞎子捋一捋山羊胡,"哈哈"一笑:"曹贵人,好名字。曹,找也。贵人,贵人也。你一定要给儿子找个贵人,他需要贵人相助。

贵人相助,懂吗?"

回到家,曹贵人一直琢磨王瞎子的建议。他觉得王瞎子真是太聪明了,一句话讲到了心肝里。但他只是个残疾人,开一辆残疾车满街跑,靠拉客送水过日子,贵人难寻啊。跟老婆念了几句,矮子老婆嘲讽他:"你钱没有,后门没有,权没有。你哪有贵人可寻,寻你自己差不多。"曹贵人骂了一句:"放屁!"老婆反讥:"你不放屁,看你多少斤两?"曹贵人不以为然,女人头发长,脑子短,识得什么。他越琢磨,越觉得王瞎子的卦算得有道理,二十元花得值。他想:瘸子我力气不大,钱没有,有的是智慧。我一定要给儿子找到贵人。

他就躺在家里的破竹椅上想。他板着指头,从邓朴方开始盘算,从电视上的市委书记,一直到邻居李局长的外甥,盘算了一个下午。他把有可能帮忙的、认识的、不认识的、有可能成为儿子贵人的,全都估算了一遍。他趴在旧桌上,用一支旧圆珠笔在两张香烟壳纸上,排出五十多个名单,又一个一个耙一遍,然后打上叉。最后,他在县一中校长的名字上画了一个圆圈。画了一圈觉得不过瘾,又连续画了五圈,生怕校长跑了一样。他锁定了目标后,觉得十分开心,吩咐老婆:"去老街打一斤老酒,切半斤猪头肉。"老婆不解:"不昼不节,切什么猪头肉?"曹贵人说:"老婆娘,识得什么。"

喝酒的时候,他就想起了给校长送水的时光。在他的脑子里,校长很好讲话,态度和蔼,四十出头,却脑门没有了头发,一定是个聪明绝顶的人。他每次给校长办公室换桶装水时,校长都会对他微笑和点头。有几次,校长把桌头客人发的烟收拢起来,装在空的烟盒里,递给曹贵人。曹贵人很不好意思,里面大多是名烟,每包烟都抵得上他一天的进账。曹贵人一边接烟,一边千恩万谢。还有几次,他给校长的发财树浇水的时候,顺便剪了几个枯枝。校长很开心,还问起他的家里情况,甚至问到孩子的读书学校和考试成绩。曹贵人认定校长是个可以讲话的人。

可是中考成绩放榜以后,他就再也见不到校长的影子。曹贵人问门卫,门卫说:"你问我校长在哪里,我还问你呢。现在人人要读书,都要寻校长。

我跟你说,问谁都不清楚,连副校长都不知道校长在哪里。"曹贵人说:"校长手机号码多少啊?"门卫说:"不能跟你说的,你也打电话,他也打电话,校长烦死了!"曹贵人想了想,说:"我不是读书,我小孩哪读得起你们学校,我是给校长室送水浇花的,他的发财树已经五六天没有浇水了,现在夏天热,要晒死的。"门卫狐疑:"你真是浇花?""你又不是不识得我。"门卫看看曹贵人不像说谎,就拿出本子把校长手机号码念了一遍。

曹贵人如获至宝,躲到一边拨其手机。但校长的手机却一直关着,又拨一遍,还是不在服务区。连续拨了一天,都没用。曹贵人决定守候。他不相信校长不来办公室。他觉得这是老天在考验自己的耐心,他记得高中时读过一句话:天将降大任于斯人也,必先苦其心志,劳其筋骨。守候算卵,流汗算卵,蚊子咬又算卵子。比起给儿子找贵人来,一切都值。他一蹲就是三天三夜。

第四天晚上,天气少有的凉爽。风吹着行政楼后面的香樟树,送来阵阵香味,让曹贵人一阵舒适,他想:应该来了吧。果然,十一点过一点,曹贵人终于等来了校长。

校长穿着运动短袖和短裤,大步流星地从楼梯上来,掏出钥匙正要开门,看见门口边上蹲着一个黑影,连忙按亮走廊灯,仔细一看,见是送水的瘸子,很奇怪:"老曹,你怎么蹲在这里?"曹贵人忽然跪了下去。校长很惊讶:"老曹,你跪下干什么,起来起来。"曹贵人死活不肯起来:"校长,您是我的贵人,您一定要答应我。"校长说:"起来再说,起来再说。"曹贵人非要校长答应才肯。校长扶了五六次,曹贵人始终跪着不动。

校园一片宁静,只有树叶被风搅动后的"簌簌"声和夏夜草虫的鸣叫声交织在一起。曹贵人一言不发。许久,校长说:"好吧,只要我能做到,不犯法,前提是不违法,我就答应你。"

曹贵人这才起来,摸出两张残疾证递给校长,说:"校长,我是个残疾人,我儿子也是残疾人。"校长同情地说:"这个我知道啊,你们家两个残疾人不容易,靠送水,靠开残疾车送水过日子。"曹贵人说:"我儿子只有读书才有出路,对不对?"校长说:"你说得对啊,在这样一个知识经济的时代,不读书改变不了命运。"曹贵人说:"校长,今年我儿考你们学校,跟自费生就差一分,只有靠您这个贵人相助了。"

校长很为难。招生政策是个很敏感的话题,差半分也无法照顾。整个三江城五十多万人口,多少人想读县一中呢,每一分都有十几个人排着队,人人都有开后门的理由。领导的亲戚、富户的子弟、兄弟部门的关系户,还有周边村子的地头,每一个都得罪不起。否则,校长就不会关机,不会连校长室都不来了。曹贵人的儿子跟自费生的分数线还差一分,半分也不行,怎么相助?

曹贵人说:"校长,就差了一分,我跟别人一样交五万元赞助费,行不?"校长很惊讶。他想:五万元的赞助费,一个有着两个残疾人的家庭到哪里去凑?这笔钱对有钱人来说不算什么,对一个靠开残疾车度日的人来说,无疑是个天文数字。何况离自费生的分数线还差一分,校长没有说赞助费的事。他想:跟曹贵人提赞助费就像跟光头讲电灯泡一样,没有必要。他拒绝了曹贵人的要求:"老曹,请你理解。这个贵人,我做不了。"曹贵人没有多说,一瘸一瘸地出了校长室。

校长关上办公室大门,把窗帘一扇一扇拉得不留缝隙。校长打了一个多小时电话,到快一点了才打开大门,只见曹贵人还在门口蹲着,摇着破凉帽驱赶蚊子。校长问:"你一直蹲在这里?"曹贵人说:"是啊,我等贵人您哪。"校长说:"你在听我打电话?"曹贵人"嘿嘿"一笑,说:"校长,我什么也没有听到,我在等您。您有办法的,您真的是我儿的贵人,您肯定有办法的,请关照。"校长嘟囔一句:"不可理喻!"还是没有答应,转身离去。

接下来的许多天,校长连续多次看见曹贵人的笑脸。一次在大中华饭店,县一中接待食品卫生大检查检查组,校长陪着客人喝了许多啤酒,挺着肚子与客人有说有笑地出来,脸上写满酒意。客人刚要上车,校长就看见曹贵人的笑脸。他的笑脸很好看,额头是三道皱纹,嘴角微微往上翘起,两边也是各三道皱纹,眼睛里满是笑意,就像秋天里成熟的柿子。他笑得很真诚,校长也没有在意,问:"曹贵人,你到这里送水?"曹贵人还是笑着,说:"我哪有心思送水?我等贵人您啊。"校长明白了,把曹贵人拉到一边:"招生太敏感了,你儿子我真的帮不了。你不要跟着我,把送水耽搁了,赚钱要紧。"曹贵人说:"儿子找不到贵人,我送水没心思,赚什么钞票。"校长有点不高兴了,尽管曹贵人还是笑着,校长觉得他笑得很虚伪,就不再理会曹贵人,顾自送客去了。

又一天晚上,大约十二点了,校长独自一人从一个小区出来,一个女子挽着校长的手把他送了出来,两人依依不舍,相拥着吻了又吻。校长转身正要上车,忽然看见曹贵人蹲在车门旁。校长一惊:"老曹,深更半夜的,你跟踪我?"曹贵人笑着,说:"贵人,我哪敢跟踪您,我在等贵人。"校长:"你刚才都看到了?"曹贵人还是很真诚地笑着:"没啊,我眯着眼睛等您,黑洞洞的什么也没看到。"

校长受不住了,很认真地对曹贵人说:"你不要跟了,我没有理由让你儿子进县一中,我做不了你儿子的贵人。"曹贵人说:"您有理由的,您就是我儿的贵人"。校长说:"你这人,怎么认死理,我哪有什么理由做你儿子的贵人,招生你也知道,牵涉千家万户。我帮了你,马上有一大帮人来找我评理。你这不是故意为难我吗?"曹贵人说:"我儿跟别人不一样,情况特殊。"校长没有办法:"好,好。你帮我出出主意,怎样才能冠冕堂皇地让你的儿子进县一中?"

曹贵人从怀里掏出一叠纸递上,说:"这是国家残联、省残联、市残联的红头文件,亮人眼睛。"校长很意外,仔细看过一遍,发现三个文件里跟读书搭点边的文字,都让曹贵人划上了一道道红线。曹贵人说出了一番理由,让校长着实吃了一惊。曹贵人说:"照顾一,残疾人子女,弱势群体,可以;照顾二,儿也残疾,也是弱势群体,也可以;照顾三,两个人弱势,弱上加弱。现下我同等交赞助费,不是更可以照顾吗?"校长说:"教育要讲公平的,分数面前人人平等。"

曹贵人接了话题,振振有词:"什么叫教育公平?文件说了,残联主席也说了,上次县长也说了,他在座谈会上说的,我香烟壳纸还记着呢,是上半年五月八号,省里来领导那次说的,让最困难的弱势群体也能享受优质教育资源,这才叫真正的教育公平。"曹贵人说着就从裤袋掏出一张折叠得很齐整的香烟壳,递到校长眼前,手指戳戳烟壳。校长说:"就怕别人要学样,人家来找我麻烦,你叫我怎么解释?"曹贵人说:"校长,您可以这样讲'你如是跟他一样,也残疾,也是残上加残,也差一分,也同样交赞助费,你子女也可以照顾'。校长,不好意思,我不是教您怎么讲,没这意思。"

校长把一堆文件翻了一遍,仔细琢磨了一会,终于下定决心。但他很狐疑:"你真的能交上五万赞助费?"曹贵人狡黠地笑笑:"虾有虾路,蟹有蟹洞,不劳贵人担心。""五万元不是小数,没钱我可帮不了你。"曹贵人舒了一口气,高兴地说:"您放心。"

校长说:"这样吧,你去残联,让残联帮你出具有关证明,写明你家庭及儿子的基本情况。把这些复印件钉在后面,让我给社会有个交代。"曹贵人随手从袋里摸出一个信封,抽出一张折叠得整整齐齐的文件,盖着县残联鲜红的印章。他笑着交给校长。校长盯着曹贵人,他发现这个残疾人的笑脸上布满皱纹,每一道皱纹都爬满狡诈,笑意后面是深不可测的谋划,不由深抽一口凉气。

曹贵人的儿子终于遂愿进入县一中读书。旁人都很羡慕,说曹贵人有本事,有贵人给他相助。曹贵人也不解释,只说上面政策好,对老百姓,特别对残疾人是真好。

上学前,他把儿子叫到身边,对儿子说:"儿子,我们残疾人,要识得自己的弱。不要像有些人,刺猬一只,动不动缩成一团,外面全是刺。我们要识得借力,要把比我好的人都当作贵人,矮三分不吃亏。碰到老师,碰到同学啊,都要点头,都要笑。万万记住。"

曹贵人的儿子记住了父亲的谈话,上学后与人相处得很好,碰到谁都笑脸相迎。同班同学都喜欢这个侏儒,对他都很照顾。饭卡用完了,就有同学替他刷卡。作业做不好,有同学帮他解题。但他成绩却一直跟不上。每回考试结束,儿子都不敢把成绩单给曹贵人看。曹贵人从不向儿子索取成绩单,一点不在意儿子学了什么,考了几分,笑笑说:"儿子,只要努力了,成绩不要紧。将来,你有了这帮同学,不用愁了。他们都是你的贵人哪。"

校长一直不清楚曹贵人的五万元赞助费是哪里来的。他一直想问一问,可是好久没有看见曹贵人。角落的两株发财树都耷拉下树叶,枯叶落了一地。校长问新来的送水人:"老曹不送水了?"送水人说:"听说老曹开学前,好好的就住了医院,没有几天就出院。出院后三个月又住院了。"校长问:"他什么病?住哪里?"送水人边换水边说:"不知道。"校长摇摇头,叹一口气:"老曹不容易。"

曹贵人就住在本城肿瘤医院。他本来就是残疾人,现在已经缩成一团了。他身体很虚弱,精神却特别好。秋天的阳光照满医院,梧桐树叶到处飘落。他坐到阳台上,一遍又一遍给病友们讲自己筹钱供儿子入学的故事,满脸都是憧憬。但他只字不提自己跟校长的故事。病友们听得很入神,佩服曹贵人的付出。

儿子很孝顺,每天晚自修结束都来病房陪护,每次坐曹贵人身边,都会情不自禁地抚摸父亲腰际那个伤疤,心中一阵酸楚。他的脑海就会幻想暑期那一个情景:滴着鲜血的父亲的肾,被医生从父亲佝偻的腰际取出,放进另一个人的腰际;一叠鲜红图案的百元人民币,从另一个人的口袋拿出,被卷入学校的点钞机。

他的同班同学也三五成群陆续来看望曹贵人,有同学送花,有同学送水果,也有好多同学送钱。一次,曹贵人儿子的同桌拉着他的父亲来了医院。同学父亲是个地产商,穿的一身名牌。他站到曹贵人的病床前,仔细询问了病情,最后拉着曹贵人说:"你筹钱供儿子入学的故事我都听说了,老曹,你真的是个好父亲。佩服佩服!我会帮你的。"曹贵人心想:你们只知其一,不知其二啊。

就这样,曹贵人的医药费有了着落。曹贵人很高兴,这是多少次梦中的情景。曹贵人千恩万谢。同学父子走后,曹贵人对病友说:"他们都是我儿子将来真正的贵人哪!"

【作者简介】

谢卫民,三门技师学院党委书记、院长,中国作协会员,台州市作协副主席。其有多篇作品发表于《小说月刊》《小小说选刊》《东海》《文学港》等杂志,获"浙江省特级教师""浙江省功勋教师""全国优秀教师""全国百名优秀校长"等荣誉称号。

雨天

◎ 不丕

陈红老师在灵山中学的学生中有个美称，叫"师花"。瓜子脸，樱桃嘴，一双妩媚似水的丹凤眼，看得人骨头一下子就轻了。

陈老师教四个文科班的政治课。灵山中学政治课大多安排在下午，所以她的课上，常常有学生趴在桌子上，像蟋蟀一样翘起头傻乎乎地盯着她，忘记了做笔记。陈老师不动声色地继续讲课，突然间准确地点出那个学生的名字，客客气气地问他问题。如果学生能够顺利答出问题，陈老师会微笑着表扬他，颔首示意他坐下，眼神中带着一丝嗔怪。伶俐的学生便会马上抓起笔来，埋头"刷刷"地补写笔记。如果学生一时张口结舌，低下头羞愧难当，陈老师会板起粉面将表情凝固起来，眼神中却充满了爱怜。几秒钟的沉默难堪之后，她会招手示意学生坐下，轻轻柔柔却又语重心长地说，好记性不如烂笔头啊！红脸的学生恍如梦醒，打起精神听课做好笔记。陈老师从来都不检查学生的听课笔记，可是她的学生政治成绩却总是在年级段里领先。

王安是个听话聪明的小男孩，成天跟屁虫似的跟在陈老师的后面。遇到镇小不上课时，王安会安安静静地坐在教室后面自带的小凳子上，像个高中生似的翘起头听他妈妈讲课。因为有个小朋友在后面听课,陈老师的学生们会抢着举手回答问题,像小学生似的认认真真,积极配合。

有一次,教育局领导来检查听课。当他们看到陈老师的儿子也坐在教室里时,便改变计划去听陈老师的课。课上完后,教育局领导特意问小王安:"小朋友,你觉得你妈妈的课上得好听吗?"小王安扑闪着一对明亮清澈的大眼睛,认认真真地回答说:"我妈妈的课可好听了,比我们学校的老师上课好听多了。我们老师上课不让调皮的男同学睡觉,可是还有人睡着了。我妈妈上课,虽然我听得不太懂,可是我一点儿也不想睡觉。"教育局领导为此还专门在校长会议上,表扬了灵山中学陈红老师的课,提出了"如何让中学老师的课上得连小学生都喜欢听"的重要课题。校长在每周的教师会议上传达会议精神,让陈老师既高兴又担心。高兴的是她得到了领导的赏识,担心的是她会遭到同事的嫉妒。

多年的教龄使陈老师深谙一个普通教师的为人处世。不能老让领导表扬,尤其是一个女人,教好书、带好孩子是她最大的愿望。其他的事情如能评上一级职称就心满意足了。所以,陈老师心平气和地对待这件事,并不借此接近领导。她每天仍旧早起做饭,叫醒孩子,再用自行车送他到七八里外的镇上读小学,王安的午饭在小学食堂里吃,下午放学,陈老师又骑自行车去接他。只要儿子听话,健健康康地一天天长大,劳累一点,又算得了什么!只要儿子每天能够开开心心,陈老师就会觉得比穿上漂亮的婚纱还要幸福!

如果生活能够天天都是阳光明媚,小王安像小树一样茁壮成长,陈老师也就不会觉得生活中缺少了什么。早晨送完儿子回校,在办公室里静静地备课、改作业,然后踏着铃声去教室上课。中午简简单单地在食堂吃饭。下午第四节如果没课,她就早早地骑车去接儿子。回校时刚好她的学生放了学,一路上家住镇上的通校学生不时地问候"陈老师好!陈老师接孩子回去啊!"这会让小王安很兴奋,一路上不停地说着悄悄话,陈老师便会觉得生活是多么幸福。如果第四节有课,就上完课再去,那样,骑车驮着儿子的时候,天会越来越黑。一路上冷冷清清,母子俩都不说话,乡村公路上只有偶尔经过的中巴车发出刺耳的喇叭声。

　　陈老师最害怕星期三下午，因为星期三下午第四节她有课。有次，陈老师骑车到七八里外的镇小接到儿子后，回来的路上遇到下大雨，小王安躲在雨披下紧紧地抱住她的后腰，雨水"噼哩叭啦"地敲在身上，双手湿淋淋的，双腿也是湿淋淋的。眼前是一派苍茫的雨水世界，陈老师便会觉得心里也是湿淋淋的。天色会渐渐暗下去，乡村公路上偶尔会有中巴车呼啸而过，溅起的水花子弹一起向两边飞射，射在陈老师的腿上、雨披上，陈老师觉得钻心般地疼痛。这时，小王安的整个身子会不住地颤抖，使出吃奶的力气紧紧地箍住母亲的身体，牙齿咬得咯吱响，仿佛受到了极大的刺激。陈老师忍着巨大的悲痛，一边柔柔地安慰儿子"我们快到校了，王安乖，再坚持一会儿，妈妈回家给你做红烧肉吃"，一边硬撑起身板，拼命地蹬车，眼泪早已和着雨水，"哗哗"地流下。

　　后来，每逢星期三下午有大雨，陈老师会毫不怜惜地跑到传达室打电话。等她上完最后一节课，便会有一辆镇上的出租小四轮，准时地停在校门口。有时候，住在镇上的通校学生也会搭个便车。一路上学生"叽叽喳喳"，看着车窗外的大雨兴奋不已，陈老师却郁郁地坐在一边，静静地恍如隔世。到了镇上，通校学生高兴地跳下车，会羡慕地说："陈老师，你们家小王安真幸福，有你这样一个好妈妈。"陈老师木然地坐着，眼睛早已飞向了镇小。

　　又是一个星期三下午第四节课，南方的雨季，特别容易天黑。天空阴云密布，雷声隆隆。陈老师匆匆忙忙跑进教室，上课铃还没有响，她就早早地喊了上课。学生们有些奇怪，今天的陈老师仿佛有什么心事，讲课总是心不在焉，甚至有一个常识性的问题也讲错了，这在陈老师的课上是绝无仅有的。学生们认真地听，认真地做笔记。四十五分钟的课，陈老师不到三十分钟就讲完了。剩下的时间，陈老师让学生做练习。自己一直站在教室窗前不停地向校门口张望。天更加黑了，远山上下起了密密麻麻的雷阵雨，仿佛有千军万马黑压压地厮杀过来。不一会儿，教室外面的水杉树上响起了"唏哩沙啦"的雨点声，狂风将教室的玻璃窗吹得"乒乒乓乓"直响。近窗的同学纷纷起身将玻璃窗门关上。刚关上窗门,窗户上就敲响了豆大的雨点,"叮叮当当"像敲锣打鼓。雨点打窗,溅起的水花又汇成一道道细流,挂在玻璃上,仿佛一张张涕泪泗流的脸,陈老师把脸凑在这样一张涕泪泗流的窗户上,眼神黯黯地往外张望,外面早已是瓢泼大雨,什么也看不清了。

时间一分一秒地过去,外面大雨滂沱,教室里静悄悄的。唯有陈老师不停地在窗户边走来走去,时而踮起脚尖向外张望,时而抬起手腕看表,表情焦虑不安,仿佛有一头怪兽正在秘密地啃噬着她的内心。离下课还有十分钟左右,班长突然站起来。班长是个男生,长得很有几分男子汉气,他大声说:"陈老师,我们知道你是担心小王安,怕他放学后雨大了一个人害怕。要不你就先去接他吧,班级的纪律你不要担心,我们都是高中生,我们能理解老师此刻的心理感受。"

听了班长的这番话,陈老师忽然觉得内心一阵剧烈地翻滚,鼻子痒痒地,眼泪像断线的珍珠,"叮叮咚咚"地从眼眶里一颗颗涌出,学生们没料到陈老师会这样,一个个睁大眼睛,满面的惊愕。班长傻乎乎地站着,张大嘴巴却不知道该说什么话。陈老师发觉了自己的失态,连忙转过身用手揩了眼泪,早有乖巧的女生递上了干净的纸巾。良久,陈老师才转过身来,眼睛仍旧是红红的,看着教室里学生关切的眼光,陈老师终于又忍不住了。她觉得自己如果再憋在心里,会喘不过气来。她决心痛痛快快地说了,跟她的学生们说了吧。她再也没有什么顾虑了。

陈老师一张开嘴巴,眼泪又翻涌着夺眶而出,仿佛两孔源源不断的泉眼,不知道哪里来的那么多泪水。

"你们不知道,这些年我一个人风里来雨里去,每天接送小王安上下学。我一个女人家,有多难!特别是下雨天,雨'哗哗'地下着,公路上到处都是雨水,眼睛分不清哪儿是天,哪儿是水,只觉得整个人是在水的世界里。小王安害怕呀,特别是汽车从公路上经过的时候,我们母子两个一听到汽车的喇叭,心里就一惊一乍的。五年前的今天,他爸爸在接他从幼儿园回来的路上发生车祸,也是这么个大雨天,我赶到时他扑在爸爸身上嚎哭,雨水把他淋得傻傻的,不知道说话了。小王安是被吓怕了。肇事车已经逃逸,雨水冲刷着他爸爸的鲜血,把整条公路都染红了。我把小王安抱回来后,他就一直发着烧,不停地说胡话,整整一个月呀,烧得他人都快傻了。我算是挺了过去,可是小王安害怕呀,一到下雨天他就害怕。虽然人一天天长大,可是刻骨铭心的记忆却是永远烙在心里了。我也害怕呀!可是今天的雨还是不停地下着。我包车接他放学,是因为我担心他会害怕。上课前我去传达室打电话,可是今天却联系不上车子。我是真的害怕啊,所以才会这个样子。"

陈老师一口气说完,眼泪像雨水一样下着。教室里静悄悄地,唯有眼泪滑过脸庞的声响,那么细,比针尖还细,可是每个人都能听得清。因为每个人的脸庞都挂着眼泪。

下课铃终于响了。那一天下午,从灵山中学通往镇小的乡村公路,几十辆自行车簇拥着陈老师,像一支庞大的乡村乐队。

【作者简介】

不丐,又名无算子,真名吴跃斌,1978 年生,曾任教于黄岩灵石中学。其有诗歌、小说等作品发表《诗刊》《星星》《长江文艺》《福建文学》《青海湖》《创作》《西湖》《微型小说选刊》《小小说月刊》等,出版小说集《种豆得瓜》(2007年,作家出版社)、《焚香》(2008 年,中国戏剧出版社),现居浙江黄岩,业余编辑《黄岩文学》和《九龙》。

狼崽

◎吴宝华

夕阳西斜,余晖洒在苍茫辽阔的草原上,给碧草染上胭脂色。羊群缓缓移动着,巴图骑在马上,随着羊群往自家蒙古包走。

巴图是敖汉人,40岁,魁梧壮实,孔武有力,黝黑的阔脸盘上,鼻直口方,双目炯炯有神。巴图放牧着自家2000多头羊,迁徙在敖汉黄羊湾大草原上。

忽然,"啪,啪……"左侧依稀传来数声枪响。巴图直起身子,向那边看去,只见数公里外的矮丘上有几个骑马的身影,向远处奔驰而去。

巴图知道那边的矮丘有野狼活动,他有点担忧,想过去看看,但又放心不下羊群,于是决定把羊群赶回家,再回来看看。

草原上的野狼是草兔、野鼠的天敌,如果没有野狼控制草兔、野鼠的数量,草场就会遭到破坏。一般来说,野狼不会对牧民的牛羊造成威胁,因此牧民不会猎杀它们。但近年来,却有一些外地人利欲熏心,到草原上偷猎野狼。

巴图把羊群赶进羊圈,喝了碗奶茶,吃了块手抓羊肉,便带上佩刀出了蒙古包,骑马向白天听到枪声的矮丘奔驰而去。

　　此时明月东升，满月下的草原视野辽阔，巴图策马奔到矮丘附近，星光下一看，只见不远处有一处牧草被践踏得凌乱不堪。他下马走过去，猛然见草叶间有血迹，月光下呈现淡紫色，他的心揪紧了，毫无疑问，白天那几个人猎走了野狼。

　　猛地，风中传来轻微的叫声，好似婴儿哭，又似小狗叫。巴图立即转身，循声向矮丘走去。

　　转到矮丘另一边，巴图发现了一个洞，洞口杂草掩映，很难发现。洞口小，里面却极宽敞，此时一只狼崽在洞口附近哀叫，眼睛也没有睁开。巴图小心地把它抱起来，狼崽软绵绵、温温热的，让他想起了自己的孩子，心中满是怜惜。

　　巴图知道野狼遭到袭击时，会将自己的孩子叼走，或是把敌人引往别处，这都是它们保护孩子的方法。这次可能事出仓促，狼父母来不及带走，这只狼崽就遭到了不测。

　　巴图抱着狼崽，骑马回到了蒙古包，挤了新鲜的羊奶喂它，又用棉签蘸水，擦净它的排泄物，让它保持干净，以免发炎。幼小的狼崽每隔一小时就要进食一次、排泄一次，巴图像照顾自己的孩子一样，精心喂养照顾狼崽。

　　巴图专门做了一只皮袋，每天去放牧时，就把狼崽放进皮袋，羊吃草时，他就让狼崽在向阳的草地上嬉戏玩耍，狼崽饿了，就给它喂羊奶。

　　时光如水，转眼一年过去，狼崽长大了，长成了一匹狼毛黑色油亮，健壮威武的公狼，巴图给它取名小黑。

　　不过巴图再也不能带着它一起放牧，因为羊天性怕狼，闻到狼的气味就惊恐不安，无心吃草。无奈，巴图白天就放它出去，让它自行在草原上追捕野兔、野鼠，晚上它回来了，就用一根铁链锁着。

　　这样过了半年，小黑已学会了自行捕食，巴图就有心把它放归草原。

　　这天夜里，蒙古包外远远传来野狼嗷叫，巴图知道把它放生的时机到了，尽管心中不舍，但他毅然解开铁链，将它推出蒙古包，小黑回头留恋地看看，终于一步三回头地走了。

从此,人们在矮丘附近发现活动着一群野狼,小黑俨然成了狼王,威风凛凛地跑在最前面。

随着时代发展,草原上渐渐发展起旅游业。巴图的儿子大学毕业后回到草原,办起了一个"牧民之家"。他建起蒙古包旅馆,为了让游客的饮食更丰富,又圈养了一些鸡。

这天清晨,巴图早早地起来,照例去鸡圈、羊圈看看。来到鸡圈门口,他猛然发现圈门外有鸡毛和血迹,他心里"咯噔"一响,急忙喊来儿子,一起清点鸡,发现少了三只,很明显,昨晚有什么动物从圈门上跳进来,抓走了鸡。

儿子愤愤不平地说:"一定是野狼,这里除了它们还会有什么动物抓鸡吃?!"说罢,就想去借猎枪。

巴图说:"在没有证据前,先不要下结论,免得错怪野狼。"

儿子想想也是,便去忙别的事了。

谁知次日早起,巴图发现又丢了两只鸡,这下他也沉不住气了,就去借来猎枪,心想:晚上我就守在附近,看看究竟是谁捣鬼。

说也奇怪,这一夜却是平安无事。

但巴图白天要放羊,不可能夜夜守着鸡圈。奇怪的是,当他不守夜时,鸡又丢了。

巴图十分生气,心想:看来不去找小黑不行了。

三天后的黄昏,巴图挎着猎枪,骑上马向野狼出没的那片矮丘奔去。

暮色中,远远看见小黑蹲踞在一座矮丘上,在向他张望。巴图生气地端起猎枪瞄准,就在他想扣动扳机的一刹那,看见小黑前面似乎有一样黄色的物体,巴图犹豫了一下,决定到近前看看。

小黑转身下了矮丘,往远处跑去了。

巴图来到矮丘上,顿时惊呆了,原来是一只死狐狸,很明显,鸡是狐狸偷吃的,小黑咬死了狐狸,帮巴图除了害。

巴图"啪"地打了自己一巴掌,深深地感到后怕,幸亏刚才没有扣动扳机,否则……

从此鸡再也没有丢过。

【作者简介】

吴宝华,男,浙江仙居人,小学教师,浙江省作家协会会员、中国微型小说协会会员,中国文联出版社出版散文集《岁月留芳》,作品散见《微型小说选刊金故事》《神州》《金山》《天池小小说》《小说月刊》《短篇小说》《小小说大世界》《精短小说》《浙江小小说》《群岛小小说》《中华风》《江南游报》《浙江日报》《浙江工人日报》《钱塘江文化》等报刊,多篇小小说入选年度选集,曾获全国征文大赛一等奖,有作品入选部编中考模拟卷阅读理解题。

如向日葵般绽放的女孩

◎张海燕

> 你见过向日葵吗？广袤的田野上，一株株向日葵开得热烈而又辉煌。隐藏了它的孤独、忧伤，始终绽放着美丽。为追寻阳光，甘愿忍受灼热，从不放弃！
>
> ——作者题记

一

"许若华"，看到这个名字，我不禁想起了《楚辞·天问》中的"羲和之未扬，若华何光"。拥有这样名字的女孩该是什么样的呢？面容清秀？有着双透着灵气的大眼睛？肯定也能写一手漂亮的字吧？对于这个本学期要插班过来的学生，我的心里不禁多了一份窃喜和期待！

收拾了下心情，前往教室。还是下课时间，远远就可以看到第一桌前围满了孩子。我知道，那里肯定坐着这位新同学——许若华。三年级的孩子对新来的同学总是这么好奇！

"同学们，快回位置，要上课了！"孩子们哄地一下散开，回到了自己的位置，露出了坐在第一桌的女孩子：扎着简简单单的宽松的并不精致的马尾辫,一看就知道出自孩子自己的手。"老师好!"她抬起头对我笑着。眼睛的确是大大的,但却好像是斜眼看我似的,偶尔还翻下白眼。藐视我? 但是脸上又明明是笑容,笑得那么灿烂。那五官总是给我怪怪的感觉,似乎没有摆放好,有点不和谐。若说是跟这班孩子同龄吧,一张脸没有同龄孩子的稚嫩,反倒给我一种沧桑感。若说要比这班孩子大,为何坐在位置上,却比其他孩子都要矮? 我怎么也不能把"许若华"这三个字与眼前的女孩联系在一起。

"你叫许若华?"我犹豫地问了声。会不会是走错教室了?"是啊,老师!"她清楚地回答着我,依然还是一脸笑容,依然还是不正眼看我!

"老师,她说她是脑瘫患者!"突然一个男生在下面大声叫起来。我脑袋"嗡"地空白了下,"脑瘫"这两个字让我联想到了嘴唇歪斜、口水直流的样子。我晃过神来,马上大怒道:"她是新来的同学,你怎么可以这么胡说? 以后不许开这样的玩笑。"那男生还要说什么,被我眼一瞪,马上乖乖地闭上嘴巴。我又疑惑地打量了下许若华。"老师,我确实是个脑瘫患者。"她就这么迎着我的目光,坦然地慢慢地站起来,笑着对我说。目光中没有自卑,没有羞愤,没有遮掩,只有那绽开的笑意。只有一米不到的个儿,比其他孩子都要矮些,似乎还有些站不稳,两只手用力地撑着桌沿。

孩子今年 14 岁了,生下来就是个脑瘫孩子。我们四处寻医,每年都给她坚持做康复训练,终于可以让她像其他孩子一样坐在教室里了。

她视力不太好,斜视还加弱视,老师,你帮忙把她安排在靠前些的位置吧。

"她的腿没有发育好,本来是完全不能行走的。大大小小做了好几次手术,才能让她自己一个人慢慢走动。一条腿粗一条腿细,走路很不平稳,所以麻烦老师跟同学们说一声,千万别碰到她。"

我坐在办公室消化着从她妈妈那里了解到的这些消息,心里忐忑着:十四岁本该是读初中的年龄,却坐在三年级的教室里,也不知道是否能承受得住同学们那些异样的目光。唉,这还是个瓷娃娃呢! 不能磕着碰着。也不知道是不是林黛玉型,要是同学们一嘲笑,她就哭哭啼啼的,那我不是更有得忙了。

二

为了她的安全,我在班上再三强调:不许嘲笑她,更不许靠近她！第一天、第二天都平平安安地度过了。第三天第一节下课后,我回到办公室刚坐下,一个同学就风风火火地闯进来嚷道:"老师,王同学把许同学撞倒了！""什么?"我一惊,急忙往教室跑,心里念叨:可千万别出什么事才好！

教室门口,若华正努力抓住门框,试图借助门框的力量站起来。可总是使不上劲,就像是整个人就这么半挂在门框上。旁边四五个同学远远地站着,却没有人试图去扶她一把。我连忙奔过去,扶她站起来,又扶她回到位置上。

"谢谢老师。"她一坐下去,就仰起头笑着对我说。

"有没有感觉疼?有没有哪里摔着了?"我帮她拍了拍身上的尘土,确定没有哪里摔伤了,心中一颗大石头才落地。

"你,你,还有你,都给我过来。"一转身,看到那几个站在旁边闯了祸还袖手旁观的几位孩子,顿时火气又上来了。几个孩子低着头,唯唯诺诺地靠近了我。

"我不是反复强调过:若华身体特殊,不能碰,要离远点。为什么还把她给撞了?"

"老师,你别怪他们,是我自己不小心。"若华急忙又手撑着桌子慢慢地站了起来,"我只是看他们玩得这么开心,想过去看会他们玩。不怪他们。真的,老师！"

"老师,我们不是故意的,我们几个玩游戏,没注意到她走过来！"一个孩子低低地辩解着。

"我们本来是要扶她起来,是她说不用扶,她想自己起来。"另一个孩子也有点委屈地说着。

我用探询的目光看向许若华,她笑着对我点点头。"老师,真的不怪他们。"没有想象中的委屈,没有想象中的气愤,目光依然是那么清澈,笑容依然是那么灿烂!这样好性格的一位女孩,怎么偏偏有这么不公的命运呢?我突然不忍直视,匆匆训斥了那几个调皮孩子几句便退场。

三

望着桌子上的参赛名单,我犹豫着。这学期,县里有个作文竞赛,孩子们都想参加。学校举行了选拔赛,许若华没被选上。

我想起了家长会后,若华妈妈和我的谈话:

"老师,你觉得我家若华长大后能做什么呢?"若华妈妈一脸期待地看着我,那不饰胭脂的脸上显露着操劳的痕迹。

"可以从事办公室类的工作吧。比如写写材料,当当编辑之类吧!她的文章还是可以的。"说实话,我还从没想过她工作的问题,只想着像她这样,生活能自立已经是很幸运了。

"嗯,我想也只能是做这些工作了。若华说想当作家,每天是书不离手的。也不知道这是不是好事。她跟我说这个学期有作文竞赛,想争取参加呢!每天都在努力地看书,写随笔呢!"

"这是好事啊。她的文章写得还是可以的。你多给她些鼓励。"虽然若华的语文成绩不高,数学更是不乐观,但文笔还是不错的。"我尽量让她参加比赛,这是一次给她展示自己才华的机会。"

我没有想到若华连选拔赛都没有通过。我不知道该怎样告诉孩子这个消息,对她而言也是个不小的打击吧!我知道,这不怪这孩子。这次的题目是《难忘的比赛》。可她前几年的生活就是医院、手术、康复训练,唯一的伙伴就是书。因为眼睛的问题,连电视都很少看,如何与这些蹦蹦跳跳的孩子比自己五彩的生活呢?

失望,难过,伤心,这都是正常的,我只是希望她不要因这次的失败而一蹶不振。当清晨的太阳洒下丝丝的暖意时,整个校园都在沸腾了。呐喊声,欢笑声,奔跑声,到处回荡着。孩子们都去操场上活动了,空荡荡的教室,只有若华一人坐那看着书。

听到我的脚步声,她抬起头,笑着跟我打招呼:"老师。"

我搬了张椅子,坐在她对面,斟酌了会,缓缓地开口了:"若华,你不管做什么事都很用心。同学们都应该要向你学习。"

她微笑地看着我。

我停了下,又继续说道:"人的一生中会有很多次机会。一次失败并不代表着什么!"

她仍微笑地看着我。

"这次作文竞赛你没有被选上。"我有点艰难地说出了这次谈话的目的,"不过,你不要太失望,是这次的题目不适合你写,这次没选上,下次继续努力。以后还有很多次机会的。"

"嗯,我知道了。老师,没关系的,我会继续努力的。"没有想象中的失落,那一脸微笑仍如那和煦的阳光。那笑容,纯真,清澈无尘。

想了那么多的安慰的话却无用武之地,我有点尴尬。

"你看什么书呢?"我转移了话题。

"《红楼梦》,我看过一遍了,现在想重新看一遍。"她把书一合,让我看清了书名。

"看得懂吗?"

"看得懂!"

"那你喜欢林黛玉吗?"下意识地,我希望她不要喜欢林黛玉,多愁善感,心有所属,却无力抗争,最后落个悲凉的结局!

"喜欢。"没有一丝犹豫,她脱口而出。"林黛玉性格直率、光明磊落,有着高雅如兰的气质,才情飞扬,有胜于平常女子的灵慧秀雅,她对宝玉的感情从没有掩饰和矫情,她的一颗晶莹透亮的心好似一股秋水,清澈见底,和这样的女子在一起,整个人也会变得清爽……"

听着她侃侃而谈,除了目瞪口呆,我已经不能用什么词语来形容我此时的心情。在她面前,我倒觉得自己更像是个学生,在聆听一位学者的教诲。你能相信这是出自一个三年级孩子的口吗?是我忘了,她虽然坐在这个教室里,但她的心却比这个教室里的孩子要走得远得多。

四

日子如流水,一路向前。这笑颜如花的女孩也在被我送出了校园后,渐渐地在我心中沉寂了。

三年后的一天,我突然接到了个陌生电话。

"张老师吗?"

"你是哪位?"

"我是许若华妈妈。"我愣了下,终于回想起来。

"若华叫我送本书给您。我送到您家里了。"

"哦,谢谢。"因着急去上课,我匆忙地挂断了电话。

回到家,看到一本厚厚的《中国美术》杂志摆放在桌头:封面那一大片向日葵开得灿烂又耀眼。

翻开封面,卷首语中"许若华"三字赫然映入眼帘。"生活是一坛酒,在记忆里回眸那些陈年往事,在岁月的变迁里年复一年,却又总让人饱含深情和无比虔诚。"读着这铅印的跳动着的文字,那张笑脸渐渐又清晰起来。

她曾写道:我就像路边的小草,灰头灰脸的,既然让我活在这个五彩斑斓的世界,为什么就不能给我双健全的双腿让我去看看外面的精彩?

她曾写道:我曾经仰天自嘲,但我已经开始慢慢接受自己,挑战自己。我下定决心,决不让自己的生命白白流失。

她曾写道:上帝为我关上一扇门的同时,也为我打开一扇窗。我会微笑着把这扇窗开得大些,更大些。

羲和扬,若华光!

她给了自己一个梦,又如向日葵般,让自己从嫩黄的叶片里冉冉燃起的希望之火,让梦的执念在阳光中温暖地绽放。

【作者简介】

　　张海燕,玉环市新城学校语文教师,台州教育作家协会会员,曾获台州市、玉环市主题征文比赛一等奖等。

草木有本心

◎ 张　滔

一

　　一年级报名那一天,刘老师望向报名的队伍,第一眼就看到了何诚俊,不用看第二眼,他就记住了这个学生。

　　他一刻不停地绕着他妈妈转圈,排在他前后的家长和孩子不得不给他空出一圈的场地。他的眼神也随着他的身体画圈,好像他觉得自己的眼睛不够大,只有他双脚画的圈才盛得下他眼里的光亮;他脸上的笑也跟着他身体画圈,似乎他感到自己的脸不够宽敞,只有双脚转出的圆才宽敞得足够铺开他心里的笑。

　　排在他前面的一位男家长,回头批评何诚俊,顺带着批判何诚俊的妈妈道:"你的小人,怎么这么有动的,一点都静勿落!"

　　那句带着赤裸裸嫌弃的台州方言,简直就是砸在何诚俊妈妈的脸上的。此刻,即使一块砖头砸在脸上,也不会让他妈妈的脸色更难看。她只能用自己难看的脸色沉默地回应那位男家长的责备。

　　排在何诚俊后面的女家长,也带着一脸嫌弃的表情,干脆直接退了几步,留出足够的空间,给何诚俊模拟驴拉磨似的转圈。后退的过程中,后面的家长也加入了责难的队伍。何诚俊的妈妈只能用其柔弱的肩和单薄的背接住,为孩子挡住那些责难。

　　其他孩子和爸妈站在一起,脸上的表情严肃得像在面对十分庄重的事。而何诚俊脸上的表情,只会像是进迪士尼乐园的模样。她妈妈脸上此刻的表情,就像捏着一张迪士尼乐园的门票,站在党支部大门外,并接受着一群拿着入党申请的人,轮番审视。于是,她出着一阵阵汗。

刘老师一边给其他孩子报名,一边脑子里不停浮现着何诚俊脸蛋上的笑容。刘老师看何诚俊的一刹那,他眨了一下眼睛,眼睫毛俯下,如风抚过茂盛的枝叶。他眼睛里的光穿过睫毛的缝隙,像阳光把枝叶照得透明。他的脸色白得像是把雪敷在了脸上,却从没融化。他脸上始终是笑着的,是发自内心的笑。

那时,刘老师就猜测,他大部分的笑,与世界无关,他的笑是如此干净,能如此干净笑着的孩子,一定不会太坏。刘老师继续猜想,他的心似乎是透明的。

刘老师是个喜欢这样猜测学生一切的老师:猜测对,他觉得是孩子给他提供了足够的线索;猜测错,他会责怪自己没有仔细摸索孩子身上的蛛丝马迹。

二

台州市椒江区文新小学是一所农村小学校,每个年级段只有一个班,全校只有六个班。

刘老师上半年刚带毕业了一届六年级。六年一个循环,就像是一个轮回。学生从儿童成长到少年,老师也跟着循环一遍童言的无知无忌到少年的早期叛逆;学生的声音从儿童的奶声奶气到变声期的粗声粗气,老师的嗓音也要跟着轮回捏着嗓子装嫩到放开喉咙的豪放。

这学期刘老师接手的是一年级,任语文老师兼班主任。他是个男老师,不习惯拿捏自己的嗓子,但还是不经意间受了孩子的影响,嗓音也开始不自然地拿捏起来。

报名的时间是八月底的上午,太阳似乎也得到了报名通知,也远远地瞪大了眼睛,在天上看热闹。

一年级的学生比其他年级的学生提早报名,因为要登记家长和学生的姓名、身份证号码、家庭地址、电话号码等,并且要尽快登记到学籍网上。一长串身份证号码,已经足以让人看得眼花缭乱,不提前报名的话,老师的眼睛就要提前报销了。

报名时,刘老师还是要照例问小孩子几个问题,譬如爸妈的名字、爸妈的手机号码,再进一步就是问 10 以内的加减。孩子们的回答,有对也有错,有快也有慢。不论对或错,快或慢,都有何诚俊的脚步为他们伴奏。

终于轮到了何诚俊。没准他还把自己当成游乐园检票员呢!刘老师注视着原地打转的何诚俊:在他妈妈的催促下,总算钉住了双脚,但是身体却前后左右摇摆。刘老师把以上一系列问题,轮番问了一遍何诚俊。何诚俊对所有问题的回答,都是一个共同的答案:笑着摇头。何诚俊的妈妈宽容地生气道:"你怎么什么都不会啊,老师问你问题呢!"在妈妈的语气和刘老师的眼神共同询问之下,何诚俊又绕着他妈妈的身体转起了圈子。这一次绕了半圈,躲到妈妈的身后。

何诚俊的妈妈抱歉地笑,替孩子挡驾般抱歉地笑。刘老师本想问,有没有考虑把孩子送到培智学校。话到了嘴边,只说出来:"户口本带了吗?"接下来,一切按正常程序:记录姓名、身份证号码、家庭地址等,最后递上一张开学通知书。

<h2 style="text-align:center">三</h2>

等报名的家长告一段落,办公室空了下来。教务主任秦老师提醒刘老师,何诚俊是上学年休学一年的学生,按他的年龄应该去读二年级。

"去年他上一年级的时候,就什么都不会,今年还在原地踏步。"秦老师说。

刘老师打趣道:"还算脚踏实地。"

"你怎么不提出,让他去培智学校。"

"我想说来着,话到嘴边。但是今天户口本说顺溜了,一张嘴就蹦出了'户口本'。"

"据说他是磨人的小妖精、熊孩子,你要做好心理准备啦。"

"没问题,我已经准备好了。"

刘老师根本没有准备好。他的心里还在忐忑着,一会儿责备自己嘴笨,竟然没有把那句话说出口,自己并非天才或是教育名师,怕是教不好他;一会儿又觉得自己说那句话会伤人心。

他天生很俊,叫何诚俊。到了我班级里,把他教出效果,让他改名何成效。刘老师最后坚定地想道。

陆续又有一些家长领着孩子来报名,零零散散的,像是淡季商店里的顾客。三三两两进来的学生中,也有让刘老师惊喜的,也有使刘老师受惊吓的。刘老师努力平衡着心里的落差,并规划着新班级的蓝图。

四

开学第一天,刘老师按照从矮到高的顺序,男女生各排一队。排队一看,男生比女生多出了一个足球队。刘老师一眼看去,这个多出来的一队"足球队员",都是身体在教室、灵魂却能跑出两个足球场外的主儿——这个位置不好排。

刘老师遵照"男女搭配"的原则,把身高近似的男女生,一双一对地安排到教室里。最后看到那十一个足球队的"剩男",其中一个就是何诚俊。刘老师很发愁,犹豫了好一会,还是硬着头皮,把四对男生安排成了同桌,把何诚俊、陈延阳、陈奕涛各安排在单人桌。陈延阳也是去年休学,今年回来读一年级的。

这两个"二手"学生,一定要重点照顾,不然班级里指不定要怎么乱套呢!

终于排好了座位,刘老师发出第一个口令:全班静坐。顿时,教室里所有的小脑袋都齐刷刷地正视前方,双手齐整整地叠放在胸前桌上,也没人摇凳子了,凳子下的小腿都并拢地放好。此刻,教室里静得像是摆放着四十一盆多肉,而不是坐着四十一位学生。

刘老师站在讲台上,一眼望去,像是望着自己亲手种下的一亩稻子迎来了丰收。再扫一眼,刘老师发现,整齐的稻子中间,有几棵是无风自歪的。

总有几个学生，或管不住自己的脑袋，不停地左摇右晃；或双脚禁不住，要往凳子上、课桌的横杠上翘；或是直接全身奄拉在课桌下，就恨自己的身体不够薄，不能像一片纸一样平贴在桌面上。总是坚持不了四五分钟，尤其是那一队"剩男足球队"。

邱帅坐在第二组的最后一桌，和傅元成是同桌，他脑子里好像自带裁判的哨子，会吹响中场消息的哨声。只需要刘老师转过头，他就会在大脑中吹响中场哨声，不是脑袋先奄拉下来，就是手臂往前一伸，手掌一直戳到他前桌的后背上。再等刘老师转身看见他他才会懒洋洋地或把手缩回去，或把脑袋扶正。完成这整套动作大约需要两分钟，刘老师也要用眼睛瞪着他两分钟。刘老师在内心怀疑邱帅这个孩子生下来的时候身体里的骨架是否没有安装好，就已经散架了。

除了邱帅之外，"头号种子选手"当然就是何诚俊了。

当全班的同学面对着刘老师静坐时，几乎所有孩子都按照军训的标准坐好的，只有何诚俊是按照演戏的方式坐着。他不仅双腿跪在凳子上，还用双手手肘支撑在课桌的桌面上，手里举着一把尺子，活像一个大臣在向皇帝敬献一把宝剑，脸上的笑容也像是在敬献皇帝。

"何诚俊，同学们怎么坐，你也要怎么坐。"刘老师矫正何诚俊道。

接下来，刘老师观察到了何诚俊一整套的修复动作。只见他双手还是撑在桌面上，先把左腿踩到了地上，再把右腿也踩到了地上，只剩下凳子在原地摇晃，凳子摇摆在教室的水泥地上，发出干燥刺耳的声音，回响在教室里。其他同学正不由自主地转头寻找声音的来源。

"快点！"刘老师像跑步运动员的教练一样催促道。

这时候他还是不肯把双肘从课桌上抬起来，仿佛被 502 胶水黏住了似的。手里依然举着那把用来进贡的"宝剑"。由于凳子离他的屁股有一点距离，于是，他抬起一只脚，伸进凳子的横杠里，一勾，二拉，瞬间把凳子拖到自己的屁股正下方，凳子在拉的过程中，屁股也往下顿，时间估计得分秒不差，凳子拖到准确位置的时候，屁股也准确地顿在了凳子上。凳子在他勾拉的过程中,与水泥地发出难舍难分的刺耳噪音,又一次把全班同学的注意力吸引了过去。

刘老师觉得这个刺耳的声音把自己努力维持在脸上的尊严戳出了好几个洞,于是他必须用严厉的词语把自己严肃的面具补上。

"何诚俊! 赶紧坐下!"刘老师俨然一副批评自己徒弟跑最后一名的语气了。

刘老师以为这样严厉的语气,可以一次性让何诚俊改掉坏习惯,可惜坏习惯不是一次性纸杯。他错了。只要他一转身,何诚俊就又恢复了原来的跪姿,跪在凳子上摇啊摇,双肘撑在桌板上,双手捧着长条的尺子,脸上带着那副天然的笑。

越看见何诚俊脸上的笑,刘老师脸上越笑不出来了。他还从何诚俊脸上的笑咂摸出一丝丝嘲笑的意味。他已经不觉得何诚俊的笑是可爱的了。虽然班级里不止他一个人坐不住的,但是目前来说他最想要改变的就是何诚俊。刘老师是擅于自我安慰的,他转念一想,脸上有如此灿烂笑容的孩子为什么就不能把他教好呢?

每堂课何诚俊都要敬献尺子两三回不等,每堂课刘老师都要给他"赐座"两三回不等。刘老师把这个场景在办公室说了一回,并自嘲道:"我每上一节课,都要配合演出一集清宫剧。"

"培养你当导演。"

"教完六年,你就成制片人了。"

"这部剧,一年一百多集,我们愿意追。"

办公室的同事们纷纷打趣道。

五

何诚俊不仅坐不住,而且不知安静是何物。每当上课时,安静的教室里,总有咕噜咕噜的声音,与刘老师的讲课声音遥相呼应:刘老师的讲课声响,咕噜声也响;刘老师的讲课声轻,咕噜声轻;刘老师的讲课声停,咕噜声停。只有少数时候,刘老师讲课声停,咕噜声还有袅袅余音。

刘老师先是在脑子里自问:"是哪个捣蛋鬼?"

刘老师扫视了全班一圈,眼神浏览过所有孩子的嘴巴,从他们嘴巴的形状,并不能判断出他们刚才是否在制造声音。

于是,他便询问全班:"是哪位同学发出的声音?站起来,老师就不计较。"

一些同桌开始窃窃私语,好像在探讨真凶;一些前后桌在面面相觑,似乎在看对方是不是罪魁祸首。最后没有任何人站起来,也没有任何人举报。

好几次课堂上,都出现这样尴尬的场景。刘老师只好向学生宣扬警察局的作风标语:坦白从宽,抗拒从严。

然而,并没有自首的。

又是一堂语文课,刘老师在写板书,咕噜声又"重出江湖"。刘老师这一回听清楚了声音传来的方向,根据耳朵判断,肯定来自于第四组,第四组的最后一个学生就是何诚俊。

这时候,何诚俊脸上的笑,几乎是迎着刘老师的严肃表情的。刘老师才醒悟过来,就因为这个笑容而经常忽略了何诚俊。

"不要发出声音,你要和同学们一起学习,一起进步,把咕噜声转化为读书声。"刘老师的声音是直线传播给何诚俊的,讲完后,他又继续写板书。

咕噜声暂停了一会,又变本加厉,还夹带着笑声。刘老师终于不耐烦了,转过身,大步迈到何诚俊的座位旁,一巴掌,拍在了课桌上。何诚俊立马从跪姿切换成坐姿,也收起了尺子,拿起被他丢在桌子一角的语文书。教室里还回荡着刚才凳子摩擦地面的声音和刘老师巴掌拍桌面的声音。刘老师的掌心是火辣辣的,他狠狠地瞪着双眼,全班都更加安静了,如果说是连针掉地的声音都听得见是最安静的,此刻连针都不敢掉地上,怕打破这安静的氛围。

但是,何诚俊还是满面笑容,而且这笑容似乎会发出声音。

此后,咕噜声还是偶尔有之,如同课堂上的慢性病。

六

何诚俊不但在上课时"进贡",下课时也"进贡"。进贡的物品除了可以当"宝剑"玩的长尺子,还有可以用来开枪玩的"三角尺",还有铅笔、橡皮和不知能藏多少宝贝的文具袋。

他有这么多宝贝,班级里时常上演"夺宝奇兵"。不是陈奕涛借了他某支好看的铅笔不还,就是傅元成私藏了他的卷笔刀说没有拿。这时,他总是从教室,一路哭到办公室找刘老师,刘老师看他滚烫的眼泪怕是要烫伤他雪白的脸似的,立马从座位上拍案而起,去抓获审问"捣蛋排行榜"上第一、第二的淘气包。

刘老师发现这些宝贝都是何诚俊"进贡"给他们两个人。过了十分钟,何诚俊就反悔了,想要拿回自己的宝物。

这样陈奕涛和傅元成就有了借口,刘老师质问他们,他们便振振有词地说:"是他送给我们的。"

"以后他送给你们的东西,都不要拿,就不会有事情了。"刘老师说。

第一次,刘老师这么告诫了他们。

第二次、第三次,一切照旧,何诚俊还是"进贡",他们还是拿;何诚俊仍旧想要回来,他们仍旧不给;何诚俊仍然一路哭到办公室,他们仍然站在了刘老师的面前认错。

下一秒,等何诚俊拿回宝贝,又笑得像是今天开心了一整天,从来没被哭打断过。

何诚俊经常被陈奕涛欺负。

陈奕涛不是把何诚俊推倒,就是打他,还会抢他的宝贝。何诚俊也懂得来告状。陈奕涛经常一副死不认罪的样子。两人像一对敌人,站在刘老师的面前。

何诚俊喊道:"你先打我的。"

"你先打我的。"陈奕涛毫不相让。

像鸡生蛋还是蛋生鸡这个问题一直让哲学家们困扰一样,这一句"你先打我的",几乎天天让老师们无比困扰。

刘老师的处理方法与其他老师不无相同,各打一板,互相道歉。

两人僵持了四五分钟,陈奕涛板着脸,睁着眼,僵硬地弯腰说"对不起";何诚俊淌着泪,吊着嗓,哭出一个"对不起"。

总算调解成功,刘老师料想两人一定老死不相往来,低头改作业。忽然听到窗外,何诚俊和陈亦涛的互相喊叫,叫声亲密得像战友,办公室里的金老师刚才目睹了刘老师审判的过程,也听到了办公室外两人又和好得亲密无间的叫声,玩笑道:"刘法官,看到这场景,你作何感想啊!"

"这是法院的终极目标啊,打着哭进来,牵着手出去。"刘老师笑道。

金老师也笑了。

何诚俊自己也会把自己摔倒。膝盖擦破了皮,手指头割开了一道口子。这时,他是不哭的,而是像英雄炫耀自己光荣的伤口一样,来找刘老师,脸上的笑收敛了一点,但是还有笑的余光。刘老师给他涂上红药水,或是贴上创口贴。红药水会扎着皮肉痛,傅元成这个捣蛋鬼都要喊疼,何诚俊脸上笑的余光很稳定。一处理完,他就飞也似的奔了出去,好像给他涂的不是红药水,而是润滑油。

侦探、法官、护士的身份,在刘老师身上都集齐了。

七

一桩桩、一件件的事情,让刘老师好几次想要找机会,和何诚俊的爸爸妈妈谈谈。但是自己又在心里强压了下去。刘老师心想,他们的孩子已经这样了,如果再把他们叫过来批评一顿,他们心里会不会更受伤。

刘老师记得一本书中有一句话:话说得太多伤害了别人,说得太少又伤害了自己。他谁都不想伤害,但是不说,把自己憋成了内伤。思来想去,还是作罢,他觉得再试一段时间,去教好他。

各科老师是强烈建议刘老师:找他的爸妈谈谈,最好能把他送走,这种情况,本来就应该送到培智学校去,不然连将来的基本生活保障他都不一定能自给自足。难道要他爸妈养他一辈子吗?

刘老师不想说这样伤人的话。

何诚俊似乎已经无药可救了,上课的纪律、下课的安全、作业的完成,就更加没有了保证。刘老师只好先从学习上攻克难关。

可是,何诚俊最大的本事就是健忘。

一年级刚开学,语文首先要学的是拼音。第一课学到的字母是 a、o、e。语文第一课,刘老师叫了何诚俊。何诚俊念了第一个"a",下面两个韵母就被他含在嘴里或吃下去了。接下来,他就低着头抿着嘴在那儿笑了。

刘老师想:这是害羞,还是真不会呢? 一下课,刘老师就把他叫到了办公室,准备在下课十分钟把他的知识拉出来溜溜。他仍旧脸上带笑,第一个字母,他张大嘴巴,眼睛盯着刘老师,"啊"了出来,嘴巴睁大了,眼睛却快要眯起来了,"啊"得脖子往后仰,手臂来回晃动。刘老师似乎看到了希望,再把手指指着"o"这个韵母,这一回,何诚俊眼睛睁得比"o"还圆,嘴巴闭了张,张了闭,好像是两块磁铁分分合合,刘老师快听见他上下嘴唇相撞的声音了,还没听他"哦"出来。

刘老师的手指滑到"e"上,何诚俊的眼睛躲闪开,好像刘老师指着的那几个字很刺眼,他低头俯视地上自己的双脚,身体也开始摇晃起来。

"何诚俊,看老师的书上,跟老师一起读。"

刘老师要把何诚俊的注意力从地面上提到桌面的书上,何诚俊才重新注视着书面。

刘老师念了几遍"哦",他也跟着"哦"了几遍,每念一遍,低一次头。刘老师念了几遍"e",他也跟着"呃"了几遍,每念一遍,退一小步。

刘老师觉得自己仿佛是 KTV 里的原唱,而何诚俊是拿着话筒却对歌不熟练的麦霸。

关闭了"原唱",何诚俊先是张大了嘴巴"啊",接着张大的眼睛代替嘴巴形容了"o",最后摇着头表示了他内心的"e"。

此时,刘老师的手指已经是摁着那个"e"了,何诚俊垂着眼睛,摇着脑袋,好像他两脚踩的地方不平一样,不停地寻找平坦的地方,眼睛也仿佛在帮双脚找平地。

"何诚俊,看书上来。"刘老师边点着书上的字母,边提醒。

何诚俊瞥了一眼书本上刘老师的手指,又去盯他想象中踩不平的双脚了。

刘老师扯住他的衣角,把他拉得离自己更近。刘老师又耐心地再来一遍"原唱",让何诚俊跟上自己的歌词、节奏、音调。

刘老师快把书戳出了个洞。何诚俊一边大张嘴巴,一边用眼睛瞄刘老师,那眼神里的意思,好像嘴巴里发不出声音,就会犯法一样。

刘老师停下在书上不停戳的手指,严肃地看着何诚俊。刘老师观察着他脸上的表情,再注视他睫毛下那双闪着灵光的眼睛,何诚俊眼睛闪避着,身体还是不安地摆动。刘老师想,就是这样一双眼睛背后,他的脑袋里藏着什么东西,难道他脑袋里藏着一个最大的秘密就是遗忘吗?

刘老师是不会善罢甘休的。拼音字母的每一课,他都单独拉来何诚俊,一遍遍原唱和伴奏,何诚俊不是走调,就是失声。

到了认字阶段,何诚俊认得一到十,以及"天地人牛羊"。其他字,十个中偶尔认得一个。办公室里,刘老师一遍一遍原唱伴着何诚俊的走调和失声。

刘老师在办公室自嘲,自己开创了"KTV模式教学"。然而这种教学模式并没有对何诚俊产生太好的效果。

消耗了大量的无用功之后,刘老师决定对何诚俊的学习不再提太高要求。

刘老师转了个念头,给自己提了一个高要求:让何诚俊有个简单快乐的童年,让他的笑更放肆,或许就是他能给何诚俊最好的礼物,最美的教育了。

八

何诚俊的遗忘或许可以成为他的法宝。

何诚俊有哭的时候,但是哭的内容也忘得很快,好像眼泪可以洗掉所有不开心。

对于何诚俊来说,笑是他自己与生俱来的幸福,哭是世界带给他的痛苦的礼物。

尽管刘老师在班级里反复强调,不要欺负何诚俊,陈奕涛、傅元成、邱帅还是要共谋欺负他。何诚俊的哭声,像是随身带了一个蓝牙音箱,在楼梯口,更有扩音的效果。

办公室的老师们听到这哭声,统一认定这哭声比何诚俊的脸蛋更有辨识度。

"刘老师,我的铅笔被陈奕涛拿走了! 他不还我!"喊出来的声音有点撕心裂肺。

"我的橡皮,被傅元成借走了! 他不还我了!"哭声在办公室里,像一只打太足气的篮球,左右弹,上下蹦。

"老师,我的铅笔被邱帅折断了!"

"刘老师,我的水彩笔、我的水彩笔盖被别人拿走了。他不还我!"

当刘老师物归原主时,他马上就笑了。

更多的时候,刘老师还没有物归原主,何诚俊又和陈奕涛、傅元成、邱帅玩在了一起,玩得不亦乐乎。

遗忘一定是他的遗憾,遗忘也将是他的天赋吧!

刘老师想道,他这辈子也许会吃很多亏,也许会受很多伤,会遭遇到各种不公平的对待,但是记忆会善待他的,他有遗忘的天赋。也许他的遗忘像一个筛子,把他记忆里所有痛苦的细沙都筛下,只留下大块的发光的欢乐。

九

何诚俊孤独地度过了他的自娱自乐时期,又进入了和朋友互动游戏的时期。

刘老师转身写板书,何诚俊就仗着自己的小身材,缩到桌下,蹲在地上,一甩手,一样东西滚到教室的左边墙角——陈延阳的桌子下。陈延阳也缩到桌下,蹲在地上,准备随时发射什么东西与何诚俊接头。他们像终于找到了组织一样。

何诚俊、陈延阳这两个不学习的孩子就在教室里,发展了他们的新业务——运送快递。

快递的方式很原始,虽然没有包装,但是手动直达,算是非常方便。但是有时候碰到了同学的凳腿、桌腿什么的,就要亲自匍匐过去,回到原地,重新发送。

他们这项运送快递的业务已经达到了巅峰的状态。刘老师非常生气,对何诚俊进行了前所未有的严厉批评,但何诚俊的快递业务最多暂停了 10 分钟后,又重新开展。

陈延阳和何诚俊运送快递的迅猛发展,使他们的桌子之间也产生了许多纸屑。每一天检查卫生,分数不是扣在了陈延阳的桌下,就是何诚俊的桌边。

一个星期,班里每天都扣分。到了星期五,刘老师才意识到事情的严重性,在教室里拍着讲台,批评值日生不负责,要他们解释到底是怎么回事。

值日生全都委屈地望向了陈延阳和何诚俊。

第二个星期的星期一,刘老师罚何诚俊、陈延阳两个人和每天的值日生一起扫地。

刘老师从此发现何诚俊的另一个本领。

扫地时,陈延阳总是拿眼角偷瞄刘老师,只要刘老师一从眼角消失,他就停下不动,或者举起扫把当武器。

何诚俊不一样。他手中的扫把从没有举过头顶,一直埋头扫地。刘老师有意不看管他们,而是走到办公室,十分钟后,再到教室里转转。

刘老师站在门口,陈延阳正举起扫把当机关枪用,何诚俊在喊:"何文峰,快扫地。"刘老师远远看过去,何诚俊的铁畚斗里已是满满的垃圾,何文峰的铁畚斗歪倒在陈延阳身后,里面没多少垃圾,撒回地上的倒有一大堆。

第一天,刘老师是想要相信但不敢相信;第二天,他就驻扎在教室,想要看看何诚俊是怎么扫地的。

刘老师一看,何诚俊拿起扫把,就有扫地的样子。

刘老师让他扫第一组,何诚俊的身高,拿扫把,不高也不矮,扫把的长度似乎就是为了他设计,与他搭配的。他扫起地来,不用弯腰,眼睛盯着扫把下方的塑料毛。塑料毛被他滑到哪里,他的眼神也跟着滑到哪里。塑料毛把垃圾扫进铁畚斗,他的眼神也定在他铁畚斗与地面形成的交叉线上。他倾斜铁畚斗的角度也不错,既能把垃圾像羊群一样赶上去,又能不让垃圾像悬崖的石头一样滚下来。一路扫过去,仿佛他是拿着吸尘器来扫地的。

他扫完了第一组,陈延阳才扫了两桌,两桌的边角,还东一线灰尘,西一片碎纸。

刘老师拿眼瞪了瞪陈延阳,耳朵里听见何诚俊清澈的声音:"刘老师,第二组也有垃圾,要不要扫啊?"

看他这么有干劲,又干得很漂亮,刘老师似乎把所有他从何诚俊身上发现的惊喜和自己所有想要给他的鼓励都放进接下来的话里:"嗯,要扫的,你去吧。"

他答应道:"知道了。"然后兴冲冲地提着铁畚斗,拎起扫把,扫第二组。

刘老师有所发现,为这个发现这么晚而难过,为终于有这个发现而开心。

刘老师给了何诚俊一份工作,一份专属于他的工作。

他不仅让何诚俊扫地,还让全班同学观察何诚俊扫地,让全班学习何诚俊扫地。虽然他上课依旧是不自觉地调皮捣蛋,刘老师照旧批评,但是在批评的语气里,放进去一份惋惜、理解和原谅。

他想让何诚俊从事更多他力所能及的工作。

刘老师喜欢两手空空地到教室上课,但是有时候也必须用到语文书或者语文作业本,他就问全班同学,谁愿意帮他拿书。

女生举手都很端正,男生举手,连自己的人都代表双手举了起来。还有的男生使劲用手肘敲着桌子,让刘老师的耳朵投他一票。在这样的举手的丛林中,他看到了一只羞怯的手。班级里面的每一只手都需要老师看到他们,听到他们,甚至拉他们一把。但是那一刻,刘老师看到了自己最想看到的,也是自己最想要拉一把的手,那只手属于何诚俊。

刘老师授权何诚俊去办公室拿书。全班的男生"啊"的一声表示失望,何诚俊脸上洋溢的笑脸,他脸上没有声音的笑,盖过全班那一阵失望的大叫。

何诚俊蹦蹦跳跳、开开心心地跑出了教室。不一会又蹦蹦跳跳、开开心心地跑回了教室,跑回来的时候,他脸上的笑容似乎比原先更亮了。他单手拿着语文书,不敢正视老师,只把书远远地扔到讲台上,算是递给了刘老师。

后来他能拿的东西就不止语文书了,刘老师改完作业,就会叫何诚俊来"运送快递"。

再后来,刘老师想让何诚俊承包整个"快递业务",让他做班级快递员:以后每一节下课都到办公室搬作业。第一个星期他跑得特别勤快,几乎天天往办公室跑,问刘老师有没有作业要抱;等到第二个星期,他就隔三差五地跑到办公室;再到第三个星期,他就完全地遗忘了。

他彻底地忘了,刘老师也没有追究。

刘老师以后再也不自己带语文书。他课前早两分钟到教室,第一句话就是提醒何诚俊帮他拿书。

下课时,每每看到何诚俊在操场上跑得满头大汗,哈哈大笑,刘老师都感觉到一阵安慰,也许他缺的就是放松放肆地玩,似乎所有的孩子都缺。学校却不是提供他们放肆的场所。

有一天,刘老师又提前来到教室,还没开口,何诚俊就蹦出了教室,不一会儿手里拎着语文书,蹦回了教室。刘老师愣了一会儿,铃声响了。刘老师在响亮的铃声结束的时候,才反应回来,眼睛往何诚俊的脸上照:何诚俊似乎是另一个何诚俊了。

他蹦回了自己的位置上,脸上是笑。这笑份量似乎和一年级报名那天笑的份量是等价的,又好像不是。

刘老师不再想那么多了,满脸笑容地对全班同学说:"上课。"

班长喊了声:"起立!"全班都站立在自己的位置上。

"同学们好!"刘老师深深地鞠了一个躬。

"老师您好!"刘老师的眼神深深地定格在同学们鞠躬的那一刹那。

【作者简介】

张滔,就职于椒江区三甲街道中心小学新建校区,心有文艺情怀,定位于小说,喜欢钱锺书、曹文轩、严歌苓等。曾经暗自许愿,为班级里的每个孩子写一篇文章。这篇小说就是写本班一位学生,隐去学生、老师、校名。曾获台州教育系统征文比赛一等奖。

酒驾

◎缪纪伟

一

　　下午两点,路桥交警大队直属五大队外面车水马龙,人头攒动。门口停满了车辆,陆陆续续地上车、下车、开走、停下,一刻也未曾消停过。那些过来办事的人,不管是刚来的,还是从大厅里出来的,都带着一种难以言说的无奈,偶尔还有几声悔恨的叹息。几条饲养在队里的小黄狗在铁门口不停地向外边张望,温和的阳光、广阔的天地及寻找配偶的原始冲动,搅乱了它们的心智,使它们坐立不安,时而跑来跑去,时而对着外面狂吠不止。

　　大厅里到处都是喧闹声,在这里处理车辆违章的人从早上排队到中午,几个女交警忙得不可开交,她们必须要沉得住气,要很专业地解释违章的原因,以及委婉地告知司机罚款金额。否则,这里会变成争吵的战场。辛苦一天所赚的钱就这样被罚走,并不是普通老百姓乐意的。

　　相比较于女交警出内勤的辛苦,作为出外勤的男交警,林业的工作就更加复杂和艰辛了。他昨晚轮班,一直工作到凌晨两点半,如果不是手机铃声,他很可能会睡一天。他的手从被窝里伸出来,在枕头边上不停地摸索,拿到了再点开,刚好一束很明亮的光线照在他的眼睛上,他很努力地睁开一只眼睛。手机上的开屏提示语显示的是一条短信,来自一个陌生号码,短信开头有一个自我介绍的名字,叫李国涛。

　　"李国涛?"林业还是有些迷糊,用手摸了摸头,忽然,他想到了什么,恨恨地叫了起来,"这孙子!"

二

　　清晨,温和的阳光普照大地。路桥中央山公园鸟语花香,空气清新,一批批晨练的人陆陆续续来此散步、锻炼。李国涛一边用蓝牙耳机打电话,一边牵着老婆的贵宾犬在此散步。不远处,迎面走来他的邻居宋清河,他也有一条贵宾犬,是两个人的太太相约一起买的。他们在云和小区住了五年,又是同一家公司,关系一直挺好的。两条狗一看见彼此,便努力挣脱主人的束缚,一起玩趣打闹。两人也见怪不怪,随它们在边上闹腾。宋清河看到李国涛,便笑道:

"李总,来散步啊!"

"对啊!难得今天放晴,活动下筋骨。"

两人寒暄了一阵,不约而同地讲到今天晚上公司酒席的事情。宋清河知道李国涛一向爱喝酒,便善意地提醒他酒后千万别开车,总公司也在严查酒驾,还说了一些最近被严查酒驾的人,即使公务人员也要受罚免职。李国涛不以为意,"哈哈"大笑:"没事,没事,我有分寸。"心里却在嘀咕:大晚上的,交警哪会那么严查,他们难道不睡觉啊?

两人接着聊了一些琐事,便分开了。

晚上的星辰大酒店熠熠生辉,在十二楼的六六六包厢里,李国涛和公司的同事们谈笑风生。觥筹交错之间,李国涛有些支撑不住,告别同事们后,便独自在酒店里开了个房间睡去。过了一会儿,酒劲慢慢消退,李国涛从床上爬了起来,看了下手机,已经快十一点了,给妻子回了个电话,妻子说她人在外地出差,没法过来接他,劝他找代驾帮忙。他却不以为然地夸口说这点酒量难不倒他,洗个澡就没事了。挂了电话后,李国涛便去浴室洗了个澡,觉得清醒很多,便拿着车钥匙去车库提车。车库出口一张醒目的告示贴在那里,李国涛瞥了一眼,不屑地说:"酒驾,还危险?危险个屁。"他正准备开车时,保安走了过来,和善地说:"先生,您要不要代驾?你是我们酒店的 VIP 客户,免费的。"

李国涛不耐烦地说:"不用,不用。"

"政府有规定,喝酒后不能开车,这也是为你们的生命安全考虑。"

后面有车子"嘟嘟"在叫,李国涛越发不耐烦起来,生气地叫嚷道:"你再这么多废话,小心我投诉你。"

保安无奈地摇摇头,只好给他放行。

李国涛一边开车,一边嘟囔着说:"都这个点了,哪还会有人查酒驾啊,难道警察不是人吗?是人就要去睡觉。"

天上的月亮洁白无瑕,清丽的光辉映照在这个欣欣向荣的城市上,千家万户的灯光像星星一样,这边亮起来,那边黯淡下去;又像钢琴上的琴键,黑白相间,此起彼伏,弹奏出了一首首平和宁静而又幸福快乐的歌谣。

夜间,飞驰在空阔马路上的车辆像一闪而过的流星,那强健有力的引擎声刺破了寂静的夜晚,似乎在告诉人们夜已深沉,这座城市要休息了。但仍有一些人,为了守护这座城市的安宁,在黑夜里正坚守着他们的岗位。

三

腾达路上,李国涛悠闲地开着车,摇下车窗,手伸向外面,凉风吹拂而来,让他更加神清气爽,眼见路上已无行人,便把另一只手从方向盘上松开,张开了自认为最大的怀抱,跟着车载音乐,大声欢呼、歌唱。他兴奋得有些过头了,以至于没注意到不远处有交警。等他被交警示意停车的时候,才发现刚才错过了一个拐弯的机会,他缓缓地减慢了速度,关上车窗,虽然心里有些发慌,但努力使自己更清醒一点,并且不停地在车子里给自己打气:"几千万的生意都谈得下来,这个算什么,有什么好怕的!"

距离一步步拉近,单纯的勇气并没有什么用,李国涛觉得必须想个法子出来应付。他忽然想到后面还有一瓶矿泉水,转身看去,没有了,在哪里呢?哦!记起来了,昨天被自己扔掉了。现在反而觉得清醒多了,视力和听力比平时都要灵敏许多,他知道这是酒精给他的刺激。他的血液里还有一部分的酒精含量,就是不知道有没有超过酒驾的标准,他不想冒风险,这对他的事业会有负面作用。李国涛努力控制住自己,要想出更多的主意:

"路口左边没有,右边也没有。"

"可以停在路边,然后人下车逃走,不行,来往车辆太少,有监控,会被抓住。"

"托关系,找人,先打电话,我的电话呢?"

一个身穿制服的男交警弯下腰,敲了敲他的车窗玻璃,示意李国涛把车窗摇下来。

李国涛拿着手机继续打电话,没人接,接着打,重复了几遍,仍然无人接听。外面的敲击声越来越重,有三四个交警围了过来,前方的路上还被放置了路障。空气一下子凝固起来,他的额头开始有些小汗滴流了下来,他隐约闻到一股浅浅的酒味,从他的皮肤里面渗出来。外面的敲击声越来越大声,这让他刚刚敏感起来的听觉有些受不了。他不得不按下车窗的开关,尽量保持平常的样子,为了掩盖他的慌张,他努力使自己的身体放松下来,像平时在公司那样,得要认真地演起戏来:

"这么晚了,还要值班,真是辛苦你们了。难怪台州的治安这么好,都是你们的功劳啊!"

交警向他敬了个礼,说:"同志,我们是路桥区直属五大队的。"打开车窗的那一刹那间,交警林业似乎在空气中闻到了一股淡淡的酒味,眉头不由地紧蹙起来,在并不清晰的路灯下,他依稀能看到微醺的红晕趴卧在李国涛的脸颊上,有点像京剧演员涂画的脸谱:"酒驾检查,麻烦你下车配合检查。"

"好,好,好。"李国涛热情地打起招呼来,从副驾驶的包里抽出一条中华烟,"辛苦了,辛苦了,一点点心意。"

林业起先愣了一下,看了看旁边的队友小菜头。小菜头无奈地摇摇头,另外一个在汽车后面的交警李家豪笑着说:"又来这一套,来点新鲜的好吗?"立在汽车另一边,正在排检汽车的交警张哲打趣道:"他们这是组团送烟。业哥,这是第几个了?"

林业两手掌在空中晃了晃,还特别点了点。

张哲朝小菜头乐呵呵地说:"呦呵,十个。小菜头,你输了啊,下个月衣服你洗。"

李国涛握着香烟,一直停在半空中,见他们一直没有收,还打趣他这种变相的贿赂行为,难免有些尴尬起来。但是,现在不是争吵的时候,他假装没有听到他们的谈话,笑呵呵地去套近乎。

"哈哈……"他把烟收了回去,从容地说,"这条烟本来要送崔队的,去年他儿子考进一本,我们几个老朋友给他庆祝送的。"

这是李国涛道听途说的,不管有没有效果,他只能继续编下去。

"崔队就是太客气了,我们送的特产,黄岩蜜橘,他说这是朋友间的情义,是可以收的。其他的都不行。临走,还送我们他老家酿的黄酒,每人一瓶,我现在还在喝啊。真香!"

李国涛一脸真挚,面带微笑,话语间,还颇能感觉到他在回味那次聚会,是多么令人愉悦似的,仿佛他真的是崔队的老朋友,他们有很深的交情,关系很铁。

小菜头是刚来不久的新人,只知道他们的队领导叫崔邦国,黄岩宁溪那边来的。其他的并不知情,现在却见到崔队的老朋友李国涛跟他们侃侃而谈,觉得刚才对他的揶揄有些不妥,不免有些心慌起来,眼睛向林业瞧了瞧。

对于这位前辈,小菜头陈贤俊一直非常佩服,不仅能力很强,而且为人仗义,不会因为他是个合同工就小瞧他,是队里口碑最好的交警。他有时候会觉得他就像金庸小说里的萧峰一样,为人刚正有气魄,像个英雄。

其他的几个队友虽说也是队里的"老人"了,但是对新调来不久的崔队还是不够了解,更别说他家里的情况。可是林业不一样,他是队里的骨干,崔队很信任他,有什么大事都是让他带头,他完成得都很好。于是,大家的目光就齐刷刷地望向林业。

林业见队友们都有些拿不准的样子,便知道他们被这种人情往来的关系牵绊住了。

"你说得有些对,也有些不对。"林业这几句轻飘飘的话却让李国涛胃里翻江倒海,双腿都有些慌张地抖起来。林业看看李国涛,再看看其他几个队友,说:"你说的这些事跟你现在的情况有什么关系?我们是人民警察,不是崔队的警察,不会因为他的缘由,而践踏法律赋予我们的职责。"

李国涛有些不知所措,刚才从容的气势马上蔫了一半,忙辩解道:"是的,是的。恩……崔队也经常在……喝酒时跟我们讲他队里的人都是好的……都是优秀的人民警察!"

"喝酒?"林业有些狡黠地笑道,"崔队快十年没沾过一滴酒了。"

林业把目光望向他的队友们说:"上个星期的风气会,崔队跟我们讲过,现在人情关系太过复杂,作为基层的执法人员,更有可能遭受威胁、恐吓。尤其是这些七晕八素的小九九,我们更是比不过那些精明的人会算。可是,我们干了这一行,就必须要清楚自己的职责,我们依法做事,行得端做得正。哪怕有人秋后算账,我也无愧于心,因为我是一个堂堂正正的人民警察!我对得起我身上穿的这身警服!"

林业的这些话,在昏暗的夜空里,在轻抚的微风中,在耀眼的灯光下,依然铿锵有力,直刺云霄,像一支强心针一样给了他的队友最强的勇气和自信。

李国涛额头上被擦掉的汗滴又重新流了出来,这次他能清晰地感觉到,一股浓浓的酒味像奔涌的溪流,浸湿了他的领口,顺着脖子滑进他的衣襟,刚才还滚热的汗珠现在已经变得冰凉刺骨,他忍不住打了个喷嚏。

"同志,请你下车进行酒精测试。"林业不紧不慢地对李国涛说。

"好,好……"李国涛已经完全没有刚才从容不迫的气势,话里都透着一阵恐惧,他不知道该不该下车检车,所以仍然有些踌躇,看了一下中控台的时间,心里琢磨着:喝酒后已经睡过一次,还洗过澡,现在都过去四五个钟头了,怎么说也应该没了吧!

最后,他还是勉勉强强地下了车,关车门时,把车门甩得很响,似乎向车子发泄着自己的怒火,一脸的不悦。

林业把酒精测试仪拿到张国涛嘴边,说:"同志,请靠近这个,不用吹气。"

李国涛仔细看着嘴边的酒精检测仪,它一直不停地闪烁着亮红色的光晕,和警车上的警灯非常相似,可是小得多,是一根圆棒一样的机器,很像警匪电影里的警棍。对着自己嘴的这一边，有一个被铁丝网罩着的圆形长孔，整个长度大概跟自己的手肘一样长，有红黑两种颜色，红色这一端，写着几个大大的白色楷体字——酒安1000，非常显眼。黑色这一端彼林业的手紧紧地握着，横亘在红黑中间的是一个跟电话手表一样大小的电子屏幕，屏幕上面仍旧写着酒安1000，比起红色这一端的楷体字小了一些。屏幕下面有两个白色按钮，一个貌似是开关，只见林业按了一下，它就发出"嘀"的一丝响声，另外一个按钮有着箭头朝左边的标记，李国涛猜想，这个应该是返回键。

"请靠近点，用力呼吸就行。"林业催促道，眼睛一直盯着李国涛，在并不强烈的灯光下，他能看见几颗闪着光亮的汗珠从李国涛的脸颊下滴落，悄悄消失在他的衣领里，像一个恐惧光明、埋藏在黑暗里的小鬼一样慌张而胆怯。见他还不靠近，林业再次伸了伸酒精检测仪，离李国涛的鼻子不到五厘米的距离。

一种任人宰割般的痛苦从李国涛的心底慢慢滋生起来，通过血液循环，流传到他的全身各处。他的尊严似乎在此变得一文不值，他的脸面已经破碎一地。渐渐地，李国涛的愤怒开始萦绕心头，传到他的大脑，他的理性缓缓地在消逝。他甚至能听到一种微弱的声音向他说道："克制，要克制，争吵解决不了问题，反而会让自己变得更加难堪。"但是，他的耳朵似乎已经被堵住一样，里面"嗡嗡"地响个不停，仿佛不找个出口，他随时会爆炸一样。他忽然朝地上啐了一口，双手叉腰，对着林业怒目而视，语调中带着诸多的不满，音量近乎狂吠。小菜头还是头一次见这么不配合的人，耐不住性子想跟他辩论，却被一旁的林业拦住。林业依然是不慌不忙地说道：

"我们这边有录音的，如果你再不配合检查或者出言侮辱警察，我们接下来就会拍下视频，依法处理。"

李国涛刚才还盛气凌人的架势，瞬间像漏掉的气球一样，一只一直指着林业的手还半举在空中，本来还想叫嚣的话语，硬生生地被自己咽回去，眼神里尽是惊恐。此时，他不得不乖乖接受检查，靠近酒精检测仪，但他故意放慢呼吸的速度和力道,任凭林业按动按钮。

"不行!"林业的态度开始强硬起来,"如果你愿意这么耗下去,我们现在就可以回队里做抽血检测。"

李国涛白了他一眼,但最后也只能无奈地叹了一口气,那浓烈的酒味像沼泽里腐烂的臭肉味一样散出来,林业都忍不住捂住鼻子,不满地说:"你到底喝了多少酒啊?臭成这样!"

此时,酒精测试仪忽然震动起来,指示灯不再像刚才那样闪烁不定。

林业严肃地盯着李国涛,眼神像把利剑,仿佛刺进了他的灵魂深处。李国涛意识到了问题的严重性,开始辩解自己喝酒后的状况,但林业和他的队友们对这种状况已经见怪不怪,没人会对这种危害别人安全的酒驾行为报以同情的。直到李国涛拿出行驶证和驾驶证时,他仍旧强调着这是自己的第一次。与先前的淡定不同的是,他开始显示出他的无奈,以及为博取同情而做出的种种可怜相。林业和队友仍旧按着正规的操作程序,任凭他在边上申诉和反悔,依旧扣留了他的车子、驾驶证和行驶证。李国涛疲态尽显,但仍然做着最后的努力。

"我是做投资的,一天的利润有时候超过你十年的工资,我们可以谈一谈。"

林业狠狠地瞪了他一眼,没有说话。

"我有一个好兄弟,也是公职的,权利很大,只要你放过我,我会向他举荐你。"

林业定在原地,一动不动,尽量放松自己的呼吸,转过头来,似乎有些被惹恼了,脸上的表情非常难看,其他队友也非常担心地望着他,他们还从没见过他这样生气过。可他极力克制自己快要发飙的情绪。尽管如此,他话语间仍然透露出一股杀气:

"如果你再没完没了,我可以立即以妨碍公务的罪名拘捕你。"

李国涛向来是吃软不吃硬的主,他自认为自己已经够低姿态了,却还被这个小小的交警所无视,一股无名怒火"噌噌"地向他的胸口、大脑冲击,使他的理智再次变得混沌而盲目。仅仅想了两秒钟后，他就决定豁出去，快速地绕到林业的前面，口气不再像刚才那样低声下气，眼神凶恶而坚毅，血液充涨在眼球里，似有野兽在蠢蠢欲动，脸颊已经变得像刚出水的烙铁一样红扑扑的。靠在林业边上，李国涛恶狠狠地对着他说：

"我是有关系的人，你要是扣我的车，我不会放过你的。"

林业直直地盯着他看，轻蔑地说道："你酒驾违法，害人害己，现在幸亏被拦下来，你不反思过错，反而威胁警察？你是不是想躺在医院里才甘心。"

李国涛不由地被这话震了一下，脑子里忽地闪现一幕幕有关酒驾车祸的画面，仿佛一下子清醒了不少，原本盛怒的气焰瞬间减了一半。

"你……"

"你如果有什么不服的，请明天到交警队申诉，再不然走法律程序，不要用这种陈词滥调来威胁我，我不吃这一套。"

李国涛被林业的正气吓得哑口无言。

"还有如果再让我听见你用这种话来威胁警察，别怪我不客气。"

李国涛最后只能无奈地看着自己的车子被交警停在一边。灰头土脸地跟着他们坐车去医院抽血检测，之后做了笔录交了钱。回到家的时候已经是深夜两点了。一个人呆呆地坐在地上，靠着楼梯的扶手，对他而言，这件事似乎是一种耻辱。他咽不下这口气，思忖良久，他决定要给林业一个"颜色"看看，要让林业为自己的所作所为后悔一辈子。他拿出手机，查看车子被拦下前拨出的电话有无回复，竟然没有！李国涛想那个人应该关机了，凭他们的交情，那个人看到是他打的一定会回的。毕竟自己救过他，还资助过他，那个人的政治生涯是从自己这里开始的，没有自己的帮助，那个人走不到现在的高位。

李国涛打定主意就独自一人上楼睡觉，脑袋昏昏沉沉，他想自己有可能感冒了或者还未清醒。躺在床上，李国涛不停地查看电话，辗转反侧，难以入眠，直到东方之既白，才昏昏沉沉睡了过去。

四

别墅外,太阳日上三竿了,李国涛被一声声急促的电话声叫醒了,他看了看手机,是秘书处小张的电话。

"喂,小张。"

"李总,出大事了,宋总昨天晚上出车祸了,听说出人命了,现在人在医院躺着!"

"谁?"李国涛被这突如其来的消息吓了一跳,他摸了摸脑袋,发现头疼得很,估计昨晚喝得太多,又被风吹得厉害。

"事业部的副经理宋清河!"

"什么? 老宋!"李国涛赶紧从床上爬起来,忍着头疼,从二楼小跑着下楼到门梯口,"在哪个医院? 恩泽,好,好,我知道了,马上来。"

他伸手从口袋里掏车钥匙,才发现自己的车子昨晚因为酒驾被扣走了,于是又急急忙忙地又跑到隔壁老宋家,按了多次门铃始终无人应答。老宋的母亲一直帮他们带孩子,现在两人都不在,肯定也去医院了。

李国涛在手机上叫了辆车,连早饭都没吃就去医院看宋清河。

医院的病房里,挤满了来看望宋清河的人。他的老丈人呆呆地坐在椅子上,双手紧紧地抱着自己的头,依稀能听到他啜泣的呻吟。丈母娘更是崩溃地坐在地上嚎啕大哭,撕心裂肺的叫嚷声令人心碎。宋清河的母亲一直搀扶着亲家母。她的脸上也是稀稀疏疏的泪痕。宋清河的女儿并不在这里,他想小孩子面对这种情况总归不好,的确不适合待在这里。病床旁边趴卧着宋清河家的贵妇犬,没有女主人在身边,它落寞地趴在地上,眼睑垂了下来,嘴里一直"呜呜"地轻声叫唤着,尾巴无精打采地耷拉在地上,曾经欢快活泼的小狗似乎也感觉到了它的女主人再也回不来了。李国涛在来的路上就通过他们公司的微信群了解到了事情的始末。

老宋在公司聚餐后,开车载着妻子回家,平常滴酒不沾的他竟然喝了少许的酒。李国涛隐约记得这可能跟最近的升职有关系吧。人一高兴,那些曾经坚持的原则就变得随意起来。之后,开车右拐的时候被左后方笔直行进的大货车剐蹭到,大货车司机虽然紧急刹车,可是为时已晚。大货车侧翻压在宋清河的车上,他老婆在副驾驶座上当场被压死,整个人已经完全扭曲,血肉模糊。而他自己的腿被铁皮刺穿,整个腿骨都碎裂了,人侥幸活了下来,但他的精气神算是毁了。

李国涛看着现在的宋清河,几乎一夜之间憔悴得不成人样,被绑带包住的腿挂在半空中,像一只待宰的羔羊,哀呼的呻吟声在他的胸口间此起彼伏。

李国涛作为他们公司的代表人之一,从水泄不通的门口挤了进去。他知道自己现在的形象并不好到哪里去,整张脸由于缺乏足够的休息,变得油腻暗黄,头发也是随随便便用手往后一按就了事的,换做平常,他是绝不会这样唐突出门的。此时此刻,这些都不重要了,李国涛脸上的神情严峻,同情地望着宋清河,生意场上诡谲多变,他都可以轻松应付,但现在的场景,却难受得让人说不出话来。

宋清河侧着脸望着窗外,窗台前有一株类似茉莉花的盆栽,阳光温暖地照耀着它,它在微风中散发着生命的香气。李国涛再走近一点,近乎靠在床榻的扶手上。跟宋清河共事五年,他还从没有这么怕靠近他,现在李国涛害怕了,因为宋清河脸上满是绝望,仿佛死神在凝望前方。宋清河似乎感觉到有人靠近他,把脸转了过来,眼泪仍然挂在鼻翼上,又慢慢地滑入嘴里,这个苦涩的滋味扰动了他的心肠,他从昨晚起就压抑着的绝望似乎在李国涛面前"决堤"了。

"我就喝了你敬我的这一杯啊,我以为没事的。"

宋清河哭了。

"我早早地看见有交警在前面检查,我绕道了。"

他的哭声越来越响。

"如果知道会这样,我宁愿被他们抓住,我该死啊!"

他用双手捂住自己的脸,泪水却像倾盆大雨一样沾湿了整个脸部。

"我对不起她,对不起女儿啊!我该怎么跟她说。她才五岁,才五岁啊。妈妈就没了。"

他越说越激动,情绪到了崩溃的边缘,整个身体一直在不停地抽搐。

"是我害了她啊!是我害了她啊!"

他用手用力地拍着自己的胸口,剧烈的疼痛也无法抵消他的负罪感。

大家看见他已经情绪失控,立马上来制止他,唯独老丈人和丈母娘痛苦地呆坐在一旁,嘴里一直念叨着他们女儿的小名。

"死的应该是我,死的应该是我啊……"

宋清河近乎疯癫。

李国涛跟着众人一起安慰着宋清河,心里却百感交集。出了病房,过道的前端就是休息区,李国涛看见了宋清河的女儿,她静静地坐在小沙发上,低垂着脑袋,手里拿着妈妈上个月送给她的生日礼物——毛绒玩具小熊维尼。旁边是她的阿姨,一脸哀愁地看着她,轻轻地抚摸着她的头发。另外一边的大沙发上也坐着一个小女孩,不同的是,她有妈妈陪在身边。她们一起看着书,那个妈妈还笑着亲了亲自己的孩子。

李国涛独自一人绕到了吸烟区,从上衣口袋里拿出了准备应酬用的中华烟,一个人在吸烟区坐着,一根又一根的烟蒂散落在烟灰缸里,他都快要戒烟成功了,如今却又吸上了。他觉得把宋清河害成这样,他是有责任的。昨晚他向宋清河及其妻子敬酒,跟他们说了宋清河升职的事,还说喝点酒没事,他可以送他们回去,但他搞砸了。爱喝酒的他喝了一杯又一杯,忘乎所以地喝,直到喝得酩酊大醉,不省人事,彻底忘了这件事情。李国涛想到这里,又猛烈地吸上一口,眼角湿湿的,泪水终于夺眶而出。李国涛手撑着额头,手掌捂住了眼睛,啜泣声此起彼伏。手上的烟火飘飘渺渺,弥散在空中,又消失在痛苦的悔恨中。

"嘟……嘟……"李国涛的手机在裤兜里不停地震动起来,他拿出来一看,原来是老杜打的电话。老杜是他的同学,在某市担着公职,是当地举足轻重的重要人物,他们是最铁的哥们,有过命的交情。李国涛用手指揩拭着眼角的泪滴,用手掌抹掉了脸颊上的泪痕,提了提精神,地按下接听键。

"喂,老杜。"

"老李啊,不好意思啊,昨晚有事情,手机也没电了,现在才开机。"

"哦,没事,你公职在身,这是难免的。"李国涛极力想掩饰自己的情绪,但沙哑的声音却没法掩盖。

"老李,你听上去并不好,发生什么事情了?"

"哎,我的一个邻居酒驾撞车,妻子死了,他又断了条腿。"

"……"一阵沉默,"不瞒你说,我们这边最近一直抓酒驾的事情呢!"

"哦。"

"老李,有什么需要我的吗?"

"我本来想要请你帮个忙的,现在没必要了。"

"……"又一阵沉默,"老李,你可以跟我讲一讲,或许我能帮得上。"

两人沉默了一会。

"好吧。"李国涛太想找个人倾述,要是再这么憋下去,他会发疯的。老杜成了他的救命稻草。"事情是这样的……"

"这个拦你的交警是一个好警察。"

"是的。"

"老李,你不该报复他,这是他的职责。"

"是的,我真为我的想法和行为而懊悔。"

"你能这么想我就放心了。"

"我应该向他道歉,也许……也许,他救了我的命。"

"你被拦下了,你的邻居没有,也许你真的躲过一劫。你该感谢他,台州有这么负责的交警,难怪交通建设这一块年年赢过我们市。"

"你们也不赖。"

"等我忙过这一阵,咱们去临海的桃渚聚聚。"

"好的……"李国涛发现自己的喉咙不再那么干咳了,心里积压的郁气也释然了一些。

五

"林长官,你好,我是李国涛。我通过一些渠道打听到了你的号码,但我并无恶意,而是带着一种愧疚之心,深深地为我昨晚鲁莽的行为向你表示最真挚的歉意。同时,我也很感谢你,是你们的及时制止,才避免我酿成更大的惨祸。我一直以来都过于自以为是,直到今天上午,我的一部分原因,导致了隔壁一家人阴阳两隔的悲剧。我深深地为此而自责,也看清了自己的缺陷。在以后的人生岁月里,我会更加爱惜自己的生命,珍惜自己身边的人,不再饮酒伤身,不再鲁莽行事。最后,我再一次真挚地感谢你们,敬爱的人民警察,谢谢你们无私奉献和无畏的精神,因为有了你们,这个城市才变得更加美好!"

林业看完后愉快地舒了一口气,笑着说:"这孙子还不赖嘛!"

外面的阳光透过窗帘布的细缝照射在林业的床上,床上的警服、警帽整齐地摆放在那里。警帽上的五角星正散发着耀眼的光芒。

【作者简介】

缪纪伟,现就职于路桥区河西小学,酷爱阅读文学类的小说,尤其是世界经典名著。

上游下流

◎ 邢邵

——妈,改革开放都七十年了,你感受最深的变化是什么?

——七十年了吗? 难怪现在医疗技术这么强,政府政策这么好了。

一

时间的齿轮转动,逝去的年华一页页从眼前翻过。所有笑的、痛的记忆在重温中回味。嘴角扬起一抹释然的笑,重回那条河的怀抱,在上游诉说情怀,在下流描写生活——生活,就是故事。

是的,生活就是故事,故事总是被生活创造。

这个故事发生在江南,关于一条小河和一个女人。

每当说起江南,人们总自觉或不自觉地想起小桥流水,想起草长莺飞,想起诗情画意。其实,七十年代的江南,特别是我们要讲的这座位于江南的边边角角却又和大海近了那么一点儿的小镇,的确有着小桥,也不缺流水,却怎么也少不了被生活鞭笞着的艰辛和这样或那样的家长里短。

那是条很小很小的河,或者叫它小溪更合适。它没有名字,也没人想过要给它起个名字。小溪从山头一路蜿蜒而下,将整个村子抱入怀中,在村头汇入另一条河流,流向不知名的远方。

二

村里有个可爱的小姑娘叫阿玉,又瘦又小,有着一头又长又黑的头发和一双硕大硕大、闪着光的灵动眼睛。阿玉从小生活在小村子里,没怎么看过外面的世界。阿玉不像其他小孩子有很多兄弟姐妹,爸爸妈妈就阿玉一个孩子,所以她不用像小翠一样和哥哥们抢吃的,她每次都吃得饱饱的。可老是不长个让阿玉很生气,比小翠还小了一号呢。对了,小翠是阿玉的好朋友,她们从小一起长大。阿玉不懂什么叫"宫外孕",只模模糊糊了解到在阿玉还很小很小,小得还装在妈妈肚子里的时候就不乖乖呆着,害得妈妈再也不能给阿玉生小弟弟小妹妹,也害得阿玉瘸了一条腿。所以,阿玉再也不敢调皮,总是很乖、很听话。

阿玉没出过远门,在她仅几年的记忆里,也就去过几次小镇,和爸爸一起赶集。

阿玉一直相信爸爸是世界上最厉害的人! 连阿贵叔都说爸爸厉害,猪养得最肥,地种得也是顶呱呱,爸爸还会用竹条编各种各样好看的筐子、鸡笼,在赶集的那天把阿玉扛上肩头,走上好久的路带阿玉去镇上。阿贵叔说爸爸太老实了,阿玉不懂什么叫老实。阿玉只知道爸爸认识好多人,每次去镇上赶集总会有一条街的人和爸爸打招呼,爸爸的竹筐、鸡笼也总是最快一个卖光的,总是能给阿玉买好吃的糖果。

每次被爸爸带着去赶集是阿玉最快乐的日子,那时候,坐在爸爸肩头,可以看得好远好远:可以看清村头大山顶上裸露的黑岩和旁边的阿福伯家的烟囱;可以看到村里那条没有名字的小河从村后的山上流下,流过妈妈洗衣服用的那块青石,流过大伯家,流过门前阿玉玩水的小台子,流过阿贵叔家,流过阿婆家,再流出村口,流向阿玉不知道却消磨了许多年岁的远方。小河很窄,阿福伯的牛车都比小河宽;小河也很清,阿玉最喜欢在妈妈洗衣服的时候跟去摸小鱼,抓螃蟹,或者捡几块漂亮的石头。

那时候……

三

爸爸病了,好久没编好看的筐子了,也好久没带阿玉去镇上赶集了。阿玉不懂。阿玉也会生病,也会头痛,可只要乖乖吃药,一下子就好了,难道是爸爸不乖吗?为什么妈妈这几天总是哭?她以为阿玉睡了,其实阿玉都有听到的。直到很久以后,久到阿玉不再只是个什么都不懂的小姑娘,阿玉终于懂了:爸爸得了尿毒症,爸爸要去另一个世界,阿玉再也看不到爸爸了。

前几天,爸爸躺在板车里,被拉到了县里的医院,临走前妈妈交代阿玉一个人在家要乖,去大娘家吃饭,妈妈要陪着爸爸去县里,这一路要翻两座山头,走上一天。妈妈要陪着爸爸,不能回来,也没办法回来——从小村子到县城,一来一回就要一天的时间!交代完,妈妈就带着半个月量的粮食出发了。阿玉就想啊,自己一个人在家一定要乖乖的,乖乖地等爸爸治好了病回家!

第二天,妈妈就回来了!

阿玉开心地狂奔到村口迎接"治好病"的爸爸妈妈,可迎来的却是躺在板车上、脸色愈加灰白的爸爸和脸带泪痕、双眼通红的妈妈,哦,还有那袋沉甸甸的还剩十三天量的口粮。

阿玉急坏了,她不知道发生了什么,看着这样的爸爸妈妈,阿玉只感觉由心而发的难过。

往后的几天,爸爸一直躺在床上起不来,肚子涨得老大,每天吃不了多少饭,一吃就吐,肉眼可见地瘦了下去。家里不断地来亲戚,当着爸爸的面安抚着,出了院子却只能一起无奈地叹气。

原来,那天妈妈、大伯满怀希望地来到了县医院,顾不得爬了两座山的辛苦,急忙找到医生,得到的却是医生无奈的摇头。那可是县医院呀!对这偏居一隅的小山村的村民来讲,县医院是神圣的,是无所不能的,可县医院说了不行,没条件、没技术,那就意味着只能把人拉回来等死了。

四

那一晚,阿玉睡到半夜被哭声惊醒。小小的泥土瓦房里,挤满了人,大伯、阿福伯、阿贵叔、阿花婶……连嫁到镇上的姑姑也来了,妈妈呢? 阿玉迷迷糊糊地起来找妈妈,妈妈却只是搂过阿玉哭,一直哭,阿玉看妈妈哭,瘪瘪嘴也哭了,哭久了、累了,又睡了过去。

第二天,在第一声鸡鸣响起前,阿玉就被妈妈叫醒。阿玉看到爸爸躺在床上,被盖了一张白布,脸惨白惨白的,阿玉的脸也被吓得惨白惨白的。

当时的农村施行土葬,一口棺,一世人。

爸爸入葬前的那晚,妈妈坐在阿玉的床前。"阿玉啊,你还这么小,你爸爸怎么就走了呢? 这让我们娘俩怎么活啊?"说着,眼泪流了下来。

"妈妈,爸爸走去哪了? 什么时候回来?"阿玉睁着水汪汪的大眼睛问,阿玉知道爸爸最喜欢自己的大眼睛了,总夸这双眸子是山溪里最亮的鹅卵石。

妈妈摸了摸阿玉的头:"阿玉乖,爸爸去了很远很远的地方,那里很漂亮,爸爸也会很开心的,所以阿玉要听话,这样爸爸才会高兴。"

"嗯。"听到爸爸去了很漂亮的地方,围绕着阿玉好几天的恐惧终于消散。阿玉乖乖地闭上了眼睛,想去梦里找爸爸。

第二天,阿玉乖乖地起床,乖乖地把长长的、乌黑乌黑的头发编成好看的辫子,以前都是爸爸帮阿玉编辫子的,可自从爸爸生病,阿玉就开始自己学着编辫子了。妈妈还让阿玉换上了一件从来没见过的白衣服,上面有条用草绳编的腰带,还挂着草鞋,草鞋硌得人难受,阿玉想拿下来,却被妈妈呵斥了一句,阿玉觉得委屈。

那天,家里来了洋号、锣鼓,叮叮咚咚、乒乒乓乓地吹吹打打,把阿玉家小院里养的鸡都给吓坏了。那天,阿玉最后一次看到爸爸,惨白惨白的脸被大姑打理得干干净净,换上了一身爸爸从来都没穿过的体面的新衣服。那天,阿玉看到装着爸爸的木棺被抬过石桥,抬进后山,埋入深深的土里。

阿玉静静地看着,看着吹洋号的叔叔涨红的脸,看着木棺被一寸寸掩埋,看着妈妈扑倒在坟前痛哭⋯⋯

一阵风过,吹起漫天的白色纸钱,吹皱小河,看着河面上打着跟斗、急速远去的纸钱,阿玉"哇"的一声大哭了起来。阿玉知道了,爸爸再也不会把阿玉扛上肩头带去镇上赶集了。

泪眼模糊中,阿玉似乎看到爸爸坐着纸钱向远方飘去,手里还编着阿玉最爱的小篮子⋯⋯

五

如果说最难以琢磨的是人心,那么最难以追逐的必然是时间。山间的映山红开了一岁又一岁,十八年光景在小河的缓缓流淌中,轻轻地来,又轻轻地走,恍惚间似乎从没出现过。

那一年,当山上的映山红开了,东一簇,西一丛,映红了半座山的时候,阿玉嫁人了,从小河的上游嫁到河的下流,嫁到儿时记忆里的不知名的远方。男子是个大字不识一个的农民汉子,憨厚,朴实,简单,但真真切切地待阿玉好,如此,足矣。

成人、结婚、生子,那几年,日子如流水匆匆而过,也算得温馨和美。但就如缓缓前行的溪流,哪能一路直行?哪能不转个弯?命运跟阿玉开了个天大的玩笑——仅三十多岁的她被检查出了尿毒症。

六

那天,阿玉红着眼眶上了后山。这么多年来,阿玉一有空就会上后山来陪陪爸爸,跟他讲讲村里的事儿,讲讲自己或者妈妈的事儿。这么多年了,阿玉总觉得爸爸不曾走远,一直在这山岗上,看着村里,看着阿玉长大。所以她想陪着爸爸,就像以前爸爸编漂亮的竹筐、鸡笼的时候,阿玉坐在他的身边,静静地看着长长的竹条在爸爸手中穿过来、翻过去,像变魔术似的,看着就可以笑得很开心。

"爸,好久没来看你了。"阿玉坐在爸爸坟前,随手拔掉地上杂乱的野草。"你外孙前两天刚过了十岁生日。小孩子成绩不错,也挺听话,特别黏他外婆,说世上只有外婆好。你不知道,每次犯错我教训他,他就去向他外婆告状。"

说着,阿玉抬起了头,微风吹过,扬起阿玉那头又黑又长的头发,吹眯了她的眼,却怎么也吹不散眉间淡淡的哀愁。恍惚间,阿玉似乎看到爸爸站在面前对阿玉温柔地笑着。

"爸,他们说了这个病不会遗传的,可……为什么……儿子还那么小,我就这么走了,他该怎么办呀……"想起当年爸爸查出病后一周不到就匆匆离世,阿玉的心就慌了起来……

低头,啜泣。

良久,阿玉才收拾好心情:"爸,现在时代变了,这又不是癌症,肯定有法子治的!"说着,阿玉紧紧握起了拳头。

不知不觉间,日头西斜,将西边的云彩渲染成美丽的颜色。云彩倒映在小河里,旖旎,诡谲。小河携着满河面的色彩不知疲倦地向前流淌,带走了阿玉的彷徨,带走了羡慕的絮语,也带走了一整个下午的眼泪与笑窝。

倦鸟啼叫着归巢,村子里升起了袅袅炊烟,山脚下传来了妈妈的呼喊声。

阿玉起身,深深地看了眼爸爸的坟头,"爸爸,阿玉还会来看你的……"

七

阿玉开始复检了。

一周之内,在丈夫的陪伴下,夫妻俩辗转温州、杭州、上海等城市,积极地配合医生做各项检查。看着各种不知名的仪器用在自己身上,阿玉突然觉得自己的病没那么可怕了。

阿玉开始治疗了。

带着大城市的大医院的大医生给的治疗方案,阿玉和丈夫回到了这座熟悉的小城,来到了那个曾经那么遥远如今那么熟悉的县医院,开始了第一次血透。

阿玉躺在刚换了床单被套、整洁的病床上,静静地等候护士的到来。旁边是一台方方正正、"滴滴"响个不停的仪器,阿玉知道,在以后很长的一段时间里,她要和这仪器形影不离了。阿玉的左手手腕处多了一道狰狞的伤疤,里面放进了一个不断跳动的"精灵",那是阿玉赖以生存的宝物,是血透不可或缺的道具。

护士来了,熟练地将一根硕大的针管插入阿玉左手手肘处,再将另一根更大的针管扎进手腕血管。阿玉看着鲜红的血液顺着针管汨汨而出,流经管子,流入仪器,无法自我排除而滞留血液中的杂质、毒素、水分被仪器过滤、分离,再经过管子,顺着另一根针管,汨汨地流回身体。阿玉可以明确地感受到血液的流出和流进,那是种充满痛楚却又满怀希冀的奇妙感受,阿玉觉得顺着管子流进身体的不仅仅是干净的血,也是一股股让她活下去的生命的能量!

八

新年的钟声敲响,二〇一九正式来了。

今年是改革开放七十周年,今年是阿玉被确诊的第十五个年头。

阿玉最后一次确认明天去医院要带的东西都准备好了之后,终于关灯上床。

听着外面此起彼伏的鞭炮声,阿玉的内心充满了感恩。

真好! 又一个新年呢!

真好! 又一个新的开始!

真好! 我还活着!

爸,活着,真好!

【作者简介】

邢邵,一名学生物的语文老师,现任教于玉环市沙门初级中学,爱文字,爱创作,爱生活,爱交友,爱美食,爱做梦,热爱生活中的所有美好,感恩生活中的一切苦难,追求"我手写我心",热切希望将身边的美好用文学创作的形式铭记。

五月断章

◎尤建彬

一

"宰予在《论语》五百余章中只出现了五次。《公冶长篇》中记'宰予昼寝。子曰……'"

张老师突然停住了,她目光落在五一身上。

大家顺着张老师的目光看过去,却见五一正在打瞌睡。李胜赶忙用胳膊肘碰了碰五一。五一一惊,抬头茫然四顾,那眼睛红红的。

要怪就怪这四月的春风吧,五一一脸歉意。

张老师黑下脸来:"朽木粪墙,说的就是你!课后到办公室!"五一脸上青一阵红一阵。

此时铃声正好响起,张老师"啪"地合上讲义,头也不回地出了教室。

人人皆知张姐好脾气,像今天这样的愤怒少见。五一还没缓过神,李胜早搂住了他脖子,男男女女,也围了一圈。同情、打趣、安慰,一时乱哄哄的。

办公室里张老师已经落座,捧着茶杯沉思。五一垂首低眉站在门口,张老师一言不发,紧盯着他,看他进来,看他站定,看他开口,看他道歉。

"认错倒快!"张姐"啪"地放下茶杯,拉开抽屉,一本厚厚的活页本赫然入目。这本"生死簿"一人一页,记着功过。李老师翻到一页,红红一片。

"这周五次上课瞌睡,今天才周二!上周晚自习玩手机被缴,本学期被缴的第二个手机!前周和李胜打架……你……尽干好事!"

"李胜在寝室记名字,打小报告……不厚道!"

"是我布置的。没有这样负责的同学,你们还不上房揭瓦?"

"我们早已经和解了!"五一嗫嚅着。

"那手机呢？你有才,还掏空词典藏呢!"

"是我错了,"五一的头更低了,"手机缴了我认,只是别告诉我爸,会影响父子关系的。"五一说得郑重其事,话音未落,泪珠滚了出来。

张老师不为所动,五一不止一次当她面流泪了。

"不告诉你爸! 得对你们负责啊。"

五一诚惶诚恐地抬头恳求:"千万别……您再给我一个机会吧!"

张姐盯着他的斑斑泪眼,好像看穿了他的小心思。她合上"生死簿",沉吟一会儿,似乎下定了决心,说道:"眼前倒有一个机会。全校诗歌集体朗诵比赛就在本月,你来负责。"她轻描淡写地说着,随手翻出通知递过去。

五一使劲摇头:"不行! 不行!"

"为什么?"

"我不是班长,也不是文娱委员,无名无分。"

"就这?"

"没有艺术细胞,也没上过台。"

"还有吗?"

"还有……暂时只能想到这些。"

"说得也没错啊,既然这样……"张姐拖长声音,右手两指轻轻敲着"生死簿"。

一阵沉默,还是五一先开口:"答应了,就不给我爸打电话了吗?"

张姐笑而不语。

"旧账也一笔勾销?"

"没答应你这个。你还配谈条件?"张姐反问说。

五一犹豫着接过通知,怏怏离去。

他前脚刚走,边上王老师就笑道:"还是你治得了他!"

张姐微微一笑,说:"由不得他了。"

王老师点点头:"不过他倒合适,能力强,人缘好,点子多,就是学习不够上心啊。"

"是啊,人无完人。"张姐若有所思,大概她想到了课堂上提到的宰予了,"正儿八经找他,定会推脱,倒不好勉强。现在他可作不起了,不过,我还是得联系他父亲。"

王老师会心一笑,点点头,说道:"你今天情绪好多了。"

"还窝心呢。一根筋!"

"也别急,冷处理比较好。"王老师宽慰道,她是张姐的结对师傅。苹果催熟猕猴桃,跟王老师不到一年,张姐办事就老到不少了。

二

五一垂头丧气地回到教室,大家立刻围过来,七嘴八舌地打听。五一心事重重,一言不发,只是扬了扬手中的通知。早有人接过宣读了。

李胜看出苗头,问道:"你接了?"

"还有其他选择吗?"五一懊恼反问。

"兄弟,我们在,尽管开口。"李胜胸脯拍得"砰砰"响,粗声粗气喊道。大家也纷纷起哄,"我一个!""也算我一个"。

五一笑骂一声"滚!"众人一哄而散。

五一叫上老班长和文娱委员阿宝商议,三人都觉得应该先定内容,再选人。人选易定。既是集体朗诵,人数又没上限,那就愿者不拒。通知只要求诗歌"健康、积极",此外并无限制。三人决定先打探别班情形再说,张姐只是说了声"好",别无意见。

下午班队课就确定队员。举手十八人,晚上又添两位,这样加上五一,共二十一位了,恰好是半班人数。

二十一位分男女两列站好,高高低低,胖瘦不一,大家忍俊不禁。张姐只是饶有兴趣地看着,没说话。

五一忍笑说:"开心就好。"人选便这样定下来了。张姐叫过五一,悄声说:"明天你去找向左老师,让他帮忙定曲目。""他不是数学老师吗?"五一纳闷。"没错,我招呼他一声。"

　　当晚五一躺在床上,左右想不明白,忍不住踢踢上铺:"向左是何方神仙?"李胜没好气地应道:"什么向左向右的? 睡觉!"

　　第二天午休时候,五一约上老班和阿宝,找到向左老师的办公室。那办公室在一楼底角,门外是一方竹林。

　　向左眉眼含笑,正盯着电脑屏幕。他瞥见三人立在门口,忙招呼道:"来,瞧瞧!"三人凑近前去,只见屏幕上一段简笔动画:一辆小车正转过墙角,转过去又退回,周而复始。动画边上一串数据不停地跳动变化。三人看不明白。向左得意一笑:"我车子蹭墙角了,就做了这动画。现在我算好转弯半径和角度,下次再也不会剐蹭了。"他如此这般演示了一番,三人还是看得半懂不懂的。

　　向左突然想起:"是张老师让你们来的吧?"三人忙说明来意。向左郑重其事地说道:"我对这类活动本毫无兴趣,既然张老师信得过我,回绝了倒不够意思。你们打听过别班节目吗?"

　　五一和老班齐齐看向阿宝,阿宝慌慌张张地掏出叠得方方正正的一张纸,上面整整齐齐地列出了各班的节目。

　　向左接过去上下看了一眼,扬了扬嘴角说:"果然是张老师的学生。"五一突然想到了张姐的那"生死簿",一人一页,巨细无遗,红黑分明。向左看后仍旧折好递回给阿宝,说:"各班节目雷同。他们争做红花,我们来当绿叶吧!"三人面面相觑。

　　向老师也不解释,抽出几张白纸,提笔便写,写一会停一停。三人立在一旁,不敢多问。五一只看着笔走龙蛇,先是《关雎》"关关雎鸠,在河之洲……",写完之后又下一首,标上序号,共有五首。

　　老班和阿宝眉头紧皱,五一却看明白了,心头暗喜。

　　向左写毕,轻舒一口气,摸出一根烟,却不点上。他客气地问:"懂我意思吗?"老班和阿宝摇头,五一斗胆说:"你是想齐颂《诗经》里这五首。他们朗诵红诗,我们吟诵经典;人进我退不走寻常路;人向右,我向左。"一说到"向左",五一突然掩口,不好意思地笑了。

向左不以为意,点头微笑:"正是这个意思!十五《国风》最动人,我选取了五首。《关雎》忆'初相遇',《蒹葭》叹'相思苦',《将仲子》诉'坎坷情',《木瓜》咏'信物美',《桃夭》贺'新婚喜'。五首国风咏唱一对有情人终成眷属的经过。虽然五首诗作时代不同,国别不一,但其情感真挚,历久弥新。如今我们这样串起来,也算是向古典致敬了。相比其他班节目,算是有一点新意。"

三人越听越欢喜,频频点头。

"午休也快结束了,你们回去吧。替我问张老师好。"

五一和老班一路追逐嬉闹,阿宝只顾埋头沉思,差点撞上路边的杜英。"阿宝,你是向左的小粉丝……"两人打趣说。"难怪啊……"阿宝自言自语道。

三

五一和老班围着张姐你一言我一语地汇报。阿宝哪里插得上话,她笑眯眯地一会瞧瞧他俩,一会瞧瞧张姐。张姐却见怪不怪一般,听完后只淡淡地说:"向老师讲的不无道理。你们仨赶紧负责排练吧。"

看见张姐很冷静,五一和老班就不再多说了。五一使劲想:这两天心思在比赛上,上课倒是没睡过觉了。也许是在英语课铃声刚响,自己撞门而入吧。但那是无心之过,不知老师已在教室内了。老班也苦思冥想:班上这两日太平无事,张姐没理由不开心啊。

李胜负责写串联词,老班和阿宝领颂,五一被推为导演。分工既明,大家便投入到了紧张排练之中。各班暗探时时出没,五一便选了向老师办公室边上的竹林空地排练。向老师得便也会过来指点一二。倒是张姐定了人选和曲目后,一切由着五一他们安排,成了甩手掌柜,不闻不问了。

一众人和向老师混熟了,便"向兄""小向"地乱叫了,向老师却"呵呵"一笑,不以为意。

转眼到了比赛的日子。一大早就来了几辆车,在操场上搭舞台。上午大家都找机会去观看。下午音响调试,大家坐在教室里,听着外面热闹的音乐,心早飞到那灯光闪烁的舞台上了。

终于盼来了晚上。音乐震天,舞灯闪烁,两台摄像机也已就位。大幕拉开,主持人华服登场,请上校长。校长西装革履,容光焕发,健步上台。他一番简短致谢后,朗声说道:"大哉中华,盛世永续。书香校园,吟诵不绝。吾欲高歌引玉。"话音刚落,台下掌声雷动,台上舞灯全灭,只有一束追光灯打到校长身上。

校长献唱之后便是各班的表演了。表演依次进行,十位评委现场亮分。结果张姐班以半分之差屈居第二,五一和同学们又兴奋又遗憾。颁奖完毕,主持人留住校长,恳请道:"刚才校长的演唱,大家听得很过瘾。平时只知道校长说得好,现在知道校长唱得比说的还要好。大家都希望校长能再高歌一曲。"校长连连摆手,台下掌声不依不饶;校长又抱拳致歉,台下却呼声一片。五一想着把奖状交给张姐,却遍寻不着,连刚才站在边上的向老师也不见踪影了。这边校长已经亮开歌喉了,五一就攥着奖状安心欣赏,他觉得校长唱得实在好听。

李胜兴奋难眠,连声抱怨"晚会太短了",又自责串词不煽情,才丢了这半分,引得大家一齐安慰。

五一紧闭双眼,想到持续两星期的排练,弄得人人憔悴,个个疲惫,今晚总算画上了圆满的句号了。全校第二名,虽有遗憾,但也对得起张姐和全班同学的信任了,想到这,他长舒一口气。他想到了向老师的动画,这人也真有意思。他又想到张姐的"生死簿",稍稍不自在起来,也许将功折过,张姐不会打小报告了吧。他还想到校长唱歌真不错。

四

次日,大家还津津乐道着演出;第三天,有人还会偶尔提起;第四天,人人都忘了这回事。

然而,第四天晚自修,校团委书记李姐来找五一了。

说巧不巧,原来市里面也要举办诗歌集体朗诵赛。让谁代表学校参赛,书记犹豫未决。第一名节目保守无新意,第二名却新颖别致。张姐和王老师都谦让对方,李姐权衡再三,觉得有必要听听两班负责同学的意见。

五一平静地说:"三班诗歌不可谓不红色,仪表不可谓不整齐,声情并茂,第一名实至名归。他们参赛,求稳可以,但求胜不可期。而我们班参赛,也许就是黑马,有胜算……"

书记微笑点头,说:"三班负责同学也很佩服你们呢。我也赞同你的意见。那就这样定了,你们代表学校参赛!"

五一大声说:"得令!"

"只是你班队员高矮胖瘦悬殊,会影响舞台效果。"

"嗯,这是事实。别班精挑细选,我们愿者报名,来者不拒。"

"这次代表学校参赛,可以全校挑选队员。当然,还是你负责,团委协助。"

"这恐怕不行。更换人员很伤自尊的,况且时间太紧。"

书记沉吟片刻说:"那能不能班内再挑选一下?"

"班内不必再选了,当时就已经动员过了。"

"嗯,但这样本色出演……"

"我想这反倒可以成为我校特色——全员参与。别人百里挑一,非俊男靓女不要,非嗓音优美不要。我们偏不这样,自自然然的,让诗歌本身去感动观众。"五一一口气讲下来,连他自己也吃了一惊。

团委书记似乎也下定了决心,说:"行!就原班人马!好好准备!"

水滴热油,全班一下炸锅了。朗诵队员个个眉飞色舞的,而当初不愿参赛的,不免后悔和羡慕。

"代校出征,一战成名!"李胜大喊起来,一呼而百应。大家高喊着,又是拍桌又是打凳,令值日老师忙过来喝止。

李胜一回到寝室,就拿出手机发信息,和初中同班女生约定比赛现场不见不散,那女生的学校一星期前就开始准备了。

五

次日午休时,老班参加会议,只能由五一和阿宝去请教向老师了。

时间已是四月底了,校内遍地绿茵,玉兰婆娑,垂柳依依,香樟杜英夹道。两人绕道砚池过去,春风拂面,杜英树下一地红叶。几片红叶飘到头上,阿宝不忍甩落,顶着红叶小心翼翼地走,差点滑倒。阿宝又矮又肥,却乐观自信。

因为阿宝,五一和李胜曾干了一架。当初李胜"阿宝阿宝"不离口,五一很不开心。他知道本地人有优越感,对外地人一概称以"外路宝",且说这三个字时神情语调很不屑。阿宝是外地人,又土又肥又矮,五一以为李胜欺负她。没说上三句,两人就打起来了,急得阿宝慌忙劝架。李胜气得面红耳赤:"她自己喜欢叫阿宝,关你屁事,不信问她!"阿宝连连点头。现在五一突然想起这事。

"哦,子恺漫画你看过的。那幅'凳子四条腿,阿宝两条腿'我尤其喜欢,何况我名字里本就有个'宝'字呢,同学便'阿宝阿宝'叫开了。"

"原来如此!"

两人说话间就到了向老师的办公室,敲门进去,见向老师捧着茶杯,目不转睛地盯着桌上一缸金鱼,原先的烟灰缸无影无踪了。

"好漂亮啊!"阿宝探过头去。

"小心吓着鱼!"

"老师原来喜欢鱼?"

"嗯,要我培养责任心呢。"

"要你?"

"哦,是我要呢——你们得了第二名了,对不?恭喜恭喜!"

"只差——半——分——啊!"两人笑嘻嘻地拖长声音。

向老师微微一笑:"我正等着你们来呢。"两人面面相觑。"张老师联系过我了。参加市赛,就不必另外选材了。训练重点是打磨细节,精益求精。

你们校赛时一站到底,队列没有变化;市赛就或立或坐,一来求变,二来截长补短,弥补身形反差。还可以考虑加入肢体语言,如拍手跺脚等,动静结合。再者,动作整齐,表情协调,音乐合拍。背景音乐选得不错,但现场感不强,可否考虑现场伴奏?"

"现成就有一个!李胜是学架子鼓的,让他打鼓!"

"架子鼓太现代了,手鼓效果好。"向老师说。

"有啊有啊。王老师练瑜伽有手鼓。"

"还有很重要的一件事,就是服装。校赛各班都穿校服无所谓,市赛穿校服肯定影响效果了。何况这灰鼠色校服本就难看。"向老师看着他们肥大的校服摇摇头。

商量已定,两人告辞出来,五一惊奇地说:"向老师没吸烟了?"

"对啊,奇怪。"阿宝附和。

张姐叫大家看看网店定下演出服。大家一致认为代表学校参赛,服装经费就应该由学校解决。张姐打了好几个电话,校长回绝说学校办公经费紧张,节目也不能保证获奖,那么演出服还是学生自己置办吧。在场的人无不气愤,五一忍不住骂娘了。大家一时没了主意,用班会出这笔经费,同学恐怕也有意见。尽管有张姐的安抚,大家仍然气愤难平。

六

演出服的事情压在心头,大家一时也没个主意了。

周五午休,阿宝神秘兮兮地叫上五一请假出校。

五一一头雾水,跟着阿宝上了校门口的黄包车。此地的黄包车都被当地人垄断了,他们头脑活络,抢早装上了电瓶,几乎不需人力踩踏了。黄包车风驰电掣,穿大街走小巷,转眼就到了镇东头。

"就在小学堂边下吧!"阿宝对车夫说。

阿宝竟然一口地道方言,只有本地人才说"小学堂""中学堂"。五一的学校创于清末,其时学制改革,"小学堂""中学堂"的称呼沿袭至今。今日百年老校日渐式微。五一曾遍访校内古迹,只访到校门口樟树上吊着的一口锈迹斑斑的小钟,一打听,原来钟还是上世纪八九十年代停用的。

面对五一追问,阿宝只答"去了便知"。两人七拐八拐,来到一家厂门前,上书"大轮筛网印刷"。五一盯着"大轮"两字,略略停了停,阿宝一把拉他进去。里面机器轰鸣,阿宝熟门熟路上了二楼,五一跟在后面,越发惊奇。

"张伯在吗?"

门后探出一个脑袋。"阿宝啊,今天不是上学吗?"

"张伯,我们特地来拜访您的。"

"哦? 进来说吧。"

五一看着张伯,觉得眉眼神情似曾相识。阿宝将事情始末一五一十说与张伯,张伯听得两眼放光。

"现在万事俱备,只欠东风……"

张伯点点头,说:"我明白了。服装费多少?"

"一千五百包邮。二十二名同学,从头新到脚。"

"行,这钱我出。只是你们要做好保密工作,不要提到我。"

阿宝满口答应,五一觉得不妥,阿宝却连连使眼色,五一只得将话吞了回去。

"暑假快到了,今年还来帮忙吧?"

"是的。"

"好。来就是了。你爸有福气了!"

"张伯您才是呢。"

又闲聊几句,五一问道:"张伯,这厂名'大轮'看着眼熟。"

"取自'大雅扶轮',人慕雅我取俗。大俗便是大雅,对不?"

五一会心一笑:"正和我们向老师一个理!"

"向老师? 是吗?"张伯"哈哈"一笑。

回校路上,五一一肚子疑问。阿宝被缠得无奈,只好坦白:"张伯就是张姐的老爸。我爸是张伯的老员工,我前两年暑假都在他这里打工。"

"原来如此！今天解决难题了，你真是一宝。"

"惭愧！我也是刚知道张伯一家，就大胆来试试。张姐知道就不好意思了……"

"有什么不好意思呢？你是我们班的大功臣呢。"

七

第二天，张姐见到五一和阿宝，第一句话便是"你俩干的好事"，吓得两人不敢吭声多问一句。两天后，演出服到了。男生白短褂黑裤，女生红单袄白裤，男女均白袜黑鞋。服装上身，人人欢喜，个个叫好。

李胜借来了手鼓，略略一试，效果非凡。老班提议《桃夭》处配个彩纸礼炮，增加喜庆气氛。大家都赞同，又觉得过于现代。阿宝突然想到满地现成的杜英红叶，何不就地取材呢？大家立刻拢来一堆红叶试验，果然出彩。

此后一星期，大家配合着手鼓，日日抽空苦练，精雕细琢，不消多说。向老师也时时过来指点，倒是张姐一次也没来看过排练。

赛前晚上，每个人都觉得完美无缺了，但还是抓紧时间又排练一回。张姐这次倒是和向老师同时过来了，两人却也提不出什么意见。五一看着两人背影，附耳阿宝："像不像一对？"

"你真聪明！"阿宝挖苦道。

"啊?! ——藏得够深的！"

"说谁呢？我还是他们？"

"都是。快说。"

阿宝故意卖关子："想听？薯片拿来。"五一毕恭毕敬地递过薯片。

"两人同事兼同学，早心存好感。前些时候向老师放弃了一个大好机会，张姐觉得委屈，张伯却力挺向老师。最后还是张姐退了一步，不过趁机约法三章，一要戒烟，二要养鱼。想不到向老师痛快地答应了——"

五一恍然大悟："只是为什么要养鱼？"

"增强责任心啊。鱼都养不好，还想养老婆？"

"你竟然知道这么多!"

"张伯和我爸投缘,常喝茶聊天。现在张姐和向老师两人还没有官宣呢,千万别告诉别人啊。"

"我是谁啊?你还信不过?"五一信誓旦旦,"话说张姐眉目神情和张伯太像了。上帝造张姐时偷懒了,直接拿张伯的模子造的吧。"

一回到寝室,五一就迫不及待地告诉李胜,又千叮万嘱别走了消息,李胜指天画地发誓,但次日消息还是不胫而走,传遍全班了,还时不时地有人向阿宝探听详情。阿宝怒目而视,五一一脸羞愧,踌躇再三,他走到阿宝边上,如此这般耳语一番,阿宝转怒为喜。

八

洗净的落叶已经装袋,参演人员也已经整装待发,张姐正在动员,向老师也特意过来鼓劲,结果却被大家"绑架"到车上了。大家一路欢歌笑语,心情无比畅快。

参赛各队的车已经塞满了场地,不时还有浩浩荡荡的车队开进来,相形之下,张姐率领的队伍未免寒碜。李胜一跳下车就高喊:"VENI! VIDI! VICI!""别卖弄了。"五一抗议道。

七名评委端坐舞台正前方,当中有两位白发老者,有略施粉黛的女性,但现场并不见观众,评委之外就是各参赛队员了。李胜原还想着观者如云,现在来宾寥寥无几,恰似主人请客,精心准备宴席,结果无人登门,不免有些失落。五一和其他同学倒也不觉得有什么的,他们观看了兄弟学校的几个节目,果然豪华。制作无不精良,队员无不俊靓,音色无不甜美。五一时时侧身看评委们的反应,却毫无所获,他们始终不动声色。

向老师和张姐指着节目单,轻声细语。

五一回头看李胜,却不见了他踪影,他急忙找了出去,只见李胜正在角落处和一个女生笑谈,还偷偷地拉着手。五一便大喝一声"集合了!"吓得李胜忙不迭松手。

幕布徐徐拉开,五一看到评委们锐利的目光正紧盯着他们。

寂静无声。

连窃窃私语都停下来了。大家不由抬头注视舞台:没有幻灯背景,没有道具,没有音乐;只有二十一个人,或坐或立,如泥塑木雕一般,纹丝不动。这是台上最寒碜的一队了,台下的演员观众甚至开始同情起来。

一秒、两秒……大家翘首以盼,然而台上还是二十一尊塑像,还是纹丝不动,时间似乎停止了。静默,压抑,而至窒息,好像是夏日的午后。

台下似乎忍无可忍的时候,"啪……咚……啪咚……"一声、两声,远远传来鼓声。四声、五声……鼓音密集,声声催逼。

鼓声中血管偾张,血流奔涌,视线却全聚焦到那台上,期待红日喷薄,沧海横流。

期盼的心被鼓声推向顶点,到了,快到顶点了,然而鼓声戛然而止。心悬在半空,难受!

台下屏住呼吸,双目圆睁,唯恐错过什么。

静默,寂静,让人想到茹毛饮血的太初那混沌初开、亘古如斯的寂静。

悠悠传来人声,男性声音,三五错杂:"关关雎鸠,在河之洲。窈窕淑女,君子好逑。"似原始深林中的一眼泉,"咕嘟咕嘟"地涌出地表。

台上三五人出列走动。更多的男声加入,泉眼变细流,细流汨汨;接连有人出列,队伍由整到散,由静到动,随着女声插入,整支队伍已经完全变了队形,无人不动,无人不歌,但是乱而有序,散中有合,男女两大阵营隐然可见。歌声中涓涓细流流出高山,漫过原野,千沟万壑清流脉脉,自然汇聚成河,歌至"窈窕淑女,钟鼓乐之",男声和女声融汇一起,队形排成了两行。

在开场的寂静中,五一心里就有底了。此时,他和同伴昂首挺胸立在台上,眼角余光瞥见评委的神情,瞥见白发老者眼中泪光闪动,他心头的石头落地了。

李胜上前两步,正对话筒,浑厚的男中音开始吟诵:"蒹葭苍苍,白露为霜。所谓伊人,在水一方。"字字句句是彻骨的相思,听在耳中,痛在心里,如同一枚枚钉子敲进木板的身躯。五一屏息静听,暗暗叫好:李胜的声音真好听!

台下的人们也全似被李胜的声音施了魔法,忘记了呼吸。

河水曲曲折折,历经千难万阻,终于东流到海,美好的爱情终于迎来了永久的归宿。

"桃之夭夭,灼灼其华。之子于归,宜其室家。"海浪涌向沙滩,前浪未退,后浪紧接而上:"桃之夭夭,有蕡其实。之子于归,宜其家室。"鼓声指挥着海浪奔涌:"桃之夭夭,其叶蓁蓁。之子于归,宜其家人。"大家将新郎新娘围在中间,绕着他们边吟诵,边拍手顿足。歌完最后一句"宜其家室"时,鼓声同时停止,紧接着又是"咚——咚——咚"三响,大家得了信号,掏出口袋里的杜英红叶,撒向新人,撒向评委,撒向空中。红叶漫天飞舞,有几片甚至飘到评委头上。白发老者爱惜地取下一片来,夹在笔记本中。

九

向老师和张姐已经等在场外,一见他们,大家就飞奔过去,七嘴八舌地汇报。老班大喊:"大家静一静! 静一静! 五一有话说。"五一大喝一声:"还等什么?"大家这才如梦初醒,掏出另一口袋里的红叶,齐齐撒向空中,边撒边笑边唱"窈窕——淑女,君子——好逑"。张姐一听就羞红了脸,向老师紧攥着她的手,也面红耳赤。大家闹了一会才静下来,张姐沉下脸故作生气状:"鬼点子不少! 谁的主意? 看我不修理你们!"

大家闻言大笑,一个个争挤到张姐前,邀功般嚷道:"是我! 是我! 是我!"又一齐拉长声音喊:"我们怕死了——才怪!"大家哄笑一团,连向老师和张姐也忍不住笑了。

【作者简介】

尤建彬,现就职于台州市新桥中学。临晴川而思圣叹,将流光碎影,敷衍成文。雕虫引玉,期友朋一笑,同伸雅怀。

撞出来的姻缘

◎陈琴斐

一

喻华一早就来到公园,他不是来晨练,而是来散散心的,看到人们翩翩起舞,挥拳舞剑,他却提不起精神,闷闷不乐地坐在凉亭中。亭边的迎春花怒放着,那脆生生的嫩黄色不得不令人惊叹大自然的神奇之作,亭下是龙泉湖,一群锦鱼争食着掉落湖中的花瓣,顿时,湖面开满了水花。有人走进凉亭,喻华也不抬头看,过了一会儿,有一个声音说:"清晨,本是锻炼散心的好时光,小伙子眉头紧锁,莫非身体不舒服?"喻华确定对方是问他时,抬头一看,只见一位身穿太极服的老者坐在自己对面,微笑地看着自己。老者虽然满头银发,但面色红润,一看就知道是一位懂得养生的老人。喻华这几天心里憋得慌,早想找一个人倾诉一番,可面对一个陌生人,怎能随便说呢?因而笑着说:"没什么,谢谢!"说完就离开了凉亭,在公园里闲荡起来。

也许是有缘,喻华接连几次在公园里同老者相遇,老人很随和,谈吐不凡,两人渐渐熟悉聊开了。老人问:"我看你心情沉重,话语不多,是否有什么心事?"面对老人满含关切的目光,他忍不住把心事说了出来。

喻华大学毕业后,没有考上公务员,就到一家民营公司打工。通过全体员工努力,短短六年之间,这家民营企业产值就从 2000 多万元跃到 3 亿元,员工也从 100 来人增加到 500 多人。他也从一个打工仔升职为公司销售部经理,进入了白领阶层。面对激烈的竞争,他始终将事业放在首位,等他事业有成时,蓦然回首,已到而立之年,父母亲催促他赶快成家,自己也感觉到该成家的时候了。他择偶的标准是找一个与自己谈得来的女士,可找了十多个都没有成功,不是说他在民营企业工作不稳定,就是说他没有房子。他感叹茫茫人海中找一个相知的人太难了。

老人听完他的话,沉吟了一会说:"从你的相貌来看,你的婚姻应该会美满的。"

"您会看相?"喻华好奇问。

老人笑而不答,问了他的出生年月、生肖,说回家好好给他算算,最后说:"明天,你再到这里来,我告诉你结果。"

第二天,喻华本不打算去公园,可仔细想想老人不像江湖骗子,何况把自己的遭遇跟老人讲后感到心里舒坦多了,他决定还是去公园走走,看老人葫芦里卖的什么药。喻华走到凉亭,见老人已来了,就快步走到老人跟前,说:"对不住,我迟到了。"

老人笑眯眯地说:"是不是不相信我?"

"起初是有点,可见到您后不知什么原因心里就相信您了。"

"如果是这样,我告诉你结果,昨天我回家给你仔细算了几遍,你的婚姻大事这三天内就能成功,切记:这三天内第一个撞你的姑娘就是你的媳妇。"老人再三叮嘱喻华。喻华想再仔细问一问原因,可老人已扬长而去。

二

接下来两天,喻华到公园找遍所有角落也没有找到老人,仿佛是神仙飞天了。更要命的是三天期限已过去了两天,却没有一位姑娘撞向自己,难道是要自己主动去撞姑娘,可这样不被人家骂流氓才怪呢? 他清楚地记得老人说的是姑娘撞向自己,这件事搞得他心神不定,睡不好,反正明天就是最后一天了,准不准就听天由命吧。由于两夜没有睡好,喻华第三天睡过头了,醒来一看都八点半了。他突然想起老总交代他将昨天下午收到的那张货款汇票直接拿到银行去办理入账手续,然后将回单送交财务,因为公司等这笔钱用。他进公司后从来没有误过正事,于是就心急火燎地开着电动车奔向私营银行,停好车,拿出汇票冲向银行大厅,由于走得匆忙只顾眼前,旁边刚好走过来的一个人,两人撞在一起,"啊哟"一声,一个姑娘应声倒地,喻华愣住了。保安过来将姑娘扶到等候区的凳子上坐下，喻华跟过去忙说："对不起！"仔细一看，那姑娘长得眉清目秀的，穿着银行的工作服，胸章编号是22号，应该是银行的员工。姑娘边揉搓着脚脖子边说："没什么，你有事去办吧。"姑娘见他还站着就接着说："真的，没事的，你去吧。"喻华就去办业务了，等他办好回来看时，姑娘已不见了。因急着将回单交到财务去，喻华只好回了公司。出了电梯，他快步流星地赶往财务室，转弯处突然跑出一个人，只听"啊"一声，又跟人相撞了，纸片撒了一地，发现跟他相撞的是公司财务部的姑娘，还好两人都没有撞到在地。喻华边说对不起边收拾资料，将资料递过去时，那姑娘红着脸接过资料说："老总要报表，我得送过去。"说完，转身就走了。

等办完手头上的事，喻华回到办公室坐下，才突然想起老人的预言，心里一惊，那老头还真准啦！可今天一下子跟两位姑娘相撞了，究竟哪位姑娘是我命中注定的媳妇？又想起老人曾经要他切记这三天内第一个撞你的姑娘就是你的媳妇，这样说起来银行里的姑娘才是他未来媳妇了，那姑娘长得挺漂亮。喻华出身在农村，受父母亲的影响，对佛、道两教还是有些相信的，既然命中注定的，没有什么可怕的，就采取行动吧。

好在喻华有一个同学在这家银行当客户经理，以往靠喻华从公司拉走不少存款。现在在民营银行工作也不容易，每月都有存款指标，完不成的话，业绩就上不去，奖金就被扣了。喻华重新去了一趟银行，找到同学王帅，问："编号22号的那个姑娘叫什么名字，以前我怎么没有见过她。"

"怎么？我们银行的美眉都要向你报到？"王帅笑着反问。

"不是的，我今天不小心撞伤了人家，总得问问人家情况啊。"

"我知道你小子醉翁之意不在酒，看上人家啦，要不要我给你介绍一下？"

"你瞎说什么？还不知人家有没有对象呢？"

"她刚从西城调到我们这边来的，我也不太了解，如果你有意，这事包我身上，这个星期给你音讯。"王帅满口答应。

　　王帅办事效率果然高，第三天就来电话，约喻华晚上在上岛咖啡馆会面。喻华来到咖啡馆时，王帅早到了，他还约了在黄城的所有同学。他用怀疑的目光看着王帅，原来同学们看到他三十出头了，还没有女朋友，以为他猎女无术，都来献计献策，如单刀直入法、迂围包抄法、欲擒故纵法、英雄救美法等搞得喻华哭笑不得，他也很想英雄救美，然后一定终身，可这样的机会一次也没有遇到。王帅告诉他，那姑娘名叫蒋秀清，今年 28 岁，目前还没有对象。

　　采取什么方法接近呢？喻华回到宿舍后思考起来，狗急了还要跳墙呢！他咬咬牙豁出去。第二天一上班，喻华就跑到银行找蒋秀清。

　　"找我有事吗？"蒋秀清小声问。

　　"我们到那边去说话。"喻华指了一下大楼转弯处。

　　"上次把你撞伤了吗？"喻华问。

　　"没有，只是吓了一跳。"

　　"晚上一块出去吃饭，行吗？算我向你道歉。"

　　"不用吧，你又不是故意的。"

　　"给个面子吧，总得给人家一个真诚道歉的机会。否则，我会不安心的。"

　　"那好吧。"可能王帅事先介绍过他，蒋秀清答应了。

　　"你的电话号码？我下班后给你打电话。"

　　初战告捷，喻华兴奋极了，恨不得太阳快点落山。可吃过晚饭后，他心情又跌至冰点，两人谈起择偶标准时，小蒋首要条件是对方必须在城里拥有房子，否则宁愿单身，她说："现在一套房子上百万元，没有房子一辈子处于低层，即使奋斗一世也不能实现，那种生活多可怕。"喻华想想自己拿出所有积蓄还不够首付，现在买房子是天方夜谭。又是可恶的房子，难道这世上除了房子就没有什么感情可言，就将准备交朋友的话咽回肚子里去了。

　　王帅倒是很热心，第二天一上班就来电话，问："哥们，战绩如何？"

　　喻华重重地叹了口气说："又泡汤了，人家找对象的首要条件是要有房子。"

"哥们,现实吧,要找好点姑娘,房子是必要的,现在的人们讲实际,爱情是换不来婚姻的。"

"可我连首付都不够,哪敢奢望房子啊。"

"我手里有三十万元低息货款额度,你想要可以贷给你。别犹豫了,我们这代中国人注定要当房奴,是逃脱不了的,蒋秀清是一个不错的姑娘,错过了要后悔的。"王帅一心想当这个媒人,喻华是一个知恩图报的人,倘若成功,以后拉存款就更方便了。

三

喻华觉得王帅说得有理,看来首要任务是赶紧订房子。一有时间他就跑楼盘或中介,掌握售房信息。然而,刚刚有点眉目,家里出事了,父亲病倒,送到医院一查,得的是胃癌。喻华非常难过,父亲的病可以说是为他累出来的。为了让他能上大学,父亲每天都在透支自己的身体,积劳成疾。

"要不要治?"母亲问他。一个本本分分的农家哪有什么积蓄呢?

"治,哪怕倾家荡产。先不要告诉父亲真相。"喻华下定决心说。

天无绝人之路,喻华父亲的病还算中期偏早,手术后恢复良好,两个月后出院回家,医生告诫他要在家多休息,不能干活了,否则将会复发。这样一折腾,喻华不但花光全部积蓄,还欠下一笔债,购房的梦想彻底破灭了。

喻华从王帅处得知蒋秀清已经找到对象了,是一个富二代,据说拥有上亿资产。晚上,他一个人到酒吧喝酒,喝得烂醉如泥,侍者花了不少功夫得知他居住的地方,就叫的士将他送了回去。公司为了留住人才,去年在厂房后面盖了一栋职工宿舍楼,凡经理级管理人员可以分到一小套单身公寓,其他职工住集体宿舍。的士司机将他送到厂门口就走了,喻华摇摇晃晃地向厂里走去。门卫老张看见了出来准备扶他,喻华阻止说:"我没事,你别管我。"说完,他就手舞足蹈起来。老张嘀咕着:"这个喻华平时不喝酒的,今晚怎么醉成这样呢?"老张摇摇头回到值班室。

　　张英这几天晚上一直在加班,老总想投资太阳能建材项目,就叫财务室近几日拿出项目投资预算报告。这方面工作财务室只有张英能干,于是老总就叫她专职搞这项工作。通过一个星期努力,预算报告终于出来了,张英看了看手机已经二十二点了,就赶紧收拾好资料出办公室。她住的是集体宿舍,四个人住在一起,太迟了会影响人家睡觉,她是一个会替人家着想的人。三个室友跟她的关系都不错,都称她为张姐。从办公楼后门出来,抬头一看,淡蓝的天空挂着一轮明月,圆圆的、净净的,溢出的月光如水般静静地泻落在大地。职工宿舍楼与办公大楼之间隔着一个花园,盛开的樱花在月光映衬下格外艳丽,空气中散发着阵阵清香,如此夜景已经久违,张英不由地慢下脚步,感觉心灵被这美景牵引着轻轻地飘动起来。突然,有一个人跌跌撞撞地冲过来,等她发觉已经迟了,两人相撞了,张英被撞得一个趔趄,来人却重重地摔在地上。足足过了一刻钟,张英才从惊恐中清醒过来,借着路灯仔细一看,原来是销售部的喻经理。她上前一看,只见他满脸通红,酒气熏人,显然是喝醉了。

　　"喻经理,你没事吧?"张英推了推他。

　　"这里……好,这里睡着爽……快……,嘻嘻……"喻华笑着说。

　　张英本想转身离去,但转念一想,夜静更深,留他一个人在这里不安全,就架着他送回宿舍,安置好后准备离去。

　　喻华喊道:"你……别……走,听我说……说……话好吗?"

　　"有什么话你说吧。"张英只好说。

　　"为什么人活得这么累呢? ……"喻华将心中的烦恼和怨恨一古脑地倾诉出来,可能说出了心事后心里舒服,说着说着,他就睡着了。张英带上门离开了,她进公司虽然晚些,但对喻华还是有所了解的:他乐于助人,每次旅游时,他不是给人家拎包就是给人家提东西,还经常走在最后照顾迟到者,颇有人缘,想不到竟有这么多不如意的事压在他身上。

　　自从那次醉酒后,喻华开始关注张英,两人无缘无故地撞了两次。以前虽见过面,但相互之间不是很熟悉。他以前在人力资源部呆过,就暗暗查找她的档案。因表格上有照片,喻华一下子找到了。张英,1983 年出生,身高一米六二,会计师职称。从简历中,喻华发现张英通过自学考试拿到中专、大专、本科学历,自学比函授难多了,函授只要通过入学考试,花些钱,不仅有老师上课辅导,而且每门功课的考试都可以抄预备好的答案,所以大多数人选择函授学习。自学考试不仅要有坚强的毅力,而且要有吃苦的精神,光这一点就令人肃然起敬了。她多篇文章在省、市级刊物发表,散文《爱的快乐》获市级征文二等奖。哇!是一个才女。表格中虽然填写未婚,但不知有没有男朋友。几次失败的相亲经历,已经磨光他的锐气,他已经彻底失去主动出击的勇气了,何况人家知道了他内心的秘密,两人碰面,他倒有点不好意思起来。

四

星期天,财务部的出纳黄莹结婚。她来到预订的酒店后,才突然想起手提包丢在化妆店了,里面虽然没有贵重的东西,但装着补妆用的化妆品。张英一听,安慰她:"别急,我去给你拿回来。"也许日子好,酒店里有六对新人结婚,客人将电梯都挤爆了。张英只好冲向楼梯,刚到二楼转弯处有一个人正上楼,两人不可避免地相撞了。

"哎哟!"一声,张英被冲力先撞到墙上,再沿着墙跌到在地。

"张英,是你!"喻华叫道。

"你急冲冲地干啥去?"喻华扶起她问。

"黄莹手提包落在化妆店了,我准备去拿回来。"张英皱着眉头说。

"你现在感觉怎么样?"

"脚可能扭伤,有点痛。"

"我也是来参加黄莹婚礼的,我看这样吧,我俩一块去化妆店找。"

事已至此,只好如此,张英坐着喻华的电动车一起去化妆店,幸好手提包还在。自然,婚礼后,喻华将张英送回宿舍。

一周后,喻华收到一封信,是公园里那位老者寄来的,信上写道:

老弟：

　　古有三笑良缘，今成三撞姻缘。算错次数，请别见怪，好好把握机遇吧！

你的老朋友
9/18

字写得苍劲有力，潇洒自如，一看就知道出自大家手笔。这封信无疑给了他以勇气，喻华再次主动出击，频频约会张英，两人很快就确立了恋爱关系。

喻华跟张英说起老人的事，想当面致谢，但不知道老人住址，就只好到公园找了，找过好几次都没有遇见。星期天艳阳高照，凉风扑面，两人再次到公园找人，走遍整个公园还是不见老人人影。喻华失望地说："我们到那个凉亭坐坐。"张英走在前面，突然她高兴地说："喻华，快进来，这石桌上有一封信。"喻华接过信一看，信封上写着"小老弟收"，看看四周没有其他人，应该是给他的，他就拆开信，信笺上写着："小老弟，别再找我，等你俩大婚之日我会到场的。"这老人真神了，知道他们在找他。

五

一年后，张英升职为财务部副经理，和喻华一起买了房子。他们决定国庆节在国际大酒店举办婚礼。婚礼这天，他们的亲朋好友都到齐了，但两人还站在大堂门口等待，喻华问："他会来吗？"

"一定会来的。"张英肯定地说。

"恭喜两位，我来迟了，不好意思。"老人突然出现了。

"杜老师，您可来了。"张英喜出望外。

"你们认识？"喻华一下子惊呆了。

张英推了推喻华说："客人等急了，快入席吧。"

喻华缓过神来说："请，您请。"把老人带到父母身边坐下，跟父母亲说这就是大媒人。双方招呼后，老人轻轻地对喻华说："小老弟，你先去忙吧，等

111

客人走后,我们再谈。"

婚礼是令人激动的,但也是累人的,等客人走了结清账目后已经二十一点了。喻华叫张英先带父母亲回家,张英知道他要跟杜老师谈话。

喻华带老人带到茶室,泡上茶后,老人说:"小老弟,有好多话要问我,是吗?"喻华点点头。

"首先,你回答我的一个问题,你觉得小英怎么样?"老人笑着问。

"太完美啦!"

"那好,我就说往事啦。我叫杜知理,是小英的班主任。……"老人打开记忆的阀门,思绪飞回十多年前。

那一年,小学升入初中时,成绩第一名的学生叫张英,她刚好分在杜老师班,自然引起他的注意。开学后,张英学习果然很好,尤其是作文写得精彩极了,杜老师教了这么多年书还是第一次遇到这么好的学生。然而,第二学期上了一小半,张英跟杜老师说:"杜老师,我要退学。"

"你是不是想转到其他学校读书?其实,其他学校教育也差不多的。"杜老师舍不得她走,就做她的思想工作。

"不是的,我不想上学了。"张英哭着说。

"别哭,究竟发生了什么事?跟老师说说,老师给你想想办法。"可小英哭着不说。

杜老师到她家去家访才知道,原来,她父亲几年前在外打工时从高处掉下,虽然命保住了,却再也不能干重活了,只能在家边吃药边休养。母亲挑起了家里重担,由于劳累过度,得了风湿性关节炎,患病时痛得不能站立。杜老师明白了一切后,就跟张英父母约定:千万别让孩子辍学,学习上的费用由他负责解决,家里有急事,小英可以随时回家,过后再给她补课。即使是在这种情况下,小英依然以全校第一名的成绩考上高中,可她没有去上高中。

碰巧张英弟弟的班主任也是杜老师,从中得知她帮人家卖过衣服、卖过手机。令人欣慰的是张英一直没有放弃学习,为了省线,她通过自学考试取得了财务专业专科文凭,并取得了会计师任职资格。杜老师退休后回城里,张英也在城里一商场当会计,一次偶然碰面后,两人联系多了起来。

杜老师跟喻华公司老总是大学同学,他教了几年书就下海了。有一天,他打电话给杜老师说公司规模扩大了,要找一个有会计师职称的财务人员,让杜老师帮他物色一个学生过去,杜老师就推荐了张英。

杜老师喝了一口茶接下去说:"她的弟弟也很优秀,考上了西南某重点医学院校。一次他打电话给我,说姐姐已为他付出了很多,他现在可以自立了,再也不能耽误姐姐的幸福了,委托我帮她找个好对象,可小英说弟弟没有工作前她决不成家。那一天,我无意中碰到你,听了你的诉说后,觉得你是一个诚实自强的人,心里一动,想把小英介绍给你。这时候,她的弟弟也已经工作了。我回家后找你公司老总了解你的品行,你老总说你工作踏实,为人正派。我接着去找小英,从她的言谈中看出对你有好感,我就把我的想法告诉了她。"

"杜老师,这恐怕不行吧,要是他以后知道了,会发生误会的。"张英不同意杜老师的相亲办法。

"可我跟人家说明天就要给他回话的呀。事情要成功,何必考虑形式呢? 时间也来不及了,你有什么好办法来补救了呢?"杜老师有点急了。"好吧,给你三天时间考虑,三天期限一过就当没有谈过此事。"杜老师最后下了决定。

"谁知你们相撞后却没有结果,我那时刚好接到在澳大利亚的女儿的电话,要我去她那里小住,我就去了澳大利亚,但同张英还是经常联系的。"

"那一天,我同时撞了个两姑娘,而且张英是第二个撞的。"喻华说。

"这事我已经知道了。因算命戏言在前,我不得不给你们安排一个神秘、浪漫的相亲经历了,都怪我考虑不周全,差点误了大事。现在,连我这个无神论者也不得不相信'有情人终成眷属'这句话了。"

"那凉亭里的信是怎么回事?"喻华问。

"我有小英帮忙,自然能掌握你的行踪。回国后小英说你在找我,我想会面时机尚早,就通过小英给你信。"杜老师大笑说。

"所有的疑团都解开了,你不会介意我采取的形式吧?"

"瞧您说的,我感激还来不及呢。"喻华由衷地说。

"说起来我也算是你们的媒人,小英是一个好孩子,希望你俩恩恩爱爱。时间不早了,你该回家了。"喻华要送杜老师回家,但杜老师坚持要自己打车回去,他把杜老师送上车才回家。

喻华感到很内疚,本以为对妻子够了解了,想不到妻子吃了这么多的苦,他暗暗发誓今后要好好待她,给她幸福。回到家,张英还在客厅等自己。

"回来啦,爸爸妈妈都睡了。"张英盯着他看,仿佛要从他脸上找出答案。

"想不到我娘子是一位如此伟大的人,小生着实佩服。不过,这个美人计太危险了,要是别的姑娘先撞了我,我们如果结婚了,看你怎么办?"

"是吗?那只能说明我们没有缘分呗。"张英一语双关地回答。

"早点睡吧,明天到杜老师家去,好好谢谢人家。"喻华"哈哈"笑了,拥着妻子走向卧室。

【作者简介】

陈琴斐,女,黄岩区东城街道中心小学教师。其有《关爱扣开心扉》《教会孩子有爱心》《巧用旅游长知识》《孩子相聚乐融融》《亲子阅读巧沟通》等多篇作品在《台州日报》等媒体上发表。

老树和五班

◎ 王雅娟

老树不姓树,而是姓叶,教政治。大概是因为他年纪上了四十以后,皮越发糙了,又喜欢板着黝黑的脸,和树干似的,学生堆里就流传开来这个外号。每回他的课上,紧接在"起立"后头的,准是一声"老树好!"。

一

再过两周就要迎来校方组织的班级合唱评比活动了。活动是为宣传省里一年来治水的绩效而办的,五班递送的参赛曲目是《大禹治水》。

排练的事宜还算顺利,除了偶尔出现几个小插曲。有次排练赶在放假那天下午,有些同学家住得比较远,怕赶不上车,排练的时候就没怎么上心,配合也不积极。班长脾气一上来,摘下自个儿的眼镜就往地上摔,摔断了一根眼镜架,简直像头被蒙住了眼胡乱撞人的母牛。

还有一次,教化学的贾老师说晚读的时候他去看班,一个人也没瞧见,以为又是教地理的孟老师带孩子们去操场看星座了。老树知道这帮孩子肯定是跑哪儿去排练了,虽然他明确表示过排练的事在比赛三天前只能占用大家两小时。因为集体性的活动,组织不当的话相当耗时,遑论孩子们喜欢拿集体项目做幌子,出去玩乐。

合唱比赛那天,比赛顺序由抽签决定。五班在第九个节目后出场了,彼时全场沉寂在一片黑暗中,依稀见舞台左前方架着一个红鼓。"咚咚咚",几声鼓点从鼓面弹出,坠落在大剧院各处,又跃进听众耳膜,缥缈好似荒凉大漠传来的一阵驼铃。接着,鼓声越来越密集,节奏犹如疾风骤雨向观众席扑打过来,而后气势更加密不透风起来,闭眼有如雷霆万钧从席位上穿梭而过。鼓声即将迎来最高点的那一刻,所有狂鸣骤然消失,全场再次陷入黑暗的沉寂。几秒后,一束灯光猛然亮起,渐入一阵轻缓如春风的女声"我思故人,伊比大禹,洪水滔天,神州无净土"。女生们的白衬衫、灰色百褶裙、整齐光洁的齐耳短发和男生们的笔挺西裤、小巧领结,让合唱团迸发着一股强烈而又鲜活的气息。舞台右前方,着一身翠绿色唐装的张蒙手持提斗毛笔,在地上铺开来的宣纸上写着"躬亲为民"四个大字。

在后台的老树借着幕布挡着身子,半天不眨眼也不喘气,像怕打扰到孩子们的表演似的。看着平日经常惹出风波的几个捣蛋鬼此刻也站得笔挺,昂头吟唱,老树内心生出一股暖意。那种暖意是听着媳妇在厨房里的碎嘴,看着孩子在跟头写作业时才能生出的。

"大哉圣哉禹,大哉圣哉禹!"歌至高潮处,"哗啦"一声,五十多把折扇凭空变出来似的在一瞬间被打开,观众席评委席传出一阵短促的惊呼。印着清风字样的扇面在空中整齐划一地舞动着,悠扬的女声随之再次渐入,回响在大厅四壁。当最后一个音节消失在厅内后,掌声像布帛撕裂般一阵阵响起。

最后,五班拿了个惊人的最高分。回到班级,等待着同学们的又是一个大惊喜。老树没等结果出来就偷摸着出去了,自掏腰包带回一大箱沁园的蛋黄酥。学生们咧着嘴如小羊羔似的在座位候着等老树分食。有个同学偷摸出手机,给老树拍了一张,不成想被抓个现行。学生吐了吐舌头,向老树打包票晚上回家就把手机收好,老树才默许地点了点头。

合唱事件在一张集体合照后就算是结束了,不过后续几天还是有任课老师提及当时五班的出彩表演。

二

老树吃过晚饭又洗了个热水澡后,窝在客厅的小沙发上看剧。他媳妇儿正打算问他后天有没有空去开家长会,一阵电话铃声猛地响起。

"喂,您好,思思母亲是吧,嗯,您说,这样啊,好,思思母亲您先别着急,孩子可能在新华书店呆着是吧,我离得近,我先去把她接过来,然后咱们在北车站汇合。您路上也注意安全,别着急忙慌的反倒自己出事儿了,行。"老树挂了电话就套了件皮衣往外头赶。

李思思趁周末去了一趟城里的新华书店,不料把寄存书包的凭证弄丢了。书店管钥匙的职员不给开,怕开错了箱子自己要负责,说必须等人都走完了才给她取。李思思说回家班车晚了就没了,会回不去,急得眼睛都红了。旁边女职员也替她求情,但那人愣是板着脸摇头,不给开。李思思想着包里有上课用的书,铁定得拿回来,只能让爸妈晚上来城里接她了。她问人借了手机打电话,可惜那边还没搞清楚状况,这边就给挂了。思思父母上同学家寻人寻不到,才明白了怎么回事,一着急就给老树打了电话。

坐书架台上看着书的李思思听见有人叫她,一回头,竟是裹在棕色皮衣里头的老树。看到老树被风刮红了的眼睛,还有他乱糟糟的头发堆,她的鼻子有些泛酸:"老师,你怎么过来了?""你爸妈正往这头赶过来,应该还有一阵子,我带你过去北站那边候着,包在楼下是吧,走,先下去取。"

"我是孩子的班主任,麻烦取一下包。"老树说话的时候板着脸,不见愠色,只有几分冷意。书店职员被那眼神吓了一吓,吃了瘪,默不作声就把柜子开了,李思思走上前去取了包。出了书店,思思坐上了老树电动车后头,老树却折了回去。她瞧见他弯腰朝那小职员丢了几句话,食指朝着人在空气里戳了戳,好像教训学生,尽管那人年纪不比老树小多少。

车在夜里的大风里兜兜转转,骑行到了北站,那儿一列列熄火的班车在夜间沉默着。这会儿大概晚上九点了，老树带思思进了一家面馆躲风。小面馆的昏黄灯光暖烘烘地照着人，屋外头大锅正熬着热气腾腾的骨头汤。屋内三三两两，作伴的，边嗦着面汤，边有一搭没一搭地聊天；独身的就自顾埋头哧溜着面条，大口嚼着。老树给李思思点了份刀削面后，就上外头吸口烟去了。李思思眼睛又开始泛酸水了，她想是面太热乎，给蒸的。

当天晚上，思思父母匆忙赶来，和老树道了厚厚的谢，才把孩子带回了家。

三

老树又黑脸了。刚才他喊了一学生出去训话，这学生成绩下滑的速度真是自由落体一样决绝。老树平日就知道她无心学习，这女孩有点理想主义。化学老师晚自修看班，说她在位子上画石膏人头；数学老树看班，说她在草稿纸上临摹书法；生物老师看班，说她中途出去散步了。有次宿管阿姨电话打过来，说看见这孩子周六半夜到寝室楼前晃荡了一会儿，见门锁着就走了。老树一问才知道那天她放假没回家，在教室里头睡了一宿。这孩子还老跑去别的班里头上课，午休就偷跑去音乐教室或美术教室呆着。看着乖巧一女孩子，干的事却叫人无可奈何。

平日她读书也用功，语文英语成绩算得上是优秀，唯独数学落人一大截。老树发觉她成绩退了几次后有些自暴自弃了，成天干些有的没的事。她又不走艺考的路子，课可不能落呀。这孩子脸色平静，一脸不上心的模样，听老树劝也不作声，老树就是有力也不知道往哪儿使。

老树回了教室后又忍不住开始做思想教育："你们这帮人中有些人是长着鳍的鱼，有人是跑得快的豹子，你们觉得是鱼就该把鳍练壮，是豹就该撒腿跑起来，高考却是在逼你们上树，这便宜了猴子，猴子上树才叫一个能。对吧，不！我告诉你们，就凭我这个过来人的经验，高考不是简简单单那么回事儿。高考是在教你们，如果水池子干了，豹子腿断了，应该怎么活！你们老说不公平，你们谁谁数学底子不好，谁谁没语言天赋，可我告诉你们，这是我们国家目前最公平的教育模式。社会的手段才真叫一个残酷,大家都耍手段,哪有什么评分标准? 大家为了啥,不是为了上个更好的学校,而是为了活命,不然还指望着你四五十岁的老母亲、老父亲养活你们吗? 青春拿来挥霍是消费,拿来奋斗才是对未来的投资。习近平书记插队时期一边放羊一边背字典,到知青时期就带领梁家河村民修建沼气,他的青春就是典型的奋斗的青春。高考降低了我们的教育门槛啊,孩子们,富贵人家的资源我们不容易得到,唯有高考,将努力的结果转化成客观的分数,我们这些普通家庭的孩子才有活路啊。"

那女学生低着头,半天身子也不动一下,好像思考着些什么东西。

四

办公室。"那个张野可真是个野孩子,"教数学的老赵一提起这孩子就窝心,"咕咚"灌了一口保温杯里的水,没成想被烫得"嘶嘶"叫,还不忘接着数落,"手里的篮球就跟他媳妇儿似的,整天那个又是举啊又是抱,还转的,上课不让他睡觉,他就把球搁桌子上,两眼珠子就直哇哇黏在上头。你说他听到的是下课铃啊还是发枪令,嘿,那窜得可真叫一个快!"老赵叹着气,好像谈论的是自家不争气的孩子。

"还有李乐,整天乐呵呵一张脸,高三生都有他这么乐呵的心态倒也好。不管把他座位往哪儿搁,他都能和边上人聊起来,前天我让他坐讲台旁边,他倒好,晚自修扯着李老师讲闲话。"老赵上了年纪以后还真是越来越像喜欢叨叨嘴的老妈,成天陀螺似的绕着孩子的学习打转。

批着英语作业的小萧,"扑哧"一声笑出来:"张同学脾气倒挺好的,难怪班里人缘不错。""说起下课铃,小萧你是不知道他刚开学那会儿的风云事迹。刚分班第一天,上午结束铃一打,老树说他眼看着张同学一个箭步跨上窗台,纵身跳了出去,那可是二楼啊。老树和班里同学看懵了,愣了好久才想起下去救人。"小萧一脸诧异。"你猜啥情况,张同学高一的时候,教室在一楼来着,回回中午下课铃一响就跳窗户跑食堂去吃饭,哪成想,分了班教室改在二楼了,他给忘咯。"整个办公室的老师们都被逗乐了,笑个不停。

"报告!"门口猛地传来一声,吓得老赵又烫了一嘴。五大三粗搁那儿站着的可不就是他嘴里的人吗?

"老树,我有话和你讲,你出来一趟。"张野闷着头,手在插裤兜还是衣服兜的选项中纠结半天,然后就急匆匆出去候着了。老树一笑,扭头对办公室里人说:"我学生叫我出去谈话,我怕是犯了什么事儿了。"大伙又被逗乐了。

"老树,前几周我妈给我找了个家教老师,给我补数理化。你说他也是艺高人胆大,还真有挺有耐心,讲得也好。他年纪不比我大多少,懂得还真不少,NBA也和我聊,我都快要认他做大哥了。我妈说要是我成绩上来了,她就不换老师。那啥,我想折腾自己一回,平日你和老赵虽然老训我,对我也多是睁一只眼闭一只眼。这回我把我宝贝篮球寄存在你这儿,等我考完试再带它回家。"张野使劲看足了最后一眼,就把球丢给老树,转身走了。

老树盯着球,无奈地笑了笑,进了办公室准备把球锁进柜子里。老赵见状:"欸,那不是张野媳妇嘛,老树你怎么把她关里头了。"

五

最近几天下课铃一打,再也没学生像往常一样在教室逗留那么几分钟了。大家都飞速整理完桌上的东西,然后拎起书包闹哄哄地撤退似的离开,好似敌军下一秒就要入侵。没多久,还真是有这么个敌军分子似的人物出现在教室。一个背着喷农药工具的老头,带着口罩,在空无一人的教室里头往地上喷扫着气味难闻的消毒水。

事情开始是出现在一个男同学身上。他以为是小感冒,去校医院开点药吃吃就可以,后来不见好,请假去校外医院一瞧才知中了冬季流感病毒。老树让家长把孩子接回家后,就向上头报告了。校方让人在教室和寝室连着消了一周的毒。

午休的时候,老树在班里说:"最近流感兴得厉害,同学们多注意自己的身体。要是发现自己有感冒咳嗽之类的症状或哪哪不对劲了之类的要及时报告。"老树话未毕，一声短促有力的"报告"在后门窜出。抱着个球的张野隔老远朝老树"嘿嘿"笑，想把跑出去打球的事儿就这么糊弄过去。老树"哼"地冷笑一声，无情丢下"晚点来找我"几个字就走了。

晚自修老树坐班，课铃打过后同学们都散得差不多了。此时，班里就剩三个学生，一对同桌和她们的一个前桌。老树刚纳闷三人怎么还不回寝室，就见着那两人收拾了书包后，搀着前桌邱婷婷起身。老树问怎么回事儿。一个说道邱婷婷去开水房打水，不小心烫了脚，当时隔了袜子倒也不太烫，以为没大碍就自顾自回来接着学习了，没想到脚这会儿已经起了水泡。两人等人走光了搀她回去，路过小超市买只药膏给她擦。老树皱着眉，想着快到熄灯时间了，就让她们先回去了。

这天晚上睡觉的时候，老树上一秒还迷迷糊糊地想着，明天得赶早骑车带着邱婷婷同学去校医院看看，下一秒就困得睡了过去。

六

老树在台上脸拉老长。大家在底下默不作声，视线游走在纸面上。"昨天我路过时趴窗台看你们上贾老师的课，半天就没见几个抬头的。有拿出其他科作业写的，有在草稿上乱涂鸦的，还有用书挡着身子睡大觉的！我想当学生一半以上都在低头时，在上课的这个老师应该先感到难过，再愤怒。为什么呢？首先这是我们的错，我们讲得没劲，讲得不好，敷衍了事，还得让你们乖乖坐着听我们讲，那我们是不是有错？同理，一个老师，穿得整齐干净，到台上来传授知识，分享他的经验，而你们呢？两耳自己堵上不听，眼睛挪开不看，不给这个老师机会，这是谁的错？"

"老树，我有话说，其实大家伙平时听老贾的课还挺认真的。咋说呢，感觉昨天贾老师不对劲，他说一会儿就停一会儿，还发个呆，内容讲重了也不知道……大家也不好意思打断他，可能就分了心。"班长吴昊挠了挠头，就坐下了。

老树眼皮子一垂，叹了口气："前几天你们贾老师母亲突发脑溢血，进了医院,他赶回隔壁县去照顾。过了几天又回来了,说母亲那边有大哥先照顾着。自己离得远,隔了个县,照顾不能太及时,学校这边其他老师一直帮忙代课也不是办法。你们啊,就多自觉一点,别把成绩掉了,让贾老师更操心。"

同学们听完抿着嘴,静静听完老树讲话以后默默在草稿纸上开始解题。

七

有个寝室出了怪事儿。事情出在女生寝室里,不是什么谁丢了东西或者谁和谁闹矛盾之类小家子气的事儿,反而是有些叫人尴尬又犯疑的事儿。寝室几个女同学抽空私下找老树报告这事情,虽然也有和宿管阿姨反映过此事,但还是老树叫人安心些。

事情是这样的。周末双休假一结束,同学们就赶在周日下午回了学校。一学生先回了寝室,整理衣柜时,觉得不对劲。她装有内衣袜子的一个袋子孤零零地杵在柜门外。她平日也是个细心的人,东西向来收拾得干净,临走前肯定是检查了的,不至于着急忙慌就把衣服丢外头了。等其他几个室友陆续回寝时,事情才明朗起来——有人动了她们的内衣裤。某床姑娘的内衣莫名其妙地出现在对面床的衣柜里,其余几个床的姑娘也觉得自己的衣物乱得有些过分了。

老树听完此事,微皱起眉,抿着嘴,先叫她们不要声张此事,怕在班里引起猜疑嫌隙,扰了大家的学习。几人回去后也没敢在班里乱传,这事儿就这么先搁着了。

过了两天,老树让人传话把寝室几个人带到了一个空房间,几人在沙发上正对着老树坐下了。老树来回踱步,也不开口,半晌才开始说话,说前天他去查了监控。她们的那栋楼是男女混寝,女生们临走前图方便就把门钥匙放电表箱子上面了。恰好她们寝室就贴在楼道,楼上男生下楼隔着铁栅栏就能瞧见那钥匙,有个男生就趁放假时段混进了寝室。女生们听完后惊愕不已,不成想是个有心理障碍的男生。老树别的也没多讲,好在女生们没受到人身威胁。为那男生着想,这事儿就尽量压下来。那男生已经让家人带回去做心理治疗了。女生寝室也换了新锁,每人配了把新钥匙。女生们听了老树的话,回去后没和班里同学提及此事,事情就这么悄悄然地解决了。至于那个男生的后续,就不得而知了。

八

老树今天差点把命给丢了。他来学校路上骑的是摩托车,大清早眼睛还迷糊着,也没敢骑太快。快打弯驶进一高速公路桥洞的时候,老树见着洞口处地上有摊东西,等稍稍近了些一瞧,嚯,是黑乎乎的机油。当时老树人连同车子都有些倾斜了,赶紧死命把车和身子往另一边拽,就此躲过一劫。人回到办公室坐下时还有些余悸,若在 2018 年最后一天走了可太不值当了。

最后一节课铃响过后,老树让班里同学留下来听语文老师做个年度总结,也算是为即将到来的元旦小长假增添点仪式感。大家伙显然已经打包好了行囊,力求在几秒内就能抛弃这座教室奔向家中。不过,大家都还挺乐意听这个如栀子花似的气质清恬的语文老师讲话。

台上的奚月红老师目光一如她月光般的嗓音一样,温柔地扫视过全班:"记得几年前我给班里同学们读过一篇南方周末杂志的新年致辞,题目名叫《你对美好的向往关乎国家的方向》,里面有段话我觉得讲得很好,放到今年我想也是适用的。'人们往往期盼自己能躬逢一个大时代,但真当身处其中时,又是否有能力完整了解时代的面目与意义?当然,这并不妨碍我们要努力在当下绽放真实的自己,就像每一个被历史铭记的大时代,都曾留下过独一无二的生动印记。'我们现在就处在这么一个时代,我们看不见这个时代的全貌,但是我们在感受着它,港珠澳大桥通车,"鲲龙"出水,雪龙二号下水,这些成就我们没有亲眼见证其发生,但我们能感受到的是这个国家鲜活的新荣之气与昂扬的奋进之姿。我希望同学们在为个人目标奋斗的同时,应该意识到自己的命运是同这个国家紧紧联系在一起的。你们就是一个个鲜活的细胞,你们的生命力决定了祖国的姿态。大家共勉。好,放假回家!"

尾声

老树本打算再挨个几年,到退休年龄再离开学校,但是受不住家里媳妇的劝,前几天还是向上头递了辞职信。

今儿个不知道怎么回事,老树脑袋有些昏沉沉,早上两手空空就出了家门准备去学校。路上他心里忖度着,莫非真是人老不中用了?

进了教室,老树在台上低头理了理书,才发现带错了。突然,教室窜出一声有力的"起立",然后一屋子的人从位子上弹起——"老树好!"

他一抬头,短暂的几秒错愕之后,他的眼眶就红了,八年前的记忆瞬间同现在重合。

张野不留板寸头了,身子还是高瘦得像一根竹竿;李乐照样不知道为什么乐呵着,下巴的胡茬子才让他有几分大人样;班长吴昊不带黑框眼镜了,换了个金丝窄边的,多了些精英气;当年成绩惊人的王思思好像是孩子母亲了。一七级五班的同学们一个不落地立在小小的教室里头,路过不明其中的人还以为里头在开家长会,这帮家长倒还挺年轻。

老树不知道该说什么,这个惊喜来得太突然,倒是让人有些悲伤。眼泪从他枯井似的眼睛里汩汩冒出来,划过他树皮般干皱的脸。

【作者简介】

王雅娟,女,1994 年 1 月 14 日出生,籍贯浙江天台,2016 年 6 月毕业于浙江师范大学生物科学专业,现就职于临海市大田中学,任生物教师。

第二编

诗 歌

长城组诗

◎洪　迪

一

四月,谁说是最残酷的月份
慕田峪长城,在死地上养育的不是
丁香。杏花林以四季同堂的姿势漫山遍谷
谷地里花谢萼残。城墙根珠苞万点
唯山腰一带,迤逦漫天瑞雪。正春光烂漫
混合了回忆与向往,现在和过去。春雨
从历史的后土与众多的岩峰,惊醒
多情的无情
大自然的爽朗笑声

时序。方位。事物。生命。话语
一切都在粉碎与搅拌中解构。重建
以崭新的组合方式
显示宇宙的玄妙创造

二

在电子的现代与肉体的原始之间
最佳的选择。并非总是前者
快速凌云。快哉。飘飘然于一刹那
毕竟不是依靠自身的本质力量

也许。出它一身臭汗
气喘吁吁攀上陡峭山巅
才是一种人生的酣畅
一个到达长城的好汉

三

终于踩长城于脚下了

从航天飞机上俯视美丽的地球
逶迤能辨认的这道古典的宏伟工程
怎一声大赞叹了得

绝世的巨大符号。神圣的民族图腾
英雄与残暴。困难与骄傲。金戈铁马
封狼居胥。霍去病长驱塞北风沙三千里
弯弓射雕。成吉思汗铁蹄踏破中原金瓯
巍峨万世屏障。几曾屏风障隔
数大雁胸怀开阔。无视人间恩怨
春风秋月。南来北往。任意翔飞

因袭的重负。文明的珍珠项链

扼杀进取开拓的千年沉重绞索

一任历史或神话评说。风风雨雨
长城依旧。巍然
不语。苍老而辉煌

四

一个矗天拔地凌越时空的至高点
是属于已逝的昔日还是当今现实
雪山。残害。百万农奴的骸骨
造就山岭的黄河滔滔。砖石的长江滚滚
一辆消声列车。穿越时空的无尽隧洞
残缺而完整。匍匐而腾飞
不逝的逝者。永动的永驻

现在。此刻。当下的一呼一吸
历史几何学上一个原点。既不延续
也不断裂。就在这里，又不在此处
尚未立足便已经失去的立足点
一所长城上的敌楼。一只方形白金坩埚
让过去与未来在此汇聚。融合。化合
只有深入现在
才能征服未来

五

龙旗招展。游人熙攘往来如织
甜蜜如月的新婚夫妇。拄杖的老者
一路摄像不辍的外国人。迎面舞蹈
而来的小辫子，一下子使长城年轻了
两千多岁。戴墨镜的中年女子依然
榴花五月。回身张望。若有所待
张望蝶迷晓梦？期待再度日暖生烟
停驻中，人流瞬变。不觉老了几分

多少人在长城上走
又几人真正走上长城

纵然慕名而来。莫名而去
吹一吹大漠雄风也是好的
现代的脉管中正奇缺
大如斗的一川碎石

而沙尘暴已堆积到离北京七十里
沉溺于现代喧嚣的龙的传人。请听
那一曲烽火中救亡悲歌，几曾沉寂
我们同样有我们的血肉。将如何
用来筑成我们
新世纪新的长城

六

白云轻移。长城上空一片瓦蓝

纯净而光莹。新发硎宝刀十五女的锋利

苍莽万山发一声吼。八方涌去

杏花的温馨中隐透着刺骨寒冰

孤傲的苍鹰。展翅驻止天顶

认定。太阳是自己光明的身影

而黑色。是最猛炽的焚烧,足以

使三百里阿房宫化作灰尘

陡然的风沙拒绝。怯懦与拘谨

【作者简介】

　　洪迪,男,本名郑宏杰,1932 年底出生,浙江临海人。诗人,诗论家,学者。中国作家协会会员,曾任多届浙江省作协理事、文联委员。1957 年始在《诗刊》7、8 月号发表《祖母》等诗作,著有诗集《雨后新叶》《超越存在》,诗学专著《现代诗美创造》《大诗歌理念和创造诗美学》,历史随笔《天马嘶云》(合作),系列散文式断代史《唐唐大唐》,传统文化专著《中国文化太极:老子与孔子》,等等。

海岸诗两首

◎海　岸

隋梅隋塔下，梅亭旁

听法师拈一枝梅花,心就溢满花香

一千四百年前,也许更早些

浙东一支水系出钱塘

沿剡溪溯流南下上青山

问我何处去,又到天台看石梁

少时敢打梁上行,却不敢俯瞰深潭

茂密竹林间,一泓飞瀑梁下落

寺既成,国乃清

法师植下一株梅,朝夕闻晨钟暮鼓

智者"一念三千"天台宗

捕捉一念心起,你我诗意足矣

寒山与拾得终成就和合文化

"世间谤我、欺我、辱我、笑我、轻我、贱我、恶我、骗我,该如何处之乎?"

"只需忍他、让他、由他、避他、耐他、敬他、不要理他,再待几年,你且看他。"

二十四首寒山诗竟成为异国不朽经典

山门外,古道边

一行到此水西流,高山杜鹃尚早

竞演诗人杖藜行歌山水间

院庭内,坐看满目萧瑟

唯有一树白梅早春花满枝

踏遍青山,停不下前行的脚步

同题"隋梅"比拼三十年自我

且随花香,穷尽浙东唐诗路迢迢

罗特内斯特岛 *

我登上罗特内斯特岛,眺望

印度洋的幽蓝,笑谈

鼠影下的殖民翻转四季

蜿蜒游弋的天鹅河溯流而上

大洋深处,露脊鲸翻腾

海难的残骸,墓穴般凝重

马航飞出谜一样的航线,就在不远处

细沙在风中持续传递对生的呼唤

这片幽蓝而神秘的大海

谁锚定一艘船的漫游?

落日斜阳下,潮汐

冲击空旷的海滩,干旱

枯守大陆深处的沙漠

一处汹涌的波浪谷

荡然无存的远古水患

灌木丛中隐匿一抹惊喜

谁能阻挡一群矮袋鼠的跳跃?

我走过众多的海岛,不限于两大洋

一路向南或向西,渴望

信风漫过海堤,温暖粗砺的砂砾

　　　　　　　而一切情非所愿,我们

　　　　　　　无法阻挡礁岩的裸露

　　　　　　　幽蓝处,大洋更深邃

　　　　　　　心,仿佛落日,仿佛大海

　　＊罗特内斯特(Rottnest),荷兰语源意为"鼠窝",西澳弗里曼特尔一个清澈迷人的小岛。

【作者简介】

　　海岸,诗人、翻译家,1984—1986年曾任教于台州椒江市第一中学,现任职于复旦大学外文学院,主编《英汉医学大词典》。著有《海岸诗选》《海岸短诗选》《挽歌》(长诗)、《蝴蝶·蜻蜓》(欧洲 Point Edition)、《时光,像一座奔跑的坟墓——狄兰·托马斯诗歌翻译与批评》,译有《狄兰·托马斯诗选》《贝克特全集:诗集》《流水光阴——杰曼·卓根布鲁特诗选》(合译),编有《中西诗歌翻译百年论集》、《中国当代诗歌前浪》(中英对照)、《归巢与启程:中澳当代诗选》(合编,中英对照)等。曾应邀参加"第48届马其顿斯特鲁加国际诗歌之夜"(2009)、"复旦—科廷中澳创意写作坊"(2016—2019)等海内外诗歌活动。

伤水的诗

◎伤　水

雪光照亮暗夜

真好,如此暗夜,有雪光照亮

那微弱部分,是雪被脚印

所伤

人迹未至处,雪大梦初醒

雪把自己照得雪亮——

我首次看到了自己

没有他人能抵达的,我雪藏的忧伤

半途

草绿到一半就停了

它的颜色像闹钟没有拧紧

说放弃就会放弃

谁在乎它有多少焦虑

雨落到一半累了,悬在半空

在下面的人们夜夜失眠

光线也在半途折断

那些倒映,那些反射,虚设一场

我都替草忍受不住了

自杀又未遂,动机半途消失

现在,睁不开眼,张不开口
草枯到一半,又停了

孤山放鹤

我这个年龄了,实话实说:孤山没有鹤
先人养过的早在传说中放飞
我不能信赖暗香疏影,而虚度一生
问题是,我受的教育和我生存的现状
都像这优美的湖水,该死地围拢着我

梦见大雁

一个群
叫声,据说是对同伴的鼓励
而为什么那么凄厉?
像锥子一样钻出梦境,天空的
瓷瓶击碎了
明明是投诚
看起来像进攻
南下,意味着败北
又为什么从没有看到集体北伐
却每年都在卷土南来
高过云端
把梦中的人托回梦里
穷尽了自己的所有
翅膀即是飞翔的囚徒
即使错爱,但
错爱一生,也比缺失幸运

碎瓷

梦见在一个瓷器店

我爆炸了,瓷器碎了一地

我为什么如此按捺不住呢

我必须挽回

必须抢救涣散

把碎片拼凑成一个整体

这是细致的工作

考验着专注和毅力

但我忘了,还需要修补的

高超技艺

现在我想到了

但没有意识到,这还需要

天赋

就如我能爆炸

但自身无法收拢

我炸了瓷器的同时也炸了自己

我看着我破碎的骨肉

在整理破碎的被害物

醒来,我仍在破碎的操作中

深夜冥想

从深处往上升浮,我不清楚

距离水面还有多远

瞅见灯,零星的浮标。我可能

会咬上一个诱饵

我不能搅乱这宁静的入定
人应该学会适宜
学会符合
我只能偷偷和自己过不去

我说风暴和闪电,而非风暴和闪电
也不完全指向
不可抗力和猝不及防。我是说明
一种倾向:那种开阔,以及颠覆

蓝天

我找到了书写遗言的
最好纸张

我将即刻死去,多么陶醉

我得抓紧书写
风,小一点,再小一点

可我还是来不及构想
我遗书的内容

那么,除了这张纸
还有什么值得留在世上

夜渡

乐清湾适合
夜渡。适合我的水在夜里
适合我的夜却在水里

就像我说道我

一种经历被另一种经历复述

车在船上,有时

船在我车内。四周都是浪

我载着谁?谁在我肉内?

另一个我——

等着我疲软,激情后死去

我却恬不知耻地活着

我不甘罢休

不给他一次机会以到达

对岸。那么多年,乐清湾有着

往常容量的浑水

多出的部分填补欠缺的地方

我渡过就是他渡过

彼岸也就是此岸

自我的转移,或者命运的搬迁

我分不清南北

只知上下:夜空和黑水

我站在中间,那风的位置

漩门湾落日

漩门湾落日,落日突然

向我开枪

射了我一身金黄

原来我一生就为了到漩门湾

看看落日

我的谋生就为了劈斫一条

通往海湾的小路——

杂事遮覆,难以察觉

我一张望,脚会自动踏上

我那没有余晖的分行,都不是诗

水面上这条晃动的嫣红

才是我最好的朗诵

那些遗失和惨痛,都将

在暮色里消失

——只要我还在我这里

只要我赶来时落日还在落

落日下的山河,就与我无关

海湾里的岛屿,顿时若有若无

我不自觉地摘下眼镜

面对落日,需要赤裸

那几只鸥鸟的翅膀,即是从

我腋窝里飞出

集市

我长期派不上用场

就像一件自产的

箩筐或竹灯罩。我要去

平和参加集市,去那

搂住一些必将消失的东西

比如烤红薯或煤油灯光

这些暂时性事物

能使我一阵阵温暖

同时,我要购回一双草鞋

一条两头翘的扁担

我始终是一个人生的挑夫

这些丧失的事物

让我在现实中不堪重负

另外,若有可能

我还想端详那条逝去的河流

和其上的船工号子

我会留意大河拐弯的地方

我会在那里蹲下

掏出莫合烟

把长烟枪的铜头在鞋底

敲了又敲,敲了又敲

【作者简介】

　　伤水,原名苏明泉,1965 年生于台州玉环,台州师专中文专业毕业;1985 年开始在玉环县陈屿中学任教,发表过中学语文教研论文数篇;后辞职在企业里经营管理,任过玉环县外经贸局长、苏泊尔公司副总等;八十年代中期开始现代诗歌和文学评论创作,作品入选《中国当代先锋诗歌档案》《新世纪诗选》《中国新诗选》《当代传世诗歌三百首》等多种诗歌年选。出版诗集《将水击伤》和《泂》两部。

三月，光线猛然惊醒（组诗）

◎王学斌

桃花

春天,许多事物被风剪出
并赋予其象征意义。譬如桃花
那么精致,色彩挑逗内心

光线让树叶摇曳,并试图
做出解释,桃花携着少女和流水
她们相继走进词语

语言中诱惑更为隐秘
树枝探入行人的衣裙

在桃园寻觅的人,总能
在众多的桃花丛中
找到一张难以忘怀的脸

惊蛰

一道白光树枝般闪过,劈裂
天空和田野,一片寂静
此时,雷声刚在喉咙形成

想大喝一声,让一个人从疲倦中苏醒
看蜥蜴及不知名的虫子

快速逃进视线,草木纷纷醒来

仿佛有神秘的安排,一场雨
淋湿这个季节的所有声音,于是
闪电睁开眼
雷声隐隐传来

杏花

思忖过久,某些想法来不及
绽放,就枯萎
也有些,蜷曲在树枝黝黑的体内
听到三月的呼哨
渐渐醒来

恰如粉红的梦境,拂过枝条的风
也是甜的。当你走进深处
花瓣那幽深、甜蜜的洞穴
整个季节为之颤动

每一个梦想都有深刻的种子
矗立村口的杏树,把光线和雨滴
都隐藏在枝叶间
而满树的杏花,开放在
夜空黑色的背景

光线

光线发出的,一定是惊雷的声响
一下子,笼罩四野

被光线抚摸的杂草、卵石

溪水、蚂蚁,以及溪滩玩耍的人

都会感到颤栗,那种

应和响声的颤栗

那种敲响铜锣又一下摁住

铜的颤栗

柳树枝条黝黑

叶芽绿色的火焰燃烧

在三月,光线猛然惊醒

旷野发出惊叫

【作者简介】

王学斌,浙江仙居人,现供职于仙居县教育局,浙江省作家协会会员。出版诗集《生活的缝隙》,有多首诗作在《诗刊》《诗歌月刊》《江南诗人》《中国诗人》《星河》等报刊上发表并入选各种选本。

旧事物的颜色（组诗）

◎赵永军

乡村文化礼堂

会耕牛,会种地,会狩猎
会生育孩子
在乡村,这些就足够了

如果用来自娱自乐
或者战乱避世
青砖、荷塘,就有些诗意

如果再刷几面白墙
把弟子规镌刻在竹简上
这些礼俗,就太精致了

遇到诗人老树
在村口的大樟树下
他们确实是现代的,早上
刚下过雨

父母外出了,孩子们
依然不懂意味深长
纷纷追赶——
空空的镜头

旧事物的颜色

旧事物,通常只有一种颜色
记忆中的父亲也一样
一生陈旧
他甚至活着就喊出了
一座坟墓

草马路招待所,位于市域中心
它没有年轻过
以至于当年
和大半生与海为伍的父亲
相吻合

那晚,我尚客居读书
浪迹模样的父亲
漂泊至此——
草马路招待所
仅此一晚
耗尽了一生的修辞

云的来意

一朵白云的来意
足够让我陷入一片阴影
它带来的气息
和挥之不去的土语
经常让我

压制不住地悲伤

一朵云的来意
是我无法回去的
歧途
它告诉我今生并不遥远
却隐藏起来世

我经常会在一朵白云下流泪
它的去路,我茫然不知
它的来意要与我作别
它转过身
示意我
各过各的

布袋坑村

溪水像不肯过夜的路人
独自下山而去
剩下的,成为山民

山,飘荡云中
形似布袋
民,锁袋的一根草绳

系于腰间的草,有刀的弧度
山腰与刀
呈雄性症状

山谷里的时间
从竹溪开始分布

途经石丛、土丘和鸡鸣

狗是钟摆
来回隔溪之间
曲折之水迂回两岸,有新娘
终身不曾下山

遇一夫妇,劈柴,烧酒
糟糠之酿
从幼年开始
低温、耐久

相比石斛和蜂巢
舌尖上的布袋坑村
当数咸菜竹笋

逛山,谁说不带一点目的
除了浩荡
更要一户好人家

【作者简介】

赵永军,笔名老屋,任职于台州第一技师学院,浙江省作协会员,发表诗歌若干,偶有获奖。

夏日痴

◎阿 罗

"所有的雪都会融化,……那时你将会有朋友!"

——安徒生语

点一根烟,在冬天
写首夏天的诗
太阳就出来啦

我们现在怎样做父亲?
冬天里的父亲
追赶不拿花朵回扣的太阳

又一条鱼被潜规则了?!
那些流水都是帮凶
那船上飘扬着二维码

我们都喜欢露出笑脸扫一扫
啊,多么整齐划一的纷纷

多么千篇一律的洁白

仿佛温暖！仿佛幸福！
痴。而拥有荫蔽是危险的
我们喜欢用自己的血液过滤妄想

一条毯

此时寂静。如果梦是一件唐装
包围你的是一首李白的诗吗？
你坚硬起来，仿佛要造一幢房子
荒野中孤单的房子

肉体是夜的骨头?!
如果月色种下了歉疚
那故乡黄昏的彩霞和儿时弄堂的灯笼
是她的心腹和同谋
夜呵，可怜的夜呵

她们收获了什么？不，别管她们
现在的问题是：你是谁？
能帮我做什么？展翅飞翔吗
还是如枕头在收藏——

诗意是弱智的婴儿，继续
成长于事无补、毫无意义？
这床是你的花吗？睡眠亦酿造
这墙是你的天空？阻挡亦自由

没有风，没有风包围的所谓风景
风景是用来疼爱的

雨继续在窗外靠近、靠近
包括鸟鸣,靠近亦是远离

嗯,你是故土?
回忆和咒骂!
　你想象了我——

【作者简介】

阿罗,原名陈兴志,浙江临海人,小学教师,浙江省作协会员,偶有诗作在《江南诗》《文学港》《扬子江》《特区文学》等刊物发表,有诗集《盲视力》《煞有介事的阿罗》出版。

牧童的诗

◎牧 童

日喀则的阳光

我的孤单耸成珠峰的尖顶

我离天堂那么近

离灵魂那么近

阳光拉长我的身影

让我看见另一个自己

在世俗中沉沦,挣扎

又在冰清玉洁的世界里攀爬

雅鲁藏布江的浪涛

冲去我的欲念

让我怀疑在现实的繁华中

我是不是得到太多

以致压扁了自己

在这寂静的世界,只有风吹阳光的声响

风马旗下面

扎什伦布寺沉默着

如同庙内的巨大强巴佛

我随陌生的藏民

转山转寺转班禅的灵塔

寺内金光闪闪

他们的衣着皱巴,却

喜气四溢

活着就是幸福,而我的亲人
有的已然离去
我没有放下他们
于是疼痛跟随我来到远方
我没有享受日喀则的阳光
这是我的罪过

在如此明朗的天空下
青稞和油菜花遍地金黄
藏红花红得灿烂
在扎什伦布寺僧侣的窗口
处处种满鲜花
没有人留意它们到底为谁开放

布达拉宫

雪峰围绕着拉萨
布达拉宫
只是它们脚下的
一个点

一个闪光的点
点亮了雪域高原
让每头羊每个人
找到回家的路

谁能俯瞰这世界最高的宫殿

唯有鹰,在蓝空中

睥睨苍生

鹰是雪域世界最大的王

此时,它眼底

一个红衣喇嘛

打坐在布达拉金顶

望着

山脚磕长头的人

日光遍洒玛布尔山

一千三百年来

它托着王者的宫殿

托着藏民的灵魂

屹立不倒

朝拜的信徒

将宗教与历史密码

嵌入一扇扇窗户

白宫,红宫,灵塔

酥油灯在幽深处摇曳

老阿妈在转经轮上

诉说着轮回

高扬的风马旗

在朝圣者的心灵高地

飘举

走在宫殿的斜坡上

蓝天越来越近

风中传来缈缈的诵经声

带我踏上白云
走回故乡

在色拉寺外转寺

蓝空中盘旋一只鹰
盯着天葬台
阳光下
满山石块
仿佛史前搁置的
鸟蛋

色拉寺静坐山坡下
晒着太阳
沿坡转经路
慢走着流浪狗
和手持转经轮的
老妇

一个个佛像嵌在崖壁中
让石头带上佛性
还刻着一个个字符
不知是祝福
还是暗示

在这远离红尘的地方
一个人,可以什么都不做
也可以把灵魂晒到天葬台上
让兀鹫
啄尽你的污秽与罪恶

【作者简介】

牧童,原名潘法军,中学教师,台州市教育作协会员。在《诗歌月刊》《扬子江诗刊》《西湖》《文学港》等杂志发表过作品,有诗集《底层的声音》《天边的星》出版。

酒歌

◎曹必胜

寒山湖夜饮

兄弟,请举起寒山湖这杯酒吧

胸中的豪气已风云激荡

天底下没有什么比相聚更开怀了

醉了——又有什么关系

在寒山湖静谧的水边,安详睡去

在梦中,和寒山子吟诗作对

一起长衫飘飘,御风而行

兄弟,那就让我们将这黑夜饮尽

将这寒山湖的酒饮尽

将这短暂的人生,统统饮尽

醉问寒山湖

一滴水走到寒山湖,要几个轮回

一个人从唐朝到现在,要走多少路

为什么寒山湖如少女明眸

为什么鱼儿喝不完整个寒山湖

为什么兄弟相聚就会豪情万丈

为什么宋红酒会如火如荼

寒山子呀,隐居的茅庐今何在
拾得呀,你究竟是放弃还是守护净土

是不是有一个湖,可以熨平内心的伤口
是不是有一颗心,让我们生死不离到白头

盛宴

这是一年里最后的宴席
不必伤感,一起来祭拜天地和鬼神

先喝下三杯酒
温暖被寒风冻僵的胸口
再坐下来吧。捋直内心曾经的纠结

你是我的精肉,我的蔬菜
荤素怎么搭配可口,随我喜欢
你是我的糍粑,我的食饼筒
揉成方圆,包裹着所有的酸甜苦辣
你也是我的饮料,我的酒
或是平静,或是燃烧

请尽情地畅饮,成为酒的形状吧
我的酒杯,需要你来盛满

在恍惚中,隐约听见一个人在哭泣

雄黄酒

连喝三大杯,烈焰就熊熊
在江南大地蔓延成无尽的风
如汨罗江水滚滚而来

请允许我穿起青衫,点起香烛
学着古礼,向在汨罗江的屈原祭奠
"既然得不到应有的回报
就让我把自己埋在深爱的土地"
且不谈对与错,是与非
就让我们共饮一杯热烈的灵魂

不要把生活看得太沉重
醉就醉了,爱就爱了
什么都应该放得下

古越龙山

已冰镇过。内心的火焰也被掩藏
就让我们尽情饮尽这夜色

金黄的液体,有了生命
和着许多话语
自动进入我们这些远道而来的客人

让我们举起酒杯,点燃相知
点燃藏在心中已久的秘密
就让我们醉倒在夏夜里

现在,所有的一切,前程,命运
与我无关

酒后

像一头猛兽。潜伏体内

在白天,在黑夜

它的爪牙,越来越锋利

它的力量,越来越强

在不停地制造事端,寻找出口

我努力囚禁着它

生怕它一出来就带来伤害

咽下奔涌到喉头的鲜血

收拢飞翔的目光

但它,终于狂奔而出

冬天,眼神凛冽,一下一下

射进我的心

燃烧的火焰在寒风中,渐趋熄灭

那只兽啊,终于如一场恍惚的幻象

把我放置一边

【作者简介】

曹必胜,仙居人,教师,浙江作家协会会员,有诗集《守夜人》出版。

雷雨（外一首）

◎章文花

对于天上的事物,我只爱太阳
虽然星辰看上去也很美好！但我
只爱太阳

我不喜欢雷,以及跟在雷后面的闪电
"天打雷劈",一般送给做了坏事的人
雷雨也姓"雷"。他们仨玩命似的
从天上厮杀到地上。"轰隆隆、劈里啪啦"
搅得天翻地覆！天昏地暗
人间所有美好的事物,暂时无以为继

飞翔的或已折翅;绽放的或已凋零
奔跑的或已退踞;歌唱的或已噤声

我也停止了在一首诗中的前进
被雷电所惊！被雷雨所困
诗歌也保护不了我
我惊惧地听着外面的咆哮
一时忘记了祈祷

梅雨

梅雨是"科"。就像芫花、结香、狼毒
都属于瑞香科,小雨、阵雨、暴雨、雷雨

都属于梅雨科

今天小雨,明天阵雨,后天暴雨
后天雷雨,明天中雨,今天大雨
反反复复,天一直阴沉沉的
我一直走不出来

到处都是雨,古代的雨
现代的雨,未来的雨

芭蕉雨、杏花雨、酥雨、夜雨
枯雨、新雨……

古人穿越到了现代的雨季
我穿越到未来的雨季
她穿越到古代的雨季

太阳是神点的灯盏
我们遵循神的旨意
穿越雨季,寻找光明

【作者简介】

章文花,笔名木木。中国作家协会会员、浙江省网络作家协会会员。诗歌、小说散见于《诗刊》《十月》《文学报》《星星诗刊》《江南》《诗歌月刊》《扬子江》《海外文摘》等数十种省级及以上刊物。部分作品入选权威年度选本。曾任教于台州市黄岩区实验小学等。

寒山湖品鉴指南（外一首）

◎ 陈善劝

在寒山湖,从日出到日暮,从日暮到日出
你可以考虑化而为鸟或化而为鱼
自由飞翔、漫游,以此度过完美的一天

清晨,你可以适当安排些捕食、采集类活动
累了的时候就停下来向远处眺望一下。眺望那些
已知或未知的事物。眺望它们的风尘仆仆和若有所思

午间,你可以来一场和道地的湖鲜与山鲜的完美邂逅
邂逅必不可少的鱼、虾、蟹类,还有一些当令的
蔬菜、水果、菌类,藻类,以及一大坛的陈年手工佳酿

午后,你可以放一杆装满诗饵的钓钩
然后静静守候在微漾的波光里,钓起
一些古老的事物,诸如李白的酒杯、苏轼的木屐之类

傍晚,你可以独自或结伴,鼓一叶小舟
向湖心慢慢划进,直至抵达开阔水域,然后冷不丁地
放声,直至把落日的余晖都一一喊碎

至于晚间,你可以选择在星空下举头望天
追问满天的璀璨星河,或在一朵朵盛放的
无名小花前驻足,告诉她们你的爱意

告诉她们,你心里最亮的那颗星
是如何一次次把你内心晶莹的雪点燃,在无尽的
江湖中,在时间的灰烬里,一路为你照亮前行

寒山湖抒情

无论是一周还是一月
这寒山湖的时光于我都太过清浅
从晨雾到晚霞,从渔舟到归燕
这一汪碧粼粼的波光,无处可藏

味外之旨。这寒山湖的每片流云
是闲散,是寡淡
象外之象。这寒山湖的每处烟景
是孤独,是流浪

澄怀观道,抑或游戏人间
谁能想,那么多老去的江山
到头来都只是刹那芳华,等闲
辜负了多少时光,多少容颜

此刻,若得一支笔
一支黄公望或大涤子那样的笔
我必定要为这刻骨的相思来一番
写实或写意的勾勒描摹,皴擦点染

此刻,若得一阕歌
一阕淋漓酣畅的渔歌,我必定要在
那互答的歌声里,唱出这碧湖无尽的

阴晴雨雾与虫鸣鸟唱,唱出我逐渐老去的故乡

你不知道,我的故乡老了

老得嘎嘎作响,月亮和婵娟

也几乎在车流中迸裂殆尽。而眼前这一汪莫名的

浩瀚,正映着我满地的忧伤

无可收拾的残梦。昨夜在雨中

一只独舞的粉蝶告诉我

这湖上的时光,只是虚幻

而我的文字太长,抒情太烂

【作者简介】

陈善劝,浙江苍南人,现为台州职业技术学院人文学院中文教师。民进会员,台州市书协、音协会员,台州市教育作家协会会员。文学创作方向:新诗、诗词。

月光（外二首）

◎梅　子

为了重生
才将皎洁带走
犯下的忧伤，并不是
如根须般缠绕

柔软之意从低处开始
这里不是他最后的
栖息地。抛开
沉于光阴深处的

颗粒状疤痕，及活成真相
一抹红光退让领地
以模糊的方式
来缓解各自的灰暗

这里是个陷阱，这里
有各自的形状。月光
忧虑，只见他原地徘徊
在沙滩上自我说服

望稻与望考[*]

一两点雨落得急，缓缓
拐了弯，敲击着乱码的河床

有了章法的汨罗江

上下求索在漫漫道上

再一次被放逐的

不必贴近于他的苦

在二十一世纪的某一天

种田人望稻,读书人望考

龙门的缺口处有最短的

通道上,红白条纹的指示牌

道路管制的一两声喇叭

重合在苍茫的考卷内

再次被放逐

与此出现的棱角

被内心放逐,涌动的

芦苇、实体的河水

也不曾想介入

潮汐的

其中

呼唤

——读《山河都记得》

说到故乡,并非

只是地理上的名词

院子里的风在关门

一枚刺哽在喉

疼痛荒芜

而野花占领的小路

依旧往敞亮处延伸

落叶的河流浪花枯萎

我在等一个浊音

侵占,正在消失的乳名

【作者简介】

梅子,原名潘丽梅,台州市教育作协会员。作品散见《诗歌月刊》《浙江诗人》《湘湖文学》《山东诗歌》《天台山》等。

过黄河

◎戈　丹

千里而来,只为过你的黄河
我在你的黄河之上
读你的诗歌
身体里的刀剑并未显形,羊皮筏上坐着的人
没有一个像你
除了诗歌中携剑和兰州的气息
现实中的你,比我更像一个江南女子

我立在黄河上
比你更像一个北方女子
水流跟我想象中一般
一路翻卷黄沙,簇拥向前
而我没有刀剑可以稳住
体内的黄沙纷纷跌落河中

身边走过的人
无人为我停留,我粗糙的皮囊
留不住一粒黄沙
只能站在河中央
看着自己被众多的黄沙簇拥着往前
没有呼声,只有逆向的风

这一天

这一天毫无例外到来

坐地铁去医生处,又坐回酒店

赶上机场巴士,回国飞机

赶上公交车和回家的地铁

这一天是多么曲折而顺利

顺利得我多想它能静止下来

或者永远无休止延伸下去

让我有足够的时间

去重温,去制造,去结束,去开始

在流逝的背影中寻找和辨识

温暖你镶在玻璃里的脸

似曾相识的笑,来不及挥手

只看见列车缝合田野,转过山峦

绕成山间一束烟岚

我追着你节节而上,我追上你

薄薄的机窗玻璃外

你笑成一朵云絮

就连这一束笑我都抓不住了

飞机下降

飞机着陆

我再也看不到你了

苍茫的夜色中,只剩下

机轮碾过跑道留下的余震

致你

我一定是见过你,要不我的泪水

怎么像极了久别重逢的亲人

那么汹涌

仿佛过去的四十多年我仅仅

孕育了一个大水桶

等着你的到来,把它盛满

但我又是多么快乐

我要赶着把这些泪水搅拌进泥土

令多年的枯干慢慢松软

赶着让一棵种子破土而出,它定是你我

记忆遗忘前埋藏在此

它要趁痛生长,赶着来见证

我们的重逢

【作者简介】戈丹,原名葛卫丹。中国作家协会会员、台州作家协会诗歌创委会副主任、台州教育作协副主席兼秘书长、温岭教育作协主席、省第二届"新荷计划"人才库成员。曾获全国诗探索"华文青年诗人"提名奖、"台州文学之星"提名奖。作品曾发表于《诗刊》《星星诗刊》《诗选刊》《中国诗歌》《诗探索》《诗歌月刊》《山东文学》《诗江南》《文学港》《台州文学》《海风》等各级各类刊物,多次入选全国年度诗歌选,获得过全国"微诗会"优秀奖等。出版诗集《暗香》。

某个清晨（外一首）

◎赵幼幼

某个清晨

再听到鸟鸣

啾啾

啾啾

风吹不进来　　花香吹不进来　　你吹不进来

隔壁妈妈

吱呀　一声　开门

吱呀　一声　关门

我还在里面　　没有醒来

哦世界——

沉下去　又浮上来

橘花开了　多么好

尘世像你开时　多么好

青是青　白是白

徜徉其间　还有隐隐清香

即使有过小风暴

我并不嫌弃尘世一路的黑

我并不哭泣没有月光

我并不厌恶剥开自己

当痛不欲生的时候

我想起我的妈妈

我想起小橘灯

我想起涩涩的果皮里　一瓣瓣　小月亮

【作者简介】赵幼幼,曾任教于黄岩区院桥镇镇北小学。浙江省作协会员,入选浙江省"新荷计划"青年作家人才库,2018 年参加《诗潮》杂志社首届"全国新青年诗会"。作品散见于《飞天》《星星》《诗潮》《星河》《诗歌月刊》等。

第三编

散 文

雨夜松溪行

◎徐永恩

正月十八,天台风俗要吃落灯扁食。吃了扁食,意味着元宵节圆满结束。吃完扁食后,因为吃得太饱了,我突发奇想,准备走路去平镇。本来屯桥去平镇才十里,也不远。但是,已经几十年没有从屯桥步行到平镇了。说出来,连女儿也笑话了:"老爸去走,我开电瓶车跟在后面监督啊。"老伴说:"我跟你后面,看你能走到吗?肯定走到半路就搭车了。"

呵呵,她们不相信我从屯桥走到平镇,是怀疑我的毅力,还是怀疑我的体力,还是说很久没有走路去平镇了,她们好奇原因?我一时猜不透。十里路对于旅游来说是小巫见大巫,她们不相信我走路去平镇,可能因为好多年没有走路去平镇了。

路过村口,村人问我去哪里?我说走路去平镇,他们都说"你身体好"。这里褒义的成分多些,也坚定了我走路的决心。

我背上行包,径自从家直往平镇,刚走出村口,还没有到周店,随即下起蒙蒙细雨,老天似乎要和我开玩笑,也想考验我有没有这份诚心和毅力。因为今天本来就是雾蒙蒙的天气,幸好雨伞是随身带的。我连忙撑开雨伞,漫步在四周雾蒙蒙、阴沉沉的暮色中。

春雨轻悄悄、软绵绵的,没有夏天雷阵雨、暴风雨那样的猛烈和凶狠。开始是淅淅淅的,转而变成淅沥淅沥的,幸亏连荡漾的微风也没有,裤脚不会被雨淋湿。如果是风夹雨,那我走到平镇的话,裤脚没有不湿的。

周店直接通水泥路至松山后村,应该是去年才修成的田间大道,专供农耕机械行驶。村人说,从这条路去平镇可能是最近的。那就走这条道吧,这可是我从没有走过的路。

雨"淅淅沥沥"地下着,四围水气雾气混成一体,远近的山体被笼上了一层白纱,低空间有大片的乌云,黑压压的,看来老天要动真格了。东边的乡道公路上不时驶过轿车,车灯划破了傍晚的夜色,光柱如探照灯一般扫过宁静的田野。远处,几株大树孤零零地兀立着,正享受着春雨的洗礼。

远处传来几声犬吠,夹杂着爆竹声,挑逗着静谧的空间,应和着轻柔的雨声。村中疏疏朗朗的灯光,在雨中颤悠着,如渔火一般。偶尔从某个角落里升起的焰火,如宙斯的神火一般,照映了小片夜空。

周店村就紧挨着松溪。松溪,因溪边长满松树而名。1982年,我曾采访过屯桥村的老学究。他说清末时,整条溪流边长满了松树。但是几十年前的松溪竟没有了松树,只有溪罗树。又因原王里溪村段长满竹子,故又名篁里溪,亦名王里溪。它是始丰溪的支流,发源于鹧鸪尖,从屯桥王里呑流出,全长约15千米,在松溪村头东侧汇入屯桥溪,于八角亭村注入大溪。

忽然想起,我从屯桥走到平镇的十里路,有九里是沿溪行,只不过非溪岸边而已。听着"淅淅沥沥"的奏鸣曲般的雨声,骤然涌起思绪,我好生奇怪和敬佩,就是这十几千米长的松溪水系,养育了几位闻名宇内的历史人物。所谓一方水土养一方人,一点不假。松溪水的灵性滋育了松溪岸边村人的聪明才智和仁爱慈孝,让他们在历史的时空里得以施展才华并占有一席之地。

北宋末年,一位官宦携家小,相中松溪中段的篁里溪——他就是天台贾氏先祖贾成宗,曾任台州观察。解甲归田后,因篁里溪是靠山临水的风水宝地,便在此安家落户,自此天台多了个豪门望族。

贾氏历代出了五六位进士,一位汉州太守贾伟,一位淮东制置使贾涉(相当于军区司令员),一位王妃贾贵妃,一位冢宰三朝的宰相贾似道,还有天台宗唯一一位本土的第二十五代传人东溟慧日法师——朱元璋称其为白眉僧。

然而,历史给了贾似道不公正的待遇。贾似道为了延缓南宋严重的经济问题,推行"公田法""推排法"等一系列改革措施,因而得罪了一大批达官贵人,鲁港兵溃,就被打成奸相,成了《宋史》中的奸臣。于是,贾似道成了南宋灭亡的替罪羊。之后,一些笔记史料从正统的历史观出发,添油加醋地进行艺术加工,便彻底抹黑了贾似道。其实,这是历史的大冤案。

贾似道于宋嘉熙二年(1238)考中进士,时年 26 岁,即上书提出通过惩治赃吏以改善财政状况的建议。他从嘉兴司仓发迹,到淳祐六年(1246),受抗元名将孟珙推荐,接替孟珙成为京湖地区的最高军政长官,即担任京湖制置使、知江陵府兼夔路策应使,兼京湖屯田使。贾似道由于在理财、调度军饷、建筑城寨等方面显示了出色的才干,一直上升至宰相,总领抗元事务。在他的指挥下,宋军取得两淮大捷、钓鱼城保卫战胜利、鄂州大捷等,其指挥、调度才能深受宋元双方赞扬,令忽必烈发出"吾何时得如似道者而用之"的感慨。

贾似道在文化传承方面也贡献巨大。他出资请胡三省在贾府音注资治通鉴,收藏并刊刻《玉版兰亭》《宣示表》《淳化阁帖》等。其中,《宣示表》《玉版兰亭》都是国家特级文物,价值连城。以《宣示表》为例,拍卖公司以一亿元起拍,后来拍到五个亿,国家文物部门不得不进行行政干预,规定国家特级文物收归故宫博物院收藏。

贾氏在天台也留有许多遗迹,如昙华亭、慧明寺、官塘、松溪庙、汉椒等等。得天台茶供罗汉的帮助,天台茶艺扬名宇内。

篁里溪边有个胡氏聚居的田中央村。该村近千年历史,紧濒松溪。小小的村落,历史上出了八位进士和三位尚书。凭借"孝亲、慈友、睦族"的优良传统,加之宗衡《易筋经》的演练,灵山秀水使田中央成了名副其实的长寿之乡。村里古有四世同堂,明清之际有百岁老人胡立,清廷赐建百岁坊。今亦有百岁老人,五世同堂。

思绪翻滚着,转眼就到了松山后村,我一看时间,只用了十八分钟。从松山后到溪边张(松溪村)的路,几十年如旧,依然是先前的田埂小道,高低不平,坑坑洼洼,我可不能任思绪翻滚,因为不小心的话,就会摔到路下田里的。

　　记得小时候有一年春节,雪下得出奇地大,屋背上积满了厚厚的雪,稍差的房子必须及时把屋上之雪清理掉,才不被压垮。路边积雪差不多到膝盖。漫天遍野白茫茫的,强烈的白光看得人眩晕。

　　我从泥泞的小路去松溪下游的西余外婆家,拜年吃粽子,脚穿一双后跟破了的胶鞋,即人们所说的黄军鞋,没有走多少路,鞋内早已经灌满雪、泥水了。因为初三拜岁,行人不多,我高一脚深一脚地跋涉前进,一不小心,脚底一晃闪,整个人便扑倒在雪地里,差点掉到路下的水田里,浑身上下都是雪和泥水,简直成了泥人。回去吧,可这拜年的礼节又不能不去。去吧,浑身脏兮兮的,太难看了。好在是儿童,大人不会太计较,外婆更不会计较,我只好硬着头皮去外婆家。进了外婆家,反而受表扬了,我心里蛮高兴,赶忙去烘干衣服。——想到这里,我不禁暗自笑了。

　　走过这段小路,便是溪边张村口横跨在松溪上水泥桥,原先是一石板桥,仅比手拉车宽不了多少。桥下是松溪水,靠松山边汇入了屯桥溪之水。先前溪坑还要宽,现在已经治水打坝,河岸已经用块石垒砌起来,河道略窄了。虽然溪岸坚固了,但是岸边的树、草却很难生长,原生态的野味反而不浓了。

　　先前的小道没有了,从屯桥经溪边张村到平镇只有一小段非水泥路,闭着眼睛也可以行走。走过松溪村,即是溪边黄村,我忽然记起,当代的溪边黄村出了一位叫黄茂江的将军。1963年,他在屯桥初中被选为飞行员,通过自己的刻苦努力,从飞行员走上了领导岗位,当上了中国人民解放军海军航空兵副司令,拥有少将军衔并享受中将待遇。他也是喝松溪水长大的,是松溪灵性在当代的体现。

　　过了溪边黄桥头,向西而去,与松溪称为下泉溪。绕个大拐弯之后,松溪又折向东,从东山(即今平镇山宅村)前流过,名为南溪。这里出了吴咏,他曾编撰《全芳备祖》。这是宋代花谱类著作集大成性质的著作。著名学者吴德铎先生首誉其为"世界最早的植物学辞典"。此书专辑植物(特别是栽培植物)资料,故称"芳"。据自序,"独于花、果、草、木,尤全且备""所辑凡四百余门",故称"全芳";涉及有关每一植物的"事实、赋咏、乐赋,必稽其始",故称"备祖"。后由其子吴多助校订。

松溪顺八角亭西侧,径向东流,至岩头下,与始丰溪汇合。下前溪以下,又名文溪。这是现在松溪的走向。数百年前,却非如此走向。文溪之名的出现相对晚些,泉溪以下,原先称南溪,却从东山边流过,即在今山宅前经过。据说,现今筛网城一带,二十世纪大炼钢铁挖地基时,曾挖到河道,有大量的沙石,可以佐证文溪走向的变迁。

松溪,又名王里溪、簧里溪。小小一条溪流,长仅二十余里,滋润了两岸二十余个村庄。岁月悠悠,溪水如故。尽管二十世纪五十年代在中游建造了王里溪水库,小溪流依旧日复一日地流淌着。

【作者简介】

徐永恩,天台人,毕业于浙江师范大学,中学语文高级教师,台州市天台山文化研究会副会长,已出版《始丰稿校注》《天台石窗》《天台山和合文化》《贾似道研究资料汇编》《悠悠古韵张思》《司马承祯与天台山》等。

回眸高考：难忘高三（3）

◎郭建利

一、借住党校去二中

1981 年 7 月 6 号,高考前一天,我们城西中学参考的同学全住进临海县委党校宿舍。校址在北固山半山腰,路不好走,离考点临海二中也远,或许出于省钱考虑吧。彼时乡下孩子进城的机会寥寥可数,此前我从未在城里住过,那夜挤在狭窄而闷热的宿舍里,"揢到蛮迟都勿睏"。我和同学们各抱心事,忐忑不安,百味杂陈,说实话也睡不好。翌晨,众人一骨碌爬起,简单洗漱、进餐后马上集中,老师做了动员和叮嘱,然后押阵,浩浩荡荡奔赴考场。

当时高招名额极少(1982 年高考浙江录取率好像是 7：1),高校算精英教育。考上大学的真是"天之骄子"(如今是"天之焦子",因为就业形势严峻),一个公社也没几个考上。农村中学甚至没一个上线的——"剃光头"。正因如此,城西中学老校长金伯里在 1983 年退休后,发挥余热,以县退休教师协会名义创办补习班(高复班)。八年间,成绩斐然,不知造福多少临海学子,圆其大学梦。金校长后又创办台州首所民办全日制普高——白云中学,呕心沥血,对临海教育卓有贡献。2016 年底,城西中学九十周年校庆时,我还趋前跟 95 岁高龄、须眉发皆白的金校长握手问候。

不出所料,首次高考铩羽而归。尽管程忠海、齐怀仁、沈化林、梁方甫和金孝治等老师都教得很认真,对我也蛮好,但我还是差几分。幸好上苍垂怜,离分数线不远,老师和家长忖度复读一年还有"望头"。

二、回修班师生冲刺

以前都是各中学自行组织复读生,或组新班,或插班就读。1981 年秋,临海县教育局刚好有个新举措,即专门从一中、二中及各区中学(杜桥中学除外)挑选高考成绩较好的"种子选手",集中城里回炉复习,并委托临海二中办了三个"回修班",其中高三(3)班是文科班(当时高中学制为两年),共六十五个同学。后来还有人短期插班听课,如日后成为台州著名歌手的金晓霞。

彼时二中(1985年复名为回浦中学)与一中比肩,校风与教学质量都很好。校长王良汉精心配备教学骨干常相申、叶达文、陈友法等老师上课,他们责任心也强,倾其所有、全力以赴助力我们"高复"。"回修班"同学也铆足了劲,心无旁骛,因为这一年的目标很明确——奋力冲刺高考!师生默契铸成高考"共同体"。叶老师和陈老师还是我父亲同学,对我关护有加。

当然学校硬件十分有限。学生们住的是一溜矮平房,一间陋室住十人,逼仄的空间塞着5张双层叠床。厕所在房外。我们用水都是拿铅桶或半截篮球制的吊桶从平房西侧的水井打。有次侯正平慌里慌张跑回寝室说:"水井脱铅桶落爻(了)!"我们闻言笑得前仰后合。此事至今传为笑谈。大家都很穷,我自带装在罐头瓶里的"咸菜蔬"如豆豉之类,以免"日加日啜(吃)食堂"。但对营养液却不吝啬,尤其是临考前。当时流行啜瓶装的双宝素和维磷补汁(俗称"补脑汁"),同学程鹏啜了三口夸张道:"嚄!头脑清爽无数噢!"

难忘怀揣"不破楼兰终不还"的豪情入住新寝室的难眠之夜;难忘芭蕉树的绿荫下读英语、背时事的情景;难忘北墙边的植物园、阔大的操场和高耸的银杏;难忘晚自修时,端坐讲台改作、备课的班主任叶老师不时从镜架上方射出的目光。春夏的傍晚,我们沐浴着落日的余晖,啃着一本本砖头厚的复习用书;晚自习后赶紧出校门,与室友金世平绕二中围墙慢跑一圈,舒活久坐的筋骨,清醒昏胀的脑袋。

上课时我们为常老师的风趣、章老师的严谨所折服,为项老师和朱老师的渊博和执着所感佩。兼教"英语小班"的陈老师特别用心,学习上、生活上无微不至地照顾我们。记得首次作文是写课文《〈呐喊〉自序》读后感,转堂课讲评时,常老师诙谐地说:"本次作文最好的是'双郭',一男一女……"未料竟当众受到表扬,我的小脸"唰"地红了。

往事历历,恍如昨日。在那做梦的年纪、青涩的时节,许多笑脸和背影乃至一个个嬉闹场景,都留存心底,虽然遥远,却特别真切。追忆紧张、无邪的高复生活,谁不怀着深深的留恋和顾惜?大家无论现在变化多大,只要同窗过,就会相互见证最纯真的模样。摩挲当年高三(3)班的合影照,稚嫩的面孔,青葱的年华,流淌着浓浓的同窗情和师生谊。一载同窗一生情!

三、有人欢喜有人忧

一晃,"黑色的七月"如期而至!

于我而言,1982年高考完全是别样的感觉:同是二中这个考点,去年是"客场",今年可是"主场"呐。更重要的是制订复习策略查漏补缺后,基础扎实了,能力提升了,有了点底气和自信。考前还有个插曲,差点吓死人。从更楼乡到城里的公交班车上,塞在我裤袋里的准考证不知何时掉了!我心里"咯噔"一沉,急得快哭了。彼时尚无出租车和手机,惊慌失措中连忙乘公交车返回更楼站点,恰巧原班车驶来,我抢步上车。想不到,那张贴照片的准考证,竟还静静地躺在椅下!总算有惊无险。

为省钱,同寝室甲的表弟和乙的同村人,高考期间竟"夹"进寝室"拼张"(拼铺),盛夏时期两人挤在一米宽的木床上,怎能休息得好?影响考试自不待言。(未曾料放榜时,同村人竟考上杭大,现为台州学院教授、处长。)

第一门考语文,算是我擅长的。作文题目很长,叫作《先天下之忧而忧后天下之乐而乐》,共40分,规定先在试卷上拟个简明提纲,然后写作文。因我平时喜欢阅报,关注时局,翻闲书,临场时洋洋洒洒,东拉西扯,总之出考场后自我感觉良好。还有,文史类考生必做的附加题20分,计入总分。一题是考关于周瑜的古文,另一题是考鲁迅小说《药》的双线结构,感觉都不太难。

那时国门初开,洋文未热,甚至英语教材也不是正式的,只是"代用课本"。高考英语更没有听力和口语测试,我英语连蒙带猜,最后考了48分,折半计入总分。1980年,高考英语是计30％,我同事蒙了9分,折后得3分。这在今天看来有多滑稽!

等待的日子总是漫长的。煎熬数周后,终于,成绩揭晓!

我如释重负,大喜过望:竟有428分! 名列全班第四。语文高达92分(上中文系后发现也算前几名的)。有个蔡同学比我还高3分,只可惜总分没上线。但我数学只考75分,原本会的几题都不小心丢分了,后悔不迭。王素娥同学数学竟高达95分,尽管她一门就整整拉我20分,但她总分还是不如我高。她后入江西财院,毕业后直接分到省商业厅,曾任省经济和信息化委员会副主任,可谓人中翘楚。还有室友陈家耀,原任职省委组织部,现为省民政厅领导。一个"回修班"竟出两位厅级,殊为难得!

包揽班状元、榜眼的是坐我前桌、一中出身的"两王":王以俭473分,王位龙440分。王以俭名列省文科第17名,上北大绰绰有余。彼时复旦与北大、清华齐名,不像现在"北清"成了神话。最后,他进了复旦哲学系,与复星集团老总郭广昌成了系友。他毕业后被分配到绍兴市委宣传部,现为绍兴图书馆馆长。至今我都为吴月琴叹惜,她次次模拟考都第一,凭她实力正常发挥,上重点大学根本不在话下! 许是造化弄人,偏偏生了病,强撑病体上了考场,最后委屈地进了台州师专。

出身城西中学的十人里,陶岳炼、程金玫和我侥幸考上本科,也算城西区首批文科本科生,实现了"零"的突破。因为此前考上本科都是理科的,文科考上的均为专科。

因全县仅此一班,生源都是各地选的,所以当年战绩辉煌:二十多个同学挤过"独木桥"。有几个国家户口的同学就被招工到财税单位去了,招工考试成绩拔尖。1985年,我们高三(3)班同学几乎都陆续考上大学了。没上的,大都各有成就,如金孝木现已成为台州著名摄影家,朱桦成了财大气粗的老总,我们卅五周年同学会就是由他慷慨解囊筹办的。

这个集中办"回修班"的模式很好,效果也不错。所以,1982年秋,临海教育局趁热打铁,又在城西中学创办了一个体育"回修班",翌年成绩骄人,有13人考上北京体育大学、杭州大学等院校,占台州地区四分之一。现为台州文史专家的丁式贤先生,时任临海教育局长,曾到西中给我们这些临高考的学子加油鼓劲,他个子不高,但说话很有感染力。他说:"你们年轻人嘛,要努力考,争取闯到外省去读大学!外省怕什么?至少有火车坐坐嘛。"台下师生听了"轰"地都笑了。彼时台州到杭、甬、温、金等地均无铁路。

四、教育不公到何年

二十世纪八十年代,高考都是全国一张卷,文科分数线浙江最高为412分。北京、上海的分别为383分、360分。云南、青海、宁夏的均为315分,西藏的最低。换言之,上海比浙江整整少了52分,我们上师专的同学在上海都能进重点大学了。教育不公就这样像鸿沟一样横亘着,一直至今,也不知延到何年。1982年,浙江的理科分数线为432分,也是全国最高,上海的只330分呢。

那时,大学录取率低,应届考上的寥若晨星,高复多年毫不奇怪。俞敏洪、马云不都考过三回吗?于是,难免出现尴尬的情形:洪同学应届考上师专,三年后回西中任教,当曾经同班的仍在读回修班的王同学的老师;龙同学从师大毕业后分到台州师专,当了另一高中同学的老师。我们村有个高我一届的小伙伴,连考六次都未如愿,不知是上场昏还是宿命。

"千军万马过独木桥",能否过桥,对乡下孩子来说意味着"㧟钢笔"还是"㧟锄头"。高考改变命运,这是颠扑不破的真理。若落榜,我或许就去小学代课了,人生轨迹就全变了。作家柳青的名言切中肯綮:人生的道路虽然漫长,但紧要处常常只有几步,特别是当人年轻的时候。

遥忆当年高考,因囊中羞涩,"吭铜板读师范",继承父业报了浙师院。而2011年高考的女儿若报考我母校,则有20万奖学金呢。但我们视若无物,不在乎这钱,因为毕竟复旦大学的含金量高,这是她的终生大事。她高考语文131分,居台中第一,亦比我高。抚今追昔,百感交集……

【作者简介】

郭建利,台州学院中文系副教授。全国应用写作研究会理事、浙江写作学会理事、台州教育作家协会副主席,主要致力于写作学教学及研究、地方文化研究。其在省级和全国级报刊发表散文近百篇,著有《应用写作一点通》《中国名企创业传奇(台州篇)》《梦想与现实撞击出的诗意》(合著)等。

童年的味道

◎邱　熠

深秋的午后,天高气爽,微风吹拂,阳光温和地熨贴着忙碌的皱褶。

在学院路小学种植梦想的校农林兄打来电话,兴奋地告诉我:"孩子们种的玉米成熟了,你来看看吧。"随后,他兴奋地大讲特讲起玉米的味道,电话这端的我,仿佛闻到玉米起锅时袅袅的水蒸气中纠缠着四溢的清香,玉米棒金灿灿地冲破水蒸气的包裹,执着地直逼人的眼睛。想象着林兄捧着糯软肥硕的玉米棒子大快朵颐,我垂涎欲滴,答应林兄即刻去学院路小学掰玉米。

种在教室楼顶的玉米,一排排,一行行,整齐得犹如在操场上体育课的孩子们。玉米差不多已经掰完了,叶子还是绿的,只剩下株株玉米杆还是笔直地站着,全无收割后的荒芜与寂寞。

正当我准备说林兄忽悠人时,他压低声音,神秘地招呼我:"你到这边来。"我随着他深一脚浅一脚地穿过密密的玉米"林",小心翼翼地站在靠近栏杆的玉米旁,不禁高兴地大叫起来:"这里还藏着这么多啊!"林兄得意地笑着:"这边是最好的,悄悄留下来的。"我欣喜地望着这块玉米地,肥硕的玉米棒子藏在碧绿的叶子"腋下",身上裹着碧绿的衣服,要不仔细看还真分辨不出来。只有深棕色的玉米须悄悄地露出来,像战盔上的穗子,又像童话中老爷爷的胡子,可爱极了。颀长的玉米杆怀着肥壮的玉米棒子,让人想到了瘦小的母亲抱着壮实的孩子时涌起的巨大力量。玉米的顶穗宛如芦苇花在阳光下,映着蓝天,透着紫红的朦胧的光芒。

林兄絮絮叨叨地说着,已经掰下了一棵玉米棒子。看着这么胖乎乎的玉米棒子,我舍不得下手。林兄"哈哈"大笑,把我当成了他的小学生,边讲解如何掰,边示范。我按照他的要求,另一只手轻轻捏住玉米杆,一只手握住玉米棒子,轻巧地一转,"咔嚓"一声,一棵玉米棒子离开了母体。不知怎么的,我心里竟涌起一阵歉意,仿佛打断了玉米们美丽的酣梦。

一阵秋风吹来,玉米们微微摇晃着身子,犹如孩子们在问候"老师好!"站在楼顶放眼校园,我的思绪飞到了四十多年前……

红旗小学(现椒江实验小学)的小山头上,一群孩子在"叽叽喳喳"地忙碌着。这是每周一次的劳动课,也是我们盼了整整一周的课。班主任带着我们在自己班级的地里种菜。我们从家里带来小水桶、锄头等劳动工具,在老师的指挥下,给青菜浇水,除草,松土。不知经过多少的劳动,青菜成熟了,我们争先恐后地把青菜拔出来,码成一堆一堆的,然后按2分钱1斤买回家。听到爸爸妈妈说"这青菜真嫩",我们心里像吃了蜜似的甜。我们不仅种青菜,还种番薯。每当收获自己的劳动果实时,我们的心像长了翅膀般在天空翱翔。

劳动时,锄头经常会松了或者掉出来。有几个男同学很能干,他们在锄头的孔里塞片小木片,把锄头柄挤进去,然后往地上重重地顿几下,锄头就又稳稳当当的了。而他们在修理锄头时的架势,完全像个老当的农民。有的女同学会穿着裙子、小白球鞋,在地里起劲地忙碌着。喜欢恶作剧的男同学故意把泥土扔到她们身上,或把她们的鞋踩脏。这下可捅了马蜂窝,这女同学先是和他们吵,吵不过了,便娇滴滴地跑到班主任跟前告状。男同学这时一点也不像见了猫的老鼠,而是得意地看着她们大笑,他们知道此时班主任绝对不会批评他们的。果然,班主任佯装批评男同学来安慰女同学。班主任的批评仿佛羽毛拂过脸颊,男同学的心里高兴极了。

那碧绿的菜地、喧闹的笑声,还有慈祥的班主任,在这个深秋校园的玉米地里,犹如奔腾的江河,撞开了我记忆的大门。荡涤岁月的尘埃,让年少时劳动的快乐在阳光下熠熠生辉。

这里会如我们小学时那样,每个班级都有玉米地吗?我希望得到肯定的回答。林兄从来没有让我失望过:"玉米地分给每个班级,等玉米成熟了,孩子们把玉米拿去义卖,钱捐给留守儿童。"农桑植入孩子们的课程教学,劳动的快乐融入他们的童年,丰收的喜悦交织着感恩和奉献,谁不为这样的创意拍案叫好?

没有看见孩子们是如何掰下玉米棒子的,也没有看见他们怎样进行义卖,我不免有些遗憾。林兄笑眯眯地打开收藏在手机中的视频。小视频里,3只蜜蜂的后腿上挂着两坨沉甸甸的花粉,"嗡嗡"地飞到雄花上,你踩一下我的背,我撞一下他的背,快乐地嬉闹着;一个女孩用灵动的双手,把棕色的玉米须编成一根粗粗的辫子,玉米棒子摇身一变成俏丽的小姑娘了。我被深深地感动了:从校园中摊晒的稻谷中,我听到了孩子们的欢笑;从校园走廊上滋滋往上长的花草中,我听到了孩子们种植的喜悦;从雪白栏杆上爬绕的藤蔓中,我听到了孩子们求知的快乐;从校园满眼的鲜花中,我听到了孩子们求美的欢乐。

载着亲手掰下来的玉米棒子,载着童年的味道,我走进深秋阳光般的感动中。

【作者简介】

邱熠,台州职业技术学院副教授。出版散文集《枫林醉秋》《且行且唱》《江城河畔》《与你同行》,与人合作出版诗集《山水情怀》,出版专著《地域文化与时代风云坐标中的作家陆蠡》。

潮济的时光

◎章云龙

如果说时光是一部留声机,潮济老街则以时而清越、时而高亢、时而低沉奏响了时光的音韵。

这条位于黄岩区北洋镇潮济村的老街,新时期成为浙江首批历史文化村落保护利用重点村、中国传统村落,演绎了一曲时光的华章。

历史,以舒缓的旋律把我们带进了旧时光。唐宋时期,那时的潮济古街称"潮际铺";五代及宋朝在潮济设铺,居备礼乡;民国时为潮济乡;中华人民共和国成立前夕叫清际乡;黄岩解放后,1949 年 5 月建制为潮济乡,1952 年归头陀区,1958 年称潮济管理区,1961 年调整为潮济人民公社,1962 年又改为潮济乡,1994 年 12 月撤乡为潮济村,属北洋镇。潮济村,现位于黄岩西部山区的一个 U 型峡谷地带,南临永宁江,北靠 82 省道,西靠近长潭水库和黄岩山区。全村规划总面积 374 亩,人口 1120 人。

潮济,随着行政区域的变迁,伴着江水的奏鸣、止息,与周边的区域分分合合。

永宁江,是黄岩的水运动脉,经椒江出海。黄岩溪、小坑溪、屿头的柔极溪及其他众多的支流均汇聚至现长潭湖。潮济,与长潭湖相距咫尺。

潮济何以得名?据说是台州湾的海潮沿椒江、永宁江上涨至此处才止,是以得名。自潮济至三江口称永宁江,并与南官河、东官河等结成水网。海水涨潮时,潮水的推力可直达潮济。南官河起自黄岩城关,海门和路桥以下。五代开平元年(907)到长兴二年(后唐明宗)(907—931)由吴越王钱镠开凿,有"浙东小运河"之称。东官河开凿的历史也相仿。历史上,台州府和黄岩的地方官十分重视疏浚,河道十分畅通。

　　黄岩西部腹地,历史上交通极为不便。千余年来,潮济一直是黄岩水道交通和山区平原货物中转之地。上游的黄岩溪、小坑溪和柔极溪可通过竹排运载竹、木、柴、炭等山区物资至潮济码头再转往各处。山区的生活物资和生产资料,则从县城装货溯潮而上至潮济。后来,县城的物资由轮船逆潮而上至潮济码头,由竹排运往山区。潮济由此人群聚集,兴盛一时。清末明初,由江茂才购置的机动汽船"永裕轮",开始经营黄(岩)潮(济)航线,涨潮时开船,到达潮济后退潮时返回。1930年7月,陈小白建造"黄济轮",又在城关北门樟树下建黄济码头,专营黄潮航线,每日涨潮时开船,到达潮济后退潮时返回。机动汽船既运货又载人。

　　1958年,黄岩至长潭公路通车,轮船乘客减少;长潭水库航道淤积,"黄济轮"难以直达潮济。1960年8月,长潭水库大坝合龙,溪流被阻断,竹排运输废止。后轮船改为头陀终点,继又改为山头舟,至1968年断航,潮济商贸开始衰落。2000年后开始进行永宁江治理,原来的河道变成了良田。历史的起起合合全与一条永宁江相连。

　　我们今天在其中行旅的老街,始建于清末,总长大约1千米。主街为南北走向,南起三官坛,北至泟江亭,长约260米,街面宽3.5米,街两边开有南北货店、药店、布店等店面60多间。至今,还能依稀看到"南北糖果""中西布庄"之类的招牌。西起上保黄家当铺,向东经花台门布点(杭州店)、碳场头、竹场头(竹木碳交易场)、金家酒坊、张家染坊。沿三官塘,至尾稍向东北拐有郭元盛南北货店、陈元生杂货店,直到上街桥头,桥外是埠头,来往的船舶都行靠在这里,商贩云集,十分热闹。

　　其中,陈万顺开的南北糖果与中西布行为一座民国初期的老屋,五开间面建筑,坐西朝东,硬山顶单坡小青瓦盖面,屋柱为青砖抹灰面方柱,内为木质圆柱,临街二层为砖墙,上书货行名称,中堂面屋雕刻精美的雀体装饰。门牌上,民国时期的"黄岩县第七区潮济镇中街第一一〇号"清晰可见。

　　陈元生南北货店斜耳柱上,雕有封神榜的传说,一边是神仙骑狮,另一边是神仙骑独角兽。廊下的人物戏曲雕刻,在"文化大革命"时被破坏。屋主老陈为保护这些文物,面对打着"破四旧"来拆拱斗的红卫兵小将,当年的他血气方刚,又因贫下中农出身而胆气十足,这才喝退了这些小将,将拱斗保卫下来。这些古色古香的拱斗,蕴藏着古代匠人杰出的才艺。

南北货店中较大的陈元生和陈华初的店,门面宽、品种齐全,其货物可由水路运至宁波、温州,藉以远销中国香港、美国、日本等地。

行走在老街中,我们尚能触摸到时光流淌的气息。

三官坛,建于1935年,是一座仿古庙宇,坐南朝北,面街门窗雕刻精致。歇山顶,小青瓦盖面,街面门窗雕刻精致。悬挂着的"观澜阁"匾额,旁边书着"尊也厚也""高也明也""悠也久也""天地之道";三官坛内悬挂着"禹帝行祠"等匾额,无不充盈着宗教的地域特色。

沚江亭,街北部路廊名,似一垛城墙,一般路廊为独立建筑,此路廊都是由三间楼房向东披檐过来遮挡。遗存1938年青石石碑一方,记述着往事。《潮济沚江亭碑记》中这样记述道:

> 为廊于路,所以休行旅之疲乏也,曰路廊。置茶于亭,曰茶亭。所以解行旅之烦渴也。村野间道路较长,往来较盛之处,在在有之。潮济之沚江亭,初末有煎茶之济行旅者,乃邀同王才炳、牟维顺、林大玉诸君共事者劝募,丙子年(1936年)遂得扩建房舍,蔚为大规模之茶亭。呜呼!十载以来,东三省玩蹈,热河随没,而自古物南迁,党部结束,以后北五省不明朗而终为明朗化,地图地图半易色矣!孑遗之民求斯须喘息而不可得逞言解渴也,乎哉!烽火干戈满地,有如沚江亭乎?子与民所谓,行旅皆欲出其途也。(捐助名字略)

临海杨镇毅撰　毕柳卿书
中华民国二十七年(1938)岁次戊寅桂月

撰写碑记的杨镇毅先生(1876—1960)的人生履历非常丰富。他是临海县城人,19岁中秀才,清光绪二十二年(1896),赴杭州入紫阳书院求学,旋入诂经精舍,与章太炎同师事俞樾。后东渡日本,结识陶成章、秋瑾等,入光复会。曾与其学生屈映光、周琮等在临海创办耀梓体育学堂,为光复会在台州的秘密机关,任学堂监督。先后任浙东八府教育总会副会长、浙军二标任书记官、光复军参谋长兼顾问长。参加江浙联军会攻南京,曾代李燮和起草致电袁世凯,促其归顺共和,勿与革命军为敌。1912 年春,任浙江都督府评议部参议官。1914 年,任浙江巡按使公署机要秘书及省惩戒委员会委员长。时袁世凯反骨已露,国事日非,他不愿铨叙陆军中将,不愿任浙江政务厅长,离开政界,退居家乡。后曾旅居上海数年,常为《申报·自由谈》撰稿,也曾营救过共产党员和进步学生。新中国成立后,热心文史资料整理,又将保存多年的辛亥革命历史文物捐献给国家。

老街的发展积满岁月的沧桑。1920 年 11 月 13 日,古街大火,房屋几乎全部被烧毁,后来陆续重建。东起平水庙,西至三官堂,长约 100 米,宽约 4 米,卵石铺路,中向有南北两条小横街。东西街一律是二层瓦房,临街都是吊脚楼,有擂台供置放物品。

平水庙,礼夏禹王,在现潮济小学内。据当地老人回忆,不管水怎么涨,总不会过这座庙。平水大王,是中国民间对上古治水英雄禹王(或大禹)的俗称。传说他是黄帝轩辕氏玄孙,是我国古代传说中距今 5000 多年前的部落联盟领袖。数千年的演绎,平水大王在民间享有极高的地位,并成为地方菩萨。对水的青睐,是因水造就了潮济千年的辉煌;对治水英雄的膜拜,也昭示着一代又一代的潮济人感恩这方土地和这汪水带给他们富足的生活。

平水庙后因建潮济小学被拆除,但《平水大王的故事》多年来在潮济口口相传。关于石菩萨与寒坑龙、东狱大帝之类的故事传了一代又一代。平水庙,寄托了一方百姓对平安的念想。

潮济古街是黄岩保存较完整的老街之一。虽没有高宅大院,但小桥流水、临街楼阁、青砖碧瓦解续着江南农耕文化和水乡集镇的深厚内涵。

潮济,拥有特产名品如乌饭麻糍、小糖人、芝麻糖等年味小吃,最受欢迎的要数郭再满做出的乌饭麻糍。地道、韧劲、细腻、爽滑的乌饭麻糍,有麻糍的糯甜,还有树叶的清香,色香味俱佳。乌饭麻糍还被评为黄岩区非物质文化遗产。

从街头走到街尾,芝麻糖店、乌饭麻糍店、番薯庆糕店、棕绷店、烫画店等各色各样的传统老店更让人觉得似是回到了百年前。

老街的设施在不断完善,我相信,再现昔日繁华应该为时不远。

当我站在村口新建的入口公园,细观"潮水尽头如梦令"的雕塑,独特的文化标识,唤起的不仅仅是潮济村村民的共同记忆。一段充满乡愁记忆的景墙,与左边的老墙遥相呼应。这段景墙保持了古街线状的肌理,又运用了古街典型的青砖砌筑,墙体上镶嵌着古街老百姓用过的家具和生活器皿,成为古街百姓生活的物态展示。乡村记忆馆里的旧农具及生活老物件,收集了老街百姓用过的生产生活用品。从常见的酒斗、酒漏、盐坛、寸凳、茶几、椅车、摇篮、梳妆盒,还有少见的鸳鸯并臻床、老式脸盆架、髻窝篮、桅灯……这些村民自发捐赠的"老家什",每一件都写着名称和注释。这些曾经的寻常物,成了一方水土上人们对过往生活的记忆,织满的是乡愁。

当记忆与老街对视,当现代与古物碰撞,一条并不悠长的老街,却让我们在历史中感受着这方水土中溢出的文化魅力,也能感受到这方水土的绵长。

烟雨江南,素雅老街,时光的华章已在潮济书写。

【作者简介】

章云龙,浙江省作家协会会员、浙江省历史学会会员,任台州教育作家协会主席、台州教育文联副主席,系台州文史研究馆馆员、《台州教育文艺》主编。作品散见于《海外文摘》《江南》《散文选刊》《华夏散文》《文学月刊》《浙江作家》《浙江日报》《长三角文学》《诗刊》《散文诗》等近百种报刊,作品入选《2012最受中学生喜欢的散文精选》《2016浙江散文精选》《浙江省五年文学作品选(2013—2017)》等20多个国内选本,发表作品300多万字。出版作品集《文明的失落》《守望家园》(两人合著)《岁月的胶片》《叩访历史》(合著)《走读台州绿心》(合著)等,另,主编、参编书籍18部。

送年货

◎牟锡高

　　父亲今年八十三岁了,本可安享晚年,可他仍不辍耕种,为此兄弟姐妹仨多次劝他该停下来休息休息了,但总是无效。每逢佳节,他总要把自己的劳动成果与儿女们分享。

　　有一件事最使我难忘。

　　2011年农历新年快到了,我早早地起床准备上街买菜,刚走到四楼(我家住五楼)时,突然发现邻居家门口放着我似曾相识的扁担、鼓鼓的蛇皮袋与满满的藤篮。我寻思:怎么楼下邻居家门口一大清早放着这些似曾相识的东西,莫非……想起来了,今早天刚蒙蒙亮,我朦胧中似乎听到门外有人叫过我,莫非父亲大清早来过?我马上拨通了老家的电话,接电话的是年迈的母亲,从电话中得知,父亲清早为我送年货:年糕、麻糍、芋头、冬笋……我心中说不出的不安与内疚,快过年了,我怎么还要让年迈的父亲牵挂呢?可以想象:八十三岁的老人,乘公交来城里,还带着这么多笨重的年货,从我的老家西乡,辗转到我现安家的城东,这对一个识字不多、老眼昏花、驼背弯腰、从舍不得打车的父亲来说,是多么的不易啊!一个年迈的老人,万一迷途了、在人来人往的城里走错了路怎么办?

　　此时,我百感交集,情不自禁地想起饱经沧桑的岁月。

　　少时的记忆中,父亲为这个多难的家奔波劳碌。六七十年代,父亲在生产队里集体干活之余,为了生计,他暗地里上山砍柴、伐木,偷偷地运往市场卖,换取一点零用钱。在那个割资本主义尾巴的特殊年代,他冒的险可想而知。有一次,生产队里集体砍柴,山上山下全都是砍柴工,不知谁不小心,踩落了一块大石头,乱石从高山之巅飞滚而下,父亲不幸被击中了,那情景惨不忍睹……从此,父亲落下了伤残的身躯。

"文化大革命"时期,受台海关系牵连,一群"造反派"夜间闯进门,抄了我的家,押走了我的母亲。一家人受尽精神上的折磨。在那个年代,五口人,只有父亲参加集体劳动和那份薄薄自留地的收成,养家糊口的艰难可想而知。在我的记忆里,父亲为让我们不挨饿,多次省下微薄的口粮而昏倒在地里。过年时,我们也从没有过吃年货、穿新衣的奢望。

心中掠过一阵莫名的怅惘。

我马上跑到四楼仔细看看我熟悉的扁担,那装着年糕之类鼓鼓的蛇皮袋、满满的藤篮。我怎么不认识它们呢?那是我父亲多年相伴的肩挑工具。我迅速悄悄地把它们搬到家中,生怕惊动了邻居。匆匆地和妻子说了几句,风一般地跑到附近街上的早市里,在熙熙攘攘的人群中寻找老父亲的身影。我知道,年迈的父亲是不会走远的,他还没有碰上他儿子一家,特别是他在外求学好久没有见面的小孙子。我坚信他一定是在附近随意走走,等待我们的回来。

也许是心灵感应,过了不久,我就在附近人来人往的早市中找到了老父亲,他虽然驼着背,弯着腰,背着手,踱着步,凸着额头,头发稀疏显得有些零乱,但他还是那样悠闲自得,仿佛在庭院中随意散步,脸上洋溢着幸福的笑意。我激动地叫了一声:"阿爸!"我心疼地说,"你怎么跑到这儿来了?"回家的路上,我接连问他:是否记错了楼层,敲错了门? 假如走错了路,怎么办? 假如我外出,不在家怎么办? 来之前干吗不提前打电话告诉我? 他说:"我知道你们肯定在的,因为你前天说你儿子挺峰昨天要放学回家。你们没起床,我不去惊醒你们。"他还自信地说,"我记得的,只要往九峰方向走,就不会错。"我激动得握住父亲的双手,再也说不出话来。看着父亲张着早已掉了门牙的嘴巴,笑得甜甜的,合不拢嘴,我完全沉浸在父子相遇的幸福之中。

一路上,父子俩亲热地聊着。父亲告诉我,他这次专门送来自家的年货,让我们全家春节时放心地吃。这些年货值不了几个钱,但饱含着的父亲的情感是无法用金钱计算的,父爱无价啊！到了家里,我马上和妻子下厨做饭,父亲与我儿子见面了,祖孙俩"叮叮咚咚"的说话声从我儿子的房间里传出,一家人其乐融融。

啊,难忘的年货,如山的父爱！

【作者简介】

牟锡高,生于 1964 年,现就职于黄岩教育局,台州市教育作家协会会员、中学语文高级教师。曾任黄岩区语文学科新课程改革领导小组组长、台州市中语会会员、全国中语会研究员。多篇教学论文及文学作品在省部级刊物上发表,教学论文《作文教学的求新》获国家级一等奖,作品《送年货》《蜂缘》《我爱家乡的红杜鹃》《水调歌头·永宁江横渡》等多篇散文、诗歌在《散文选刊》《黄岩文学》《科海泛舟》"黄岩微教育"等书刊、微信公众号上发表。

数尽峰头不肯还

◎曹瑛杰

烟雨楼头烟雨叟，一书一笔一山秋。

几茎芦苇诗愁染，月淡残荷唐韵悠。

一泓池水，碧峰倒映。几茎芦苇，寒风轻摇。岸边，偶有鸟儿穿梭于芦苇间，随风带起片片飞絮，或高挂枝头，或上下盘旋。远处，郁金香一片娇艳灿烂，红的，黄的，粉的，娉娉袅袅，笑靥可人。梅花更是任性地绽放，红梅耀眼，白梅清雅，散发着幽幽清香，肆意缠绕鼻端。曾经的十里梅林，香雪涌动，梅英飘洒，应是自此始。

独立烟雨楼头，依然的一书一笔，却已山含春色，水蕴暖意。"九峰突地三千丈，双塔攒空十二层。"仰望文笔、华盖之峰巅，紫云塔、阜云塔高耸入云，双塔云影相映照。方山史称永宁山，九峰乃方山支脉。由南而北，灵台、华盖、文笔、接引、宝鼎、灵鹫、双阙、卧龙、翠屏，峰峦拱峙，九峰公园就依偎于山色岚光之中。

波光粼粼，金光点点，天光云影共徘徊。盈盈春水，仿佛天地间的绿皆化于其中，如此之柔而润，让人惊觉春风又绿江南岸矣。绿，嫩嫩的绿昭示了春的来临，展现了春的生机。对面一座小石桥，攀爬着丝丝缕缕的绿藤，给石桥添上一幅明媚的画。

双塔云影勾起了我的思忆，"一塔风霜古，九峰岁月深"。我缓步行去，穿花径，过小桥，听"啾啾"鸟鸣，已见古塔巍巍。跨越千年的古塔，一块块塔砖，砌入了宋时明月清风。一座座雕像，镌刻着宋时佛法文化。数度颓败，几经修葺，瑞隆感应塔于风雨中，屹立如故。

五代十国，一个风云变幻动荡的年代。法眼宗二祖德韶大师，怀着一颗悲天悯人之心，行走各地，建寺院，弘佛法，抚慰一颗颗惴栗于战乱的心灵。他钟爱佛宗道源、山水神秀的天台山，建十三道场，驻锡通玄峰。北宋乾德元年(963)，皓发雪眉，竹杖芒鞋，德韶大师自山间小道缓缓走来，伫立于颓壁残垣前，目光里满含着深深的惋惜。于是，德韶大师的晚年结缘九峰瑞隆院。他洒扫庭院，拂去蒙蒙飞尘，整顿佛院，建瑞隆感应塔。自此晨钟暮鼓相伴溪声松涛，回旋幽谷山间，林木梢头。

"塔影排空翠，溪流送落花。"东行未远，溪涧犹在，惜已干涸如石滩。溪上一座小石桥，遍染苔绿。清静佛地，钟声悠悠，松涛阵阵，令人心思澄澈，引许多士子寄身于此，潜心读书，吴朗公应是其中的佼佼者。左右环顾，本该在石桥附近的"朗公石"，早已杳无踪迹。一块普通的山石，或许是梵呗声声，或许是吴朗公的日夜吟诵，赋予了它灵性。于是乎，一次不经意的滚落，一番恰到好处的相遇，竟随吴公执御流传千古。

小桥的那头，森森古木掩映下，一扇小台门呈现眼前，门额上有"九峰书院"四个金色篆字。"道由白云尽，春与青溪长。时有落花至，远随流水香。闲门向山路，深柳读书堂。幽映每白日，清辉照衣裳。"唐刘眘虚的这首诗，似是为九峰书院而写。门前，山路蜿蜒而东上，小溪曲折而西向。惜乎而今，干涸的小溪再也无法送来点点梅香、片片桃红。院门紧闭，黑瓦白墙遮挡了人们好奇的目光，院内的盎然绿意更引人遐思。

世事无常，纵是佛门胜地，也难免战火兵燹之劫。九峰寺历经劫难，也渐凋零。清末孙憙为黄岩县令时，欲兴文教，育人才。他着力创办书院，环境清幽的九峰寺自是上佳之地。清同治八年(1869年)，即改寺为九峰书院，并聘经史大家王棻为第一任山长。浓浓墨香、朗朗书声中走出了王彦威、喻长霖、王舟瑶、陈瑞畴、黄方庆等乡贤先达。清光绪二十年(1894),曾寓居黄岩的书画大家蒲华应王舟瑶之邀绘制《九峰读书图》,王舟瑶于画上题诗五首,并撰写了《九峰读书图记》。文中有云:"精舍之前有月潭,旁有石桥,逾桥数十步有桃花潭,潭尽有铁箅井,皆山水清冽,自饶意趣。每当夕阳西落,山月初上,则相与散步诸处,藉草列坐。"水边树梢,回荡着他们的妙语朗笑。林间草地,可见他们潇洒儒雅的身影。

九峰三面环山,古有一石、二井、三塔、六潭、八亭、九峰、十二景之称,引多少文人雅士寻芳探幽。谢灵运、左纬、范成大、戴复古、杜范、王十朋、王居安、吴执御、黄道周等都曾吟诵寄情。"九峰深处罗肴觞,相约盛老同徜徉。"慕兰亭雅士之盛会,效香山九老之逸致,明时管茂玉、谢铎等九位致仕还乡之同好,常聚于九峰山下,啸咏竟日,意兴遄飞。管茂玉作《九峰九老会醵歌》以记之。"一客一老携一觞,直欲飞上山之岗。"如此豪气,如此雅兴,令人景仰而向往。

松端望月,清辉倾泻。镜心亭内,道长发髻高挽,端坐于蕉叶琴前,清风鼓动袍袖。挥手间,轻抹慢挑,一串串跳动的音符随风飘扬,与松涛相应相和,缓缓流入心田,尘念顿洗。伍止渊大师,道号陵源子,鹤发童颜,清高脱俗,自有几分仙风道骨。他于桃花潭畔栽梅植竹,建镜心亭、玄都观。"觅一垫幽棲,辗转尘寰教息马;借九峰片席,逍遥世外好栽梅",这副悬挂于玄都观的楹联,当可一窥大师胸中丘壑。

穿过短短的回廊,踏入石亭,可临水赏梅,也可倚栏观鱼。而镜心亭的四方石柱上,八位邑中宿儒名流题写的楹联,更引人注目。榜眼喻长霖之联"何人会得春风意?载酒时作凌云游",尽显蟾宫折桂之豪气。朱劼成之联"欲把深情比潭水,莫将迷路问渔人",诗词典故,信手拈来,颇有大家风范。还有王松渠、柯璜、任重、周慕庵、毛训、朱笑鸿,篆隶草行楷,或龙飞凤舞,或行云流水,或苍劲古朴,为九峰山水平添一道靓丽的风景。

九子峰依然峻碧摩天,桃花潭犹自清波荡漾。九峰寺钟声不再,玄都观唯余碑石。斜阳,归鸦,镜心亭。老梅临水,寒风扑面,我独自徘徊。曾经的人,曾经走过,留下无尽的传说,又远去。洒脱如东坡居士也曾感叹人生如梦,高唱"大江东去,浪淘尽,千古风流人物"。而此时此刻,我却想起了他的另一首诗——《和子由渑池怀旧》:

> 人生到处知何似,应似飞鸿踏雪泥。
>
> 泥上偶然留指爪,鸿飞那复计东西。
>
> 老僧已死成新塔,坏壁无由见旧题。
>
> 往日崎岖还记否,路长人困蹇驴嘶。

【作者简介】

曹瑛杰,1990 年毕业于浙江工业大学,现供职于黄岩区教育局。作品见诸《散文选刊》等报刊。

等待

◎ 周冰心

葡萄架下,长椅后边,青翠了大半个春天和夏天的黄瓜终于落幕。面对着突然空旷的土地,我的心也是空荡荡的。

"好好的一块地,难道就让它一直这样光秃秃地空到秋天?"我很是不甘。

可不这么空着,又能怎样呢? 天气实在太热了,太阳像个大火球,源源不断地释放着光和热,从早到晚,由东向西,一路晒啊晒的,勤勤恳恳,不偷半点懒。那种热度,真是晒到哪里哪里焦,说不定种子下到地里,拌几拌捡起就能嗑了吃呢!

"可以种赤豆,赤豆可以种的。"婆婆肯定地说。

"真的?"我喜出望外。

"真的,赤豆就是在现在的季节种的。"婆婆说。

到目前为止,我已种过二十好几种作物了,但赤豆是个例外,我还从来没有想到过可以种赤豆呢。

我十分开心,兴冲冲地向婆婆要了一把豆籽,傍晚时分,用小锄头在地上琢了一个又一个洞,就把赤豆种下了。

赤豆就是赤豆,它竟然真的不怕晒。不到一个星期,它就发芽了;再过几天,它就长叶了;再过了一些日子,它就慢慢地缘绳而上,爬上葡萄架了。

我仰脸看着它,甚是欢喜。真是没想到,在别的爬藤庄稼譬如丝瓜、藤蒲瓜藤都走下坡路的时候,它却正青春年少,开始展露它的蓬勃生机。

它的叶子青翠翠的,是绿里的青;它的叶脉颜色稍淡,属于青里的绿,这样,平坦坦的叶面上就有了道道的痕,我的赤豆叶子也就成了一瓣瓣标准的叶了。

我是一个贪婪的人,当初种下的时候,恨不得所有的土地都能被有效利用,不浪费一厘一毫,所以,我在每个小洞里都放了至少四粒种。它们都是极争气的孩子,几乎没有一个是赖在洞里不出头的。现在好了,齐崭崭地一起长出,我的每根淡青色细绳都被它们缠了个遍,几乎看不出那挂在半空的一大蓬一大蓬的藤藤蔓蔓原来是有绳子帮衬的。看得见的,只是藤一藤二藤三藤四,你缠着我,我绕着你,一干兄弟勾肩搭背,昂首阔步,春风满面往上走。

刘儿沉不住气了,抱怨说:"怎么回事呀,都秋天了,还这么青着绿着,一点儿也没有开花的意思,是不是它就永远这样了,是个不会开花、不会结子的种?"

他甚至产生了怀疑:"这藤,是不是赤豆藤? 说不定,是个混吃混喝的冒牌家伙。"

我说:"不可能。我可是亲手把一颗颗正宗的赤豆籽儿放进地里的,你不要胡说。"

他问:"知道杜鹃鸟吗? 把蛋下在别人的窝里,不劳而获,让别人家给它孵出小杜鹃。"

我说:"你的想象力太丰富了! 这可是豆,不是鸟,它不长脚,不会飞,绝不可能像杜鹃一样会自己来到这个洞里!"

"可是,你看,秋风都过了,花都还没开一朵,不说春华秋实,起码现在,花总该开了吧? 可是你看它,花影都没有。我倒觉得奇怪了,它打算什么时候结果? 又想用多少时间来让果实成熟呢?"

我闷声回他:"不知道。"

"我看是没希望了,你看丝瓜、蒲瓜、茄子的叶子,全都变老变黄了,说明什么? 说明秋天到了,冬天也不远了。但是现在,再过十多天,就是霜降了,我们的赤豆却连花影都没有。你有没有见过,白霜茫茫的田野上,有什么植物还刚开始开花长果的?"

我迅速地在脑海里搜寻了一遍:还真没有。

"再等等,说不定,明天它就开花了呢。"我毫无把握地自我安慰。

第二天,它没开花;第三天、第四天它也没有开花。

"你看,你看。"刘儿说。

可是,在这漫长的等待中,我的心却渐渐地安定下来。我在思考,我花了那么大的力气百转千回疯狂地找地,落实到楼顶之后,刘儿千辛万苦地规划整理,整理完毕后又勤勤恳恳地找土搬运过来,最后终于可以种菜,我的目的到底是什么? 难道真的仅仅是为了吃吗?

每当有人羡慕地跟我说:"真好,自己种菜,又方便又卫生。"我都甜甜地笑着肯定:"是哦,是哦。"可其实,只有自己知道,我真正想要的,不过就是一种生活、一种状态、一种可以跟充天斥地的平庸相抗衡的别样的腾逸罢了。

种菜可吃当然好,但真为了吃,菜场里几元钱就能搞定的东西,我又何必那么苦心积虑、劳心劳肺呢?

"不开花就不开花,我们楼顶种菜的目的原本就不是完全为了吃。"我对刘儿说,也对自己说。

然后,就到了那一天,它终于开花了。

我走上楼台,看到了第一朵花、第二朵花、第三朵、第四朵、第五朵,以及很多很多的花——鲜润的、浑圆的、重瓣的、簇生的、柔情的、凝脂般的黄花。

接下来的日子里,花越开越多,一眼看去,但见绿叶蓬蓬,黄花簇簇,更有那盛开的花儿身旁,大大小小的花苞正像一个个汤汁饱满的嫩绿饺子,挨挨挤挤地排着队伍,等待着长大,等待着盛开。与此同时,那些先前开花的,已开始把美丽的华衣轻轻抖落,从自己的内心深处,抽出了一根根纤长的绿色丝缕。我们惊喜地发现,那就是赤豆的荚了!

"不远的将来,荚里就会睡上一个个的豆宝宝,四粒、五粒,或者六粒。然后,随着外面的绿衣变黄,里面的豆宝宝就变红变赤啦!"我憧憬满怀。

由此,我想到了人的成长。

有些人的成长,真的需要等待。

　　我有两个侄子,哥哥读书上进,一路顺畅,考上了 985 高校,毕业后进了政府机关,做起了自己想做的事业,过上了自己想要的生活。

　　而对于弟弟呢,嫂子一直担心。这孩子,别看长得虎头虎脑、聪明帅气,但就是不想读书上进,任何一本新书到了他的手里,转眼就卷起了书角,破烂得不成样子。每天放学回家,都是人未进门,书包已然到家——怎么到家的? 被他扔进家的。不管跟他讲什么道理,他都是充耳不闻,依旧我行我素,勉强读完高中,就再也不想读书了。

　　比比那个哥哥,看看这个弟弟,嫂子忧心忡忡:"没有文凭,没有文化,哪个单位愿意要你? 干脆,回家帮我做手套算了。"

　　嫂子自行设计、雇人加工手套已有好多年,生意做得还不错。但因人少力薄,至今规模难以扩大。现在,既然弟弟不想读书了,那就回来帮着一起做手套吧。

　　但弟弟不干,整天被老妈压着、管着,他才不愿意呢。

　　"既不想读书,又不想做手套,那你想干吗?"他妈没好气地说,"看来只有去拉黄包车了,你营养不错,长得壮实,拉黄包车肯定有力气。但是,万一国家觉得黄包车有碍市容,不许拉了呢?"

　　弟弟毫不担心:"那又怎么样? 我可以去学当厨师。"

　　于是,他就去当学厨师。没相到,学当厨师学得相当不错,烧鲍鱼、烧鱼翅、发燕窝、刻萝卜花,很快样样拿手,可惜厨师行业也是包工头制度,厨师长把他的薪资硬是牢牢地控制在 2000 元不到的区域。就像一个每天看着别人山珍海味而自己始终不是窝窝头就是白开水的人,弟弟难受地跳槽了。

　　没想到天下乌鸦一般黑,看他年轻可欺,每个厨师长都是给他一个诱人的纸上大饼,便并没有给予与他的技艺相当的令他满意的报酬。

　　弟弟干脆回家了。回家干什么? 回家做手套,卖手套。

　　嫂子挺欣慰的,心想:儿子回来,人手增多,手套规模可以扩大了。

　　但没过几天,母子的矛盾就来了:弟弟根本不像他妈一样恨不得一天 24 个小时全都扑在手套上,相反,一天工作 8 小时之后,他沐浴更衣,风流倜傥地上城里会女朋友了,周末也不愿加班,坚决捍卫自己休息的权利。

嫂子很郁闷,担心这个儿子如此怕苦怕累又没有事业心,将来可怎么是好。

令她没有想到的是,弟弟这个时候已经暗中开始了淘宝事业。

现在,他娶了妻,生了子,租下一处大仓库,盘下一家倒闭了的大手套厂,加上嫂子自己设计的新老产品,日夜兼程,马不停蹄,早已把手套的事业做到了淘宝网上的最高级别。

真的,大千世界,物种超万,哪种植物开哪种花,什么时候开花,都有它自己的运行规律,外面的人无需急,也是急不来的,静待花开,也许是最好的选择。

我的赤豆如此,我的侄子如此,其他的许多植物、许多人,想必也如此。

回想起自己当老师、当班主任的 20 多年生涯,那些曾经令我苦口婆心、忧心满怀的学子而今又有谁是落魄江湖、衣食无着的?

一个都没有。

相反,当年的每个小不点现在都是仪表堂堂、笑靥如花,都是事业有成、家庭幸福。

今年教师节,两个12年前的学生手捧淡雅的鲜花来看我。我告诉他们,假如时光能够倒流,我一定给予他们多一点温柔,多一点等待,多一点理解和宽容。

学生很体贴,他们安慰我:"若没有老师当年的谆谆教导,又哪有我们现在的懂事和成熟?"

我微笑,然而赧然。

只有自己明白,在那个不知等待的岁月,我曾伤了多少孩子,也伤了自己。

此刻,只想摘录龙应台在《孩子,你慢慢来》中的一段文字,与大家共享:

我在石阶上坐下来,看着这个五岁的小男孩,还在很努力地打

那个蝴蝶结：绳子穿来穿去，刚好可以拉的一刻，又松了开来，于是重新再来；小小的手慎重地捏着细细的草绳。

淡水的街头，阳光斜照着窄巷里这间零乱的花铺。

回教徒和犹太人在彼此屠杀，衣索匹亚的老弱妇孺在一个接一个地饿死，纽约华尔街的证券市场挤满了表情紧张的人——我，坐在斜阳浅照的石阶上，愿意等上一辈子的时间，让这个孩子从从容容地把那个蝴蝶结扎好，用他五岁的手指。

【作者简介】

周冰心，1966 年出生于浙江临海，1989 年毕业于宁波师院中文系，现为椒江二中高级教师、浙江省作家协会会员。已出版散文集《一片冰心》《小幸福》及家教小说《么么在长大》。现有散文集《红尘有田园》完稿等待出版。

献给母亲河的歌

◎陈新民

一

百里永安溪,仙居的母亲河,蜿蜒于仙乡的千山万壑之间,迤逦东行,历尽沧桑,风韵万千。

二十世纪五十年代,是我的童年,有一段时期我在浮石园村度过。村东,南来的永安溪潺湲北行,经河埠转向缓缓而去。这段溪流,平缓广阔,是游泳的好场所。岸上是浓绿的溪萝树林,夏蝉在林中长啸,蓝天白云在水中倒映,鳞波盈盈,阳光暖暖。小伙伴们把衣服挂在溪萝树上,在清凉的溪水中尽情嬉戏。小鱼儿会调皮地来吻你的脚,痒痒的;小伙伴一不小心呛了水,鼻子酸酸的。有时候抬头远望,河埠方向会驶来一队挂着白帆的航船,近了,樯帆荫日,纤歌阵阵,清波漫涌。船队远去,溪面又恢复了原先的宁静。我曾写了一首小诗描述那时梦幻一样的画面:

> 一川碧玉绕山村,乡妇棰衣廻谷音。
>
> 荫日樯帆鱼贯至,轻撕溪底白纱云。

童年的画面镌刻在心中,欢乐的清溪流淌在心中。

二

老子说"上善若水,厚德载物",水是温柔美丽的,然而,水是需要治理的,否则,它也会桀骜不驯、泛滥成灾,使"人或为鱼鳖"。华夏历史,先有大禹治水、西门豹治邺等故事。我于二十世纪六十年代后,移住盂溪东岸的一个小村庄,且只说说耳闻、目睹、身历盂溪治理之事。

盂溪是永安溪的一条支流,发源于磐安山区,长25千米,抱县城而过,汇入永安溪干流。过去它既是县城的风景,又是悬在县城头上的剑。

盂溪治理,历代的县官们颇伤脑筋:治不好,水漫县城、生灵涂炭,这可是丢乌纱、坐大牢的事;治得好,碧水绕城、风韵尽显,自是县太爷的德政。要治好盂溪水患,建好县城北门外的大坝是关键。

北门大坝的修建,是地方政府之千载要事。据附近的老人传,民国时期是用洋面粉以工代赈的,解放后看到的部分大坝,垒着的溪石都变成了黑色,就是旧工程的遗迹,大洪水来了,老坝却挡不了。

原来建造盂溪大坝,过去总是就地取材于溪石,石头圆滑光溜,没有咬合力,大水一来,冲垮坝基,大坝就坍塌了。因此,一遇洪水肆虐,县城就危如累卵,百姓惴惴不安。

盂溪的根治工程始于二十世纪九十年代末。县人民政府请人大、政协两套班子来视察盂溪,共商良策,随后投入巨资治溪。盂溪两岸10千米大坝的基础挖至近2米深,水泥浇灌。砌坝的块石全部改用山岩,且用水泥浆砌、填塞。河道底部则用推土机推成弯月形。这次整治,亘古未有,盂溪这条蛟龙终于被锁住,变得温顺了。

2009年,盂溪整治被县政府列为为民办实事的重点项目,县里投资3400万元,分3期施工根治盂溪,并把它打造成为一流的生态、绿色、美观的市民休闲场所。

盂溪治理的二期工程完工后,两岸的大坝得以加高、填土、增植绿化带、增设栏杆,既可供观赏休闲,又增加了防洪安全系数。坝外则铺设宽阔的行道,路旁植树种花。河床又一次得到清理,且分段修建消力池,分段蓄水,河床的两侧坝基再植树、铺设游步道,建休闲驿站,既可保护坝基,又可供游人散步休息。至今,盂溪两岸已是绿树荫荫、花草争艳,溪中流水潺潺、白鹭翻飞,盂溪尤显靓丽。

盂溪之夜,月光水影、晚风拂柳,环溪行道上,有缠绵恋人窃窃私语、相挽而行,有被宠物狗倒牵缰绳半跑而行的,有摆动双臂、大步独行的……真是游人如织。廊亭之上,灯火如画,琴箫和音,翁媪对歌;水边平台,成群的妇女在清风明月中随音乐翩翩起舞,一番温馨升平景象。造福民生的治水工程让百姓充分享受到盛世的快乐与安宁。

2015 年 11 月,盂溪生态化改造治理工程被评为浙江省河道生态建设优秀示范工程。我要说:这是当之无愧的。

三

永安溪治理,最令人称道的是绿道建设。这是永安溪上靓丽的绿色景观,沿着河滨,构建人工廊道,进行绿化、建设亭榭,连接山水风光,形成与自然生态环境密切结合的带状景观,供游人和骑车者赏玩。

作为仙乡人,我与母亲河的情结难解难分。2013 年春,我随县诗会采风,游览了永安溪绿道示范段工程。这是东起漂流码头、西至白塔的绿道,长 43 千米,总投资 3190 万元。我们游览了城区至官路的一段。

踏上绿道,来到木口湖附近,但见清溪凝碧、山色空濛、林木葱茏,溪、山、林互为映衬,尽显山水风韵,堪称诗画佳境。

路边那几簇杜鹃花,红湿水灵,随风微摆,似在迎接诗友,亦似在炫耀秀色。几位诗友赶紧打开相机,摄下花簇的袅娜身姿。

木口湖一段的森林公园,只见一二十丈高的古松,郁郁葱葱,上拂苍穹,翘首瞻赏,伟岸挺拔。林下的植被,葳蕤茂密,其间夹杂丛丛枫树杂木,枝叶挨挨挤挤,尽见植物旺盛的生命力。这绿荫松林,乃夏季避阳佳所。

溪岸有几处古村落,其中有个小村,不过四五户人家,有一家瓦屋,保存完好,六七十年代的土墙,木结构门面,门前安装着电表,极其整洁,可见有人居住。看那篱落菜花、扶疏庭树,门前屋后碧水青山,勾起游人怀旧思绪,顿生一种古朴、幽静之美,倒是让人羡慕起这家主人所享受的农家之乐。我想最高明的环境设计,是把被世人遗弃的时代环境复制回来,变成令人眷恋之境,那真是千金难赎的了。

走过村落,走过架设的行道,却见溪中游着一群水鸭,岸上辟着一块小平地,这应是有人饲养的。鸭群三三两两地在水中嬉戏、觅食,见人来,遂四散游开,逍遥远去。见此景,即时口占《浣溪沙·绿道行》一首:

黄鸟啼春又一年。杜鹃依旧笑山前。鳞波芳草碧连天。耆老恋花行不得,野凫戏水去悠然。素心醉在岫烟间。

永安溪的绿道,总是使人心醉,使人赞叹。在五水共治期间,我陪南部经济发达县市的一位诗友游沿溪绿道。他说:"你们仙居,重生态建设,重河道治理,发展旅游观光事业,是造福子孙的正道。这条路走对了。我们前几年发展工业,钱是先赚了。但是空气污染了,河道污染了,现在河边的厂房要拆,污水要治,赚来的钱还要收回去,这不走弯路了嘛!"我想,这应是他的肺腑之言。习近平总书记的"绿水青山就是金山银山"确是真理啊!

四

永安溪治水,采取了清除污染、水库蓄洪、河床清理、防护林营造等综合性措施,实行河长制。县长担任总河长,乡镇长担任中河长,村民主任担任担任小河长,全面落实治理职责。至今,随着下岸水库的建成,永安溪的三分之一以上流量已得到控制,洪灾基本解除,现在永安溪也是浙南水质最好的 3 大河流之一。

永安溪的绿道建设规划总长 492 千米,目前已建成高标准的 120 千米。此外,还有数 10 条支流的绿道,有的已建,有的在建,形成叶脉状的绿道分布。永安溪的绿道,是世界级的。

2014—2019 年,全县第一期投入永安溪流域综合治理工程的资金是 10.98 亿,第二期工程还将再投入 10 多亿,省里的可研报告业已批准。

永安溪治理的成果是丰硕的。

2017 年 10 月 20 日,仙居永安溪绿道荣获"2017 年世界休闲组织国际创新奖",被誉为"县城休闲创新的典范"。

2017 年 12 月 7 日,全国首届"寻找最美家乡河"主题活动评选在西安揭晓,永安溪以最高分入选,被评为全国"最美家乡河",是浙江唯一入选的家乡河。

永安溪,我的母亲河,您是神州风物的杰作,您是瓯越山水的丰采！在祖国华诞 70 周年之际,我要倾情歌唱您,歌唱您璀璨的历史,歌唱您深远的源泉,歌唱您美丽的风韵。

我谨以初学的诗赋技能作一篇《永安溪赋》献给您：

> 永安邑水,源出天堂。西起安岭,东下椒黄。百里回环,千秋流淌。襟连东岭,带系括苍。入于临海,会在三江。清清盈盈,浩浩荡荡。
>
> 秀屏西罨,史载下汤。溪名为县,时至后唐。诏改仙居,始于宋皇。文人雅士,御史侍郎。皤滩古埠,首盛盐商。百家云集,千舸通航。婺括孔道,输运繁忙。货来台郡,集散南方。
>
> 神仙居地,景赛苏杭。帘垂壑壁,波映山庄。峰峦环列,云霭苍茫。樯帆朵朵,渔歌琅琅。山川同乐,日月共光。情钟乐土,歌涌华章。

【作者简介】

陈新民,仙居县特殊教育中心教师。

随笔三则

◎ 胡不归

某个路口·某个人

人民中路新华书店旁那个路口的绿灯绿得特别顽强。

每次路过那里,远远看见绿灯亮着,我都觉得等我走到近前,它一定会由绿变黄再给我一个大红的冷脸,而绿呢,一定躲在红脸的后面暗笑。于是,我总是不紧不慢,盘算着它在什么时候会变脸,然而我每次都失算,它总是耐着性子在那里等着,直到我走过路口的中心,它才忽闪忽闪地变成黄色。

有时,我甚至会想,这个地方的绿灯是特意为我设置的吧。带着这种美好的心愿,我每次路过那个路口也总能够如愿以偿。

或许在人生的某个路口,也有像这个绿灯一样的人存在。

他就在那里,一直一直地在等你。

在你到来的那一刻,给你一个会心的微笑,或者为你悄悄地伸出援手,又或者起立为你鼓掌……

你看似与他的关系若即若离,和他与其他人的关系没什么两样。可在你的心中总是对他有一份独特的亲近感,他也会每每在你需要的时候悄然为你大开方便之门。对了,他或许就是你的幸运星。

可是,他只是在某个路口出现,不是你一辈子的牵绊。

或许正是某个路口的某个人组成了我们人生路上若干温馨而可爱的时刻,构成了我们生命长卷中的绚烂点缀,伴随你我走过平凡却不平静的某些道路,和你我共同分享人生那一杯颤动心灵的蜜酿。

一树繁茂

端午前后,校园里的樟树枝叶茂盛,体型丰硕饱满,繁华如簇簇蓬盖。

细看,今年的新叶爬上树顶,着了不一样的色彩。它们承袭着旧叶的深绿一路向上,由嫩绿而浅黄,直至淡红,屹立挺拔,直指苍穹,像一面面鲜艳的旗帜在风中摇曳,又似一朵朵五彩的祥云笼罩在枝头。新与旧、亮与暗,一高一低、一少一多,造就了整棵树的完美风姿。它们各安其事,新生事物唱响闪亮的生命赞歌,老叶演绎默默的奉献品格。

新出于旧也将成为旧,旧托出新却更光耀新。

生命如一条流畅的小河,新旧老少各有其精彩,各有其存在的意义。

要坚信,在每个时刻都会有属于自己的天空。把握现在的每一秒,展现各自不同的价值。不必因现时的光彩而贬损他人,因为时光会让你黯淡;也不必因此刻的黯然而独自神伤,因为沉淀更让你厚重。

一起推陈出新,一起彼此喝彩,一起友好相助,扮好自己当下应有的角色,不消极、不嫉妒,还一树繁茂,闻一阵幽香。

时间之思

时间是最神奇的东西,你看不见它,却能随时感觉到它。它会带走你的岁月青春,会带走你的精力斗志,也会带走你的朋友亲人。它就像鬼神,无处可寻,又无处不在、如影随形。它是一股洪流,裹挟着所有的人和物匆匆前行、一刻不停,至于去哪里,它可不管不顾,只是一味向前、向前,没有终点地向前。不知觉中,你黑发已如雪,俊秀成苍老。它听不见你的长吁短叹,看不见你的形影相吊。它不管人世如何沧海桑田,天上怎样斗转星移,它始终不发一言,静默,还是静默,永恒的静默。

它是我佛如来吗？浩瀚无垠,渺远无迹;拈花微笑,不着一语。它用山川大海告诉我们什么是长久,用日月星辰喻示我们什么是辽远。一切一切都无言,却都在静静流淌,流淌在永恒的时间河流里。万物都逃脱不得,只有拜伏在它的脚下,臣服于它,顺从于它。

难道这就是宇宙的奥秘?

世上有可笑的人妄图拖住时间的脚步,不断向天空哀求:"时间,你慢一点吧!我还有很多事没有做,还有很多人没有见,还有很多话没有说啊!"天空报之于庄严的星象,没有任何回应。偶尔传来的是树林中几句鸟鸣,田野中几曲蛙唱,还有随着风四处传扬的马达声。

时间无形,所以,你无论如何伸手都抓不住它;时间无影,所以,你无论如何凝视都望不见它。但是,如果你侧耳谛听,却分明能听见它驾着阿波罗的马车"隆隆"碾过白天和黑夜,将我们的日子和着欢笑与愁苦一起埋葬!

【作者简介】

胡不归,本名胡腾华,温岭市第四中学语文老师,温岭教育作协会员,偶有文章发表于《台州日报》《温岭日报》。

在那遥远的地方

◎王学华

想不到我的生命与新疆紧紧地联系在了一起,想不到我的教学生涯中融入了塔里木的风沙和库尔勒梨花的芬芳。

正是江南草长莺飞的季节,我们踏上了西飞的航班,经过乌鲁木齐,降落在阿克苏机场,再经过2个多小时的辗转跋涉,到达阿拉尔市——我们所送教的塔里木高级中学。这次由台州市援疆指挥部和台州市教育局共同组织的送教讲学活动,阵容强大,名师云集,涵盖了所有高中学科。万里行程,来不及调整时差,也来不及洗去一路的疲惫,即刻投入了高强度的工作。上课、听课、磨课、讲座、研讨、交流,虽然日理万机,夜以继日,却乐在其中。大家只有一个心愿,努力把更多自己的东西留在这里。

忘不了这里领导们的亲切关怀、高度重视和悉心安排。简短而隆重的欢迎仪式,由阿拉尔市副市长主持,一师阿拉尔市党委常委、副师长出席并讲话,台州援疆指挥部指挥长出席并讲话,规格之高,令人瞩目。18位台州名师,每人结对2位塔高青年教师,在接过聘书的刹那,我们感受到的不只是荣誉,更是沉甸甸的责任。在塔高的短短5天里,我们无时无刻不感受到温暖、温馨和温情,生活上无微不至的关怀,各类活动的精心组织与安排,都让我们难以忘怀。

忘不了这里老师们的积极进取、虚心好学和勤奋刻苦。几天的相处虽然短暂,但这里老师们留给我的印象极为深刻。记得我在上同课异构课时,有关学科的老师们早早地来到教室,抢占"有利"位置,全神贯注地听课,不停记录,唯恐遗漏细小内容。尤其是2位同上一课的老师,课后向我不断询问,探讨上课的成败得失。还记得我给学生做讲座时,老师们也是济济一堂,前来听讲,眼神里传送着渴求的光芒。来听课的教师多数要参加师市的优质课评比,他们不断磨课,有的已经磨了七八遍后,还来接受我们的所谓指点。在一次又一次评课会上,他们总让我们"多多指点""多多指导""多多指正"。这种期待与渴望,让我们心怀感激,更让我们感到肩负的重任。前来听课的有些老师还是从200多千米外的其他学校特地赶来的呢!他们迫切希望从台州老师身上汲取营养,丰富自己。从他们那里,我们看到一颗谦虚的心,一颗努力的心,一颗上进的心,有了这样的心,还有什么奇迹不可以创造呢?

忘不了这里学生的文明礼貌、认真好学和阳光活泼。几天来,我们紧张地穿梭于各个教室、各类报告厅,所有的学生都不认识,但几乎所有的学生都向我们打招呼。"老师您好",多么亲切而甜蜜的问候,让我们在异乡感到格外温暖。记得我给同学们做讲座时,由于内容繁多,时间已到,可在场的同学们一致强烈要求我讲下去,将所有内容讲完。讲座结束后,还有同学前来咨询、交流,作为一名老师,还有什么比这更为幸福的呢!几天里,我们看到大树下、草坪边埋首苦读的身影,看到球场上挥洒青春的身影,看到田径场上肆意奔跑的身影,我深深地感受到这里学生的朝气与活力,更感受到一所学校的生机与活力。

时间在不知不觉中流走,分别的时刻终究来到。当我们的车缓缓驶出,门口挤满了前来送行告别的老师。此时此刻,不知怎么的,我的鼻子突然一酸。当相拥而别的时候,我知道这将意味着什么。是的,再见了,阿拉尔;再见了,塔高;再见了,我的徒弟们,我塔高的朋友们和同学们。

　　临别之际,我即兴写了一首诗,送给一起援疆支教的朋友们,以铭记这次难忘的经历——

　　　　想起梨花

　　　　就想起你

　　　　想起一块土地

　　　　你我同行

　　　　一个梦,一程路,一段情谊

　　　　想起梨花

　　　　就想起一抹时光

　　　　短短的明亮的时光

　　　　镌刻忙碌和充实

　　　　有风沙吹过,白桦微笑

　　　　睡胡杨唱着不朽的歌曲

　　　　深深浅浅的脚印

　　　　藏于岁月的缝隙

　　　　想起梨花

　　　　就想起一个心愿

　　　　爱在左,希望在右

　　　　生命的两岸清香四溢

　　　　许多双渴求的眼睛,深情凝视

　　　　一片云飘过

　　　　飘过遥远的天际

　　　　那是你我奔跑的轨迹

　　是的,我会想念这里,想念这里洁白的梨花,也想念这里变幻的风沙;想念这里绵延的荒漠,也想念这里广阔的蓝天;想念这里不屈的睡胡杨,也想念这里奔走的牛羊。这是一个神奇的地方啊,更是一个创造奇迹的地方。

"再回首,云遮断归途。"我看不见你,却感受到你的温度,感受到你成长的力量和走向未来的信念。

我在遥远的地方为你祝福!

【作者简介】

王学华,男,路桥中学老师,系台州市作家协会会员,在《文学报》《散文诗选刊》《星星诗刊》等各级报刊发表诗歌、散文诗等各类文学作品200余篇(首)。

一半安详，一半飞扬
潮济之行侧记

◎张丽萍

操着怯怯的乡音，以陌生人的身份近身于你，眼神里的慌乱和羞涩，怎能遮掩我这个土生土长的家乡人的无知和浅薄？

一

古朴、自然、素雅，甚至有些破败，写在你的门面。清一色的木板，清一色的石头，清一色的檐角翻飞。走过几百年的光阴，你将自己坐成静默和宁馨。

三毛说："如果有来生，要做一棵树。一半在尘土里安详，一半在风里飞扬。一半洒落阴凉，一半沐浴阳光。"莫非你浸染过文学的芳香，懂得如何在岁月中安身立命？

我总是担心我们的分贝，担心我们的足音，是否会惊动你、破坏你。如果可以，我愿意我们一行人，皆静静悄悄地慢行浅吟，抑或不出声只对视，用心聆听便好。对于这个世界，心灵感应，往往比眼睛所视更真。诚如我固执地坚持:带着眼睛观色行旅远远不够,最重要的是,始终让一颗心与自然亲密接触。

支街东部有一座陈元生南货店,为清代建筑,坐东朝西,三开间店面,穿斗式梁架,两边墙体上有浅灰雕构件。街北路廊名为"沚江亭",3 个墨色的字中透着的青色就是历史的见证,民国时期的字体有着异于现世的孤傲,而那拱形的通道似一垛城墙,又似一条时空隧道,隔开了古今。随着历史的变迁、地理环境的改变,你已渐渐淡出人们的视线,后来仅作为符号独守一隅。

二

你该是穿着对襟长褂的衣衫,我在年长的阿公阿婆衣着上,似乎看到你当年的影子,尤其是一位老阿婆的斜襟,素色的白月兰,让我的目光停留了好一会儿,不觉眼眶湿润,因为她让我想起我已逝多年的外婆,亲切、慈祥、温馨。

两位阿婆摇着当年的蒲扇,在竹椅上把心事随微风缓缓流淌出来。眼眸里的深情,些许幽怨,些许欣慰。我试图解读她们的心,但我发现我终究不能如解读教材一般读懂她们,只能在有限的历史知识中觅得你的芳踪。

黄岩溪、小坑溪、柔极溪的汇合滋养,使你成为九省通衢之埠、商贾往来之地。沿街一溜儿摆开各种店铺:药铺、米店、饭店、布店、银行、算卦摊……大有《清明上河图》之风。昔日的热闹和繁华可想而知,穿梭的人流,青石板小街的足音,阵阵回荡在岁月的上空。潮济,在唐宋时期称"潮际铺"。我似乎依稀能看见成批的土特产正通过竹筏或小船,从山区运往城市,又将城市的一袋袋货物驼到山区。城里人吃着泥土气息的食粮,特有味儿;山里人用着城里的稀有物品,特新鲜。于是,交互往来,成了彼此的迫切需要,各自心里头的渴念,总在一条条船上,通过潮济码头迎来送往。

尤其当集市开放之时,这里更是热闹非凡。赶集的赶集,即便没事儿的也赶着空儿到小街上凑热闹。小贩的叫卖声,店家的吆喝声,人群的嬉闹声,男女老少,川流不息,生动地形成一帧帧远年里的风景。我小时候常被妈妈带着参加这样的赶集,充满满足兴奋,以至后来长大了,我还是愿意赶集去购物。走在这样的小街上,让我不由地想起我曾经生活过的乡下小街,也是如此高低不平的石板路,也是一样斑驳的木板门面,但沿街上会摆着琳琅满目的货物,生活用品一应俱全。我们小孩的目光多半落在心心所念的糖果上,有时候大人高兴了会买上几颗甜住我们的嘴巴,而有时候我们也会在失望中把糖果的物象寄存在脑海中。然而无论怎样,作为回忆的因子,这些美好的画面又一次次丰富了我的人生。而现在我们所居住的城市,基本没有"赶集"二字。我在担心,再过百年,"赶集"会从字典里抹掉,"小街"会从记忆中消失。

三

阳光很好,将缕缕薄金洒进你的胸怀,一如你的乡人,真挚、热诚,边为我们带路,边讲述你的故事。在这条老街,我一个家乡人的客人,踩着高低不平的石板路,心儿被一波一波搅动,温情、感动、羞愧,最后归结为小小的欢喜、款款的安然、长长的期待。

一位一身白衣的老公公,我且私下认他为潮济古村落的志愿者好了,他带着我们自由出入老街。那些廊坊上的牛腿雕刻,尽管有些斑驳陈旧,但依然可以看清模样,或麒麟或貔貅,均有一个娃娃在其身上,摆出各种姿态,一脸的怡然快慰,不知寄托着当年户主的何样祈福。

老人说他有七十六岁了,我有些不信,因为他的容颜、精神面貌和笔直的腰板,以及爽朗的声音和热情的劲头,俨然一位资深导游。

老人告诉我,在这个不大不小的古村落里,现在居住的多半是老人,好些老人 90 岁,乃至 100 岁了,而他只能算老人中的中年人。是谁给了这些老人年轻与活力? 生命的资本,到底属于什么? 货币、利益? 这些似乎都与老街上的老人无关,他们的时间更多在静默中度过,吃着自己栽种的绿色果蔬,而且多半是素斋,但他们依然活得有滋有味。

我忽然明白,正是这一片长长久久的静默,让他们拾得人生的黄金。静生慧,守住生命的根,还有什么比精神力量对一个人,乃至一处地方、一种文化的影响更深远呢？

四

得知你被列为"浙江首批历史文化村落保护利用重点村"，我既为你高兴，又为你担忧，高兴深闺中的你终于被人所识，担忧你步入周庄、乌镇、西塘等充满商业气息的重围。

步行至老街尽头，正要转身之际，我们瞥见一座古庙宇。近身观看，刻有"三官坛"三字。庙宇之下便是一条不深不浅的河，河两岸楼房林立，绿色的藤蔓爬满墙壁，岸边无数野花绿树倒映水中，不时有蜻蜓和蝴蝶翩然翻飞。静谧、安详，灵动、生趣，在这个午后的河岸充盈着。生活本身就是一首诗，谁说不是呢？据说，不管每年台风如何威猛，这条河水、河岸上的房子及房子里的人们，总是安然无恙。于是，我又明白，一切都是大禹的功绩。

"一半在尘土里安详，一半在风里飞扬。一半洒落阴凉，一半沐浴阳光。"将来某一天，你可能被开发商开发，我希望他们记得这句话，并把这句话传承下去。

我还是喜欢你的淳朴、宁馨、素雅。把美从深闺中挖掘出来，然后好生呵护，细心地爱着、养着，将"养在深闺人未识"换成"深闺妙景人人护"！

后话：

今日之文，我以第二人称描述，但愿今后，我，以及更多的人，能够以第一人称亲近你，爱护你，使得被现代文明推广的你，依然能够保持自我的格调，保持内心的坚持。

【作者简介】

子秋，本名张丽萍，浙江省作协会员。作品散见于《延河》《岁月》《华夏散文》《散文诗》《星星》《诗歌月刊》《星河》《诗歌风赏》《散文诗作家》《散文诗世界》《长三角文学》《当代小说》等刊物。已出版《对悟空山》。有部分文章收入书籍和年选。曾获池幼章文学奖、全国散文诗、茶奖、全国地理散文二等奖。

最美的等候

◎王云彪

等候可能是人世间最平常普通却又最让人心急的事了。

说是平常,我们每天都在等候:等候朋友,等候吃饭,等候排队,等候夕阳晨曦……

说是心急,有约不来,闲敲棋子;抢救室外,待产房边;火车进站,飞机待飞,随行的同事、好友却迟迟不见身影,叫人如何不心急?

岁至半百,天命之年,往昔等候,历历在目。

记得十八年前,妻子躺在洁白的推车上被一名护士送进产房。从上午等到中午,又从中午等到下午,无心吃喝,无关疲惫,心中只有一念:无论儿女,平安就好。终于,夜色渐浓,走廊通明,在我们既充满欣喜又焦急不安的等候中,产房大门徐徐打开:母子平安!

这一次等候是我一生中最大的收获——一个小生命的降临成就了父子俩一生一世的缘分。

2012年2月的一个深夜,父亲突发脑溢血。我从睡梦中惊醒,和妻子匆匆忙忙赶往医院冲进抢救室——小城的抢救室,医生、护士和病人家属进进出出、来去自由,只见正被抢救的父亲闭着双眼,如同入睡了一样安静慈祥,但就是喊不醒。医生、护士忙进忙出,有忙着救治父亲的,也有忙着救治别人的父亲或母亲的。我和家人一起办好医院要求的一切手续后,唯有等候父亲的醒来——当时我所能做的也只有等候这一件事了。那时,对我而言,人生最有意义的事情就是等候父亲的醒来——让他睁开眼看看心急如焚的儿子们;让他从病床上起来跟我们一起回家,去看看相濡以沫的结发妻子——我那行动不便的在家养病的母亲——那渴盼而又可怜的眼神。可是,尽管我们内心祈祷千遍万遍,父亲就是不睁开眼睛,他仍然睡着,而且睡得很沉很沉,犹如熟睡的婴儿一般——父亲晚年信奉基督教,他曾说在"天父"面前,我们都是孩儿——甜甜地睡着了,睡得宁静安详。直到我护送他回到老家,他那微弱的脉搏才慢慢停止了跳动……

父亲真的睡着了,而且是永远睡着了!我的等候却挽救不了父子俩牵挂一辈子的情分——这是我一生中最悲伤的等候!

2019年寒冬周末的一个下午,时针已经明确指向五时,校园里传来清晰的钟声,放学了。我和一众父母们一起在远离校门的西侧拐角边成参差不齐的两列纵队排开,各自耐心等候熟悉的身影由远处校门里出来。这是一所百年名校,我们的孩子不远几百千米来此求学,庄严崇敬之情油然于心底萌发。学校一贯禁止在校门口接送孩子,家长们只好在远离校门口的街道两侧尽头转角处望眼欲穿。我原不想来此等候的,念高中了,该自立了,对于那些像鸡妈妈呵护雏鸡一般的行为,我是极不赞同的。可是,偏偏天公不作美,下午四点半左右,天上"淅淅沥沥"下起了不大不小的冬雨。天寒地冻,并不强壮又经常丢三落四的儿子万一没带雨伞,加上在耳边唠叨催促的妻子……一个又一个理由说服了我,也可能说服了一位又一位父亲或母亲。我们不约而同地从不同的地点、不同的线路,踩着时间的节拍,趟过微微积水的大街小巷,为了一个共同的心愿来此等候。我右手举着一把撑开的雨伞,左臂腋下夹着一把收着的伞,不时跺跺脚躲避无孔不入的寒气,伸伸脖子朝不甚分明的远处校门方向翘首等候……

时间一分一秒如冬雨一般"滴滴嗒嗒"从时间隧道里落下来,孩子们一个一个一步一步从空间隧道里走来。别人家的孩子由远及近,再由近及远,走了,远了,淡了。那熟悉的身影却迟迟没有出现,从五时零分到五时二十九分,从校门往西到拐角我站立的位置,渐渐地冷清下来。别人家的孩子和他们的父母手挽着手,顶着同一把雨伞,在我羡慕的目光中渐行渐远。虽然只有短短的二十九分钟,但在我的记忆里好像过了许多年,因为我的脑海蓦然冒出在家乡黄城的另一番等候的景象……

　　那也是一个阴雨绵绵的寒冬傍晚,也是在校门口等候,别人家的孩子都在各自父母的等候中三三两两地出来了,我那刚上小学一年级的儿子却迟迟没有走出来。那种心急的滋味,大凡为人父母者只要用心感受、用情品尝,都会刻骨铭心的。那一次我足足等候了一个多小时。等候的原因是他值日需要打扫教室和公共场地,同组的小伙伴请假的请假了,忘记的忘记了,一组人仅他一个人在那里不急不躁、认认真真地将教室和场地打扫得干干净净,将桌子椅子摆放得整整齐齐。他做得很投入、很用心,可就是没有想到校门外那穿着雨衣,一边骑着电瓶车,一边用左手刮着两片眼镜上雨水的望眼欲穿的父亲的等候! 当然,那是一次欣慰的等候,因为我看到了儿子的责任和担当。

　　那么,这一次的等候呢?

　　终于,在五时三十五分来临时,那熟悉的步履、颀长的身影出现在校门口围墙边的人行道上,渐行渐近。他右手拖着一个小箱子,左手举着一把雨伞,迈着坚定的步伐朝我走来。原来,他在校园路上遇到一位拄着双拐的同学,看他不能打伞就主动送他回家——那不认识的同学住在校门东面的比较偏远的一个小区——然后返回学校拿上行李再往西向我走来……

　　当我听了儿子简洁的理由陈述后,本来有千言万语的我瞬间沉默了。因为我在这一次等候中看到了儿子的善良和热情。

　　人生处处有等候。有的等候让人心急如焚,有的等候让人悲恸不已,也有的等候让人感动欣喜。若能用心感悟、用情品味,总会遇到人生最美的等候!

【作者简介】

　　王云彪,1991 年毕业于台州师专,至今坚守在黄岩区教育教学第一线。撰过一些业务文章,也学写过若干篇小文章,如《从"齐女两祖"谈起》《夜宿菠萝寺》和《回忆我的父亲》等。

他们是星星，璀璨我的心空

◎代艳梅

他们，就像春天里的繁花，在不经意间，透过温煦的阳光从我的心田冒出，让我感受一种从眼角到眉梢舒展的喜悦；他们，是一年四季都唱歌的鸟，用曾经青涩的时光围着我旋转，让我在未来的怀想中脉络依然清晰；他们，是暗夜里闪烁的星星，倏然坠入我的心灵，用温暖的光芒璀璨我的心空。

他们青春的容颜也许会渐渐消逝在时光的河流里，成为往昔，但是他们的一些片断、一些言语、一些情谊将成为这滔滔大河中永不褪色的金砂，留驻在我的记忆里，蓄养出无限的色彩与芳醇。

——给我的学生

小婉

小婉是我 1992 年参加工作带的第一届学生，她给我的震撼可以说是"惊心动魄"。那天上午第二节课，我正在书写板书，突然听到一声很锐利的尖叫。急转身，只见小婉脸色发青，眼睛翻白，口吐白沫，身子摇晃着向后仰去。她的同桌尖叫着,吓得脸色煞白,周围的同学也个个惊慌失措。初为人师的我哪里见过这种场面,心"突突突"地狂跳不止。

好在,小婉的小学同学挺身而出,沉着指挥,我们才七手八脚地帮小婉缓过神来。原来,小婉患有癫痫病!那么通情达理的一个女孩子,那么热情大方的一个女孩子,那么热爱读书的一个女孩子,怎么会患上这种病呢?!

我对小婉充满了深深的同情,我是多么希望她能在这个班级里感受到来自老师、同学的温情。打扫教室和卫生区,我不给她分配任务,我怕累着她;学校的文艺演出、体育比赛,我不让她参加,我怕增加她负担;考试时,我总不忘提前和她说"你可以不用参加",我怕她紧张;平时,看到她和同学们打打闹闹,我会及时劝阻,我怕碰着她;有时放学下雨,我会专门派两三个同学护送她回家,我怕她出事……我的这颗心,因为她的不幸而变得格外细腻。

也不知过了多久,我发现小婉有了微妙的变化:见到我时不再像从前那样亲热地喊我,和我打招呼;有时,明明看到我却装着没看见,一低头就走了。她为什么不愿和我交流?她为什么要躲避我?她这些天闷闷不乐的,究竟怎么了?难道又发病了?种种疑惑困扰着我,我必须得找她谈谈。

当我们面对面坐在一起时,没有了以往的那种轻松和随意,我明显感到了我们之间的距离。沉默了片刻,她突然说:"老师,你不要对我那么好,行吗?"这是什么话?这孩子没问题吧?我正要问明原因,她又急促地说:"老师,我知道你是为我好,可我生性喜欢热闹,喜欢和同学们在一起。你老是护着我,怕伤着我,可你不知道,你什么也不让我做,反而让我很孤独,时时感到自己和别人是不同的。虽然我身体不好,可我还是希望能和同学们一样参加各种活动,不让老师特别关照。"她滔滔的话语把我冲到一片荒漠中,我觉得是那么口渴。怎么会变成这样呢?我满腔的爱意原本是想让她快乐的,可没想到却把她推向了痛苦。我细细品味着她的话,心里真是复杂难平。

后来,我只好改变策略,不再阻挠她的自由,不再束缚她的手脚。真没想到,她跳绳、踢毽子、打篮球样样精通,擦玻璃、打扫卫生样样利索,考试成绩也相当不错,通过竞选居然以最高票当选为班长,成为我最得力的助手和最好的朋友。

虽然只教了她短短的一年,但她对待病情的那种乐观、开朗让我既心疼又感动,而她那次对我"不近情理"的严重"打击"更是让我受益匪浅。是她,深深地影响了我以后的教育观念,使我醒悟到:教育需要爱,但爱学生更需要理性,需要方式,需要韧劲儿,需要智慧,需要用心灵赢得心灵!

我自从到南方后,就失去了和她的联系。二十多年了,没有她的任何消息,不知她是否过得好? 是否还像当初一样勇敢地面对生活? 小婉,世上美好的话语千千万,可我不知该怎样说出,就让我把所有的祝福浓缩为一句话吧:小婉,只愿你幸福快乐!

童灵超

童灵超是我 1993 年刚到黄岩时在原澄江中学(现黄二高)教的第一届学生。

由于这个名字很特别,我一下就记住了,不过令我印象更深刻的是他的人。

那天中午,我还在教室外的走廊里,就听到女同学一声又一声的惊叫声。等我进入教室一看,一个男同学正拿着什么东西在追赶女同学。看到我进来,女同学就像看到救星一样,大声嚷着:"老师,童灵超拿着一条蛇。""什么?!"我立刻警惕起来,从小到大,我连米虫都怕得要死,更别提蛇了!

不过,我还是坚定地冲着童灵超的背影大喊了一声:"童灵超,你在干什么?"他突然转过头来,我看到他手里正提着一条一尺左右的蛇,忍不住一边往后退,一边大叫起来:"快点扔出去! 快点!"也许看到我害怕的样子害怕了,他竟听话地走出了教室。我的心才缓缓地放了下来。

后来,他还好奇地问我:"老师,你怎么还要怕蛇啊?"

"谁不怕啊?"我没好气地说。

"我就不怕,这种蛇又没毒,而且那么小,有什么好怕的?"他不可思议起来。

他就以这样一种非常另类的方式,深深地印在了我的脑海里。

也许觉得我"好欺负",有时他还会搞出一些小花样,"为难"我大半天。

比如,他将我忘在讲桌上的钥匙藏起来,等我东奔西跑却毫无结果,正要放弃寻找时,他会像"雪中送炭"的使者,跑到我面前,很仗义地说:"老师,听说你丢钥匙了?怎么不早说啊?你看看,这串是不是?"看着他很真诚的样子,我只好很不情愿地说:"谢谢你这个'大好人'!""不谢,不谢,咱是谁呀?"他竟不知天高地厚起来。"你不是童灵超吗?"我假装糊涂。然后,我们就心照不宣地大笑。

再比如,他将一个橘子放在教室门沿上,等我推门而入时,一份"惊喜"就跌落在胸怀……

他虽然调皮,却很有人情味。1996年高中毕业后,不管是在广州销售摩托车,还是在杭州推销可口可乐,或是在江苏经营布匹印染生意,每年,只要回黄岩,他就一定来看我。

每次看到他的变化:长壮实了,有女朋友了,买车了,买房子了,结婚了,有孩子了,孩子长大了……我都从内心感到高兴。

二十多年的情谊,已经使他成为我一个常常记挂的老朋友啦!

方红

方红是我1997年到黄岩中学教的第一届学生。在整个高一阶段,她给我的印象是瘦弱、胆小,但她的政治学科成绩很好,有次期末考甚至考了99分。

她引起我特别注意的是在一堂课上。当时已经上课了,一向专心的她还趴在课桌上,好久了还不抬起头来。我走过去,轻拍她的肩头:"不舒服吗?"她趴在那里摇了摇头,旋即抬起头说:"我爸走了。"她的声音颤抖着、压抑着,湿漉漉的小脸上写满了悲痛和伤心。我的心一沉,什么话也说不出来。我把手轻轻放在她剧烈起伏的背上,任由她将情感喷涌而出。

课后,她和我谈了许多,我觉得她是一个有思想、其实胆子也不小的女孩。从此,我们单纯的师生关系发生了质的飞跃。

在以后的岁月里,关于她大学的一些情况,她旅游的一些情况,她工作的一些情况,她情感方面的一些情况,她都会时不时地和我谈谈。现在,她在电视台当记者,有时她采访到一些比较好的新闻,会急急地打电话告诉我在什么台、什么时段播放,提醒我别忘了收看。

每每这时,不管手头有什么急事,我都会暂时放下,等待着她在电视画面里出现。我会特别留心她发生的变化,比如胖瘦、发型、衣着……这真是一种让人喜悦的感觉!

鲍微微

几天下来,总看见一个男生下课后不是在这堆女生里谈得正畅,就是在那丛女生里笑得正欢,一打听,才知道是原高一大名鼎鼎的鲍微微。

高二开学一段时间后,我和鲍微微已经很熟悉了(他是那种很会与人交往的人),就和他开玩笑地说:"你怎么跟贾宝玉似的,整天和女同学'嘻嘻哈哈'的。"没想到他竟不好意思起来,脸都红了,随即辩解道:"我其实和男同学也很好的。"真的,在班里,他虽然学习不太好,但人缘最好。

常常地,会看到他一个人擦黑板或给班级扛饮用水。有一次问他:"怎么总是你一个人在做呢?"他笑笑:"总要做的嘛!"正是这句话使我彻底改变了对他的看法。我觉得这孩子不太计较自己多做点什么,而且特别阳光,每天都笑眯眯的。

有时回家,他看到我步行,就会主动停下车,说:"老师,我带你吧?"我也就不客气地坐在他自行车的后座上。一路上我们聊各种话题。他懂得很多,决不会让你觉得冷清无聊。他还特别会照顾人,有时他骑车带我,前面遇到障碍或路比较窄,他就会提前提醒把脚提高点或注意别碰着什么的;有时还预报天气,让大家及时添减衣服;有时我感冒,在教室咳嗽,他就会急冲冲地倒杯开水,一边放在讲桌上,一边说"喝点热水会好些"。

他说话吐字清晰,音色很好。有次闲聊,我对他说:"你和湖南卫视的主持人何炅很神似。"他惊讶得张着嘴说:"不会吧!"我把原因讲给他听,他连连说:"谢谢! 谢谢!"看他高兴的样子,我又说:"如果以后你做主持人真出名了,别忘了我可是伯乐啊!"班上同学大笑。

高三了,同学们学习都很紧张。看到鲍微微脸色苍白,消瘦了很多,而且每天都要冲咖啡喝,有时一天要喝好几包。问他原因,才知道他在夜里恶补。看着他全身心投入学习的样子,想着他"高一基本上没读书"的话,心里生出万千感慨。

不过,更让人感叹和刮目相看的是他的高考成绩居然跃升全班第2名!

以后带每一届学生,我几乎都会和他们提到鲍微微,不单是因为他的乐于助人、热情开朗,而是因为他懂得觉醒,懂得抓住机会成就自己(他在大学可是名人,因为不少学院会邀请他主持各种表演和晚会)。

如今,他在杭州上班,我相信,凭着他的热情、坚毅、肯吃苦和好人缘,他一定会闯出一片属于自己的天地。

周丽

真正关注周丽,是源于她到我亲戚家开的诊所看病。

那天,我去诊所挂针,一进门,表弟就说:"你教的一个学生刚走,皮肤过敏。她好像很喜欢你。"

我笑笑,很开心。

到学校后,果然看到她脸上一块块的红斑,肿胀着,把眼睛都挤成了一条缝儿。我建议她多喝水,没想到她却说:"老师,你身体那么差,真的需要多喝水,我帮你倒水去。"

她是一个很会为别人着想的女孩。有时,下课后,我们会到走廊聊天。她看到我耸肩,就说:"老师,我给你揉揉。"她的手轻轻敲在我的身上,感觉那么舒畅。

2004 年冬天,我生病住院,她跑得最勤。有时,吃了中饭也去看我。她高三了,我怕耽误她学习,就催她回校。她总说:"没事儿,我再和你说说话。"我想,她是怕我一个人在病房里孤单吧。周丽,你也许不知道,我是多么感念你带给我的一片温情啊。

2005 年,周丽考上了大学。她和别的孩子一样给我打电话、发短信,但不同的是她还给我写信!到现在为止,我已经收到她六封信了。每封信都写得工工整整,真是赏心悦目;每封信都千叮咛万嘱咐要我注意保重身体;而且每份信都很长,其中有一封写了满满十一页信纸。她说我是她"甜蜜的负担"。周丽的信,我都完好地保存着,它们是我的甜蜜。

特别想对周丽说声"对不起",因为我一封信也没回过。不是没话说,也不是太忙。只是太懒,太相信我们之间那份绵长的情谊。有些花,没见过,但笃信其存在;有些人,不联系,但已铭刻在心底。

陶峰

"老师,你的围巾!……"陶峰从我身边匆匆经过时说了一句话,我只听到这半句。低头看,在明亮的教室里,我的围巾是那样鲜艳!我忍不住用手摸了摸,柔软、温暖。为了配这件及膝的暗灰色羊绒衣,我特地选了这么一条色彩明快的围巾。眼力还不错吧,我暗自陶醉。

上课了。起立。坐下。

但教室里却不安静,陶峰和旁边的同学在窃窃私语。我沉默,教室里安静了下来。可等我转身在黑板上书写时,又听到了细微的说话声,我回过头时正好看到陶峰慌乱的样子。

"陶峰——"他坐在座位上盯着我,神情怪怪的。也许是在等我批评吧!看他不响了,我也就没再小题大做。

晚上夜自修,走过陶峰身边时,他小声地叫了声"老师——"

"怎么了?"我站定。

"其实,上午我们是在说你的围巾。"他怯怯的,像在认错。

"都上课了,还在谈我的围巾! 我的围巾怎么啦,不好吗?"我有点生气。

"不是。"他低着头,马上纠正。

"那谈论什么?"我不依不饶。

"我觉得你的围巾和你的衣服配在一起不协调。"他的声音很低,但我听来是那么刺耳。我迅速环顾了一下四周,发现其他同学各忙各的,根本就没在乎我们的谈话,我的心才安稳下来。

"是吗?"我压住震惊,忍不住问,"为什么呢?"

他抬起头看看我,旋即又低了下去。

"你的衣服颜色暗,但质地好。围巾的色彩太杂太艳,有红的、绿的、黄的,而且不够垂,感觉轻飘飘的,和衣服的反差太大,不相配!"他说得很快很轻,我只好弓着身子努力地仔细听。

停了一会儿,见我没回应,也许是心虚吧。他又说:"我是学美术的,她们两个也是,我们认为你这件衣服根本就不需要别的陪衬。"为了说理更有力,他居然还找了证人!

"——是吗?——"

我低头看自己的围巾,在明亮的灯光下,它显得那么扎眼! 我站在那里感觉浑身不自在,脸都有些发烫。

"可我觉得这件衣服太灰了,应该点缀一下才好。"我还是坚持自己的看法。

他抬起头重新打量我,然后肯定地说:"你可以围条白色围巾,或是挎个白色的包。"一边说,还一边飞快地在一张纸上很流畅地画了一只包。

本来我是想用这条围巾"点睛"的,没想到却遭来学生的一场议论,而且他还说得那么在理。在懂得审美的人面前,我不得不承认自己的不足。

"非常感谢! 我接受你的意见。"我真诚地对陶峰说。

他瞟了我一眼,笑了。也许是不相信吧。

"真的,我相信你是为老师好!"

"好吧——"他的笑有点羞涩,但很灿烂。

真没想到,我一向比较自信的穿着打扮,居然在一个男孩子面前打了折扣。虽然心里很不是滋味,但却提醒我:一是将别人的话听全,别妄加猜测;二是一切状况的发生都是有原因的,说不定这个原因就出在自己身上;三是要耐心听取别人的意见、劝说甚至批评,也许会受益匪浅。

【作者简介】

代艳梅,笔名梅子,黄岩中学高级教师,在《中国青年报》《教师报》《散文诗》《少年文艺》等各级各类报刊发表文章 100 多篇。

高明散记

◎周文维

李白曾用"天风飘香不点地，千片万片绝尘埃"来概括佛国圣地天台山的仙气和灵气。融儒、道、佛于一体的天台山，境内寺院、道观星罗棋布，和合文化相生相成，如一朵盛开的白莲，绽放在青山绿水间。佛国仙山大天台，实至名归！

今天，让我走进你的一隅——高明寺，来亲近你，了解你，融入你。

一、脚踏莲花，风行莲花步

天台山的百姓是幸福的，接神仙之芳邻，临佛国而常游。沿城关北行4千米左右，就进入了鸟鸣山幽、烟雾霭霭的国清景区。进入国清，松柏巍巍，树荫翳翳，尘世纷扰顿为清净。绕过国清寺，沿路挺进。路盘峰出，云雾缭绕山谷；霞光喜人，凝露卧草尖。白云飘飘，黄叶铺满地；碧水潺潺，枫叶缀山间！

走过一段宽阔的马路，来到佛陇山麓，始登金地岭霞客古道。古人说的"盘松国清道，九里天莫睹"，形容此古道，恰到好处。

深秋时分,暖阳高照,筛满林间小道;金风缕缕,钻入行人的衣襟。一路满赶的你,恰好沁凉沁凉的。一个人,安静地沿着羊肠小道,逶迤而上,青山夹道,鸟儿颉颃。驻足金地岭头,叩问上苍,思绪纷纷。一片落叶悠悠然从天空飘下,落在肩头,探寻尘世的思念!

小憩后,穿过一个短隧道,隧道尽头,豁然开朗。视野疏阔,阳光薄明;树杈四横,阅尽风华;蜻蜓结阵,对抗寂寞。经过一段宽阔的马路后,左有一条幽僻的山间小路,可抵高明寺。进入小路,光线刹那幽暗下来,浮华的心就莫名地安静了,如昨日的千年石级,亘古不变。丽日,明净爽气,心旷神怡;雨天,流萤团团,询问恩怨。台阶的中间,开放着一朵朵石刻的莲花,柔婉妩媚,刚强和阴柔恰到好处地契合于斯。在塔头寺东边的银地岭,高明寺的北边,正在重建已荒废的修禅寺。修禅寺是一代禅宗智者大师创建的庙宇之一。斧凿的叮当声诉说着千年修佛者的情结,智者大师的高明寺佛缘逐一在时空里得到了妥帖的安放。

一路走来,沿着佛的世界,沿着千年圣人的足迹,徒步的艰辛被心中藏匿着的莲花——消释……

二、一手花香,分开三炷香

朝觐就是功修,功修的意义就是心灵的净化。虔诚的宗教信仰者之所以选择从国清寺出发一路朝觐至抵达高明,除了沿途古道的清幽、方便之外,更重要的是这几座殿宇都染上了先法师们圣洁的光辉。众生芸芸,人生苦短。万千香客,跪拜佛门。三炷清香,伏惟佛祖。轻捏三炷香,平举至眉齐,五体投地,跪佛、法、僧三宝,持戒、定、慧之花。凝视佛像的瞬间,千年高明次第向我走来,代代法师一一浮现。

南朝 575 年,智者大师入天台山,先结庐于天封山,后居佛陇山(今塔头寺所在处),于净名堂里讲《净名经》。一天,大师正静静讲解着《净名经》,忽大风至,经页翩然东飞,坠落处,即今高明之地。大师循风而来,顿觉眼前一亮,青松茂茂,溪水浞浞。因而伐木结茆,辟为幽溪道场。智者大师圆寂后的肉身塔安放在塔头寺,而他的衣钵和贝页经安放在此地。衣袂飘飘的智者大师开启了千年朝圣之地——高明寺。

明万历八年(1580)秋天,传灯大师随百松法师在智者塔院研习止观之学,承其衣钵,成为天台宗第 30 代传人。后于万历十四年(1586 年)春天任住持并重兴高明讲寺,大师于飞泉处漱齿,于月华下诵经。而后,或赎或置官、民田,完成佛宝、僧宝,致力法宝。精心建造"楞严坛",并由虞淳熙撰文,董其昌手书,陈继儒篆额。此坛是按经论构建,全国仅有 3 座,一时名闻海内,可惜今已不存。后又立幽溪讲堂,示人传经。

时光静静走过 42 年,明崇祯元年(1628)五月二十一日,一代法师在不瞬堂圆寂,圆寂前令众僧手书并高唱"妙法莲花经"五字,春风习习,瑶草飘香……传灯法师将其毕血挥洒在高明这一神圣的土地上……佛光普照,天地尽染,一山一水,一云一松,无不蒙上了他的圣光。大师通透生命,聊乘化以归隐。而今,渺小的我,款叩此地,回眸历史,半是沧桑半是喜!

离传灯法师圆寂 300 余年后的高明,又迎来了另一位大师——觉慧法师。他 3 岁丧母,4 岁入寺,13 岁落发为僧,18 岁出外参学,解放后,入住华顶寺面壁苦修。1960 年,年已 42 岁的觉慧迁居到高明寺,"秋泉吟裹落,霜叶定中飘",守着冷落的寺院,仍精进修行。文化大革命期间,红卫兵破寺庙,高明被毁。觉慧法师被遣返原籍,事农。

十年弹指,春回大地。十一届三中全会的召开,宗教政策重新落实,相继开放了一些重点寺庙。已是花甲之年的觉慧法师被宗教部门找回至高明寺,恢复僧装,出任高明寺住持,负起重修寺宇的责任。在政府的关怀下,在觉慧法师和大家努力下,绀园重修,佛像生辉。

1981 年金秋,丹桂飘香,稻花说笑,祥风拂袂,幽谷喜来。觉慧法师在高明举办了劫后全国第一堂水陆法会,祝求和平、安乐、祥瑞。法会期间,巨赞法师亲书"幽溪重光"的匾额和大殿楹联,以纪念这一高明圣地的大事。1982 年重建钟楼,法师又于 1988 年和 1992 年,在此地接连 2 次举办大型的传戒活动,受戒弟子 1000 余人,创办幽溪佛学苑(现高明寺任持了文法师就是这里的学僧),僧才云集。晚年著有《高明寺志》和诗集《台山清音》等。

一手花香,分三炷清香。法系邈邈,高明悠远;圣师代代,佛道不朽。佛陇苍苍,幽溪淙淙;先师之风,山高水长。一代代法师顶礼膜拜,跪拜座座佛像,成就了历史的天台宗;一届届政府领导的悉心扶持,修缮座座殿宇,成就了今天的高明寺。

三、高明清幽,上苍钟灵毓秀

凝视佛像,穿过千年高明;漫步幽溪,揽胜古寺胜景。

高明寺距天台县城东北 10 千米左右,离国清寺约 8 千米。唐时因其顶锐而足阔,日月二光常照不散,故高而大明,取名高明寺。宋又改为净名寺,传灯法师重兴讲寺以来,因寺院依高明山而建又改回高明寺。明嘉靖后,高明寺三毁三建,几经坎坷。

从佛陇山岗远望高明寺,两边山岭次第展开,于幽谷间掩映庙宇,时或烟岚轻笼,雾霭袅袅。取道小径,山路蜿蜒,千年古寺,扑面而来。走近寺院,迎接你的是寺院外墙"庄严"两字,不禁令人低眉敛容、正襟肃立。一条溪水如玉带般绕过寺院,这是亘古不变的幽溪。一座青山稳重地倚靠在寺后,这是当年智者大师追经页时伫立过的圣地。山水相连,紧紧拥围着千年古刹。

寺院建筑分 3 轴 13 院,有天王殿、地藏殿、方丈堂、藏经楼、西方殿、钟楼等寺宇 400 余间,新旧兼容。古建筑色彩冷凝,透着沧桑感。新梵宇檐角凌空欲飞,画栋雕梁玲珑别致。

殿宇静默。或阳光朗朗,香烟缭绕;或细雨淅淅,雾霭氤氲。古木自在,安静、妥帖地挺立其间,一只飞鸟倏地飞远了,似乎不愿意打扰前来观景和朝觐的人们。

大雄宝殿稳坐正中,殿内所塑佛像与别家寺院不同,栩栩如生地再现了释迦入定、弥勒腾疑、文殊决答的情景。往事越千年,凝眸一瞬间。

地藏殿内,原明万历年间铸造的 3500 千克巨钟,后毁,今易为铜钟。凌晨钟声雄浑、悠远声传,十里之遥。大钟上还镌"闻钟声、烦恼清、智慧长、菩提生"之佛教偈语,聆听钟声,不觉顿生敬畏。

传灯法师着手建造的楞严坛虽已不存,然坛内掘地三尺而建,名曰"福泉"的古井还在诉说着往昔的岁月。坛前西方殿殿壁碑文字迹秀丽,入木三分。

寺院周围融自然与人文景观一体。景色幽美,古木蓊郁,翠竹竿竿;天空明净,幽溪清清。空中白云飘然,溪里金鱼悠然。寺前的"正法久住"道尽了千年高明寺"法轮常转"的过去、现在和未来……

高明的《幽溪别志》载有"幽溪八大景",又有幽溪十六小景之说。胜景美名,令人浮想联翩,如狮峰松吼、幽溪雪瀑、日窗暖色、月岭秋明等,光听听名字,就足以让你心驰神往,更不用说那些可以让我们沉下心来玩味的石刻了。智者大师笔势端庄的"幽溪",与绕寺而过的幽溪晨昏相伴;伏虎岗边遒劲有力的"松风""伏虎",仿佛传来松风阵阵,虎啸山林;圆通洞内赫然入目的"圆通",照见五蕴皆空,烦恼顿释。圆通洞后山上有长条石,留有传灯法师的"看云"两字,旁有为纪念传灯法师的看云亭,亭侧山上一尊大佛目视天空,神态安详。崖壁上是兴慈的摩崖石刻"佛"字,径长约 7 米,是天台县境内最大的石刻。天上的佛云,飘然而过;亭旁的"佛"字,静对时空。动静相偕,物我两忘……俯视幽溪边的石头,敦厚、结实,仿佛受了《圆通经》的点化,藏而不露,古朴沉静。

高明寺以自身悠久的历史、高深的佛道、清幽的风光、焕然的殿宇,吸引了无数文人墨客、万千香客前来修身养性。

四、佛国仙山,云集俗僧两界

宋时释文珦曾云:天台仙圣宅,隔断世间尘。李白也曾云:门标赤城霞,楼栖沧岛月。在古人的心中,天台山早已经是一座仙山,刘晨、阮肇入山采药遇仙的故事为人津津乐道,寒山、拾得和合二圣,在天台山深深扎根,创造和合二圣的各种图像俯拾皆是。活佛济公宝扇一摇,就可降伏台风。儒道佛共通共融,演绎着尘世与佛道的一切交流。回眸高明的足迹,亦是俗僧两界云集的足迹。各种传说蕴藏了天台的风土人情,彰显了其身后的文化内涵。

智者大师从红尘中走来,走入天台山,看云卷云舒,拈花一笑,定格成佛门中的一个个春天。传灯法师俗名叶无量,《楞严经》中有"我忆往昔,恒河沙劫,有佛出世,名无量光"这句经文,不知他父亲知不知道。而事实是,他竟然脱去长褂,披上袈裟,坐在高明的不瞬堂前年年月月。觉慧大师更是时僧时俗,而终又以结缘佛门高明而安息此生。代代法师凝聚毕生的精力,倾泻在高明寺这一片净土上。

高明自古因其人文景观和自然景观的相得益彰而驰名远近。徐霞客第二次到我大天台的时候,在游记里提及了高明寺;寺前沐浴了近百年清风雨露的"高明讲寺"四字是近代书法大家康有为的墨宝。康有为,戊戌变法领袖之一,联合1300多名举人"公车上书",名噪一时。我大天台何其有幸,能得到他的青睐,多处留下他的墨宝。三殿两侧,是巨赞法师手书的楹联:上联为"牛宿耀峰,风飘经至,百代咸尊智者",下联为"幽溪映月,人悟性空,三乘正证中观",道尽了千年高明的渊源。这一些楹联、石刻等书法艺术的造就,加深了高明寺的旅游文化底蕴,因而近年来各个艺术领域的精英都前来叩拜。

近年来,天台山接待了无数香客前来做道场,让芸芸众生了结信佛、修禅的心愿,让艺术追求者找到了心灵的栖居地。天台山免费开放,传递着佛教持众生平等的理念;素斋待客,又昭示着普世慈悲为怀的善念。

在天台旅游,你经常会听到有这样的说法:高明寺的钟、塔头寺的风、万年寺的柱子、国清寺的松。朝圣者跪拜在高明寺的大殿里,听宏大雄浑的钟声从香火中飘出,穿过树林,和着塔头寺的风声,遥想国清寺的松和万年寺的柱子,细细咀嚼108下钟声的无尽意蕴。钟上镌刻的"闻钟声、烦恼清、智慧长、菩提生"之佛教偈语正是一切苍生的愿景,也是我们大天台和合圣地的愿景!

21世纪以来,高明寺承办或举办了许多佛学、文学文艺活动。

2011年,高明寺承办了浙江名家文化论坛。与会人员有县领导、浙江省知名的书画家及各地的高僧,真可谓高朋满座、胜友如云。论坛期间,书法、绘画佳作迭出,盛赞大天台佛国仙山的一草一木。各位艺术家洒潘江、倾陆海,以笔抒怀,见仁见智。

2015年,是高明寺不平常的一年。先有"高明讲寺五百罗汉艺术馆"的启动式仪,这是佛学界的盛事、大事。继而,高明寺举行了佛光艺境——水墨禅茶雅集活动,荟萃俗僧两界,融佛法、香道、茶道、琴道,书法于一体,集人事、禅理、哲学于一炉,彰显了作为"东土小释迦"——高明的古幽、淳朴、高邈、深沉。这一切与天地无关,与风月无关,是高明寺法系一代代宗师心血的凝结,是汇集在这里的雅客们恬淡心境的折射。风从看云亭穿过,高明寺高大、肃穆的楼阁,凌空欲飞的檐角静静地安然地立在那里,世人惊鸿一瞥,一念三千,万物只是昙花一现。

平常的日子里,清幽的高明寺并不寂寞,无论春秋,无论寒暑,总有很多人前来吃素斋,过一下晨钟暮鼓的生活。朝觐拜佛,释放尘世的烦恼;旅游观景,以领略清风朗月的世界。民间也有老人喜欢住在高明寺,诵经礼佛,他们有的离开尘世后愿意将牌位放在这里,生死不分开,以寄托自己对这一方净土的钟爱。特别是新年临近,高明寺内外香火缭绕,或一人、或三两、或成群,络绎不绝,跪拜不休。除夕之夜,人们至国清、高明烧香、撞钟,以祈求来年顺遂、家庭和美。

高明寺如一朵莲花,素洁地盛开在幽溪旁、月华下,迎接前来旅游、朝觐、礼佛、修禅的人们,并用自己的灵魂滋养风尘仆仆的代代俗人,让你的方寸之心在此一一得到安放!

【作者简介】

周文维,1970年出生。中学高级教师,现就职于天台苍山中学,是台州市教育作家协会常务理事、天台山文化研究会成员、唐诗之路文化研究员。

难忘乡野黄鳝味

◎陈传撑

　　小时候,老家田头地尾只要有水的地方,就有小鱼、小虾、泥鳅和黄鳝。捕捉这些,既可以改善当时匮乏的伙食,也给自己童年、少年生活增添无穷乐趣。暮春初夏,最难忘的是江南乡野黄鳝的味道。

　　黄鳝是一种懒散而狡猾的动物,一般昼伏夜出,大白天慵懒地钻在泥洞里睡大觉,很少能见得影子;傍晚时分,它们纷纷出洞觅食,或觅偶,直至凌晨,吃饱了或玩累了方"打道回府"。

　　捕捉黄鳝方式有钓或钩、用笼子"张"或徒手抓等。经过一个漫长的冬眠期,开春水涨,黄鳝从自己的家——鳝洞爬出来,去沟渠里畅游。4—6月,是抓黄鳝最好时节,黄鳝活动频繁,肉质肥美。等天擦黑,几个小伙伴提一个小水桶,带上一盏强光手电,走进蛙声四起的田间小路。水田和路边沟渠是我们重点搜索范围,目标一出现,只要用手电对准照射,手到擒来。不过,擒黄鳝很讲究手法,黄鳝表皮滑腻腻的,单用大拇指和食指是没法抓住的。要中指快速勾起黄鳝身段,食指和无名指乘势钳住,这时,黄鳝虽还能在三个指头间摇头摆尾,却一点都不用担心它会挣脱出去。

　　我们往往选择放学之后钓黄鳝,而找到鳝洞是关键。听年纪稍大的伙伴介绍,黄鳝喜欢将家安在有水草遮掩着的水域,且洞口比较光滑,洞口越大,钓出来的黄鳝也越大。黄鳝有没有"宅在家",看洞口水质清浊就能分辨出来。如果黄鳝钻在洞里,洞口水质一定略带混浊,有时候还会看到洞口冒泡泡。

　　说是钓黄鳝,倒不如说钩黄鳝来得确切。鱼钓需要去供销社买,我们那时身无分文,买不起。而钩呢,不花钱,随地取材,找一根长不盈尺的细铅丝就能制作而成。把放诱饵一端捏弯曲,只要合口黄鳝,使它能咬住钩就行。诱饵往往用蚯蚓,据说蚯蚓在水中会发光,黄鳝循着亮光觅食,极易上钩出洞。

　　找到一个鳝洞,顺洞口塞进铅丝钩子。贪吃的黄鳝用不多时就上钩,凭着它咬住钩子时的震动,我们要慢慢拉出。如果性子太急或用力过大,黄鳝察觉危险,很快脱钩遁去,再也懒得搭理人,我们只得往下一个鳝洞继续钩。运气好的话,半小时就能钩到五六条,足够烧出一大盆黄鳝肉。

　　用鳝笼捕黄鳝,我老家叫"张黄鳝"。这往往选择晚饭后,担着一担子鳝笼,抛撒于黄鳝出没的沟渠边和水田里,第二天赶早收回笼子。偶尔去迟了,说不定会发生笼子让别人给收走的糗事。"张黄鳝"需要鳝笼和诱饵。这鳝笼是竹篾编成的圆柱体竹器,如果不讲究外表美观,我自己也可以编出几个。鳝笼长约 2 尺,直径 8—9 寸不等,笼一端为进口,另一端为盖口,进口做成倒喇叭形,喇叭口朝外。被笼内蚯蚓诱惑,黄鳝一旦进入,再也出不来,只好乖乖就擒。如果放鳝笼地方正好是黄鳝集聚地,一个鳝笼收五六条黄鳝也不是难事。

　　如果"张"的黄鳝太多,家里鸡鸭跟着也有了口福,用菜刀切成一小段一小段,抛院子里,一时引得鸡啄鸭抢,顿时热闹非凡。

　　那时,烧黄鳝没有高压锅,也没有过多油料,烧制过程极为简单。在地上洒一层草灰,将黄鳝倾倒草灰上,搓揉几下,去除黄鳝表皮那层痰一般的滑腻物,然后开膛剖腹,斩首去肠,切块下锅,至多放点蒜姜,浇上老酒,起锅撒把葱韭就是。这虽比不上现在烹制来得精致,但在物质匮乏的年代,绝对称得上佳肴美味了。

我长大离乡后,因农业生产滥用化肥农药,黄鳝遭到灭顶之灾,一度从沟渠溪涧销声匿迹。10 年前,国家大力推行绿肥农业,化肥农药被禁用或受限使用,农村生态这才得以逐渐恢复。前几天,接到一发小电话,他说,他家尘封 20 多年的鳝笼,现在终于又有了用武之地,餐桌上黄鳝烧法越发多样,红烧的、爆炒的、麻辣的都有,不过,到底是年纪大了,牙齿坏了好几颗,吃东西的香味大不如前。他的话勾起我对江南乡野黄鳝的回忆,让我怀恋起年少时老家黄鳝的味道了。

【作者简介】

陈肯,原名陈传撑,1969 年生,中学高级教师,现任教三门职业中专,台州市作协会员、市教育作协主席团成员。

开梨花，落夜雨

◎梁天许

那年秋天,我背着行囊,来到了一个偏僻的山村小学,开始了我的教学生涯。那个村子唤作高塘村,一百多户人家,四面皆山。村子坐落在半山腰,略微平坦的坡地上都是一幢幢红褐色的石头房子。房前屋后,菜园边上,长着一棵棵高大的梨树,给到处都是石块叠砌的山村增添了几分妩媚。

学校设在祠堂里。开学前一天,当我汗流浃背地走进这个学校时,迎接我的是我的第一位同事。他40多岁,高高的个子,两道长长的眉毛特别显眼。他一边热情地接过我的行囊,引我上楼梯,一边略带歉意地说:"我们这里条件差,难为你了!"

我扫视了一下房间,板壁上刚用报纸糊过,虽说简陋了点,可也蛮整洁的。同事又说:"这几天先不用做饭,到我家将就几天再说。"

祠堂的规模不能跟山下大村的相比,但"麻雀虽小,五脏俱全",中间是一个戏台,南边是天井和围墙,北墙下是放祖宗牌位的所在,西面楼下是礼堂,楼上是三、四年级的教室和村委会的办公室。东面楼下是一、二年级教室和厨房,楼上中间的房间是我的寝室,寝室两边的房子都堆满了各种旧木料。寝室门前是一个平台。祠堂的台门在靠墙根的东面,走十几级台阶就到大路。

那天晚上,我把台门和西边的小门一关,偌大的祠堂里就黑洞洞、阴森森的,着实有些吓人。幸亏东墙外的不远处有一道山涧,"哗哗"的水声在夜间显得尤为清晰,给冷清的祠堂增添了一点点生气。

开学那天,上午,学生报到;下午,同事就领着我去家访。大半天里,我们都在一棵棵梨树下穿行。同事说:"你要是早一个月来,不管你要摘多少梨,谁家都不会吝啬。"

我遇到最大的麻烦就是做饭,学校里有一个电饭锅,就放在我的寝室里,楼下还有一个老式的灶台。我一般是用电饭锅做饭,炖上一点菜凑合一下。时间久了,我就感觉这样的饭菜索然寡味,于是就偶尔在楼下灶台的铁锅上做一顿,幸亏戏台上堆满现成的干柴。

放学后,同事扛起锄头去地里劳动,孩子们也忙背着书包回家,放牛的放牛,割草的割草。整座祠堂变得空荡荡的。我就坐在台门外的石级上看看书,再看看梨树枝头跳跃的小鸟。

晚饭后的时间是最为无聊的,于是,吹奏笛子成了我发泄精力的好方式。幽暗的光线里,我拿着笛子站在寝室边的平台上,把会的曲子一一吹奏下来。笛声在空旷的祠堂里回荡,再从天井的上空飞向夜空,显得那么嘹亮,那么悠扬。力气用尽,我就回到寝室看书。第二天早上,听到有人在路上哼着我昨夜吹奏的曲子,便感到莫大的满足。

晚上,我偶尔去同事家看看电视,大部分时间还是窝在寝室看书。同事家的藏书颇丰,装满了两个大箱子,都是传奇故事和武侠小说。我看完一套再拿一套。不久,这些书都被我风卷残云般地看完了。

一次去城里,我在旧书摊淘了十几斤过期的文学期刊。不久,这些期刊也被我扫光。后来,我从家里把画板、颜料、铅笔橡皮等一股脑儿搬到了寝室,先是临摹了几张画,再到室外去写生。古朴的房子,参差的石级,还有那点缀在房前屋后的梨树,都经常进入我的画作。

几个月下来,我跟村里的同龄人都熟悉了。当我说练习素描没有石膏像时,村里一位叫朱岳林的青年说他的姑丈家有塑石膏像的模子,可以借来一用。几天之后,他真的拿来了两个橡皮模子,一个是安琪儿,一个是奔马。周末,我专门去小镇买来20斤石膏和几个夹子。那天下午,我们开始塑石膏像,朱岳林是做油漆的,对石膏的性能非常了解,他把石膏放在脸盆里搅成糊糊,接着把奔马的模子边缘夹住,我们一起小心翼翼地把石膏糊灌满,再固定起来。哪知安琪儿的模子太大了,灌完了石膏糊还差一大截。朱岳林急中生智,说:"快把报纸团起来塞到中间去!"我急忙把几个纸团塞进石膏糊中间,石膏糊一下子就满到了边缘。第二天,我们终于看到了自己的杰作:奔腾的骏马,长发披肩的安琪儿,只是色泽没有买来的石膏像那样洁白,表面也不怎么光滑,不过也足以让人欣喜了。在那个北风吹着梨树"呜呜"作响的冬日,我就猫在寝室里,从不同角度对着两个石膏像反复练习素描。

第二年春天,我终于发现了山村的独特魅力。

早春,清爽甘冽的春风从山野间徐徐而来,带着丝丝寒意,还带着一股草木独有的清香,一棵棵梨树精神起来了,靠近一看,便会发现枝条表皮都泛着绿意。阳春到来,梨树的生命活力开始喷薄了,先是满树的花蕾,缀满了一根根枝条。渐渐地,花苞开始露白,可就是迟迟不肯绽放。

早晨,我起床后的第一件事就是去看梨花是否开放。我"吱呀"一声快速推开破旧的木板门,可满树花苞还是老样子。那些小鸟却不为我的推门声所动,继续在梨树的枝头跳跃嬉戏。

这么多天了,梨花为什么还不绽放呢?

同事说:"你大概没听过'开梨花,落夜雨'这句谚语吧。但等落夜雨的那一天,这些梨花自然尽数开放!"

一天夜里,我在睡梦中隐隐听到了"沙沙"的雨声,心里便多了几分欣喜。下雨了,梨花会不会在今夜开放呢? 机不可失,时不再来,我应该去好好观赏一番。说走就走,我连忙穿上衣服走下楼来。电筒的光线在漆黑的夜里发出的光线特别强烈,春雨"淅淅沥沥"地飘洒着,感觉被雨水湿透的花苞跟白天还是没有什么两样。我本想在梨树下静静地等待梨花开放,可是,村里的狗显然被光亮给惊动了,一个劲儿地狂吠起来。它们奔跑的脚步声越来越近,我只好关上大门,重新躺回床上。不一会儿,犬吠声停歇了,窗外又恢复了宁静,我在柔和的雨声中渐渐睡着了。"春眠不觉晓",第二天清晨,唤醒我的不是往日的鸟声,而是人们嘈杂而喜悦的话语声。

宿雨已歇,整个山村裹在牛奶一般的晨雾中,隐约可见校门口的几棵大梨树下人影晃动。人们的话语里带着喜气,就像过节似的。

太神奇了！满树梨花果真在"随风潜入夜"的春雨中齐刷刷地怒放了。

那天上午，我和孩子们穿梭在堆满"白雪"的梨树下，一遍又一遍地诵读着那句熟悉的民谣：开梨花，落夜雨。梨花丛中，到处都是孩子们天真烂漫的笑脸，到处回荡着孩子们银铃般的笑声。

【作者简介】

梁天许，浙江省作家协会会员、临海市作家协会副主席。在《散文选刊》《江河文学》《安徽文学》《浙江散文》《视野》《青年文摘》《教师博览》《作文周刊》《疯狂作文·素材控》《吉林日报》《城市晚报》《浙江教育报》等报刊发表散文 30 余万字。

家乡的索面

◎朱敏江

面食文化,在中国源远流长,成了鲜明的地域特征符号之一,而索面便是我们家乡特有的一种面食。

面桁、面柜、面箸、支架,做索面所需行头较多,因此,往往要几家人一起才能置办下完整的一套。在老家时,每次做索面,母亲和婶婶们都会一起动手,早早把面柜清洗干净,将竹制的长面箸洗净晾干后,用菜油一根一根从头到尾抹得油光瓦亮。

进入初冬,便到了做索面的最佳时节。第一天晚上,在母亲的招呼下,女人们将面粉和盐按比例称好放入冷锅,倒入水进行充分搅拌。擂面团是体力活,父亲和叔叔们自然抢着来做,他们双手握拳照着面团锤去,几番下来,面团表面不仅变得光滑,内部也开始变得均匀。

轮番擂动后,面团进入了面板。球形、椭圆形、长圆形,在女人们的巧手中,面团幻变着各种立体图形,最后在揉搓中定型为一根长长的圆条。在面板上洒了一些干面粉后,她们边揉搓,边将圆条由里向外一圈圈、一层层盘绕在宽大的磨浆桶里。

第二天天黑魆魆的时候,女人们便已经忙开了。她们先将发好的面条以"8"字形，一圈圈搓绕在两根相距十多厘米、一端固定的长面箸上。她们双手有节奏地搓绕着，动作娴熟，就像在编织一件异常考究的艺术品。从底部搓绕到箸端后，然后轻轻取下两根面箸，将一根两端卡住面柜，另一根下垂挂放在面柜里。如法炮制依次搓绕，直至所有的面条均挂放于面柜中，最后盖好面柜。

因为几道工序都离不开一个"搓"字，"搓"和我们的方言"索"意思相近，索面便因此得名。

架好面桁，面条也在温度的催化下"熟"透了。此时，女人们从面柜中取出绕着面条的两根面箸，将其中一根插入布满圆孔的面桁。接着，一手拿着另一根面箸牵引面条轻轻向外拉伸，一手拿着空面箸压在面条上配合着滑动，面条就像练舞的少女般开始舒展起超凡的弹性。待到面条充分展示韧性后，她们便根据长度，调好距离，将另一根面箸也插入面桁。随后两手各拿一根空面箸轻轻压着面条来回慢慢滑动，并不时将面箸伸进两层面条中间上下扩张，避免面丝粘连。如此循环，一根根面条吃着面箸的压力，不断悠然地变细变长，幻化成一缕缕白色的细丝，在眼前徐徐展开一幕纯洁的"白纱"。

不得不佩服于农家人的智慧，没有掌握多少化学知识，却能将盐分、水分和面粉完美组合在一起，赋予面条神奇的韧性和弹性，任由拉伸而不会轻易折断。等到将面丝的韧性彻底拉伸至顶点，女人们便将两根面箸收起插入相邻的两个面桁孔中，再从面柜中取出另一副面条进行拉伸。

一幕幕"白纱"在农家小院次第展开，远远望去，就像几位仙女正拨动着柔软绵长的琴丝，为人们演奏一首空灵悠远的古典乐曲。满桁如丝如缕的索面，玲珑曼妙，飘逸洒脱，让人不得不怀疑，是不是王母娘娘看到院子单调，特意派出织女下凡，为人间织出一件件银缕衣，也为院子织出一个如梦如幻的世界。

在冬阳和柔风的共同作用下，面丝在我们眼前发生着神奇的变化，随着水分慢慢蒸发，原先异常柔软的面丝开始慢慢变干变硬。自然的风干，让索面拥有了光鲜白亮的炫人光泽。

做完一家做下一家，以后的几天，谁也不会缺席，直至每户都收下几篾箩的面。合作做索面，无形之中拉近了几家人的关系，也成了维系亲情和邻里友情的最好纽带。

索面因为做工特别考究，制作不易，显得弥足珍贵，在我们家乡，有些地方甚至只有产妇坐月子或尊贵的客人到来，才会烧制索面。因此，我很庆幸家里有一位会做索面的母亲，可以比一般的孩子多一些吃索面的机会。

每当来客人时，母亲就会烧制浇头索面，这是家里待客的标配。母亲将切好的鸡蛋丝、冬笋丝、腊肉丝、豆腐皮、油泡片、黄花菜放入锅中，这些农家菜品精致搭配成了浇头。待大锅中的汤水开始翻滚，母亲便将索面下到锅里。起锅了，先将纯净的索面舀入宽大的白瓷碗里，然后浇上浇头，浇头和面汤缓缓交融，碧绿的葱花点缀其间，香气和色泽构成了强烈的立体冲击。

面碗端到桌上，只见浇头在白色的大碗上形成了一个漂亮的圆锥形。客人们怕吃不完浪费，往往会在开吃前夹一些索面放回锅里。母亲看见了，马上又会给客人加一勺浇头。再看那大碗，顶上还是一个漂亮的圆锥形。这一夹一加之间，农家人的待客之道得以尽情诠释。

客人的到来也给我带来了口福，在日子不甚宽裕的年代，我真希望每天都有客人到来，这样就能蹭上一碗诱惑力十足的浇头索面。柔韧、咸香、爽滑、鲜美、暖胃，在干冷的冬天，一碗色香味俱全的浇头索面，就是解馋的最好美食，也是心灵的最好慰藉。

时代的脚步快速前行，各种制面机器也应运而生，它们强势侵入各类面食的制作流程中。但在众多面条中，索面仿佛是最不解风情的，手工揉面，手工搓条，手工绕箸，手工拉伸，自然风干，手工收面，全程让机器很难有一丝一毫的侵入机会。在冰冷制面机器横行的时代，索面依然坚守着自己的特有工序，维护着自己的手工美名。

如今，做索面也成了一种新兴农家产业，为乡民们增收致富发挥着作用。我想，正是对纯手工的极致追求，让索面能够成为捍卫传统食品工艺的一道风景,并焕发出强大的生命活力。也许,这就是它所揭示的一种生存奥秘吧!

【作者简介】

朱敏江,中国散文学会会员、浙江省作协会员、台州市教育作协会员,仙居县官路镇中心小学副校长,作品陆续在《散文百家》《散文选刊》《作家天地》《参花》《小小说大世界》《精短小说》《浙江作家》《钱江晚报》等刊物发表。

吃饭的故事

◎林热军

小时候,日子很苦。虽然能吃上米饭了,但总是吃不饱。我一家四口人:爸、妈、小弟和我。一顿只能吃半升半格米做成的饭。半升半格,即四分之三升,大约是一斤的米,是妈妈根据家里的粮食产量、人口、时间严格计算出来的。

那年月,肚里油水少,人人都像饿狼一样。有一次,我觉得两眼发黑、四肢无力,坐在门槛上起不来。妈妈赶忙过来:"乖乖,你脸色发白,不舒服吗?"我有气无力地答道:"我觉得浑身一点力气都没有。"刚好小姨路过,她看了看,对妈妈说:"表嫂,孩子是饿的呢!"妈妈给我烧了碗绿豆汤,放了些糖,我喝得很香甜,喝完后就活蹦乱跳了。

几年后,村里在海边筑坝,圈了好多的地,在地上种了蕃薯。每家每年都能分到四五百斤的蕃薯。妈妈烧饭时总要和些鲜蕃薯或蕃薯干。蕃薯,有些人不喜欢吃,因为吃了呕气或老是放屁。我和弟弟倒喜欢蕃薯饭里的那种甜味。有了蕃薯,我和弟弟再也不会吃不饱了。

我小时候印象最深的一餐饭是糯米圆子和米面。小郎表婶生司棋表弟的时候,奶奶叫妈妈去送砂糖(乡下女人坐月子,大家送的礼大多是吃的,比如猪肉、鸡蛋、干弹涂鱼、砂糖等),我也跟着去。

招待客人的饭是三姨婆烧的,她是一个和蔼又慈祥的老人家,头上梳着很精致的头髻,用一把玉簪插着,头发纹丝不乱;衣服虽旧又有些补丁,却干干净净。

三姨婆做事很干练,没多久,两大汉碗的面就放到了桌子上。主体是米面,又有一些糯米圆子,有两个荷包蛋盖在上面,和着青菜、豆腐干、黄花菜干、鲜虾和弹涂鱼干。一碗面色彩缤纷,吃起来又香又鲜,别提有多美了。妈妈把一小部分的面和一个荷包蛋分在一个小碗上给姨公吃。我则闷着头,一声不响地把一大碗面吃完了。

其实当时不只我们家生活过得苦,其他家也是。

听小姨婆讲过一个故事。三年困难时期,天大旱,河水都干枯了。她的一个远房亲戚沿着河底到路廊赶集,其实赶集只是个借口,常来她家蹭饭吃却是真的。有一次,小姨婆烧了六个人的饭,叫他先吃,他也不客气,一碗一碗地吃起来,整整吃了八大碗,把饭全吃光了。表姑表叔们站在一旁眼睁睁地看他把饭吃完。没办法,小姨婆只好往锅里加了两勺水,烧锅巴粥,大家一人分一碗。我问小姨婆:"他怎么就吃得下呢?"小姨婆笑着说:"主要是那时人肚子里没油水,听说饭吃起来越来越鲜甜,越吃越想吃。"

我还亲眼见过一件事。我十岁的时候,村里的一爿木结构的老屋着了火。要重新造房子,邻村的一个呆子也来帮忙,他能做些简单的粗重活,混口饭吃。不知怎么的,有人和他开玩笑,结果赌输了,只好让呆子大吃一顿。厨师把老酒放些姜热好,再用鲜猪肉、青菜、豆芽菜和着麻糍一锅锅地炒。有好事者,一盘盘地端。你猜怎样?呆子一餐饭吃了三斤麻糍、三斤猪肉,喝了三斤老酒。大人小孩在旁看着,口水都流出来了,因为那些都是过年的时候才能吃到的美味……

如今,日子越来越好,吃的、喝的也越来越讲究。可是,却再也品不出小时候饭菜里特有的香味了!

【作者简介】

林热军,1968 年出生。中学语文高级教师,台州教育作家协会会员、临海市作家协会会员。2017 年出版《诗润岁月》一书。在《文学经典》《当代中学生报》《台州日报》《台州晚报》《括苍》《今日临海》等报刊发表散文、诗歌多篇。

父亲

◎吴方华

父亲老了，年过七旬。一双衰老、粗糙的手，留下了岁月的痕迹。

　　二十个世纪六十年代末，那时候，父亲是个年轻英俊的小伙子。他响应党和政府的号召，应征入伍。父亲在家排行老大，下有三个弟弟。作为长兄，作为表率，他积极地报名参军，保家卫国，光荣地成为了一名解放军。父亲在东北吉林当兵，一当就是五年。在部队里，他做事勤劳肯干，脚踏实地，受到战友的好评和领导的表扬。父亲肯动脑筋，有一双灵巧的手，能做一手好菜。俗话说，巧妇难为无米之炊。只要有合适的食材，到父亲的手里，他就像高明的魔术师变着戏法一样变出美味佳肴，让人吃了之后，赞不绝口。多年以来，我耳濡目染，竟然学会了做菜的技巧。"烹饪美食，讲究用心，心在刀工在。你对食材有感情，用心地去做，做出的菜才会美味可口。"父亲如实地告诉我。

　　二十世纪七十年代初，父亲光荣地退伍，成为一名农民。他结婚生子，过着日出而作、日落而息的生活。刚退伍时，父亲被安排进当地渔业队里工作后，由于他吃不惯风浪，晕船而作罢。其间，他进了一批眼镜去外地叫卖，走南闯北，一路风尘。那时，刚刚改革开放，好多地方的政府禁止私自销售眼镜，加上父亲胆子比较小，经常碰到街上执法人员巡逻，慌不择路地逃跑，三番五次下来，父亲更加不敢去走街串巷兜售眼镜了，加上在外几个月了，离家日久，思念家乡亲人，便卷起铺盖回家。多年以后，我常常问起父亲："如果你当时坚持下来，现如今就是大老板了。"父亲笑而不语。

"福兮祸所伏，祸兮福所倚"，当年的父亲如果胆子大，坚持下来，也许成为一名大老板，但父亲肯定在外奔波劳碌，更加忙于事业，根本照顾不到家里，我们兄妹三人会过着留守儿童的生活。虽然那时的生活过得很清苦，但我们一家人过得其乐融融。父亲凭着一双灵巧的手，起早摸黑地干农活，养育着我们兄妹三人。他不仅是种田好手，而且是种瓜能手。他种的西瓜个大，吃起来蜜筒甜。他承包了海边十几亩滩涂地，种下了西瓜。到了夏天，一望无际的碧绿世界里，躺着许多可爱的绿脑袋，在蓝天白云的映衬下，显得生机勃勃。

父亲劳作之余，有时会带我去捕鱼。他找来鱼网和毛竹制成"引"（一种捕鱼工具），带着我去下洋地的地涧捕鱼。地涧是个小水沟，同小河相通，用来灌溉庄稼的，里面有鱼生活着。用"引"捕鱼是一种技术活，先把"引"放入地涧里，两手紧紧摁住"引"，并用脚在"引"的前方快速搅动，并同时快速提起"引"，拿出"引"里的水草，"引"里的鱼活蹦乱跳，可爱极了！一道十几米长的地涧搞下来，收获颇丰，有鲫鱼、鲢鱼、泥鳅、鳝鱼、田蟹等，甚至有水蛇。父亲把水蛇扔掉放生。我在岸上高兴地捡着鱼，如此经过几道地涧搞下来，就能搞满鱼篓，可以吃一餐丰盛的全鱼宴了，父亲是个烹饪能手，做出来的鱼，色香味俱全。我们兄妹三人面对着眼前的美味佳肴，恨不得一口吞下去。一餐饭下来，一盆鱼，往往被我们吃得一干二净，甚至连鱼汤也喝得一口不剩，母亲在旁笑着说："家里的三只馋猫。"多余的鱼送给隔壁邻居们尝尝鲜，有时母亲会拿到街上去卖，钱补贴家用。

父亲小时候很喜欢听别人拉二胡，久而久之，渐渐地喜欢上拉二胡。二胡这个乐器在当时是很贵重的东西。父亲家穷，买不起。于是，他自己动手去做,找来一些木料、竹筒、弦线、松香、蛇皮,简简单单地制成一把二胡,整天跟在村里拉二胡的琴师后面学,几个月下来,也拉得像模像样。参军后,父亲跟随战友们继续学二胡,技艺大进。小时候,我经常看父亲拉二胡,那美妙的声音令我如痴如醉。我虽然不会拉二胡,但也渐渐地喜欢上音乐。上初中后,我无师自通地学会了吹笛子、口琴之类的乐器。高中时,我又学会了弹吉他。也许有遗传因子吧!我儿子也喜欢音乐,喜欢听歌、唱歌。前不久,他告诉我,放寒假要回家跟爷爷学二胡去。儿子在读小学时,学校里曾经搞过二胡社团,儿子报名参加过,到初中时,因为学业紧张而放弃了。

近年来,杜桥周边地区办丧事兴起了细吹排场,父亲重新拾二胡,加入了细吹队伍,既锻炼了身体,又可以赚些小钱,给他晚年的生活增添了一道亮丽的色彩。

从小到大,父亲经常对我们兄妹三人说:"要凭自己的手艺吃饭,脚踏实地,问心无愧。"父亲的话,深深地印在我的脑海里……

【作者简介】

吴方华,台州教育作家协会会员、临海市作家协会会员、临海市网络作家协会会员大杜桥文学作家协会副秘书长。作品散见于《台州日报》《今日临海》《今日椒江》《括苍》等报刊。

东屏印象

◎赵佩蓉

    车子行驶在乡村公路上。深秋的原野上,不时掠过柑橘澄黄的丰腴,掠过芦苇羽白的轻盈。目不暇接中,我迎向青山环抱、绿水潆洄的一个村落。村庄在三门县横渡镇,处于淜水山腹地,濒临三门湾海口。因村东东坑山形似一座帷屏,故名东屏,是著名的历史文化古村。

    走进村口,呇里溪自西向东,从山中来,成"一"字横亘,将村庄分为两半。溪的两岸,古宅幽深,曲巷纵横。横恣古意的老树,举着密匝匝的枝叶,漏下晶亮的日光。树下生息着民间的人家日月。深谙人世的村老,闲坐在石条上,闭着眼,似寐未寐。戴着大红袖套的老妪,在疏松的发髻上簪了一枚野花,安静地倚在门框旁。几个择菜的妇人,坐在小板凳上。她们的面前排着一溜儿竹篮,篮里装着刚从地里收成的玉米、生姜、红薯。古风遗韵扑面而来。

    看过宗祠中的介绍,才了解到:元朝至正年间(1341—1368),东阳人陈晋挺,任宁海教谕。其子陈拱辰在横渡游玩,登高四顾,但见群山环拱,诸峰叠翠,蔚然深秀。淜水大峡谷蜿蜒而过,连接白溪,流水汤汤。此地颇有控海带山之势,亦得屏山颖水之胜,陈拱辰举家迁居,成为东屏村始迁祖。择居后,陈姓瓜瓞绵延,至今已传第三十二代子孙。

    走过风月桥,我沿着斜斜的倚山而上的青石巷穿行。一个村庄,历经了苦难与沧桑的磨砺,定然会穿越浮华与喧嚣,抵达永恒的孤独和宁静。人迹不盛,我也是平心静气地走。很多门庭敞着,却鲜见人影。码在廊下的柴爿垛,粗糙且齐整,透着乡俗的哑默和苍凉。偶尔"吱呀"的轻响,门口闪出一个苍老的身影,对襟布褂,玄色软鞋,拄着杖,踱着步。他的脸上有土墙一般斑驳的纹路。"笃笃",轻而脆的拄杖声,产生沉沉的回响,在光亮的卵石路上回旋,从小巷的这头一直到那头。

　　一折折巷道,引我走向纵深之处。四合院、马头墙、雕花楼、鱼鳞瓦,双口井,无声地诉说着江南大家族曾经的气派和荣耀。我的脚步停留在"上新屋道地"。康熙二十二年,富甲一方的陈氏先祖大兴土木,为六个儿子建造了三座精美绝伦的四合院,称"华堂三台"。上新屋道地结构严密,气势恢宏,是其中保存最完好的一处。二进院落台门敞开,上嵌石匾,匾额上有"庚子科亚魁"的朱红泥金模糊字迹。墙面颓败,有金银花的枝条从顶上垂落,花开花谢,枯荣自在,好像一位期颐老人,见证了岁月变迁,世事无常。三级台阶通向第一进天井和门厅。门厅前有照壁,隐约可辨云纹竹苞松茂图案。堂前的十二扇雕花木窗,镌着人物故事、莲鱼走兽。肤发须眉,羽鬣鳞甲,历历在目。纵然时光可以停驻,雕花木窗还是裹不住荒芜的哀愁。

　　岁月,才是隐姓埋名的户主。四角天井的一侧,年过七旬的老汉,负暄默坐。他抬起浑浊的双眼迎向我探寻的目光,黝黑的脸上无惊也无喜。我有心打听陈氏祖上轶事种种,老汉频频摇头,言称只晓得自己是第六房子孙,从小听过陈式栋受封的故事。他应该是一位勇士,面如满月,双眸如星,力拔山兮气盖世。据史书记载,陈式栋自幼受名师指导,习练不辍。乾隆庚子年(1720),东屏陈氏二十三世子孙陈式栋,科举中省试第一名,受封武科举人,志气冲霄汉,功名震海台。当年,他耍一柄一百二十斤重的大刀,虎虎生风,所向披靡。走过岁月的荒凉,走过生活的起伏,如今,这柄大刀锈迹斑斑、光泽暗沉,默默地陈列在陈家老宅里,寂寞地守在只属于它的一隅。也如一方泥镇,书写过曾经的威风和气度,成为史书上轻描淡写的一笔。

　　我的思绪从历史中被唤回来。苍穹之下,隐了人声,我窥见屋檐下的蜘蛛孤独地画着圆圈。破旧的墙角,裂开了豁口,仿佛经典古籍被残暴撕碎。一阵风吹来,我分明听到了一声叹息,犹如山一样的沉重。这个村庄,曾经走出明代抗倭英雄陈世雄、陈崇彩,民国少将参议陈友生,中华黄埔四海同心会副会长陈舜钦。他们的名字如雷贯耳。先贤们的英魂,应该还常常聚在这里抵足长谈。陈氏先祖,他一定生了一双深情的眼睛,看着黧黑的山岗升起明月,看着辽阔的海湾落下星辰,故园往事都装在心头。

青山依旧在,几度夕阳红。衰败,到底是无法更改的命运。这个村庄悄无声息地老去了。它给后人留下了很多属于时间的记忆,也让后人陷入寂寞的眷恋。风云流散,曾经的昌盛,如烟云如迷雾,稍纵即逝。族人离散,一如老树,叶落枝残,鸟雀迁徙。到底是陈旧的木扉,还是徘徊的归雁,扯动了老宅纤弱的神经?又有谁会在空旷的道地仰望过往呢?飞翘的屋檐,可载得动重叠的惆怅?荡漾在古村上空的,何止是血缘?何止是乡愁?

我转过身来,却见墙角的一端,抖擞着野韭一丛,粗壮的植株,浓郁的绿色。它在光阴中自生自灭,不见忧戚,却摇曳出生命的灿烂和自觉,吐露出生命中无声的顽强和智慧。这一刻,我被深深地触动。我们在追逐文明和繁华的同时,总要遗弃一些古朴的东西。但是,诚如这一丛野韭、这一处古村,它们没有自暴自弃,而是自给自足地沉淀。我相信,东屏古村,还是呼吸着的。

【作者简介】

赵佩蓉,现就职于温岭市第五中学。台州市作协会员、台州教育作协会员。常有文字见诸《台州日报》《台州晚报》《衢州日报》《台州文学》等报刊。

苦夏

◎陈素琴

　　一到盛夏,小区里的蝉就开始嘶鸣,从清晨到中午,从中午到黄昏,一整天不知疲倦地叫着;而且,一个夏季,日复一日地聒噪着;入秋了,才渐渐销声匿迹。

　　每天早晨,我几乎都是在蝉鸣中醒来,那声音在我听来像防空警报,穿耳钻脑,由弱而强,由强转弱,此起彼伏,此伏彼起,把我的神经提起又放下,放下再提起,就是在这样的提提放放间,把早晨鸣成了晌午,把晌午鸣成了黄昏,扰得人头昏脑胀、六神难安。紧闭了门窗,那一声声长鸣依然不折不饶地撞击着我的耳膜,拍打着我的脑门。

　　五月杜鹃盛开时,我会花粉过敏;六月蚊子飞舞时,我的臂膀会神不知鬼不觉地被蚊子留下一个个或大或小的红包,这些红包得在身上盘亘整整一个夏季才肯隐退。莫非,我的耳朵也跟皮肤一样容易过敏?有没有人跟我一样一到夏天就不可避免地患着"鸣蝉烦躁症"?

　　漫步诗林听蝉鸣,我发现,这样的人还真不少。

　　"徂夏暑未晏,蝉鸣已一晚"——性格耿直的元稹经历了人生的几度浮沉,听到盛夏的蝉鸣,产生的恐怕不只是烦躁不安的情绪,更有那对华年流逝的哀愁与知音难遇的悲叹。

　　王沂孙的《齐天乐·蝉》,简直是一个典型的焦躁抑郁症患者在苦吟:"病翼惊秋,枯形阅世,消得斜阳几度?馀音更苦。"

　　他们是因为种种境遇,心情郁结,听蝉而惊心。而我生活平静,工作安定,没有惆怅的理由,那大约是我耳朵的问题了吧。

　　长年漂泊在外的白居易,一边听着蝉鸣,一边用文字记录着复杂悲凉的心绪:"一闻愁意结,再听乡心起。渭上新蝉声,先听浑相似。衡门有谁听?日暮槐花里。"

异乡听蝉,还能勾起我的无边乡愁!

杭州的蝉似乎比小区里的蝉嗓门更大。回想去年暑假在杭的那几个日日夜夜,一听到蝉鸣,我就归心似箭,不想再停留一时半刻。尽管丈夫、孩子都在身边,我还是搭了人家的便车提前回了家。我和白居易相比,不同的境遇,一样的归心,而这归心,都是被蝉鸣催发的。

说来惭愧,生于农村、长于农村的我,到现在竟从未见过蝉的模样。想象中,只觉得它应该是个状如钻竹蜂的小昆虫,长有一对透明的绢帛一样轻而薄的双翅,否则又怎么会有"薄如蝉翼"这个成语?这么一个弱小的生灵,何以有如此充沛的精力日以继夜、夜以继日地嘶嚎不止呢?

查了一下,才知道原来会叫的只是雄蝉。雄蝉近腹的基部有鼓膜,震动鼓膜就能发声。由于鸣肌每秒能伸缩约 1 万次,故鸣声响亮,且能变换着腔调激昂高歌。更让我惊讶的是雄蝉的鸣叫,只是为了吸引雌蝉。一旦雌雄交合,生命也就走向灭亡!

我的心猛然紧缩了一下。它们的嘶鸣,竟是为了一份情爱,为了短暂的相濡,为了繁衍的本能。

倚着阳台的栏杆,我循声搜索着枝叶间那因情而鸣、因鸣而亡的小生灵。可树木葱茏,叶片交叠,任我怎么凝神注目,任风怎么摇动枝叶,就是看不到蝉的踪影。

从暑假的第一天开始,蝉鸣声突然降临,到暑假结束才悄然消失。这一声声蝉鸣,由远及近,由近及远,打破夏的沉寂,搅动漫天躁热。越是盛夏,它们越要竭力嘶鸣。它们明白,一旦秋天降临,它们的爱将无所依归,或许它们将在一无所获中死去。生命何其空茫!

蝉的躁和噪,我理解。但整整一个暑期,我只能在一片蝉声里烦躁着。这夏天的烦躁症,竟是在劫难逃了!

【作者简介】

陈素琴,笔名箬竹,温岭市语文教师,台州市作协会员,有近百篇文章(多为散文,偶有诗歌、小说)发表在市级报刊上。教育类文章、小说均有获奖。

六月六晒红绿

◎王凤仙

去年六月六这天,朋友圈里被一条信息刷屏:"六月六,晒红绿。"这天刚好是晴天,于是,我就翻箱倒柜,把所有衣服、被褥挪移到走廊上晒,足足忙活了五六个钟头,累得腰骨疼酸了好长一阵子。

上周末,我站在窗前,看见对面邻居的走廊外挂着花花绿绿的棉衣,时间仿若在俯仰之间又溜走了1年,下周一又是农历六月六,又到了晒衣服的时节。这些天一直阴雨绵绵,不知到六月六这一天天气是否给力? 来个艳阳高照的日子,可以把一冬的棉衣拿出来晒晒。谁知到了六月六这天,却是暴雨如注,打破了想晒衣的美梦。

只知道农历六月初六适合晒衣服,却不知道这是中国传统的节日。上网查了才知古时候有这样的节日。据史料上记载:此俗见于300多年前,明人沈德符著的《野获编》云"六月六,内府皇史晟曝列圣实录及御制文集,为每年故事"。《燕京岁时记》也记载着,"京师于六月六日抖晾衣服、书籍,谓可不生虫蠹。"士大夫家及平民百姓也于此日晒裘衣杂物,以防虫蛀。

老家是上盘,六月六这天有:"六月六,小狗洗洗浴""六月六,吃糕鼓""六月六,晒红绿"等习俗。这些习俗中,记忆最深的是"六月六,晒红绿"。"红绿"是指五颜六色的衣服。"六月六,晒红绿",意思就是六月六这天,晒衣服。不同地方说法也不一。北京人叫"洗晒节",也叫"晾经节",土家族将六月六称为"晒龙袍",福州人叫"曝霉节",还有的地方叫"天贶节"或者"姑姑节"。有趣的是,不同的人晒不同的物品,佛教徒晒经书,读书人晒书,家庭主妇晒衣服、被子、席子,当官的要晒官服,另外,老祖宗的画像、祖传的字画也要拿出来晒晒。

六月六为什么要晒衣服呢? 关于这晒衣物的习俗,还有许多美丽的传说。一说是玄奘从西天取经归来,途中经书掉进河里,于是赶紧捞起来晒干。因这天正是六月六,寺庙里就把六月六作为晒经书的日子,举行"晾经会",把所存的经书统统摆出来晾晒,以防潮湿、虫蛀鼠咬。

另一说是清代康熙皇帝南巡到扬州时,一个人微服到南郊去游玩。不料遭遇到一场暴雨,因为处于荒郊野外,也没法寻找到一处躲雨之地,衣服淋湿了。无奈之下,他只好脱下外衣,晾在一棵树上晒干了,再勉强穿上。这一天,正是农历六月六。事后,地方官为了拍皇上的马屁,特地在他晒衣服的地方建起了一座"龙衣庵"。此事传开以后,扬州又有了一句民谚,叫作"六月六,晒龙袍"。据说,每年的六月六这天,清朝内府銮驾库都要曝晒銮舆仪仗,以及历朝御制诗文和书集经史,称之为"晒銮驾"。

40年前,每年小暑前后,村里的每个院子都会变得热闹起来。左邻右舍都会翻箱倒柜,拿出衣物、鞋帽、被褥放在烈日下暴晒,有的选择在自己的屋檐头上,铺上草席再把衣服放在上面晒;有的把衣服晾在绳子上晒;有的选择放在道地上,摊开晒谷用的簟再把草席放上面。家家户户拿出压在柜子里,压在箱底的衣物、被褥来晒,这场面煞是好看。每家每户的衣服一块接一块,龙凤被挨着粗蓝被,条纹的被单挨着蓝卡叽中山服,那时衣服被单没有现在的靓丽多姿,除了彩缎的被面吸引我们的眼球,其他衣服色彩并不斑斓,大部分是大红、粉红、蟹青色等单一的颜色,可我们这些小屁孩只要有这些多彩跳入眼眸,就会无厘头地兴奋起来。

有些顽皮的孩子会在晒的衣服上,趁父母不注意打几个滚,翻几个跟头,衣服上沾满了汗汁,若被父母知道,换来一顿臭骂或者一顿揍,之后父母板着一张生气的脸,拿回去重新洗一下再晒,若父母没有看到,衣服可能会发霉。小时候我无知,总是很纳闷,衣服已经晒过了,怎么又拿出来晒,不是多此一举吗?长大后才知道,那时由于房子矮,木结构,外面下大雨,房子里有时会下小雨,脸盆啊,各种盛水的小碓啊,小缸啊,木桶啊,粗瓷大碗啊,等等,都派上了用场。梅雨季节前后房内很潮湿,衣物容易发霉蛀虫,把存放在箱柜里的衣物晾到外面接受阳光的暴晒,可以去潮去湿,防霉防蛀。据说,这样可以一年之内不生蛆,不返潮。

如今,人们穿戴讲究新潮,衣服往往是还未穿旧就被淘汰了,大多数人不会费时费力去晾晒了。而我还一直传承着这一风俗习惯。每年到六月六这天,或者之后的几天里,选一个烈日当空午后,先铺一席草席在走廊上,再翻箱倒柜把衣服找出来,一件件整整齐齐地排放在草席上晾晒,过一段时间上下翻动一下,再晒半个小时左右,就收回。一件件再重新叠整齐,分门别类,内衣一叠,毛衣一叠,外衣一叠,塞进一些樟脑丸,再用一块废弃的被单打包,藏到衣柜里,就不去搭理它们。

可有一次晒衣服晒出麻烦事。记得十多年前一天午后,我翻箱倒柜取出衣服,晾在外面走廊上,那时走廊没有安装上可以遮蔽雨的玻璃。一般怕下雨淋湿了衣服,晒衣服都在家里候着,隔一段时间去查看一下,翻一下,怕忽降雷阵雨淋湿了衣服。夏天雷阵雨多,下得快,去得也快。那天,有个朋友有急事叫我出去帮忙。一时走得匆忙,把晒衣服之事忘得一干二净。没想到,办好事回到家已经晚上八九点。一到家,才猛然想起衣服晒在走廊。走到走廊一看,惊呆了,那花花绿绿的衣服全都湿漉漉的、黏黏的,心都碎了,一场雷阵雨突然空降,扫遍所有衣物。只得把一件件衣服放在水槽里重新洗了一遍,辛苦了一天,才把衣服洗完,累得半死。后来吃一堑长一智,只要是晒衣服,就设闹铃提醒自己。现在即使是下大雨,也不怕了,因为新家已经在走廊上安装了阳光玻璃房,走廊也不会进水。

"六月六,晒红绿"是盛夏的一道靓丽的生活风景,晒红绿是一种生活小情趣,每年总是乐此不疲。"六月六,晒红绿"的一些往事,也永远根植于我的记忆深处,点缀我的多彩人生。

【作者简介】

王凤仙,浙江临海杜桥人,1968 年出生,台州市作家协会会员、台州市教育作家协会会员、临海市诗词协会会员等。作品有 10 多万字散见于《台州日报》《浙江政治研究》《德育报》《中国作家网》《中国诗歌网》等报刊或网络平台上,多次获嘉奖。

落日迷情

◎丁美华

　　不知道为什么,甚至是没有任何理由,就像喜欢一些人,喜欢做一些事,是没有理由的一样,我喜欢看落日,喜欢念叨着"落日"这个词。落日是个带着暖色的词,很多人都在为它伤感。我不知道,我看它的时候有没有伤感的情绪在里头,如果说没有,那可能是一句谎话。多少会搀杂着一些伤感的,我这样想着。

　　看过一部武侠剧,大概只是偶尔看过几眼吧,总之剧名早已忘却。只记得里边有几个杀手,杀手的名字分别为落日、逐月、追风、向阳,别的都忘了,就记住了这几个名字。

　　我很奇怪我怎么遗忘了情节,却记住了这些,我也惊奇为什么给冷血的杀手起这么漂亮浪漫的名字。这些名字里其实包含的不是绝望,而有着浓浓的感情色彩,且是带着温暖的,大概是为了缓冲现实的冰冷吧!后来查了下,才知剧名为《霹雳菩萨》,台湾的,1999 年在大陆上映。

　　近日看到台湾诗人向明写的一首关于落日的诗,他眼中的落日是飞速下坠的,坠落在海天交界处,诗人说首先是刀割,然后是疼痛,最后说到这是一种壮烈的结束。向明的落日,不仅带着画面,还有来自语言的冲击,干脆有力。

　　我看到的落日好像从未有快速下坠的,这可能和人的心情、季节有关吧。

　　那是个冬日的傍晚,我仿佛特别有情致,看着天空中的落日发呆。

　　落日是橙色的,靠在空中,显得非常突兀,有种唯我独尊的孤傲。

　　已是暮色四起,天是青灰色的;远山披了些薄雾,是苍青的;四围的色彩皆为冷冷的,模糊不确定。只有这枚孤独的落日泛着暖光,清晰地呈现。它不紧不慢地挪动着,或许有着太多的依恋,这种挪动让人不易察觉得到。橙色的光向它的四周扩散,渐渐地散成粉红,一点点地融进青灰色的苍穹。那点温暖逐渐被清冷吞没,直至模糊,变得暧昧。

后来,我竟然不知道太阳是何时坠落天边,是以一种怎样的姿态坠落的。但是我猜想,它坠落的时候肯定是极为敏捷就像刀割,也会有疼痛,然后是满天的鲜红。向明看到的刀割了的疼痛着的落日,甚至是来不及呼喊的落日,大概也是因为一眨眼,发现落日已不见了踪影,只看到满天的彩霞飞起时才有的瞬间的灵感吧。这是我无端的想象。

但是,当时我看到了那枚孤单的落日,却没有看到满天的鲜红。看到满天鲜红的黄昏又是另外一个时间了,那时已经没了落日的影子,留下的是绚丽的晚霞。云彩带有点鱼鳞状的,层层叠叠,染上了红色,红色并不均匀,斑斑点点。红色的中间又有四条射线状的带有青色,从一个点伸向远方。也许为了纪念坠下的落日,又也许是落日留下的纪念。

我就是坐在水边,看着天边的云彩,看着它们慢慢地消失,完全被暮色吞没,只剩下黛青色的远山的影子。水波不再温暖,而是暗淡下去了,我的心也沉下去了。周围变得极其安静,虽然有人群,可我并没有感觉到热闹。我敢说,是落日的美丽让我沉迷其间不可自拔。

令我一直念念不忘的,是高雄的落日。

2012年,我跟团参加台湾环岛游。是哪一日到高雄,已记不起了。只记得,抵达时是下午三四点钟吧。太阳还高挂着,没有落下的意思,我们在西子湾畔照了几张相,眼望着"国立中山大学"的牌子,却无缘进去参观,径直往山上走,去看"打狗英国领事馆"。这名称似乎带着点国恨家仇的意味,与台湾的漂泊不定有着千丝万缕的关系。然而事实上,这两者之间毫无关联,"打狗"——takau——为原住民平埔族部落语言的音译,仅此而已。听完介绍后,竟有点愤愤,太过平淡无奇了吧。

领事馆,据说非正式办公地,而是官邸,高踞鼓山之上。站在鼓山,西子湾景色尽收眼底。西子湾,当与杭州之西湖相呼应吧。就像台北,许多街道名称为大陆省名,这些名称镶嵌着深深的大陆情。而事实上,这西子湾与大陆无关,只是闽南语的谐音而已。说到闽南语,到底脱离不了海峡的另一端。

位于台湾西南的高雄,临台湾海峡,有港口,再过去便是大陆了。

来台湾也有几天了,一路颠簸着,到此地,眼见着盈盈水波,想着再过去一点点,便不需要通行证,可自由出行,忽然念起了家。领事馆景区刚好有卖明信片及一些好看的小物件,买点留个纪念。孰料,刚弄好一切,同事气喘吁吁地赶过来,说是,他们早已翻过山去,数了数人,发现有走丢了,再回转来找。那个丢了的人,便是我。

回头望了望那枚太阳,此刻已逐渐接近海平面,并无多少独特,当时也未知此处落日竟是台湾胜景之一。

当晚,在高雄逛街,将回旅馆,却在捷运站迷了路。遇见一位老者,向他问路,老者客气得很,闻得我们是浙江人,他特别开心,言其父亦是浙江人,是老兵,1949 年之后到的台湾,回不去了,每听到有浙江人过来,便觉得特别亲切。他的言语中带有乡愁,匆匆遇见,匆匆道别。

而我对高雄落日印象深刻,是否就与乡愁有关呢?我的乡愁并不真切,短暂而浅淡,过后便会消逝。曾担任台湾国立中山大学文学院院长的诗人余光中写有一诗《乡愁》,那乡愁才是真!而遇见的这位老伯或者他父亲大概也写过乡愁的诗吧,只是不为人知罢了。

【作者简介】

丁美华,天台实验中学语文教师,台州市作协会员。教书为己任,码字以自娱。

面条情结

◎段俊利

　　玉环一同事笑称我为"面条哥",因为我对面条有一种无法释怀的情结,总是不由自主地回味。

　　我出生在豫西南的农村,小时候,听村里有钱人说"进城下馆子喽!"便仰着笑脸问父亲:"什么叫进城下馆子?"父亲笑了:"哪天我带你进城吃扯面。""真的吗?什么时候去啊?"父亲指着猪圈里的小猪崽儿说:"等小猪崽儿满月了就带你去。"我兴奋不已,每天盼望着小猪崽儿满月。等到小猪崽儿满月了,父亲就挑上小猪崽儿,拉着我说:"走,卖了这小猪崽,爹带你下馆子。"我高兴地屁颠屁颠跟着父亲赶到离我家有二十几里远的集镇。

　　一路上,父亲挑着6头小猪崽100多斤重的担子。小猪崽在两个袋子里活蹦乱跳,晃得扁担两端颤悠悠的。我跟在父亲后面跑,没跑多远就走不动了。父亲放下扁担,背起我向前走,走一段路,把我放下,叫我在原地等着他,自己又跑回去挑小猪崽儿。就这样父亲来来回回运送着我和那一挑担小猪崽儿。烈日下,父亲的衣服全部湿透,紧紧贴在身上,额头上的汗珠不停地往下流……到了晌午时分,我们才赶到集镇上,父亲卖完小猪崽儿就说:"走,吃扯面去!"

　　走进饭馆,人真多啊,父亲找了个靠角落的位置坐下,花了一块多钱为我买了一碗扯面。父亲对我说:"儿子,要吃饱饱的,爹不饿。"我点了点头。那雪白的面条上,浇了点西红柿鸡蛋卤,上面放了点小葱和芝麻油,我埋头吃得津津有味。不一会儿我就吃饱了,父亲对我说:"再吃点,别浪费。"我摇了摇头,父亲端过我吃剩下的扯面和汤,一下子吃了个精光。当时看到此情景,我说了一句:"爸,等我长大挣钱,带你吃最好吃的扯面。"

父亲嘴角露出一丝欣慰的微笑。随后,父亲饿着肚子,背起吃饱喝足的我回家了。

大学毕业后,我拿到第一个月工资,那时多想带父亲到县城下馆子好好吃顿扯面。可是,父亲早已离我而去。当时那句"爸,等我长大挣钱,带你吃最好吃的扯面"成了我今生无法兑现的承诺。

不知为了纪念,还是为了当年的承诺,我又来到当年的饭馆,依然要了一碗扯面,吃了几口,就放下了,再也没有当年第一次进饭馆的那份兴奋,再也找不到当年那种温馨的感觉。我满脑子都是回忆,泪水打湿了我的双眼,泪光中当年父亲带我吃扯面的那一幕浮现眼前……

一位父亲为满足儿子一个小小愿望,烈日下,负重在身,往返在炙热的土地上,经受了怎样的煎熬啊! 自己一分钱都舍不得花,又饿着肚子把儿子背回家。烈日、口渴、饥饿、劳累都被伟大的父爱所淹没。父亲呀,你那如山一样的父爱让儿子如何报答? 当年那碗扯面的美味,如今回味起来全是父亲的艰辛和苦涩,儿子的心中不再是当年的满足而是心痛,感动与悔恨交织,如山的父爱,儿子再没有机会报答。

后来,为人父的我总喜欢给儿子做各种面条,儿子吃得津津有味。小家伙每次吃完面条,总要夸奖我一番:"爸爸做的面条太好吃了,我爱你,爸爸!"有时,他也会说起我当年同样的话:"爸爸,等我长大挣钱了,给你做最好吃的面条。"一句话,说得我心灵深处暖暖的,我笑了,真的很幸福! 此刻,眼前再次浮现出二十几年前,父亲带我吃扯面的那一幕。如今从一位父亲的角度回味那碗扯面,才懂得那碗面里盛着浓浓的父爱。儿子的满足,是爸爸最美的心愿。爸爸的内心是甜蜜幸福的,正如现在的我。

转眼 30 多年过去了,每次和亲友在外面吃饭时,总少不了一份面条。现在面条里的荤料更丰富了,但几十元的面条却没有当年那一块多的面香,对我来说,一碗面是一种情感的延续,是父爱的传递。

我会把这种爱一直延续下去。

【作者简介】

段俊利,任职于玉环市双语学校,台州教育作协主席团成员、副秘书长。作品散见于《浙江日报》《台州日报》等报刊,散文作品在各级征文中曾荣获一、二、三等奖。新闻作品见于《人民日报》《光明日报》《浙江日报》等报刊。

秋大嫂

◎莫君行

和蔼可亲的秋大嫂，记忆中从未和别人吵过架的秋大嫂，她走了，走在淅沥的春雨中，走在油菜花已饱绽黄蕊的春天里。

秋大嫂，她并不是我的家亲，亦无有恩于我，她只是我年少时那个石板老房时期的邻居。不知为何，从小到大，嘴乖的我喊过许多人"大嫂"，但从来没有像喊一声"秋大嫂"那样来得自然、来得亲切。或许，是因我这个自小没娘的孩子，曾多次进入她的家门喝了她家桌上褐色茶瓶里的凉白开吧；或许，是因她那充满同情哀怜的目光，在每一个日落后的黄昏让我感受着一份温暖吧；或许，是因她是我不幸岁月和孤独的见证者；或许，是因她温和的目光和柔和的嗓音，滋生了我奋进的力量吧……这么多年里，"秋大嫂"这声称呼，它依然在我的心中轻声地回响！

长大后，老房织上了密密的蛛网。坚持住在老房一段时间的秋大嫂夫妇俩，也住进了她家二儿子的新房。离得有点远了，不能经常看见了，但每当在村头桥畔走过，不经意间碰上一面之时，她还是会亲切而又含笑地招呼上一句"君行，放假了，在家啊"。那时，我也总会亲切地回上一句"嗯，秋大嫂"，看着那张笑皱了的脸，内心依然充满温暖。

后来,我的父亲在她两个儿子那一排新房的东侧,也砌了新房。于是,我们又住得近了。

排屋东侧不远处,路的南面,有一口池塘。作为一处周边许多人家淘洗衣物的天然场所,我们这位勤劳节俭的秋大嫂,更是成了这里的常客。每天,只要天气晴好,我都会看到她那佝偻着的背、藏青色的布围裙,她踏着小碎步,从容地出没于池塘与她家的地方。每当周末在家的日子,秋大嫂总会出现在我的面前。有时是日上三竿时的上午,看着我坐在竹椅子上吸食着面条,正端着一大盆衣物经过的她总会转过脸来,笑着问:"君行,在家啊,怎么刚吃早饭呢?""嗯,睡过头了!"……低头之际,她的脚步又迈向了不远处的池塘。有时是日落时分,田野常为暮霭笼罩,我们的秋大嫂,她那佝偻的身影,背着夕阳向东走来,一会儿和别的邻家大婶亲切地打着招呼,一会儿又和蔼地叫着某邻家小孙孙的小名,腰间搭着一只放满碗筷的脸盘,眉宇间渗着如夕阳般宁静的温和。

再后来的某一天,我突然发现,排屋正东近 10 米远的地方,竟然出现了一只南北向放置的集装箱,而出没于其间的,竟然就是我们年迈的秋大嫂夫妇俩。

离开二儿子高层的空房不住,选择搬到这里来住?

发生什么事啦?我不禁纳闷。

哦,原来是她家二儿子出大事了,被医院诊断为肝癌晚期。

刚被确诊的那阵子,信佛的秋大哥认为是家中不吉,有凶神恶煞纠缠,曾请过一批道士来家做法驱魔。再后来,又听某方士蛊惑,认为是两老长期住在他家新房里,生生夺走了他二儿子的阳气……

于是,两个儿子和两个女儿一筹划,一只狭长的集装箱,就在不久后的那一天,被一辆大吊车稳稳地放置在了这块土地上。

在接下来的日子里,集装箱每天都会氤氲在迷蒙的晨霭中。在朝阳下,秋大嫂早早就起来了,在"房"前东侧的一根铁丝上晾晒着衣物。她那佝偻着的背影,被朝阳拉得很长,她用手利索地扯着发皱的衣服,好像撕扯着二儿子身上的病魔,将它扯落在衣服底下黑暗的沟渠里,将它扯落在车辆扬起的尘埃中,随风远去⋯⋯

那些天,一脸黑紫、瘦成皮包骨的二儿子,总会戴着一顶鸭皮帽,将手盘在胸前,时不时地出现在这座"房"前。一声"妈",叫得平静而凄苦。坐在"房"檐下的一条长板凳上,他静静地和坐在"房"内的娘亲对话。

但是,秋大嫂的二儿子最终还是走了,年仅 50 岁出头。

这样一位年轻有为而又爽朗的汉子的过早离世,对于深以他为豪的父母而言,尤其是我们善良的秋大嫂,那是一个令她无法面对的噩梦!

我不曾记得是否出席过秋大嫂二儿子的葬礼,但我可以想象,在阴阳两隔的世界里,那一头白发,是如何在寒夜里像北方的冰刃一样尖刺着她的心房!

佝偻的背影藏不住凄凉、伤痛与落寞。夜幕降临时,箱"房"早早地熄灯了,在星光下散发着幽邃的光芒。

不久前的一天,邻居油漆家的一位大婶,正在箱"房"前扯着嗓子高声地劝慰着。"都已经过去了,就不要再多想啦!""这也是没办法的事,生什么病,也不是我们能够决定的。""你这样长夜不睡地想下去,身体怎么吃得消,看你这红肿的眼睛,昨晚一定又没好好睡了。""想开点吧,他在世时待人不错,走都已经走了,只要后代好就是了"⋯⋯我低着头经过,想起了她的二儿子,也触摸着秋大嫂内心的思念与伤痛,然而我无法用言语去安慰,因为我知道,这种思念与伤痛,就像扎根于大地的野草,从它刚滋生的那阵子起,就伴随着岁月狂长,除非迎来又一个酷寒的严冬,让思念与伤痛随冰霜一起消亡!

我们的秋大嫂,她走了,带着她的思念,远离她的伤痛,飞向了遥远的天国,去追寻她的二儿子去了。

那天凌晨,特意留在家里欲送她最后一程的我,在沉沉的铜锣声里,被黑夜唤醒,匆匆地披衣,和父亲一起下楼,一起出门。夜风直刺着发根,紧缩着脖颈,我们一起走向了哀乐阵阵的西屋桥畔。那里,灵车的屏幕上,秋大嫂慈祥的面容依旧,和蔼的笑容依旧,然我已无法再看到她那佝偻的身影。

鼓号声里,前方白色的毛巾在凌晨的寒风里泛着冰冷的光芒,像旗帜一样庄严肃穆。前移的方阵孤独神圣而又悲壮,那是我们,一群活着的人,在这个凌晨的黑暗世界里,用我们虔诚的心护送着她走向那已没有痛苦与思念的天国。那里,蓝天是那样的洁净,生活是那样的美好,我们的秋大嫂,远离了伤痛,永远走向岁月静好!

【作者简介】

莫君行,1976 年出生,浙江温岭人,毕业于杭州大学,中学语文教师。热爱阅读、思考与写作,有多篇散文、小说、诗歌发表或获奖。

楚中光阴

◎张文志

> 我的母校,玉环楚门中学,简称"楚中"。

在我 30 多年的人生里,差不多有三分之一的光阴是在楚中度过的。

楚中坐落在玉环楚门镇丫髻山北麓,楚门河畔。20 多年前,刚入楚中时,校门还在狭窄的东方路上,是老式的大铁皮门,还得用插销固定。学校的房子倒多,大大小小 10 多座,从爷爷辈到孙辈都有。两座灰砖砌的,是二十世纪四五十年代的建筑,一座是占地颇大的礼堂,里面还有红色标语,当了学生食堂,脏乱的旧课桌拼成餐桌,抽屉里塞满我们蒸饭用的米、当菜吃的豆腐乳,经常有老鼠出没;另一座是两层木楼板小楼,当过老师办公室、教室,我们来时又成了高一男生宿舍。建于七八十年代的是 3 座水泥外墙的 3 层楼,靠湖边的是教师宿舍,在 5 层高的新学生宿舍后面,我们无聊时可以趴在窗口看老师们洗衣服、做饭;在高一男生宿舍两边的都是教学楼,刷了一层白灰,显出一点精神。挡在它们前面的,左边是 4 层楼的实验大楼,右边是 4 层楼的教学楼,都贴了瓷砖,显然是新近的建筑。校园里还有 2 座小房子,食堂边上是教师食堂和厨房,和食堂成直角的是小卖部。校门外还有两座房子,原来是学生宿舍,现在是教师宿舍,红砖的那座建得早一些,湖边和尼姑庵相邻的三层楼建得迟一些。

其实，热闹的不止是我们，还有校园里随处可见的花木。因着校舍的陈旧、灰暗，花木就分外茂盛鲜亮，点缀出一股经历了时光累积才有的浓密、沉稳。校门进来的水泥路，一边是操场，一边是狭长的小花园，含笑、木槿、丹桂、美人蕉、月季、麦冬等高高矮矮错落排开，就是一年四季的香艳。走到底，湖边的垂柳粗壮弯曲，柔软的枝条轻抚水面，漾出无限柔情；绕回来，每座建筑之间都是参天的水杉，笔直、刚强，细碎的树叶生、落都干脆利落；在房子转弯旮旯处，总会邂逅一丛不知名的绿；走到围墙边上，厕所掩在竹子后面，门口还种了红白的夹竹桃；不过最动人的却是新旧教学楼之间两株高大的木芙蓉，有学长说这树几十年了。春来，满树繁花，如翠钿满头的女子，曳着碧绿的裙衫，缓缓行走在光影里，"影前半照耀，香里蝶徘徊"。等时间落去，由早至晚，粉白变成浅红，再变成深红，渐开渐艳，渐开渐浓，真是"晓妆如玉暮如霞"。花萎落地，颜色依旧，恨不得插于双鬓，做一回唐诗宋词里的明媚少女。若一夕风雨过后，枝头娇花胭脂凝露浓欲滴，楚楚动人心魄；而满地落红，更是让人感叹"落红不是无情物"，拢成一堆，放在哪里都觉得埋没——怪不得黛玉要葬花呢。这是我记忆中楚中最美的一处风景。

学校里的老师似乎也和学校的建筑一样年龄层次分明，只是我们更喜欢把目光放在年轻老师身上，而浑然不知那些在校园里安静走过的霜染双鬓的老头老太竟然都是五六十年代的大学高材生，有些还是清华、北大的。他们离开大城市来到这个海岛小镇，一扎就是几十年。教我们高一语文的朱老师，据说是上海人，复旦中文系毕业，教学严谨，一丝不苟，教了我们一年就退休了，很多老师都尊称他"朱先生"。教物理的陈老师，高大白胖，头发白得不夹一丝杂质，上课讲到激动处，眼神就不知飞向教室的哪一角，一条腿直撑着，一条腿斜着不断抖动，有时还会用脚点拍几下讲台，仿佛讲的不是电流而是音符。我们暗中叫他"太师"，又因他高大，尊称"庞太师"。还有一位马老师，矮、瘦、小，临退休了，学校安排他教我们劳技，一周一节课。他每次都挟着一个墨绿封皮、朱红簿脊的硬皮本子进来，师生问好后，他就用那古怪的普通话读一遍菜谱。我们开始尚能认真忍受他的舌头和牙齿打架般的语音，后来就憋着笑得练出了腹肌。有同学笑出声，他就瞪着三角眼"叽里咕噜"地说上一串，大意是劳技课可以干自己的事，但是纪律要遵守，期末也要考试的。我们问是不是考做菜，他不理人，转头抄菜谱。那一手字铁画银钩、风姿翩翩，我们立刻都被征服了，抄菜谱变成了练书法。此后再也没人笑他的口音。半学期后他退休了，另一位老师来，不做菜，改做衣服，一时间教室里纸裁的裙子、短裤满天飞。还有一些老先生没教过我们，但是我们的老师都对他们都异常恭敬，因此我们心底多少也含了一份尊敬。

先生们是沉稳、内敛的，而老师们多活力四射，下了讲台，在篮球场上也能一展风采，他们会和男生一起打球，会组队比赛，有女生围着看时，热情比男生还高涨。

我那时成绩不怎么样，却淘气得紧，愚人节会在数学老师背后贴写着"愚人节快乐"的小纸条。他在教室里走来走去，不明所以地看着我们笑得贼兮兮的，有同学揭下纸条给他，他也笑。在讲完一道题目后，他一本正经地宣布明天测验，引起一片惨叫："老师，你这是报复。"等我们安静地认命了，他又不动声色地说："这是愚人节的玩笑啊。"教室里一下又炸了锅，我们不得不承认姜还是老的辣。但没几年，他考研离开了。

高一稀里糊涂就过去了，现在根本想不起同班的同学有谁，只记得有一个男生高一时就自学完了高三的化学，然后在全国化学比赛中拿了奖。还有那个年轻、高瘦的班主任，总穿着蓝色的西装，做早操时站在前面看我们，像细脚伶仃的圆规，说话"花""发"不分，却领着我们在全校大合唱比赛、校运动会上出尽风头，在各类学科竞赛中也连获佳绩。

高二的时候，楚中迎来了 50 周年校庆，课余我们都忙着大扫除，努力让陈旧的校园变得整洁大方。当大日子来临时,天公却不作美,无视我们连日的辛勤,下起了大雨。站在水哒哒的操场上,在风声、雨声、嗡嗡声里听校长报告了一长串学校毕业的大人物,最后只记住语文老师提过的一个作家叶文玲,踮起脚尖想看一眼台上名人们的模样,前面的雨伞重重叠叠挡住了视线,一个都看不到。也不晓得遗憾,只觉春雨恼人,心里惦记着学校承诺的全校学生一人一块的大排。楚中的大排,我至今仍在怀念。

高三了,在我们的紧张忙碌里,学校的礼堂拆了,两层的新食堂建成,还买了地在实验楼前面建了一个操场,虽然跑道是煤渣填的,开运动会、体育考试时,老师还得拎着盛满石灰的垃圾斗画线,但也算是 400 米标准跑道了。新的校门建在学校南面,是电控门,从校门到教室要走上百来米,新的综合楼在建,体育馆、校花园都在规划筹建,我们期待着楚中翻天覆地的变化的同时,却毕业了。

毕业时,没有料想的难过,反是解脱后的茫然,不知是不是高考后遗症。却不曾想,几年后又回到了这里,一呆就是八九年。

来面试的时候,我有点认不出这是原来的学校,从大门进来,是园林的景致,一边是紫藤满廊、曲折幽深,一边是花坛假山、鱼池凉亭、竹树叠翠。大学期间也来过一两次,却从未仔细看过,此时才发现二十世纪五六十年代的房子已全部拆除,小卖部也拆了,学生宿舍拆后重建在原来的教师宿舍后面,容纳了更多的学生。

原来的老师又成了同事,包括高一的班主任,我们还一起搭档过。他们继续指导、引导我,不过不是关于学业,而是关于教学育人的方方面面了。大概以前的先生们当初也是如此恳切地引领刚入职的他们正式步入教师生涯的吧。

那时候,我稚气未脱,人又矮又瘦,还没学会穿高跟鞋和裙子,整天一身白 T 恤、牛仔裤,骑着一辆旧自行车从校门呼啸出入,被门卫不知道拦了多少次:哪个班的,校牌呢? 有一次,又被新来的门卫拦住,正解释呢,被班里的两个女生看到了,两个比我还要矮小的丫头片子挤眉弄眼地冲我做鬼脸。

站上讲台,我觉得自己还是颇有老师风范的,如今却尴尬得只想有个地洞直接钻进去。她们偏偏还凑上来,假装一本正经的样子,亮出校牌,说:"我们可以证明她是我们班主任……"

于是,我痛定思痛,花了一个月的工资备齐装备。第一次穿着及膝连衣裙和半高跟鞋去教室,结果拍桌的、尖叫的什么都有,害得我一脚绊在讲台边沿,差点摔倒……

第一年,边学习边实践,劳累、忙碌得有点不得章法。每天6点多到校跟早读,早饭来得及就吃,来不及就上完课再吃。一天下来,上课,跟操,备课,做课件,改作业,午休下班,自习下班,夜自修(没夜自修也要去教室转转),找学生谈心,与家长沟通,等等,忙到十一二点回到宿舍倒头就睡;第二天又像打了鸡血,抖索着精神重复着前一日的事情,说实话有时比学生还盼望放假。

这一年里,为女生打过蟑螂,也训哭过一米八个儿的男生(都想不起怎么训的)。运动会上和他们一起呐喊,大扫除时也挽起袖子一起打扫,纵容过他们小小的恶作剧,也在班会上冲他们瞪眼、发火……他们也冲我翻过白眼、闹过脾气,笑过我的笨拙,抗议过我偶尔的专制;他们为我争过光,也让我被领导批评过……唯一的共识是彼此都不以成绩衡量彼此,当然他们学得也不差。

高一结束,进行文理分班,有十几个学生考到快班去了,余下的文理比较均衡,只能打散并入其他班级,结果好些女生抱在一起哭,哭得我的鼻子也酸了。一个心细的女生,要到别的班级去了,就特意亲手做了一份礼物送给我。我曾怀疑她早恋,没少对她敲敲打打。后来她毕业、工作,逢年过节仍会给我发问候短信。

高二,我担任文科班班主任和一个理科班语文老师。理科班是原来任教的另一个班级的班底,再重逢,竟然有劫后余生的感觉;文科班,自己原来的班级学生不多,几乎是从头再来,所幸占了班级近三分之二的女生和我都比较合拍,几个调皮的男生,有时不听我的,却服几个女生。青春期的友谊很奇妙。

班里的男生多算高大的,最高的一个体育生有一米九几,女生除了少数几个,大部分在一米五和一米六之间,一米五以下的还有两三个,天晓得这是巧合还是学校特意安排。每次出操,我身后就跟着一长串的萝卜头,到了后面突然就变成甘蔗了,萌萌的身高差常引起别班同学的哄笑。理科班学生戏称我是萝卜队长。可是,我的萝卜兵人小,战斗力却不小,成绩一直领先同年级段班级;一个学期 4 个月学校循环红旗,我们班能拿到 3 个月;校运会,小小的身影奔驰在 800 米、1500 米、3000 米的赛场上,大个儿帮助小个儿,小个儿搀着受伤的大个儿……他们总能出其不意地让人感动。

在这里,我们相处的时间比彼此的家人还多,我们共同投入时间、精力、情感,一起欢乐也一起难过。有一个女生很郑重地在周记里拜托我化妆,说"师容为生悦"是她们共同的心声。一个男生不断打架,我一次又一次地到学校德育处"保"他,他一次又一次重犯,最后两次打架只隔了 1 天。德育处的主任叹着气说,没办法了,校纪校规不是摆设,大概要劝退。我知道他是一个善良、讲义气的孩子,并不会欺负同学,对老师也很尊敬,每次打架都是为别人出头。我有时候因为他的冲动很生气,骂他"你就没脑子的",他也不恼,只是道歉"给老师添麻烦了"。从他初中同学那里辗转了解到他是因为失恋才自我放逐。我联合了其他老师,黑脸、白脸、红脸地轮番"轰炸",希望他向学校低头,可他却倔强地告诉我即使不被劝退,他也要自动退学。那一刻,真觉得做老师的有心无力。

还有一个男生,有点内向,话不多却逢谁都是一张笑脸,喜欢在周记里称我"老班"。高三运动会时,他拼了全力为班级争光,腿还受了伤。我心里过意不去,特意给他父亲打电话,说运动会可能累着他了,家里给他好好补补,免得精神不好影响上课。但几天后,他的状态不对,很沉默,上语文课故意做自己的事情,还不时一副横眉冷对的样子,弄得我很莫名其妙,如刺梗喉。我找他谈话,他不情不愿地来,冷着脸一言不发,让我独角戏唱得尴尬。试了几次都是这样,我也恼了,冷着他,结果其他老师也来反映他似乎性情大变。我联系他父亲,他父亲也不知可否,我认真梳理了运动会后他的表现,觉得可能还是和我有关。再找他,我放低了姿态,诚恳地告诉他我很怀念他以前的样子,我想肯定是我什么地方让他难过了,他才会有如此态度。作为一个老师,我绝对不会对自己的学生怀有恶意,有什么话当面讲开,比闷在肚子里好。高三了,我怕这种情绪会影响学习。他的脸涨得通红,咬着嘴唇,憋着眼泪,半天才无限委屈地吐出一句话:"你向我爸爸乱告状。"一听这话,我比他还懵:"什么时候?"他说就运动会结束后。我立刻想起那通本是好意的电话,赶紧解释,为了让他相信,我说我打电话时和他高一的老师在一起,他可以去问她我当时怎么和他爸爸说的——我也会和他爸爸解释的。他低着头,不说话,含着眼泪回教室了。我马上联系他父亲,才明白那天他父亲刚喝点了酒,听差了,后来又在酒意未消时瞥见他看漫画,就怒骂他了一通……误会消除后,他的态度积极了很多,但是我觉得我们的关系不复如前了,而且他的情绪持续了一两个月,多少影响了成绩。为此我内疚不已。

…………

2005 年 6 月 8 日下午,他们中最后一个人走出考场时,我竟然有种虚脱的感觉,似乎谈了一场过于投入却没有结果的恋爱,结束时只觉身心疲惫。我以为我们的缘分就此结束,但毕业后,他们建立了 QQ 群,我们在群里相互联系。因为网络,在我离开楚中、离开教师岗位后,这种联系也没有断过。有一个周末,他们一帮人来我家玩,然后坐在一起搓麻将,如同多年的老朋友。再几年,两个女生来看我,一个嫁到我家的镇上,孩子也已两三岁,聊天时,恍然发觉她们也奔三了,多半人已经结婚。当年和我嬉笑、置气的少年,有些事业有成,有些家庭美满,也有个别遭遇过不幸,并不如意。时光消去了他们的稚气,正把他们打磨成更好的人:成熟稳重、努力奋进。那一刻,我觉得自己并没有真正了解过我的学生们,但是我为他们感到自豪。

2010 年这一届学生,是我第二届带毕业的。我去参加他们的同学会,发现竟然也有人结婚生子了,连当年最调皮捣蛋的家伙,都成了顾家敬业的

"有为青年"。我们老师坐在一起,感叹自己老了的同时又有"儿女长成"的安慰和满足。但我觉得他们比我幸福,他们的安慰和满足还会一茬接一茬地不断继续。

2011年1月,期末的最后一节课,我站在高一(7)班的讲台上,写完最后一个粉笔字,忍住忍了好久的眼泪,才转过身对学生们说:"接下来你们自己复习吧。"后排的几个男生鬼鬼祟祟地把东西塞到抽屉里,我知道他们在看流行小说。若平时,肯定下去收了再说,现在只是下去站在他们边上,盯着他们把重要的诗文背一背。我心里知道这是我最后站在教室的几十分钟,因为前路未明,除了学校的领导和少数几个同事,谁也不知道我的去处。我不能对我的学生说"这是我给你们上的最后一节课,请你们如何如何的"。我只是站着看着他们,彼此安静。

我想起都德的《最后一课》,可不免又觉得自己小题大做,但是伤感和失落是真实的。我望着这幢旧教学楼的窗外,想起10多年前的两株木芙蓉如今已不知所踪。我毕业离开的时候还没意识到它们会消失,总觉得念旧是遥远的事情。这么多年过去了,我还不曾老去,却被旧事萦绕了,这大概就是失去后才知道珍惜,因为这次告别后,何时相逢尚不能知晓。即使日后再回来,也只是一个过客了。很多情感,只有当过老师的人才会理解吧。

铃声响起,我置若罔闻,经学生提醒才意识到下课了。我说:"祝大家考试成功,过一个好年。"这是我8年多教学生涯的最后一句话。走出教室的刹那,我在心里默默地说了一声"再见"。我想我不是一个好老师,但是我碰到的都是很善良的学生,他们允许我犯错并帮助我纠正,我们彼此包容、谅解,共同见证彼此的成长。

而我要说再见的又岂止是学生,还有那一群一起奋斗的"战友",他们曾是我的师长、学长、同学,后来是关系密切的同事、搭档、朋友。我们曾一起迎接高一新生,一起备课、讨论试题、改卷、帮忙代课,一起迎战高考;曾在夏日炎炎之时,摊钱去买冰激凌,在冬日晴好的日子,搬出藤椅放在向阳背风的角落边改作业边吃零食;还喜欢三五约伴去吃川菜、火锅,然后掐着时间拼命赶回来上夜自习……但我不知道如何面对分别,所以我就这样一个人悄悄地离开了。

我环视这 8 年里楚中的变化:建起了 400 米的塑胶跑道,在楚门河对岸建了新食堂、新学生宿舍、游泳池,新的教学楼已经在建……师长们住过的老教室宿舍我也生活了好几年,后来又搬到由原学生宿舍改造而成的新教师宿舍……但我只能把这些打包存放在记忆里带走。

在我离开后的 5 年里,楚中仍在不断发展、壮大,校门重建了,显得更加高大气派,新的教学楼已经建好,有了像样的图书馆、校史馆等等。但那两株美丽的木芙蓉、昏暗的大礼堂,那些老当益壮的师长,还有许多已经调往别校的同事,埋头苦读的学生们的身影……楚中往昔的点滴仍在我的脑海里记忆犹新。

楚中今年已经 70 周岁了,但是校园是个永远年轻的地方,在这里我释放了自己的青春和热情,也见证了无数人的青春和热情,我们共同努力让自己变得更好。十一年半的楚中光阴,在我生命里留下了不可磨灭的印迹,也将继续烙刻在我未来的人生中。

【作者简介】

张文志,玉环人,当过高中语文教师,现供职于台州市文联《台州文学》编辑部,是浙江省作协会员,入选省第三批"新荷计划"人才库。在《美文》《鹿鸣》《中华读书报》《华夏散文》《延河》《散文选刊》《大观》《浙江作家》等报刊发表散文小说评论 20 余篇。散文多次入选、入编《文汇雅聚·木槿集》《文心写意》《文化地图看浙江》等书或选集。

乡愁，是一曲温婉的越剧

◎潘慧敏

晚饭后出去散步，路过彩虹桥，被一阵熟悉的音乐声吸引住了。原来是一个大伯坐在桥栏边拉二胡，拉的是越剧《红楼梦》里的"葬花"。啊，多么熟悉的家乡乐曲！我不禁和着他的曲子轻声哼起来："绕绿堤，拂柳丝，穿过花径……"

越剧，发源于嵊州，也是我的故乡——同属古越大地的诸暨的地方戏，是那里的老百姓们最熟悉最痴迷的剧种。

我的童年时光里弥漫着越剧清丽婉转的旋律。阳光明媚的四月清明，被春风吹得绿油油的茶山坡上，点缀着采茶女们打诨嬉闹的笑语，飘荡着她们婉转动听的歌声："林妹妹，今天是从古到今，天上人间，是第一件称心满意的事啊……"歌声曼曼妙妙地飘到对面的山坡上，那边马上也来个接应："我合不拢笑口将喜讯接，数遍了指头把佳期待……"七月暑天的黄昏，牧牛的老倌犁完了田，先把牛赶进水塘，自己也跟着一个猛子扎进去，怡然自得地泡一会儿澡，然后在石坎缝里摸一碗螺蛳。等到日头落进了西山，他才爬出水来，腰间的浴巾里系着刚摸来的螺蛳，赶着牛就唱着回家了："走啊，路遇大姐得音讯，九里桑园访兰英……"故乡的人们特别喜欢越剧，广播里播的、收音机里放的都是越剧,春节里农闲时村子里请来的戏班子唱的当然也是越剧了。看多了听多了,老百姓们几乎人人都会哼两句,唱两段。

"燕飞,来,唱一段梁山伯祝英台。"乡亲们好喜欢这个叫燕飞的6岁小女孩。6岁,有的孩子连话都说不全呢,而这个小女孩,能把《十八相送》都唱完。

燕飞扎着两个朝天辫,辫子上系着两根红红的绸子,这些都是喜欢听她唱越剧的大人奖赏给她的。她在人群中站定,小脸儿一偏,小小的兰花指举过头顶,小嘴一开,奶声奶气地唱起来:"书房门前一枝梅,树上鸟儿对打对。喜鹊满树喳喳叫,向你梁兄报喜来。"

"好!好!"大人们都拍手鼓掌。燕飞才不稀罕呢,这样的褒奖她早就习惯了。唱完《十八相送》,她接着唱《碧玉簪》里那个阿林娘送凤冠:"……千错万错是阿林错,我婆婆待侬总勿错。媳妇啊侬买个人情给婆婆,夫妻重欢琴瑟和。"大人们都争相把她抱起来,有往她的衣袋里塞糖果饼干的,也有亲她小脸的。这时的燕飞却是一脸的淡定,俨然一个久经戏场的小明星。

村里有棵700多年的老樟树,樟树下有个漂亮的戏台。每年的腊月或正月,村里都要出钱请戏班子来唱越剧。村里要做戏了,村民们欢天喜地,老早就通知了外村的亲戚朋友,请他们来看戏。开戏的那天,乡亲们早早起来,叫醒孩子们,催促他们赶紧吃完饭,然后把家里的凳子椅子都摆到戏场子里去。大人们反复叮嘱孩子,一定要占个离戏台近一点能看得清楚、听得清楚的地方。大人们在家里干完了家务,带着瓜子、花生、蕃薯片往戏台赶,一路上大家高兴地打着招呼,过节一般地快乐。

戏场里里三层外三层都挤满了人,要想找到自己的孩子在哪个地方还不是那么容易的事呢。

"阿三,阿三,这小子。凳子呢?放在哪里了?"

"爸,妈,在这里,快点进来!要开始啦。"

终于找着位子坐定了,看看边上坐的大多是熟人,于是,你递给他一把花生,他回你小孩几颗小糖。不懂戏也不要紧,旁边自然有人会解说。这时,"咚咚锵锵"一阵敲打,戏开场了,从后台出来一个漂亮的旦,戴着凤冠霞帔,莲步轻移:"头戴珠冠压鬓齐,身穿八宝锦绣衣;百折罗裙腰中系,轻提罗裙往前移;当今皇上是我父,我本是金枝玉叶驸马妻……"台下的年轻后生,一个个看得眼光直直的。而小姑娘、小媳妇的脸上,透着的却是深深的羡慕,幻想着自己就是那个高贵的公主。

有时演的是苦情戏,比如,穿一身黑衣黑裙的秦香莲,千里寻夫到京城。她带着两个年幼的儿女,齐齐地跪在丈夫陈世美面前苦苦哀求:"你黄鹤一去不复返,我望穿秋水整三年……"字字动情,句句剜心。而台下已是唏嘘一片。

故乡的越剧,如涓涓细流,从古老越国的乡村市肆,流过江南的谷场河流;似缕缕春风,从晓风残月的西子湖畔,吹到繁华喧嚣的十里洋场。故乡的越剧,在异地他乡到处生根开花。远离故乡的我,经常能听到温婉缠绵的越剧。每次听越剧,就像听到乡音一样亲切,就像见到老乡一样温暖,心底也会涌起对故乡无边的思念:恬静的山村,淳朴的民风,古老的戏台,热闹的戏场,慈爱的乡亲……

越剧,我心中永远的乡愁。

【作者简介】

潘慧敏,三门职业中专教师,台州市作协会员,作品以散文为主。

永宁江怀想

◎吴万红

　　傍晚,我面朝莲花峰,站在城新大桥的中间,凭直觉去亲近和怀想一条叫作永宁的江。

　　一条江,不见源头,也不见终极,波面如镜,堤岸柔和,起风了,平滑的镜面顿时碎成千万片,一条流水的历史在光与影的变幻中交织显现。

　　崩山裂石而下的水日夜不停地冲刷,形成了一条狭长的渊,从西部高大绵延的山一直伸到东海之滨。溯根的潮水天天循着渊漫涌,直到潮济才歇住往前的脚步。潮来潮往,咸淡交合,诞下沿江两岸肥沃的土地。

　　苍茫的蒹葭先来落户,蒹葭掩映下的江水,水中的生灵在此繁衍生息,鱼虾肥美,红螃蟹成群结队。

　　有一年秋天,江水茫茫,芦花飘荡,断发纹身的少年追随水中央的佳人涉水而至。他和她,在江边结庐而居;他们生子,子又生孙,孙又生子,子子孙孙的茅庐列满江岸。于是,他们的后代往离江更远的地方,往深山迁移。春夏秋冬,时光如江水一样流动,天灾频仍,人祸却在更远处的山河中上演,断发纹身的子民在这片僻静的土壤上,与大自然一起荣枯。

　　沉静的岁月迎来了一位身世成谜的青年到江边定居,青年种下第一棵预示着吉祥如意的橘树。青年将成熟后的橘果分给当地的百姓品尝,并带领他们栽种。栽种的过程充满艰辛,乌猪破坏,贪官抢夺,风暴肆虐,沿江的子民们铁了心,青年和百姓们一起抗争着,他们的树种了被毁,毁了又种。终于,橘树的绿潮循着少年子孙们的足迹,蔓延整个江岸,涌上半山腰,每到秋天,橘海漾起金色的波光。那个带橘而至的青年,在莲花峰上缄默成石,永远守候着他的山河岁月。

岁月像大江一样清寂绵长,永不停歇。每年夏秋,永宁遭水患,太平洋上集结的流云裹挟大量雨水,覆盖了整个江岸,浩大的洪水少则10来天,多则半月才完全退却。洪水总是带走一些事物,又有一些事物来接替延续。一年又一年,潮涌潮退,稚嫩的手从苍老的手中接过种橘的锄头,橘树的新枝代替着旧枝,新株代替着老株。与大江有关的一切,包括奔涌的江水、人、鱼、水浮萍、柑橘、渔舟、流云……皆与漫长而迷惘的时间随行,死死相续,生生相因。

千百年来,江面上行过扁舟、盗贼、渔民、学者、诗人,行过仓皇逃窜的皇帝和臣子,行过渡过重洋为圣而来的异国僧侣。在江面投映的历史随着朝代的更迭,日日相异,却又永恒轮回。直到有一天,零星的枪炮声响代替了以往更零星的短兵相接,间杂着少女的凄厉哭嚎,接下来的一些年月里枪声不止,骚动不息。突然,世界静止下来,当太阳冲出地平线的时刻,一首慷慨激昂、令人热血沸腾的歌曲随之唱响,蓬勃的旋律在永宁江江面上飘荡缭绕。

几年后,许多身强力壮的年轻人被征集,因为一个相同的目的聚在大江的上游。群山合抱后形成的缺口,大量的水从那里奔腾而出。他们要在那个缺口上建造一处堤坝,扼住奔涌了亿万年的流水。他们利用炸药开山裂石,日日夜夜挥舞手中的石锤、凿子、锄头、铁锹,筑建大坝的根基。夏天,烈日炎炎吗?他们赤膊,汗水在古铜色的躯体上流淌,滴到土石上,迅速被阳光蒸发。他们执着地挥舞着手中的工具,从日出到日暮。冬天,大坝底部的水寒彻肌骨吗?他们亦赤膊,喝几口雄浑的黄酒,下到大坝底部。几个寒暑过去,他们的血汗凝结着泥土沙石,筑成一道钢铁般的屏障。一条横空出世的坝亘住山的缺口,水改变以往奔涌不驯的姿势,乖巧地囤在群山与大坝形成的湖中,等待着被调遣。

大江平稳流淌,长久以来的水患也得到了很好的平息,奔涌的潮水不会动不动就覆盖沿江的一切。水按时守势温驯地流淌,顺着交织的灌溉网,日夜滋养着下游的作物。

自歌声传出那天清晨起,每天的同一时刻,相同的旋律都会在这片土地上回响,大江的某些秩序在歌声中逐渐被打破,某些格局被重新确立。土地被公平地分配,后归于集体,后又被公平地分配,归沿岸的子民长期使用。大江两岸,种橘人的后代种了更多的橘,汹涌成潮,橘潮甚至漫上半山腰和离大江更远的山地。橘果沿着日益发达的公路流往全国各地,有的甚至去到异国他乡。

那首激昂的歌曲渐渐停息,第一台机器的轰响带动成千上万台机床的轰鸣。大江的两岸越来越热烈扰攘。厂房最开始在江的东侧聚集,后来往西部扩散,在绿潮中央零星出现。沿江的子民纷纷涌进工厂,成千上万的外地民工来了,他们也涌进厂房。外地的生意人来了,国外的生意人也来了,工业产品沿着当年的橘果的路径,输往全国各地、异国他乡,后来又拓出更广阔的空间。

大江也没有逃过时光带来的工业大潮的淘汰,坝里的一部分水被架设的引水管道分流,流往离大江更远的城市与乡镇,与人们的生活息息相关。大功率的抽水机架在江岸,长长的管道将泥浆从江中引到江岸的滩涂地,滩涂被泥浆填充平整。在坝限制了水的几十年后,大江也被水泥和钢筋限制了。每年夏秋,太平洋的流云依旧集结而来,水患却永远地止息了,波心永宁。

夕阳将最后一抹余光涂抹上江面,平滑水面亮起金色的波辉。一只水鸟贴着水面飞行,和自己的影子面面相觑。除了自己,它还看见城市与乡村交织的倒影。鳞次栉比的高楼间霓虹灯渐次而起,灰蓝天空呈现淡淡的紫,这是属于城市的半个江面。另外一半是清静温暖的零星灯火及暗蓝沉寂的蓝黑天空,来自乡村。从柔和的江面,它还望见一条大江作为水的本质:上善若水,水善利万物而不争。

与大江有关的物事,高楼、厂房、川流不止的车辆、行人、柑橘、水鸟、水中的生灵,一切的一切,依旧随着迷惘而漫长的时间,死死相续,生生相因。

大江应和着时光的节奏,缓慢而从容地汇聚百川,东流入海。

【作者简介】

吴万红,黄岩区第一职业技术学校老师、台州市作家协会会员、黄岩区政协文史专员、台州教育作协理事,2019年入选浙江省"新荷计划"人才库。出版散文集《拾月纪》。

老街风情

◎金海燕

在路桥工作,他人问起我家乡,笑答"杜桥"。杜桥这两字,总能唤起我记忆深处无限的温情。

　　我家门前有一条河,名唤龙浦河,河上有一座叫"杜桥"的桥。我的家乡杜桥镇,即以此命名。杜桥早初以桥聚居,两岸人口迁徙形成村落、街市。桥原名"涂下桥","杜"与"涂"谐音,后来简化为杜桥。

　　桥连浦西与浦东两岸,两岸原是极其热闹繁华。小时,乡人来赶集,两岸商贩众多,客流不息。那时还是石板路,两岸建有路廊,小贩沿街摆摊,多是手工的竹篾制品,也不需叫卖,便围满人客。农人叫杜桥为杜桥街,称赶集为市日上街,上街必要置办器什,竹编的农具和生活制品自然是首选。

　　父亲是一位竹篾匠,13岁从师傅学手艺,少年时以"一身手艺不饿肚"的信念走江湖,上门为人家制作与修补竹器。据说,父亲是在山里人家家里做手艺时才与母亲相遇的。勤劳肯干、踏实沉稳的性格,为他赢得了美好的爱情。父亲成家时,已在这街上开竹木店讨生活了。父亲做竹篾匠40年了,技艺早已熟稔在心,一根竹子到手便能轻巧地劈开,篾青与篾黄在他的刀下轻松分离,竹条在他手里翩然翻飞,买客只要告诉他尺寸与样式,父亲都能制出相应的竹器。父亲很有耐心,做手艺精益求精,竹子往往是经卷刨与篾刀多次刨削,竹器制成时,表面也光滑细腻。

从我的出生到如今,店面租在这老街已有26年了,父亲仍安然守着这份老手艺。我们一家与房东一家也早已如同亲人,多年来房租也未曾涨过多少。房东阿公阿婆,去世多年了。我小时候,阿公永远是第一个带我去街上买小镇上最新小吃的人。年关的时候,他俩永远是笑眯眯地给我和弟弟压岁钱,总是给我讲很多故事,帮我编狗尾巴草,填满我许多童年生活中无聊的日子。在寂静的夜晚,仰望苍穹,我总是想起从前夏天夜晚搬来高脚藤椅,坐在门前纳凉,听他们给我讲神秘有趣、令人着迷的星星故事,那些离我不知道几光年远的星光,那些永远别离却也在我们的生命里永远留下印记的人。

记忆里,多雨的夏天和调皮的孩子总是令大人们担忧。以前,顽皮的孩童喜欢沿着岸边台阶下到水边戏水,总免不了几起落水的事件。如有呼救,两岸深谙水性的男人往往不顾一切,"扑通"一声就跳入水里迅速救起落水的孩童。记忆里,父亲曾因救落水孩子,在河水里失去了他的一双好皮鞋。对岸的叔叔也曾因跳水救人过于迅疾,来不及将口袋里的财物掏出,损失了一台手机。若遇到台风天气,由于两岸地势低,门口的龙浦河在暴雨中易引发严重水涝。淹水过后却是小孩们玩乐的大好时机,孩子们穿个雨鞋,更调皮的索性赤脚,在没水的老街上走来晃去,任由大人的责骂也要叫水发出"輄輄轕轕"的欢乐声响。

小时候,我虽不喜欢玩水嬉戏,但也认为多雨的夏季最有风情。站在路廊下,若是小雨,看雨潇洒地飘在风里、落在河里,发一会儿呆就十分惬意;如是大雨,听雨敲击路廊上的瓦,看雨水沿着屋檐"哗哗"地流下,心里也无不可喜。夏天,过路的人即便因天色忽变,雷雨骤至,也无需慌张无措,在路廊下躲一会儿雨,或是从沿街的竹木店里买一顶遮雨的箬笠,又可以继续赶路。夏日无雨也无不好,天晴日好、暑气蒸人的时候,人在路廊避暑,沿街的店家还可卖一顶竹编凉帽。

夏日屋后凉风习习,老人们说是栽了大树好乘凉。邻居门后栽有一棵杜仲树。母亲说,杜仲是一味好药,树上是不长虫的。李时珍《本草纲目》载杜仲:皮中有银丝如绵,故曰木绵,江南谓之檰,折之多白丝者为佳。初生嫩叶可食,谓之檰芽。一味宝贵的中药,花、实苦涩,亦堪入药,木亦可做屐,益脚。我从杜仲叶子的生长与飘零中,接收季节变迁的消息,虽未尝过杜仲的嫩叶,却在想象中感受到它的神奇。然而,最妙的还是起风下雨的天气,雨水落在叶上好听的声响,有时是一分清新的欣喜,有时是一丝清浅的愁绪,早先邻居种杜仲树是否是因为雨声的好听也未可知呢。

岁月变迁,老街经过改造,拆去了路廊,铺了水泥路面,重修了老桥,沿河也加了围栏,龙浦河经过整治,河水愈加清澈。只是随着时代发展,这条沿河的街却寂寥了,沿街竹木店里的生意自然不如从前。母亲常说,这条老街上卖的都是"冷世货"了,言语之间不乏落寞。街头的钟表修理店早已倒闭,而街的那一头,打铁的匠人们还在寂寞的火焰里烧铁,做铁皮桶的师傅在金属"铛铛"的敲击声里不歇,箍木桶的老人早将自己的技艺传给自己壮年的孩子。

老街上有老房子坍圮,有人离开,有人老去,但老街的风情在岁月的消逝中沉淀,令人流连。我想,我永远不会忘记童年时期回家路上的云彩,老街上那些令我感到轻松惬意的温暖久远而难忘。

【作者简介】

金海燕,台州市临海人,生于 1993 年,热爱读书与写作,在《台州日报》《台州晚报》《今日临海》《东部》等报刊发表散文、诗词若干,为浙师大北山诗社、路桥诗词协会会员,现任职于路桥区峰江街道中学。

远去的咳嗽声

◎黎葵阳

咳嗽声，一阵紧似一阵。是父亲回来啦！可是父亲明明已经入土，已离开我们快 11 年了。是梦，梦醒后，一阵冷汗，几行清泪。是快过年的缘故吧，特别想念父亲。想他的笑，想他的苦，想他的咳嗽。于是，想起我们不再回来的小时候。

小的时候，我们一家住在山脚下，和村里其他人家都有一段距离。天黑下来的时候，父亲骑着自行车，拎着一把砖刀回到家。门口外有一排石级，随着父亲由远而近的一阵接一阵的咳嗽声，我们兄妹几个就会不约而同地叫起来："是爸爸回来啦！"于是，摆凳子，拿筷子，等父亲洗净手，坐下来，倒好酒，又一次咳嗽声之后，我们便开始动筷子，父亲风趣的说笑也从此开始，好像起早摸黑的他忘了什么叫疲倦。饭后的父亲会习惯性地到村中去走走，我们那时叫"里屋"。一般晚饭后，好多大人会到那聚聚，或坐石凳上打几回扑克，或聊聊今天挣了多少、明天又有什么活要做之类的话题。因为我们家的房子大又远离"里屋"，山上常有野猪或狼（那时我们称做"竹狗"）出没，所以父亲一出门，母亲就赶紧关门，嘱咐我们快洗脸洗脚进被窝。不知道我的兄弟姐妹当年是否和我一样，我反正是进了被窝也一直都在忐忑之中的,直到听到父亲的咳嗽声由远到近,最后一声清晰的门栓"答"的一声我便不再忐忑,不再做各种各样诸如狼或野猪破窗而入的幻梦。那时的心里,父亲于我是那么高大有力,他只要稍稍那么一咳嗽,野猪也好,竹狗也罢,都会闻风而逃的。

2008 年,父亲肺癌复发了。我陪他到肿瘤医院做化疗,晚上租住在医院附近的简陋民房里。记得我租了两个单间,可父亲执意要和我住同一间。那时有点怪父亲小气——几十万都花了,还在这点小钱上计较。如今想来应该是清醒的父亲早知自己病重,和我们呆在一起的时间不多了,希望和女儿多呆一会儿。一间五六平方米的矮房子,两张小床并排着。父亲在一边低声地催我"快点睡,都累了一整天了!"他是心疼我。我也确实是累极了,擦了把脸,刚躺下不到两分钟就睡着了。可是这边父亲的咳嗽声又一声接着一声响起。我快速坐起身,问父亲:"喝点开水还是?"他无奈地摇摇头,又下意识地用手示意我"你睡你的,不用管我,我没事",马上将被子拉过去捂住嘴,侧过身去。可是捂被子又有什么用呢? 几乎整个晚上就是父亲不停的咳嗽和"啊哟啊哟"的呻吟。天蒙蒙亮,父亲就穿好衣服,蹑手蹑脚地走出房间,边带上门,边轻声说了一句"我去走走,你好好睡会儿"。可是父亲一出门,我的泪便情不自禁喷涌而出。"父亲,我知道你有多痛苦,多难受,可是我又能做什么呢?"

如今,怕听别人的咳嗽声,尤其那些像极了父亲那重节奏的咳嗽声。几次经过上洋路,都被酷似父亲的咳嗽声吸引而停下脚步。明知父亲已离去多年,还是心跳加速,跟着快步走到那个熟悉的地摊,那时父亲经常来观赏或参与的象棋摊。走近了,不觉心一阵凉,人一阵黯然。这明明是别人的父亲,咳嗽也只是几分像,我怎么刚才却觉得神似呢? 这不禁又让我想起那年年初。记得刚陪父亲在中医院打完吊针,医生嘱咐说要多卧床休息,可他却坚持要去走走,还说什么"我去象棋摊呆会儿,不下棋就在旁边呐呐喊加加油,人也高兴点。说不定这一高兴啊,癌细胞就被我吓跑了呢!"说完,父亲带着几声咳嗽,手捂着胸口走了。病痛中的父亲还是这么乐观风趣,他是想以此来安慰我们，还是刻意在给我们做榜样呢？后来，好几回我都想搞明白，最终还是没有答案。如今，父亲早已成了梦中人，我还在梦里发呆。都说失去了才知珍贵，没想到连咳嗽声也不例外。"过年了，别人都回转家来，我家的却往外去，也不知去哪儿了，哪怕从门前经过，让我听听那熟悉的咳嗽声。"母亲好几次这么喃喃自语着。看来在母亲的记忆里，父亲的咳嗽也占着很大的地方，是她的温暖，也是她的心痛。母亲多次自言自语说："别人是盼过年，我是怕过年。人活着到底有什么意思哦！"其实，我何尝不是怕过年，怕这大大的房子少了父亲，母亲如何不担惊受怕。梁衡的散文中有那样几句好似专为此时孤苦中的我而写的——是谁发明了"年"这个怪东西，它像一把刀，直把我们的生命就这样一寸一寸地剁去。年是年年要过的，爆竹是岁岁要响的，美酒是回回都要斟满的。

如此说来，我也该跟日益苍老的母亲说一声：无论如何，年总是要过的，鞭炮也是要放的，酒杯依旧是不能撤走的。父亲的咳嗽声已经渐行渐远，而他所希望的我们的幸福生活还要继续。

【作者简介】

黎葵阳，七〇后，供职于三门教育局，台州教育作家协会会员、台州市教育文联朗诵协会理事。

故乡

◎孙明敏

时光浅浅,岁月静好!

曾记得,光着脚丫的童年,蹦跳在故乡的山路上。那时,我不懂山路的寂寞和艰难,不懂山路边自生自灭的草木的语言。牧笛儿轻吹,山歌儿没遮没拦,把朝霞从这个山崖撵到那个山崖;驮回一牛背山那边的夕阳,寻来一篮又一篮云的衣裳、泉的清唱。山路,唱响村庄甜蜜的梦想;山路,驮着故乡的温情和欢畅。

牛羊的童话滋养着山路,滋养了故乡;山路上,旋转着村庄望月、逐星的目光。一条条山路如虹似桥,将一个又一个村庄连接,将故乡的童年缩短。

站在魂牵梦萦的山巅,山脚下的路蜿蜒成一根扁担,将村庄的沉重默默地挑起。父亲的身影,被山路拉长,他负重的喘息,将山路扭曲。一声声吆喝,扬起山路上的烟岚。一阵阵叹息,沿阴雨中的山路盘桓……不经意间,谁的脚步踩湿山路边的月光?汲水的母亲,挑回两桶失眠的星。山路隐没的地方,那些女性的剪影散落在坡上,她们要从没有路的地方,拾回散失的五谷;她们要从悬崖上,挽回无依的白云。

在一座山与另一座山之间,一条条山路,像河流、山泉,默默地流淌,日复一日,流淌成山村悠久的历史。山路弯弯,只有山路,才能抵达村庄的内心;只有山路,才能明白故乡的隐痛。多少次骤雨来临,奔跑的村庄却不能撂下身边的牛羊、肩头的担子和心头的责任,一任雨水冲淡汗水,最终,一碗姜汤慢慢抚平山村日积月累的风寒。

故乡在沉默中负载着希冀的重量,多少次拉着岁月的纤绳,越过险滩急流。她把履历藏在岁月的年轮里,永远拒绝斧头与锯子的寻找;她把命运融入季节的脉搏中,让收获遗忘奉献的忠诚,渴望用金黄的丰收照亮田野,用绵长的布帛温暖生活。在山脚下,在两岸边,久久的日子里,弥漫晓雾,放射霞光,谁能想象故乡用虹霓去染亮那些永远走不进史书的生活。

终于,踏过冰川的季节,便是如诗的岁月!再回故乡,不记得季节,只沉醉于风景。

九遮溪水潺潺流,轻风扶我上山头。寻诗,纳凉,重走山路,也访仙踪,我信步来到寒山明岩寺。不是当年的山间小路,我沿着山石铺成的台阶拾级而上,高处是往昔天然的石洞,那是唐代诗僧寒山子的隐居地,此处有许多美丽的传说。走出洞口,绕过莲池,我径直向前,突然一道翠绿的藤帘横挂空中。一条条碧嫩的藤蔓,从山岩横木上垂下来。含羞的叶片紧紧地依偎在一起,他们在宁静中守候花开花落,轻轻浅笑。虽然,烈日炎炎,可纤纤藤蔓依然青翠可爱,凝盼如故。循着青色的藤蔓追忆当日诗僧,那些美丽的传说都静卧在文人墨客相知的眼眸里。

懂得赏心的人,总能发现一片忘忧的藤叶,用相机定格充满情谊的爱恋,将一种清新之美,放在心底的一个角落,等这份温柔变成回忆,在心灵干涸的季节感受甜蜜。

穿过绿帘,前面是庄严的大雄宝殿。值得一提的是大雄宝殿的后面,岩崖陡峭,充满神秘的气息。一条温柔的瀑布挂在崖壁上,仿佛恬静的仙女垂下柔情的水袖。仙女的舞姿里,还能看到寒山的身影吗?我正出神间,早有一少年按下快门,他把照片放大,图中的岩石形状恰似一人披着僧衣,背上背一小孩,一人侧身与他们交谈。这不就是寒山、拾得与丰干吗?众里寻

"仙"千百度,蓦然回首,仙人却在山崖石壁处。岩明、景暗,明岩之景,在眼中,更在心中!

　　我回过神,侧身西望,西边的岩壁上有几处黑色的印迹。这印迹似乎像马,却又不真切。传说曾经天下大旱,台州刺史闾丘胤来国清寺找丰干禅师求雨。丰干说:"只有文殊、普贤二位菩萨那里才有雨可施。"闾刺史打听僧众,才知道文殊就是寒山,普贤就是拾得。找到厨房,二人正在烧火做饭,见刺史来,"哈哈"大笑道:"丰干饶舌,丰干饶舌。你不识阿弥陀佛,却拜我们!"说完,二人携手走出山门,飞奔而去。刺史立刻带着四名快骑紧追不舍,眼看就要追上了,倏忽又落在后面,追了六七十里,只见一堵绝壁横在前面。突然"轰"的一声,岩门洞开,寒山、拾得纵身而入。五匹快马也跟着飞奔进去,把五个人掀翻在地。又是"轰"的一声,石门合上了。岩壁上印下了五匹马的影子,刺史望壁兴叹:"寒山无踪迹,五马隐青山!"从此,明岩就留下了"五马隐"的胜迹。瞬间,再看岩壁,果然五匹马栩栩如生:第一匹跑得快,只留下马尾;第二匹留下个马屁股;第三匹留下两条后腿;第四匹正翘首直追;最后那匹马还在回头顾盼呢!虽然"丘胤追寒山,五马留仙影"只是一个美丽传说,但是这里依山傍水有奇石,近看远观皆是风光,的确是郊游揽胜、迎宾会友的好地方。惊叹之余,我不禁暗想,大自然鬼斧神工,竟有如此神秀造化,明岩以星罗棋布的怪石世界和明净澄澈的瀑布胜境,共同演绎山水的魅力,一起定格永恒的时空,撩人心魄,牵人情魂。

　　沿着岩壁下的小道,我向幽境更幽处走去。前面别有洞天,真乃人间仙境。迎面来一两棵古树高,抬头望三四朵白云飘,耳边厢蝉唱虫鸣五六声,访仙踪登越峰岚七八道,九曲幽径不通樵,清修圣地十分逍遥。洞口一柱山泉从岩顶奔流而下,落到半空时,半柱水帘散成万点飞花,好似冬日的雪点,又如春天的柳絮,无风仍脉脉,不雨也潇潇。洞中水汽氤氲、清凉沁脾,越往里走,越让人觉得幽深奇崛。我在岩洞中小心行走,突然前面出现一道亮光,抬头望正好可以看到一线云天,这正是"一线天"的由来。再往前走几步,视线逐渐开阔,可以看到的天空正如一把打开的折扇,因此,这里也叫

"一扇天"。明岩怪石洞中空,风光不与别处同。移步换景细细看,此身恍若在梦中。故乡有句名谚"青天落白雨,和尚背道柱",用天台方言读起来正好押韵,说的正是明岩的两大胜景。其中,"青天落白雨"就是指这里的奇异景观,天然的岩石堆成一种绝美的艺术,汩汩山泉不断从岩峰里涌出,然后从崖顶滴落,一颗颗豆大的水珠从扇形的天空中落下,洞外明明是青天白日,艳阳高照,洞中却是雨声"嘀嗒",的确是名副其实的"青天落白雨"啊!"一扇天"下的岩洞,光线明亮,各种怪石姿态万千,令人目不暇接。一块椭圆形的大岩石斜卧洞中,好像水中跃起一尾鱼,人们称之为"上山鲤鱼"。我猛然想起"张珍追鱼"的传说,多情的鲤鱼仙子仰慕书生张珍的才华,宁可丢弃千年的道行,离却蓬莱仙境,与张珍双宿双飞。眼前这条上山鲤鱼,是一心向道、清修至此,还是只羡鸳鸯不羡仙,触犯天条,被贬下凡?人在洞中看怪石,怪石在此看人间,怪石成了你眼中的风景,你却成了别人心中的故事。

我沿着寒山的足迹,穿过岩洞,绕到朝阳庵,跨过仙人桥,回到莲池边。猛然抬头,一根高高的天然石柱立于莲池东侧,石柱的上部向外突出,从侧面看,好像是一个人背着另一个人,据说是和尚背着道姑,也就是民谚中的"和尚背道柱"。这其中还有多少故事,任人评说!

人融山水心自平,走过明岩,我渐渐学会了笑看繁华万千。人生俗事,淡然处之,用波澜不惊的坦然,看诸事顺其自然,把品尝过的辛味化作脸上的微笑,心里藏着处事不惊的淡然,藏着真诚以待的善良,藏着风雨不改的慈悲。唯有这样,才能渐渐品味到宁静的真正意义,宁静的天很蓝,宁静的故乡很美,宁静的生活很诗意……这种宁静,是一种发自内心的净化,是一种无憾无悔的纯真。当我们把青春的烈酒酿成了芬芳的清茗,唯心独醉,淡看世事浮沉时,苦涩间也伴有馨香。茶清梦正好,清心看流年。一切顺其自然,一切脱俗,一切如幽深邈远的意境,静静品味宁静淡雅的美。再回首时才发现:平平淡淡才是真……所有踌躇彷徨,不若化作坚定的信念,努力过好当下的,挽留正当年。

漫游明岩,畅想游仙,你若有心,仙迹无限!

多少年过去了,故乡美丽如初!

明岩寺、九遮溪、杨柳岸、芦苇花,千秆万秆,一片片弥漫飘逸,江鸥的歌声掠过水面,在闪耀的阳光下盘旋。被风雨反复剥蚀的岁月掩盖在柔波之下,巴山夜雨已变成涌动的心潮。

溶于时间,溶于生命,在无限中循环,彻底忘记自己就是永远。于千山万水之间掬一捧清流,在清澈透明中定能闻到永恒的香味。

水域万顷一碧,故乡生机盎然。有时只要一滴甘露,就能复苏一个干涸的灵魂;有时只要一条山路,就能燃起一个村庄的希望。没有梦想,小鸟的嗓子会暗哑成黄昏的断弦,温馨的月光会变得干燥苍白,季节的岸上会生出斑驳老锈,连诗人抒情的笔尖也吐不出几滴为家为国的酸涩的泪水。

因此,我愿意是一条江,以水的名义在故乡的阳光下燃烧着金色的光芒。因为润泽的使命,我获得了圣洁的内涵;因为晶莹与温柔,我永不苍老;因为奔流与灌溉,我永不枯竭。我愿以渗透、循环、弥漫、滋养获得春风化雨的意义,让故乡青春永驻!

【作者简介】

孙明敏,台州教育作家协会会员。现任教于天台苍山中学,热爱文学,喜欢越剧,作品曾获台州教育系统征文大赛一等奖。

弱水三千，只取一瓢

◎赵霜霜

一

江南人留客不说话，

只有小雨渐渐地下，

黄昏又似暮，

清晨静如纱，

人在景中立，

情在静中发，

多情小雨最难舍，

留下吧，留下吧……

不记得在哪里看到这段小诗，一记许多年。江南是多情的，是诗人笔下的风花雪月，是姑娘眼中的碧波流转，是老者嘴角的经年往事，是稚子笑里的青梅竹马，是久居的人间烟火，更是过客的一梦天涯。江南何其大，江南何其小，而我心里，最温柔的眷恋是那一水荡漾的情愫，清浅时如水墨丹青，深刻时若苍劲柳体。这份情愫浸润了四肢百骸，甚至每一根发丝，让人醉在其中，宁愿一醉不起，那便一醉不起。

林徽因说，爱上一座城，是因为城中住着某个喜欢的人。其实不然，爱上一座城，也许是为城里的一道生动风景，为一段青梅往事，为一座熟悉老宅。或许，仅仅为的只是这座城。就像爱上一个人，有时候不需要任何理由，没有前因，无关风月，只是爱了。

是的，没有前因，无关风月，爱了就是爱了，这个让我倾倒而愿意一醉不起的地方,它是仙人居住的地方。是的,它叫仙居,一人一山便是仙。它很羞涩,所以用云雾缭绕的轻纱遮住了那风情万种的仙姿;它很清雅,总是一袭青色裙装,黛眉不点,素得让人远远看去就屏住了呼吸,静静地欣赏那份天地灵气滋养出来的美。我爱她,而不是"它"!能让神仙留下不再四海九州飘荡的,怎么可能不是天地灵气孕育的另一个神仙呢?所以我想,她是仙女。

二

白云鸡犬,流水桃花,炊烟袅袅,黄昏人家。让纤尘不染的她有了些许人间烟火,更有了味道。永安溪是她的眼睛,澄澈得让人一见倾慕,再见倾情。清溪流淌,碧波荡漾,鱼翔浅底,蓝天映照,青山掩映,一路欢畅,美不胜收。百里沿溪绿道是她的飘带,缥缈中更添韵致。

我爱她!就这样一眼沦陷不可自拔。春天时,油菜花铺成的明黄色地毯,从这头到那头,热闹极了。她在地毯上跳舞,不分昼夜,笑着闹着连眼睛都笑出了花,细细密密的汗水滋润了整张脸,明丽得让人不敢说话,而百花雨纷纷扬扬地在风中自由飘荡,最后落进她的眼睛里像星星点点的灯火点亮了整个仙居。秋天时,麦浪翻滚连接着草地,遍地蔷薇已经慢慢收尾。她在麦浪中行走,这是一种优雅的浪漫,只有经历过的才会懂。你看,久居老者的嘴角已经诠释了一切。嘘!别打扰她,让她静静地走一走罢。秋天时,青天的云很低,瓶中的水很满,她的眼睛很氤氲,仿佛盛满了四季的情话,她轻轻眨了眨眼睛,飘带也跟着动了动,可是那散发的气息,平静而安详,让人想安心睡去,再织一网好梦。冬天时,透过她的眼睛看大雪弥漫,于是三季时光都被她偷偷地收于眼底,只留下仙子的清冷,不用担心,你看那小小的烟波里还有一份狡黠,另一个四季在悄悄发芽……

我爱她。最爱她的眼睛。她的眼睛,是柔美的永安溪。

我爱永安溪的早晨,她把矜持揉进了雾里。氤氲的晨雾朦胧而又神秘,多么想剥开这层缥缈,去仔细欣赏她在溪畔翩翩舞动的样子,那一定如一曲古琴的飘逸。古筝悦人，古琴悦心，她从来不必去讨好谁欢愉谁，她有足够的姿态悦心悦己。于是，这样的早晨一日复一日，却日日给人不一样的感受，说不出哪里迷人，就是这样飘逸曼妙得无法言喻。一次又一次，我站在无边的旷野，我陷进她如水的温柔里，犹如迷路的孩子，不愿离去，有她的地方才有家。青山荡漾着一层幽蓝，我多渴望她知晓我的爱意，而她却用丹青书写了沉静和淡定。

我爱永安溪的黄昏，她把风情灌入了余晖。斜挂的落日，隔着层层山峦飘了过来，柔软得不像话，满目晚霞也多情得让人移不开眼。而她就这样淡淡地望着，风不曾动，她也不曾动，如一卷被岁月无数次抚摸过的黄卷，已经退却了青涩和不自知。是的，她清楚自己是美的，却依旧低调而内敛，拥有风情万种，却不显山不露水，静谧而美好。于是，在日复一日、年复一年的黄昏里，我学着她的模样成长，学着以她的眼光去欣赏这被她的明眸滋润过的山山水水和人来人往，看着看着就懂了。原来，她知晓我的爱意，那颗汹涌澎湃的心已经悄悄地告诉了她一切，谢谢她赠予的欢喜，我何其有幸！

三

我的仙居，我的永安溪，我想把我们的秘密写进日记里，画入宣纸里，不想让人窥探，不想让人分去一丝一毫。可是，爱不应该是私自占有，爱是成全。我想拥有你的春夏秋冬，想拥抱你的清晨黄昏，想看你的一颦一笑，也想让你自由自在得如真正的仙子一样洒脱，所以我不会拘束你，不会按照自己的心意改变你，我会陪伴你、保护你，哪怕你永久年轻而我慢慢老去，也渴望我在那一群老者当中，嘴角所有故事都是关于你。

飞瀑之下，野山石上，我牵过你的手，也穿过你的秀发，你的呼吸在我耳畔那么清晰，而我的心在你那里，直到我老去、离去，都不想再要回来，请你一定好好替我保管它，它现在是我的，以后就是你的。你能听到的关于我对你的爱，它会在往后岁月把点点滴滴都告诉你，哪怕我已生命不再。

垂柳之下，花海之中，我看着你的背影，想象你的过去，那些我不曾存在的遥远过去,你是否如今日一般岁月静好,还是也曾如稚子般淘气过,如少女般任性过?那些来不及参与的过去是我的遗憾,我不后悔,往后余生,风雪有你,平淡有你。

不知不觉已过了二三十载,接下来的岁月里,想闲暇时乘一叶竹筏,听一路山歌,感受"小小竹筏溪中游,巍巍青山两岸走"的意境,想背着画板画卷嗅着四季的芬芳,一路走去,将你温柔的、俏皮的、优雅的、羞涩的,甚至少而又少的狂野一一画下来,裱进我的记忆里。

我就是这样爱着你,我的仙居,我的永安溪。

无论你是古木或古墙,无论你是凋零或惆怅,我依然坚定地说你的好,夸你的奇。你值得被我爱在心底里。

原谅我已跋山涉水厌倦了都市的喧闹,这里给予的除了安谧,还有灵魂的安放。

如果可以,我要向你附耳低语:"弱水三千,只取一瓢。"

【作者简介】

赵霜霜,1984 年出生在秀丽优雅的仙居,2006 年毕业于浙江师范大学美术系,同年任教于仙居县城峰中学,现为仙居县作家协会会员。

行者至疆

◎郑　丹

看过山,看过水,看过草地,也看过牛羊,但是你要知道,新疆的山水、草地、牛羊都是不一样的。

湖,徙倚湖山欲暮时

湖是明镜。我从来不知道,在穿过一片茫茫的山丘、茫茫的雾气之后,是这样的赛里木湖,它藏在遥远的边境。刚刚过尽赭、赤、黑、黄的山色,前方蓦然明丽。雨后方霁,一弯粗壮的彩虹直穿湖前的草坡,风吹过,坡上无数的白色大风车欢快地旋转,仿佛在惊叹大自然的瑰丽手笔。远眺,湖面静悄悄的,平如镜,清如玉,水草丰盛处,还有柔软的倒影,萦绕着落日的余晖。近观,湖水默默地推上水岸,又静静地躲回深处,只有那轻轻的浪声在告诉你,它曾来过滩头。虽是北方,但王安石的"春风又绿江南岸"仿佛就是此时此景的写照,但细细品来,似乎又大为不同。江南的湖水,那是出嫁的新娘眼中的一汪眸光,赛里木湖却将壮阔的边疆都孕育得温润了,犹如一个厮杀战场的将军满怀柔情。黄、绿、丹、蓝,换成最好听的名字,都是最深沉的色彩,牙色、竹青、檀色、黛蓝,分明鲜亮但又厚重。

湖是翡翠绿,不是秧苗绿、玻璃绿、金丝绿、油青绿、蓝水绿、菠菜绿、瓜皮绿、阳绿。它是传说中的帝王绿,远在唐布拉高山上的湖泊。新疆的小孩在马背上长大,几乎所有的男孩都有一匹自己心爱的马驹。假期时,他们就带着自己的"小伙伴",引导外面的客人来到神秘的仙女湖。不知道靠近天边的高山上,是否真的有仙女来临,但是这个广阔无垠的高山草原,实如仙境。午后的阳光在高低起伏的草坡上投下一块块清澈的亮片,青草郁郁葱葱,向阳处的色彩格外出挑,迫不及待地要把所有的青翠都倒入湖内。草坡大部分地方都是平坦温柔的,只在湖岸近处,一簇簇青松耸立,如同屏障。但牛羊满山坡,紫红的花儿盛开在湖边,星星点点,仔细看去,长了斑斑点点苔藓的石块,险些被淹没在绿色中。风捕捉着对岸白色的毡房升起的袅袅炊烟,夕阳点缀着翡翠般的水面,闪闪烁烁,波光粼粼,绝非人间。

新疆的湖,真正玉壶之水天上来。赛里木湖的清旷,仙女湖的清婉,已然惊世绝艳,却还有独库公路中蓝宝石般的无名湖、巴音布鲁克的九曲十八弯,都已成为我梦魂中难以割舍的美好。想那些散落在边疆,我从未到达过的大大小小的其它湖泊,又是怎样的景致?

草,风吹草低见牛羊

新疆的草原是广袤的。有名如那拉提、巴音布鲁克,吸引了无数的人慕名而来。然而,新疆最不缺的就是草原,纵然走过了那么多草地,却都不如喀拉峻般的浩瀚无边。这里的绿意延绵无边,高高低低,起起伏伏,远端的光滑如丝绸,近处的葱郁如锦缎。这些数不清的花儿大概是从天涯各个角落被暖风吹来后洒落在这里的吧。抬头,只见蓝天澄澈明净,这里没有小巧的鸟儿,只有雄鹰飞过木屋,飞过青松,飞过高大的山顶。棉絮般的白云在天边层层叠叠,一团又一团,铺在深浅不一的青山上,人站在栅栏前,便如同油画一样。蓦然,惊起一路烟尘,却是一群草原上的青年们挥动着马鞭奔驰而来。健壮的汉子,矫健的骏马,在蓝天白云下显得尤为壮阔。晨揽云岚,夜观星辰,鹰从烟囱上滑过,马在草原上嘶鸣,打一斤马奶酒,人世间逍遥不过如此。

新疆的草原是幽静的。你若未穿越过草原，永远难以想象有如斯美景躲在琼库什台的深处。这里青草疯长，要不是骑在马上，差不多就淹过了腰际，马蹄声"哒哒"，踏出狭长的羊肠小道，草原上的人们用木桩开辟出通往喀拉峻的小道。骑在马上，花香和细雨融化，沁人心脾。环顾四周，有荒废的小木屋映入眼帘，那些草儿耐不住时光的寂寞，爬上了屋顶，日日盼着马儿的到来，渐渐地在屋顶、窗格、墙面上绘制了绿油油的一片，若不是平坦的草原上突兀的轮廓，都难以辨认出这是往日草原居民的所在，它几乎和草色融为了一体。在这几乎杳无人烟之地，若是跑出来几个精灵，兴许也不足为怪。此时斜风细雨，青如剪，烟芜平远，竟生出一种逸兴来，恨不得策马奔腾。

雪，去时雪满天山路

新疆的雪是温柔的。夏特的雪山长年不化，古道两边青山矗立，云松挺拔，草地上尽是肥嘟嘟的土拨鼠，或相互嬉戏，或露着肚皮晒着大太阳，或偷偷地钻出树洞。时值夏日，野花姿妍，五颜六色，你无法形容大自然竟有这样的本事，让每一朵花都有自己的形状，像云，像风，像流水，变幻着万千姿态。夏特是一个人烟稀少的地方，因此，才显得格外纯净神圣，你不知道，在夏特，不仅石头是白色的，连河水也乳白如雪，又如古时的瓷釉，于日光下泛起细微的金色光华。也不知哪来的枯木，脱离了土地，横亘在水中，依稀还能想象出它曾经茁壮的形体，树皮大概经过河水的浸润，渐显苍白。冰凝与绽放，烂柯和生机，历史和童话在此地相映成趣。

新疆的雪是疯狂的。我们自驾着车辆行进在独库公路上，虽然烈日炎炎，发现从山上下来的车牌上都积着雪，不由惊奇。哈萨克斯坦族的小伙子别克告诉我们，独库前两天下雨，根据经验，随着海拔的提高，山上可能下雪了！果真，随着温度的降低，逼近眼帘的山体呈现出难以置信的美。小雨轻寒，风盈满袖，山麓还是青青翠翠的，山顶却是雪白如盐。白和绿的鲜明对比，形成令人悸动的视觉冲击，像抹茶冰激淋，也像浑身玉雪的白狐卧在绿毯上。骏马还在公路上成群结队地穿行，牛羊还在晃荡，来不及躲避纷纷扬扬的大雪,转眼间,前方的山色整个儿莹白如絮,而山间拢聚了团团白雾,更添神秘之感。人在大山下的身影显得如此渺茫。雪是越下越大,公路两侧地面已积了厚厚一层白色,鹰在眼前休息,人踩在雪上深一脚浅一脚,美景如斯,无以言表!夏塔有雪山,那拉提有雪山,乔尔玛也有雪山,却从不曾似眼前惊喜!大概最是不经意间的赐予,才会喜出望外。等我们开下坡路,天空一片湛蓝,温度升到了30度,真的是从冬天又一脚迈进夏天。

路,一路空山万木齐

新疆的公路是温润的。到了新疆,就算是公路都别有一番味道,且不说一瞬春夏秋冬的独库,也不说唐布拉的十里画廊,就单单伊昭公路就足以令你梦回数年。夏日的伊昭一如冬季般寒彻,路在高山上盘旋,高山下是漫山遍野的牛羊,等车至山巅,竟云散雨敛,天光可爱,山间林木墨绿、草色青翠,雨水聚拢成乳白色的云雾,或袅袅升腾,或团团飘移。蓦地见谷间或坡顶毡房一两间,惹得惊叹连连。独库公路美得壮阔粗犷、纯粹朴质,伊昭公路则美得细腻宽广、清澈水润。

新疆的公路是斑斓的。松香色的麦秸、明黄色的油菜花、绛紫色的薰衣草、赭红色的大峡谷、乳白色的流水……一不小心,就迷离了双眼。然而,新疆的五彩并不是蜻蜓一角,而是占着地广人稀,将各种色彩连成一大片又一大片,夺目而烂漫,从此,你再也看不上其他的景致。

行者无疆,在这夏日,踏上这山山水水,便觉得世界之大,尽在于此了。新疆这铺天盖地的魅力,像唐宋的诗词留下的延绵不绝的韵味。行者无需行无疆,便是寄时光于此间,也是无憾了。

【作者简介】

郑丹,笔名青水枥,台州市院桥中学老师,台州教育作家协会会员。寄情文字,尤钟情散文。生于江南,长于鉴湖,有山泽鱼鸟之思,案牍桃李之愿。有散文《慢生活》《鉴洋湖》等在市区级报刊发表,作品曾获台州教育系统征文大赛一等奖。

海之声　心之韵

◎李坚敏

很多人都向往"有一所房子,面朝大海,春暖花开"的幸福生活。大海似乎拥有神奇的力量,海风是它的呼吸,海浪是它的脉动,面朝大海,你会情不自禁被它的宁静和汹涌所感染,此刻,你会深刻地省视自己,思绪遨游在这无垠的边际。漫步海滩,用双脚去丈量这个世界,你会发现,无论是轻快的步伐还是笨重的脚步,最终都会被海水擦拭,大海告诉你一切的欢喜和悲伤最终都会泯灭,一切都没啥大不了的,这也许是人们喜欢大海的缘由吧。

我出生在一个海滨城市。对于从小就生活在海边的人来说,大海已经完全融入我们的生活:海鲜是我们餐桌上必不可少的食材,海风里常年夹着淡淡的鱼腥味,海运是我们的重要交通方式,就连台风每年都会如期而至。我对大海的情感是复杂的。人们常说人生有 3 种境界:看山是山,看山不是山,看山还是山。我对大海的情感也恰恰经历了这 3 个阶段。

看海是海

大海会怒吼,大海会咆哮,大海会"吃人"。小时候,我对大海怀着敬畏之心。我每周会乘渡轮去江对面的市区学校上学。每当起航的汽笛声响起时,我就会倚靠在围栏上,看着浪花翻滚。轮船像在开垦着大海,航线上浪花翻滚出的泡沫生而死、死而生,不生不死,半生半死,那时会有很多海鸥与轮船保持不远不近的距离,在浪花中穿梭觅食。但是如果起大风的日子,或者轮船上乘客接近负荷的时候,在风浪中的每一次颠簸,都会让我揪心,无助感顿时像潮水一样涌过来。可能从小听过太多海难的故事,抑或看过太多海怪的故事,我觉得人就像一株小小的浮萍,在大海面前渺小如蚁。

　　我的父辈们都是向海洋讨生活的人,清晰地记得每年家里的轮船维修保养后不是立马起航,而是载着满车的贡品去各个寺庙祭拜,祈求风调雨顺、出行平安。听奶奶说,我的爷爷是个渔民,但在我父亲16岁的时候淹死于大海,据说那次出海遇到了特大风浪,当时的木板船被海浪撞出个大窟窿,最后整艘船被海水倒灌沉没……

　　也许是因为过早地肩负起家庭的重担,在我的印象中,我的父亲像大海一样深沉,又像大海一样咆哮。我的父亲是个特别轴的人,他的世界里只有黑和白,没有灰色。但凡他认定的事情,我的任何解释都显得很苍白。我尝试跟他沟通,他说我狡辩;我认真听取教诲,他骂我像根木头一样杵着。总之,我不是他满意的儿子,他也不是我心目中的好爸爸。母亲告诉我,我刚学会蹒跚走路,就拖着比自己高的扫把要把父亲赶走。我讨厌父亲,但又惧怕他。幸好,他经常出海,而且每趟都好久才回来。他不在家的日子,是我最逍遥自在的好日子。每次我在外面疯玩回家,看到家里的食材变好了,就预感父亲出海回来了,心情马上打上了霜。父亲喊我吃饭都像吼着骂人一般,即使从大城市带来些新奇玩具,给我的时候也不忘念叨我几句。总之,我的父亲是个出口成"脏"的俗人,三句里一句脏话,已经成为他的讲话习惯。长大后,我蛮能理解父亲的,天天面对一望无际的大海,估计海浪声都不动听了吧,此刻只有骂几句才得劲。

　　至今让我都心有余悸的是1997年的温妮台风,来势汹汹,并不像其名这么温和。温妮台风像一只凶猛的野兽在张牙舞爪,到处肆虐,我亲眼看着楼下的树被它连根拔起;而大海也为虎作伥,海水倒灌,让整个小镇成为了水城。那时我还在上小学,父亲的船只远在外乡避风,母亲是基层工作人员,负有抗台职责,要疏散危房的住户,扛沙包驻守大坝,无暇顾及我。偌大的房子只留下我一个人,玻璃窗被撞得"叭叭"直响,再加上断电,我在黑暗中点着蜡烛,就这样看着烛光摇曳,彻夜未眠。终于,台风还是过去了。一楼的房子都彻底遭殃,自行车房都是泥泞,在积水的地方还有鱼儿和螃蟹在挣扎。我很少听到人们的抱怨,大伙都在撸起袖子加油干,不停地做灾后重建工作,或清扫,或维修,只是偶尔感慨下这次台风的凶猛。据后来的新闻报道,这次台风中,海门港的潮位仪被暴潮毁坏,据水痕推测潮位有近 8 米之高,人们生命财产损失极其严重。

长辈口述的和亲眼目睹的,都让我隐隐感到生命在大海面前的脆弱,大海平静如镜的背后隐藏着吞噬一切的暴戾。

看海不是海

海洋的心思无人可以猜透,它的行动也无人可以揣摩。海洋里有大风大浪,也有隐藏的暗礁,还有袭人的大鱼。尽管这般凶险,也未曾将向海洋讨生活的人们的梦想撞击得支离破碎。江河万古流,百川终入海。海洋的强大在于它韬光养晦,将自己的位置放"低",接纳江川的汇聚,倘若人们如果能走近海洋,了解海洋,因时制宜,因地制宜,也会开拓出一片光明。

诚实地讲,父亲这一辈子很不容易。他就像杂草一样活着,努力地、顽强地、不起眼地活着。父亲小时候成绩不差,如果顺利读上去,完全可以读完高中。但是就在他 16 岁那年,爷爷在出海时不幸身亡。家里丧失了顶梁柱,底下还有五个 10 岁不到的弟弟和妹妹,父亲知道他必须要肩负起整个家庭的重担,书万万不能再读了,否则就是自私的行为。在简单地安葬了爷爷之后,父亲辍学了,踏上了爷爷工作过的那艘轮船,从船上的厨工做起。在船上的其他员工玩牌或到码头疯玩时,父亲独善其身,将所有的闲暇时间都花在看专业书籍上。终于,他如愿以偿了,以高分考出了船长证,当上了他梦寐以求的船长。旁人都羡慕父亲,但是个中酸楚,只有父亲自己能体会。父亲的工资涨了,他将所有的收入都如数交给奶奶,在那个艰苦的年代,父亲硬是用自己长满老茧的不再年轻的双手支撑起了整个家,我的5个姑姑和叔叔都顺利读完初中。

人生之路,有巅峰,有低谷。人生的每一个里程碑,都刻着两个字"起点",要么继续大踏步前进,要么在起落之间波浪前行。90年代,父亲所在的单位要重组了,父亲面临下岗境遇。青山在,人未老,没点奔头不行。在跟母亲商量后,父亲做出了个大胆的决定——船上的所有员工都出资入股,将船买下来自己创业,于是船上的所有员工都成了"主人翁"。跑业务,找货源,人的热忱就是这样,因为关乎切身利益,所以倾力。在其他下岗职工还在满腹牢骚抱怨时,父亲他们拼出了一条阳光大道。在这近30年期间,父亲他们经历了从小船换了大船,再集体投资造船,然后碰到金融危机,血本无归。尽管现实很残酷,但是他们经受住了,他们一起"撸起袖子加油干"的30年岁月已经锤炼出了够"硬"够"铁"的情义,他们的情义如海。

我的5个姑姑和叔叔在初中毕业后都陆续到大城市闯荡去了。在积累了原始财富后,他们也都陆续倦鸟归巢。他们说在外打拼这么久,寻寻觅觅、兜兜转转发现还是故乡带鱼腥味的海风好闻。现如今,我的大姑姑承包了大片滩涂,养殖青蟹、蛏等海鲜;我的二姑姑经营一家冷冻厂,规模越做越大;我的三姑姑和四姑姑在海鲜干货市场,批发海鲜产品;我的叔叔则承包了一个码头,还入股一家造船厂。他们虽然都在岸上劳作,但是他们的工作都跟海洋息息相关。他们个个做得风生水起,但是每次家庭聚会,他们都会说跟大海讨生活是如何艰辛,坚决不要子女继承他们的衣钵,走他们的老路。尽管如此,也有一脉相承的继承和坚守,我们继承和坚守着父辈们的有情有义、善良宽容、同舟共济、自强不息。

看海还是海

每每假期,海边总是人声鼎沸,把海浪声都比下去。有人说,外国人可以在沙滩上躺一个星期,但中国人不会。我觉得不无道理,我们忙于生计,奔波应酬,虽说居住在海边,但是鲜有去海边听潮、踏浪、漫步的闲情逸致。

去年,同办公室调入一个小姑娘,她在大陈岛上任教五六年,黝黑的皮肤是常年吹海风、晒烈日的杰作。我以为海岛上的生活会是苦哈哈的,说不定没有互联网,只有蜘蛛网,她应该有一肚子的酸水可以吐。但是,海岛的生活却被她描述得熠熠生辉,她说倘若自己不是放心不下一岁大的孩子,她都愿意在海岛上生活一辈子。海岛上的居民淳朴热情勤劳,每天清早都会有很多老妪手挎篮子,赶在涨潮前不停地熟练地刷取依附在岩石上的螺类。闲暇时,她会光着脚丫,捡些贝壳、海螺和鹅卵石,积攒着,返程时作为送人的礼物,比花钱买礼物有意思多了。而且海岛上的人生活很简单,欲望很知足,他们喜欢在皎洁的月光下,吃着海鲜、喝着小酒、唱着小曲,过着我们羡慕的慢生活。海岛上还有些人住在石头房,还用海草铺顶,街市不潮,建筑不古,但尽显清雅风姿、古雅韵态。海岛上没有公交车,人们的出行靠双腿,到处都有用鹅卵石铺就的小路,行走其上,舒筋活络、调节脏腑、锻炼体能。

大海与欲望是世间最难填满的两样东西。海岛上的居民正用最质朴淡然的风格将幸福还原和放大。幸福感其实源自内心,有权之人、有财之人都有挥洒不去的烦恼,人生在世,如白驹过隙,保持内心的一份恬静与快乐何其重要。无怪乎编剧廖一梅说每个人在本质上过的是一样的日子,不一样的是你的心在感受什么。

很多人自我小世界的篱笆扎得过于紧实,也把幸福和快乐拒之门外。幸福无须包装,只有在你生命美丽的时候,世界才是美丽的。同事送了个她从海边捡的大海螺给我,我把它放在书案上,在我对自己和外界产生迷茫的时候,我会将海螺轻轻放在耳边,听海之声,品心之韵。

【作者简介】

李坚敏,出生于1983年3月,椒江区作家协会会员,现任职于台州市椒江区前所中学。多篇散文发表于各类文学刊物,并在多个征文中获奖。2017 年,作品《道台里的记忆》获新府城杯全国文学作品征文一等奖;2019 年,该作品获椒江区第三届文学艺术创作"凤凰奖"文学类成果优秀奖;2019 年,作品《海岛教师》获东海明珠谱新篇全国有奖征文一等奖。

第四编

儿童文学

梅花鹿和森林大王（外二篇）

◎解普定

梅花鹿正在津津有味地吃草。忽然,山寨里传出一声长啸。方圆几十里顿时鸦雀无声。梅花鹿抬头一看,只见一只老虎威风凛凛地向他走来。逃跑显然来不及,梅花鹿只好迎上前去。老虎十分奇怪:我是百兽之王,他是什么东西? 竟敢迎上来! 于是老虎问道:

"哎,你叫什么?"

"我叫虫大,专吃大虫。"梅花鹿不紧不慢地回答说。

老虎听了一惊:大虫是我的奶名,难道他是吃我的? 于是,老虎接着又问:"你身上的圈圈是干什么的?!"

"我吃一只大虫就多一个圈圈。"梅花鹿说。

老虎惊恐起来,继续问:"你头上的角干什么的?"

梅花鹿看了老虎一眼说:"这是我用来挂吃不完的大虫肉的狼牙叉。"

老虎听了这些话,吓出冷汗,连忙掉转身向深山密林跑去。

老虎逃进深山之后,碰上了猴子。老虎气喘吁吁地说:"不得了! 今天碰上个虫大,身上有很多圈圈,头上有两个狼牙叉,他说是专门吃大虫的!"

猴子"哈哈"大笑起来:"虎大哥,你受骗了! 那是梅花鹿。"

"明明是虫大。"老虎心有余悸地说。

还是猴子主意多,说:"我们去看看,用藤把我吊在你身上。"老虎赞同这个主意,便和猴子一起出发了。

梅花鹿见老虎又回来了,背上还坐着一只猴子。梅花鹿猜想,这肯定是猴子的主意,该惩罚他一下。于是就对猴子说:

"猴子,你前天答应给我一只大虫,怎么今天才送来!"

"啊！原来猴子是想把我骗来！"老虎立即掉转头没命地朝山上跑去,猴子摔在地下,被藤缠住拖了个半死。梅花鹿却站在那里继续吃他的草。

赶集

有两个人,赶集前打了个赌:一个挑一担稻草赶集,一个拿一根稻草赶集,看谁先到集上。

于是,一个挑起一担沉甸甸的稻草,另一个拿起一根轻飘飘的稻草,一同出发了。

一路上,挑稻草的人重担在肩,丝毫不敢懈怠,鼓起劲头,坚定不移地向目的地前进;而拿一根稻草的人则以为稳操胜券,心不在焉,一边摆弄手中那根稻草,一边和熟人说说笑笑……

大约走了一个钟头,到集市了,挑稻草的人"啪嗒"一声把肩上的稻草放下;过了一会儿,拿稻草的人才两手空空晃晃悠悠地走到。

挑稻草的人问:"老兄,你的稻草呢?"

"啊！我的?"拿稻草的人一怔,记不起把稻草丢在什么地方了。

看来,有压力并不是坏事,它能使人奋进。

黄山妈妈

黄山妈妈热情好客,天天迎接着来自四面八方的客人。

一天,有位世界著名的旅行家游览了黄山后,非常激动地说:"这次看了黄山妈妈,我觉得世上所有的名山都无需去了。因为黄山妈妈把所有的天然典型美都集于一身了！"

"朋友啊,你太过奖了。我有什么好呢?"黄山妈妈安然自若地抖抖衣襟说,"其实,我原先也是一座贫瘠的大山,和别的大山没有什么区别。不瞒你说,在我身上,有的只是一根根硬硬的骨头——岩石。你看吧,山上山下游人络绎不绝,不都是来看我这个天下出奇的独特硬骨头吗?"

"不。黄山妈妈!"天都峰上另一位游客大声喊道,"在您身上还有许多千古名松啊!"

云海涛涛,回声震荡:"千古名松天下厅,一棵一棵在危岩上架起点点绿色的帐篷呢!"

"噢,这些孩子吗?"黄山妈妈开怀地笑笑,接着说道,"来来,尽管环境和天气十分恶劣,但我的孩子们都不怕苦,有志气,有能耐,为了生存,有的倒挂昂首,有的凌空欲飞,有的巍然挺立。你看见那棵迎客松了吗?他热烈地拥抱着我,紧紧偎依在我的身上,凭借少许的泥土,一条条根伸进了硬硬的岩缝。历尽千难万险,在风风雨雨中长大……"

金龟爬到半山停下来,仙人对弈也停住了,观海的猴子们侧着耳朵细听……那棵团结松团结得像一个人,都在静静地听着黄山妈妈说话。这时,漫山遍野一齐欢呼起来:

"黄山妈妈!"

"黄山妈妈!"

"您吃苦耐劳,呕心沥血,尽够了人生的酸、甜、苦、辣,都是为了子孙万代啊!"

"您是我们的母亲——一座屹立在我们心中的巍峨大山啊!"

听罢黄山妈妈的肺腑之言,那位著名旅行家按捺不住心里的激动,心潮似在翻江倒海,他大声喊道:"黄山妈妈啊,您真不愧为世界上一位伟大的母亲!"

【作者简介】

解普定(1932—2012),台州黄岩人,当过水兵,曾任茅畲小学校长。中国寓言文学研究会理事、浙江省作协会员。著有寓言集《乌龟爬天梯》《猫头鹰和小花狗》《银色的小河》等。寓言集《乌龟爬天梯》获中国寓言文学研究会首届"金骆驼奖"创作优秀成果奖,《秃鸦》获第3届金江寓言文学奖。

勇士和苍蝇（外三篇）

◎邱来根

一位勇士从武场上归来，早已饥肠辘辘，一进伙房，看到有一盘牛肉，就狼吞虎咽地吃了起来。

一位伙夫上前劝阻说："大人，这盘牛肉被几只苍蝇叮过，吃了要肚子痛的，请吃别的东西吧！"

勇士听不进伙夫的劝告，大声道："老子连老虎都不怕，还怕几只小小的苍蝇吗？"一边说一边大口大口地嚼着牛肉。

当天夜里，不出伙夫所料，勇士的肚子就痛了起来，然而他一直强忍着。

第二天，勇士上吐下泻，肚子疼痛难忍，额头还不时渗出豆大的汗珠。他仍然强忍着，不许家人送他去医院治疗。他生怕伙夫笑话。

几天以后，这位勇士已经气息奄奄，在家人的苦苦哀求下，才答应去医院治疗。

到了医院，医生诊断后责备勇士的家人："为什么不早些送来？你们看，把人耽搁成什么样子了。"

勇士噙着悔恨的眼泪恳求医生说："请别埋怨他们，这都是我贪图虚荣、不听他人忠告的结果。"

喜欢过日子的青蛙

夜深人静。

青蛙还在不停地唱着自己喜欢的歌。

"真是名副其实的乐天派。"一只螃蟹说。

"整天重复着同样的老调,烦死人了,还乐天派呢!"田鼠忿忿地说。

螃蟹打断田鼠的话:"我不这样认为,青蛙每天在这种环境下,能够保持愉快的心情,从不抱怨生活,是值得我们学习的。"

"有什么好高兴的? 住在这荒郊野外,在闷热的稻田捕捉飞虫充饥,他简直是庸人自扰……"田鼠仍然没好气地说。

听到田鼠和螃蟹的争论,青蛙停止了唱歌,劝告田鼠:"请别抱怨生活,更不要干预别人的生活。"

"我可没有你这样的好心情,整天为生计奔波,提心吊胆过日子,能不抱怨生活吗?"田鼠不耐烦地反问。

"不,实际上并不是生活亏待了我们,而是我们对生活企求太高以至忽略了生活的本身。"

"哇哇哇,呱呱呱……"

青蛙说完又去唱自己的歌了。

忘不了的爆米花

对于爆米花,今天的孩子并不陌生,它是用爆米机爆出来的,可我 50 多年前吃的却是纯自然的,至今还清晰地记得那次吃爆米花的经历。

那时,我刚上小学一年级。学校是在被没收的地主的一个院子里,校舍还不错,操场不算大,但也可容纳我们百十个学生,只是秋收尚未结束,还有农民在那里晒谷。

这天,我饿了,饿得肚子"咕咕"作响。忽然听到操场上传来"噼啪,噼啪"的声音,凝神一看,一个秕谷垒成的灰堆上正冒着浓烟,随着声响飞溅出一粒粒白乎乎的爆米花。我和小伙伴们飞奔过去,也不管脏不脏,捡起来一个劲儿地往嘴里送。

吃完地上的爆米花,我找来了一根小木棍子,掀开灰堆未燃烬的秕谷,随着秕谷的燃烧,灰堆中不时地又飞溅出一粒粒爆米花。于是,我们像小鸡啄食似的捡着吃……突然，小伙伴们一哄而散，我还没回过神来，手里的小木棍被人一下子夺走。真是半途杀出个程咬金——老师来了，我只好束手就擒，跟着他向办公室走去……

"像话不像话，灰头土脸像只小花猫，今天晚上，你就站在办公室里好了……"老师扔下话就走了，我站在那里反思着。

不知因为是吃了几粒爆米花，还是受了惊吓，原先"咕咕"叫的肚子不再叫了。我盘算着晚上老师真的不让回家，这可怎么办？父亲、母亲找到学校，那可惨了，被打一顿倒没关系，问题是父亲本来就不愿让我上学，惹下这样的祸，他还会让我上学吗？想着想着，不知什么时候竟然趴在桌子上睡着了。

等到老师叫醒我，我抬头望望窗外，天色已经暗了下来。我马上背上书包，不顾三七二十一地往家跑。虽然要翻过一道小山岭，淌过两条小溪，足足有 2500 米的路，但一点也不觉得害怕，也没有考虑父亲会怎么样。

我前脚刚迈进门，后脚老师就跟到了。还算幸运，老师并没有向父亲告状，而是反复向父亲说明是他的疏忽，让孩子回家晚了，很对不起，并请求父亲不要责备我。

出乎意料的是，父亲不但没有责备我，也没有打我，反而批评了老师："眼下每个人连饭都吃不饱，一个小孩子，捡几粒爆米花充饥，有什么错？让小孩子这么晚回家，你当老师的忍心吗？"老师连声说："是，是！下次不会。"我躲在门后边，暗暗庆幸逃过一劫，心里还真有点替老师抱不平呢！

父亲平时对我十分严厉，这次虽然没有惩罚我，但也够让我害怕的。事后，母亲对我说："你若真想读书，往后可别再犯错误了。"

爆米花事件深深地烙在我的脑海里。我记住了母亲的话，在往后的日子里，再也没犯过错误，一门心思扑在学习上，从此再也没有吃过一粒爆米花。

竹子

小时候,屋后有一片竹园。我们几个小伙伴,时常在竹园戏嬉玩耍。时而在铺满竹叶的地上打滚;时而开展爬竹子比赛;时而拨开地毯般的竹叶,在地里挖起竹笋。竹笋一年四季都有,春天是春笋,最容易挖;夏天、秋天是挖竹鞭笋;冬天则是挖冬笋了。冬笋是最难找的,时常花上大半天也挖不到一个笋芽儿。

一天,老师在课堂上讲起竹子:古代文人最爱竹,它有着自强不息、顶天立地的精神,清华其外、澹泊其中、清雅脱俗、虚怀若谷,不作媚世之态的精神……我似懂非懂地听着,对竹子的喜爱之情油然而生,于是也更喜爱我的天堂——屋后的那片竹园。

往后,只要一有空,我就往竹园里跑,有时是带着几个小伙伴;有时是独自一人;有时要拉上母亲,名曰一起去挖竹笋。有时玩累了,闹够了,就呆呆地坐在金黄色的“地毯”上,凝望着竹子,想着老师赞美竹子的情神,不免疑惑起来——普普通通的竹子,哪来那么多“精神”? 面前的竹子,只不过有高有矮,有大有小;竹子的外表各不相同,有黄,有蓝,有青,有绿;竹子的叶子有长有短,颜色各异;竹笋也一样,长得有早有晚,有大有小……

带着满腹的狐疑,我跑到正在挖竹笋的母亲身边,先向母亲讲述了老师在学校对竹子的赞美劲儿,接着问:“竹子真的有那么多可贵的精神吗? 我怎么就没发现呢?”

母亲被我问得一头雾水,疑惑了一下,说:“书本上的理儿我也不懂,你自己好好想,将来会明白的。不过,竹子的确与树呀、花呀、草呀不同,你只要把书念好,一定会懂的。”母亲的话虽然没有解答我的问题,但的确是一种鼓励,我开始认真地观察花草树木,读书也更认真了。

江南夏秋时节,台风暴雨多。一天夜里,台风暴雨随期而至。风雨过后,母亲邀我一起去竹园里看看,说是一定有许多竹鞭笋可挖。来到竹园,只见竹园满目疮痍,竹叶撒了一地,许多竹子东倒西歪,惨不忍睹……竹子的形象在我心中一落千丈,竹子的精神在我脑海里一扫而光。我开始认为老师是无稽之谈,是在骗人。

待母亲挖了一大把的竹鞭笋后,我还呆呆地站在那里胡思乱想。"来,儿子,我们去山上看看!"听到母亲的呼唤,我才回转过来,跟着母亲上了山。

来到山上,那些树木的形象更令我失望:大小树木不仅东倒西歪,连那些我曾经抱不过来的大树也都被拦腰折断,横七竖八躺在地上,比起竹园来,这才叫真正的满目疮痍。竹园里的竹子是没有一根被拦腰折断的,只是弯了,斜了,至多也只是破了,裂了,没有一株倒在地上。

我为竹子感到幸运,不,我为竹子感到自豪;我真正认识到了竹子的坚强无畏、顶天立地。

打从这一次开始,我真正爱上了竹子,而且义无反顾。后来读苏东坡"宁可食无肉,不可居无竹。无肉令人瘦,无竹令人俗。人瘦尚可肥,士俗无可医"的词句,更坚定了我爱竹的信念,每每遇到竹子,总是肃然起敬。

【作者简介】

邱来根,1950 年出生。中国寓言文学研究会副会长,浙江省作家协会会员,中学高级教师。作品有《小偷撞上大法官》《不会发光的金子》《走出沙漠的小猴》《小花猫照镜子》《仓颉先生讲故事》等 10 部。曾获浙江省优秀儿童文学奖,第三、五届中国寓言文学金骆驼奖,金江寓言文学奖,中国寓言文学贡献奖等。主持创建"中国寓言之乡""中国寓言文学创作基地"。

真朋友和假朋友（外二篇）

◎牟群英

　　在森林深处，有一条晶亮的小溪。在小溪边上，有一棵千年的松树。在松树底下，住着两户人家。一户是小兔当当的家，另一户就是黄鼠狼蛋蛋的家。

　　小兔当当长着一身雪白的绒毛，溜溜转的红眼睛好像会说话。黄鼠狼蛋蛋长着一个小脑袋，身后拖着一条"狼尾巴"。虽然当当和蛋蛋是邻居，可是两个人从来不在一起玩。当当一看见蛋蛋，总是用一只手捏住鼻子，另一只手使劲儿地扇着"臭蛋蛋，臭蛋蛋！"蛋蛋拖着一条长尾巴，低着头，伤心地走开了。

　　一天，幼儿园放学的时候，天上下起了小雨。当当站在幼儿园门口，焦急地等着雨停。蛋蛋走过来说："当当，我有雨伞，咱们一起回家吧。"当当看也不看蛋蛋，撇撇小嘴巴："哼，谁要你的臭雨伞！我才不跟你做朋友呢！"这时候，小熊猫帅帅走过来："当当，我俩做朋友，我有一顶小花伞，我送你回家吧。"当当拉起帅帅的手，撑起小花伞就走了。蛋蛋叹了一口气，一个人打着伞回家了。

　　蛋蛋走在森林的绿色小路上，突然听到前面一声惊叫："老鼠！"他急忙朝前跑去，只见一只大老鼠站在半路上，对着当当和帅帅呲牙咧嘴。帅帅吓得一溜烟逃走了，当当一个劲地叫"救命"。蛋蛋猛冲上去，用尖尖的牙齿咬住老鼠的脑袋，大老鼠吓得跪地求饶："蛋蛋哥哥，饶了我吧，我以后再也不敢欺负小兔和小熊猫了。"蛋蛋见老鼠讲得真诚，就把他放了。

　　天愈来愈黑。当当看看四周空无一人的树林，只有风夹着雨唱着呜呜咽咽的歌，好怕呀！她多想拉着好朋友一起走。可是，帅帅跑掉了，只剩下她一个人了,她一边走一边偷偷地哭。她悄悄扭头看看,只见蛋蛋远远地跟在后面。当当想,就是和蛋蛋一起走也好哇! 可是黄鼠狼又丑又臭,我总是不理他,蛋蛋他肯定也讨厌我啦! 就这么想着,当当到了独木桥边。

突然,从桥下钻出一只大狼,绿眼睛冒着蓝光:"小兔当当,一个人走路多怕呀,我俩做朋友,我送你回家吧!"小兔想:谁说大狼最坏啦,他还主动帮助我呢,我看大狼才是我的朋友。当当拉着大狼的手,放心地让大狼带着她回家去。

这可把跟在后面的黄鼠狼蛋蛋急坏了,眼看大狼拉着当当一转眼就消失在一棵大树下面——不见了。上哪儿去了呢? 蛋蛋快步追上去,只听树后面传出可怕的声音:"哈哈! 今天你可要成为我的晚餐了!"当当说:"大狼,我们不是好朋友吗?"大狼转转绿眼珠:"唔,是好朋友,是我晚餐桌上碗里的'好朋友'!"大狼三下两下就把当当绑在了大树上,拿起一把大刀挥得"呼呼"响。

当当吓得直哭:"大狼,我们是好朋友,你可别吃了我!"

蛋蛋躲在大树后面,悄悄地咬断了绑着的绳子,大声叫了一声"当当快跑!",拉起当当就逃。大狼丢了大刀,在后面猛追过来。不好! 眼看大狼就要追上了,蛋蛋急忙放出一个臭屁,把大狼熏得昏头昏脑。蛋蛋和当当一溜烟跑回了家。

在家门口,当当拉着蛋蛋的手说:"蛋蛋,你才是我的真朋友! 晚上到我家玩吧。"蛋蛋红着脸说:"我……我很臭! 你不讨厌吗?"当当红了脸:"我错了,蛋蛋! 我知道你的臭气是专门用来对付假朋友的。"

爱心果

叽哩呱啦,小胖猪的爸爸妈妈又吵架了!

噼里啪啦,小胖猪的爸爸妈妈又打架了!

呜哇呜哇,小胖猪又哭啦!

"小宝,爸爸妈妈要离婚,你跟谁?"猪爸爸气呼呼地问小胖猪,小胖猪摇摇头。"小宝,妈妈爸爸要离婚,你跟谁?"猪妈妈气呼呼地问。小胖猪摇摇头,拉着爸爸妈妈的手:"爸爸妈妈,你们不要离婚。我要爸爸,也要妈妈!"猪爸爸和猪妈妈都推开小胖猪:"去去去,你这个不争气的孩子!",又继续吵架……

小胖猪好伤心,坐在门口"呜呜呜"地哭。一只相思鸟飞过来告诉小胖猪,在九龙山上有一棵爱心树,树上每年只结一颗爱心果。只要吃了这颗爱心果,人们就会相亲相爱,永不分离。

小胖猪听了,马上擦干眼泪,向着九龙山方向跑去。

天黑了,猪爸爸和猪妈妈也吵累了,他们这才发现小胖猪不见了,急忙跑到门外找。相思鸟说:"小胖猪到九龙山上去了。"

猪爸爸和猪妈妈赶快向着九龙山走去。他们一边走,一边叫着小胖猪的名字。正在树上站岗的猫头鹰说:"小胖猪翻过了两座大山,到九龙河边去了。"

猪爸爸和猪妈妈翻过两座大山,来到九龙河边,一边走一边呼喊着小胖猪的名字。正在工作的萤火虫说:"小胖猪淌过了三条河流,到九龙山上去了。"

猪爸爸和猪妈妈淌过三条河流,来到九龙山下,一边走一边呼喊着小胖猪的名字。正在吃夜宵的熊大婶说:"小胖猪的鞋都走烂了,我送过它两只熊掌鞋呢!"正在唱歌的纺织娘说:"小胖猪的衣服都被树枝挂破了,我送过它1件小外套呢!"

"孩子,你在哪里啊?"猪妈妈急得哭了。

猫头鹰飞来了,萤火虫飞来了,熊大婶和纺织娘也帮着一齐喊:"小胖猪,小胖猪!"他们的叫声惊醒了正在瞌睡的月亮婆婆,她急忙从云层里走出来,瞪大眼睛,帮着它们寻找小胖猪。终于,他们在九龙山顶的爱心树下找到了已经饿昏过去的小胖猪。

猪爸爸和猪妈妈抱起了小胖猪,眼泪"哗啦哗啦"地流在小胖猪的脸上。

小胖猪醒来了,说:"爸爸妈妈,对不起。爱心果刚被别人摘走了,我……我……"

猪妈妈说:"孩子啊,我们已经找到爱心果了。"说着,紧紧地把小胖猪搂在怀里。猪爸爸说:"孩子,我们以后再也不吵架了,永远相亲相爱在一起。"小胖猪和爸爸妈妈紧紧地拥抱在一起,幸福地笑了。

看,月亮婆婆都感动得笑了。那草叶上晶亮的水珠,就是月亮婆婆笑出来的眼泪啊!

镶着彩牙的大老虎

树林里住着一只大老虎。它走起路来,震得树叶往下落;它叫一声,小动物们都要抖三抖;它打一个喷嚏,会把小老鼠打到树上去;要是它不高兴,小动物们更害怕,它张开大大的嘴巴,露出尖尖的牙齿,逮到谁就咬谁。

哎,树林里住着这样一位邻居,小动物们就甭有好日子过了。百灵鸟再也不敢唱歌,小孔雀再也不敢跳舞,小白兔整天呆在家里不敢迈出家门一步。树林里越来越静得可怕。大老虎每天独自在树林里晃来晃去,看不到一个朋友,非常恼火,气得大声吼叫,使大家更不得安宁。

怎么办呢? 大象伯伯召集小动物开紧急会议,商量出一个好主意。

小兔说:"我看见大老虎的牙齿就犯晕。"

小狐狸说:"大家怕老虎就是怕它的牙齿。"

胖熊说:"我们得想办法拔掉它的尖牙。"

大象问:"谁能去拔掉大老虎的牙呢?"

大家都低下了头,是啊,谁敢"虎口拔牙"呀!

小松鼠说:"让大老虎到小犀鸟的牙科诊所去拔牙!"

可是,大老虎没有坏牙,它从不看牙医啊!

一直闷声不响的小河马说话了:"我有办法。"

"你有什么办法,快说呀!"大家焦急地瞧着小河马。

　　小河马慢吞吞地边说边张开大嘴巴:"你们看,我的牙齿全烂掉了。"

　　"哎呀,你的烂牙有什么好看的。"小狐狸没好气地说。

　　"我想说,我的牙都是吃糖吃坏的。我们——"小河马不好意思地低下了头。

　　"对呀!"大象伯伯一拍脑门,"小河马的办法太好啦!"小动物也都明白过来。大家说干说干,分头行动,开始实施"糖果计划"。

　　小白兔每天给大老虎送大白兔奶糖,大黄牛每天给大老虎送小黄牛牛奶糖,小松鼠给它送松子糖,大河马给它送花生糖,还有大公鸡、小喜鹊、小锦鸡每天送巧克力糖、酥心糖、夹心糖。大老虎可高兴了,早餐吃牛奶糖,晚餐吃花生糖,连晚上睡觉嘴巴里面也要含着糖块。树林里再也听不到它的吼叫了,只听见它粗粗的嗓门在唱歌:"真好吃,真高兴,糖果糖果我喜欢。"

　　有一天,大老虎又开始叫唤了。这一次,它捂着腮帮子"哎哟哎哟"地来到了小犀鸟的牙医诊所,说"牙疼"。

　　小犀鸟爬到高凳上,叫大老虎张开嘴巴,看了看说:"哎呀,你的牙齿全烂掉了,得拔掉。"

　　"我不拔。"大老虎把头摇得像拨浪鼓。

　　"不拔可不行,你会更疼的!"

　　"拔牙疼不疼?"

　　"给你上点麻药就不疼。"

　　"好吧。"

　　小犀鸟拿来一把又大又粗的镊子,费了一整天的时间,才把大老虎的牙齿全都拔下来。

　　大老虎瞧瞧镜子里自己没牙的嘴,张开嘴巴大哭起来:"我没牙了,我以后怎么吃糖呀!"

　　大象伯伯来了:"我送给你最新的高科技产品——彩色牙齿,给你装上去,以后又能吃东西了。"

　　"是吗?"大老虎挂着眼泪笑了。

"不过,装这彩牙得听我三句话。"大象伯伯说。

"听,我全听! 只要能有牙齿。"大老虎急得连连点头。

大象说:"第一,装上彩牙要每天笑眯眯;第二,装上彩牙要每天吃米饭、蔬菜、水果;第三,早晚要刷牙。"

就这样,树林里有了一只镶着彩牙的大老虎,它终于改掉了咬小动物的坏习惯,每天冲着大家笑眯眯的,露着一口彩色牙齿。小朋友,你要是碰到它,不用怕它哟,因为它跟你一样,是一只吃米饭、蔬菜和水果的大老虎哟。

【作者简介】

牟群英,教育硕士,现就职于黄岩区教育局,系中国寓言文学研究会会员、浙江省儿童音乐协会理事、台州市音乐文学协会副会长。曾在《解放日报》《儿童音乐》《上海词刊》《北方音乐》《幼儿教育》《幼教博览》等10多家国家级、省级报刊发表过小说、童话、儿童诗(散文诗)、歌词等50余篇(首)。其作词的多首音乐作品被收录进中小学的音乐CD、磁带和教材出版发行。出版了《让幼儿走进语言的乐园》《幼儿园早期阅读课程建构的实践研究》等个人专著。

寄居蟹先生的漂亮房子（外二篇）

◎梁　英

寄居蟹先生的家在大海边。那儿天蓝蓝,海蓝蓝,船儿轻轻荡,海鸥翩翩飞,美得就像一幅画。

寄居蟹先生在沙滩上造了许多漂亮的房子,有圆形的、扇形的、三角形的。房子外面的花纹也是各式各样,有条状的、星形的,还有斑斑点点的。这些房子成了沙滩上一道又一道美丽的风景。

许多小动物都喜欢到这儿来玩,他们在海里追逐着浪花,捉摸着鱼虾;在沙滩上晒日光浴,堆沙雕,快乐的笑声在海面上久久回荡。

夜幕降临的时候,寄居蟹就请他们住到他漂亮的房子里去。住在寄居蟹的房子里,抬头就可以看到海面上闪闪烁烁的星星,他们好像在讲述着许多美妙的故事;竖起耳朵来听听,就可以听到海浪妈妈在给船儿唱摇篮曲。唱着唱着,船儿睡着了,讲故事的星星睡着了,睡在寄居蟹漂亮的房子里的小动物们当然也睡着了……这一觉啊,睡得真香! 真甜!

大家都特别喜欢住寄居蟹的漂亮房子。这让寄居蟹产生了一个想法:1个房间一晚收 10 个动物币,10 个房间就有 100 个动物币了,10 个晚上就有 1000 个动物币了……这样下去,用不了多久,他就会成为一个大富翁了。

寄居蟹很为自己有这样的生意头脑而高兴。所以,他在每个房子前都贴上了这样一张告示:

即日起住宿要收费,一个晚上 10 个动物币。

来这儿旅游的小动物们见了,都觉得寄居蟹先生的收费太高了,现在整个动物界的经济都很不景气,赚 10 个动物币可不容易。虽然寄居蟹的房子很漂亮,住着也很舒服,可大伙都要养家,要用到动物币的地方很多,大家都不愿意把钱花在旅游住宿上,所以来这儿旅游的小动物也越来越少了。

没有了游客,没有了笑声,整个沙滩空荡荡的,寄居蟹漂亮的房子里空荡荡的,寄居蟹先生的心里也空荡荡的。海边的景色依然美得如一幅画,可这一幅画在寄居蟹先生看来却越来越死气沉沉了。

"嗨,我真做了一件蠢事,我不该财迷心窍。要知道,有很多东西是金钱买不到的呀!"

于是,寄居蟹先生在网上发布了这样一则消息:

海滨之旅,免费住宿,寄居蟹先生恭候您的光临。

消息一发布,很多小动物就心动了。

毛毛虫先生早就答应了他的宝宝,只要表现好就可以去海边旅游,可因为住不起旅馆,一直没兑现承诺。这下好了,"免费住宿",不用花钱,毛毛虫先生一早就催着虫太太和虫宝宝上路了。

蟋蟀先生热衷音乐创作,不过最近好像没什么灵感,便想到海边去住几天透透气。为了节省开支,本来想自己带顶帐篷去的,现在好了,"免费住宿",帐篷也不用带了。

还有那蜗牛先生,因为背上的房子太重了,在外头住宿又很贵,正犹豫着要不要背着那么大的房子去海边,这下好了,"免费住宿",蜗牛也不用背着他的房子出门了。

大伙一来,沙滩上又热闹起来了,寄居蟹漂亮的房子里又充满笑声了。

扇形的房子里住着蟋蟀,他面对如此美丽的夜景,灵感就像海浪般涌了上来,谱出了很多优美的曲子。

圆形的房子里住着蜗牛,蜗牛就像回到了自己的家里那样舒服,每天晚上睡觉都会打呼噜。

虫宝宝以前在家的时候都是粘着爸爸妈妈一起睡的,大概是寄居蟹先生的房子太漂亮了,虫宝宝提出要一个人住,他就住在了那个带星星花纹的房子里,整晚,星星都闪在他的梦里。

虫先生和虫太太住在有斑斑点点花纹的房子里,他们比平时睡得更香了。

"呵,这真是太棒了!"寄居蟹先生高兴地说,"我的心里再也不空荡荡了。"

没过几天,寄居蟹先生和蟋蟀、蜗牛、毛毛虫就成了好朋友。好朋友要离开的时候,寄居蟹先生很难过。

毛毛虫先生说:"你也别老在一个地方呆着,有空请到我家来玩吧! 我家在一个小树林里,我会好好招待你的。"

蟋蟀先生也说:"有空也到我家来玩吧! 我家在一片草地上,我也会好好招待你的。"

还有蜗牛先生也说:"别忘了来我家,我家在一条小河边,我也会好好招待你的。"

寄居蟹先生听了很感动。第二天,他就决定出门去拜访他的朋友们了。

寄居蟹先生在一个小树林的一棵大树底下遇到了毛毛虫先生。

毛毛虫先生太高兴了,说:"寄居蟹先生,你来了,真是太好了! 虽然我们家的住宿条件并不怎么样,不过,我一定叫孩子他妈好好准备准备,让你睡得舒舒服服的。"

说完,毛毛虫先生吩咐虫太太铺床晒被。这一晚,寄居蟹先生住在虫太太铺的树叶床上,身上盖着太阳公公抚摸过的树叶被,软绵绵、暖烘烘的,连续做了不少好梦呢!

告别了毛毛虫先生,寄居蟹先生在一片草丛里遇见了蟋蟀先生。

蟋蟀先生太激动了,连忙把他请进了自己的地下住宅。虽然他的家并不怎么豪华,但蟋蟀先生把家打扫得很干净,布置得很温馨。整个晚上,蟋蟀先生都坐在露台上为他演奏音乐。寄居蟹先生觉得实在是太幸福了,连梦里都飘着音符呢!

告别了蟋蟀先生,最后,寄居蟹先生来到了一条小河边,碰到了蜗牛先生。蜗牛先生有太多话想跟寄居蟹先生说了。这一晚,他们就挤在蜗牛先生家的那张小床上聊天。聊啊,聊啊,直到星星宝宝们都听得睁不开眼睛了,他们才昏然睡去。

告别了蜗牛,寄居蟹先生决定马上回家去,在海滩上造更多漂亮的房子,让更多的朋友来这儿免费住宿。

妈妈树和小猫树

春天到了,小动物们忙着往土里种粮食。小兔种萝卜,小羊种青菜,还有那只小松鼠,他埋下了一颗颗小松果。

小猫也想往土里种点什么,不过这次他想要种的可不是鱼、老鼠什么的,他想把妈妈种到土里去。

他想象着不久之后,土里就会长出一棵妈妈树,妈妈树上结满了妈妈。

一个妈妈是他的玩具清理器。每次他玩玩具的时候,走到哪里,玩具就会扔到哪里。"玩具清理器"会紧随其后,乖乖地把那些玩具给收拾好。这样,他就不用担心走路的时候磕磕碰碰,弄伤自己的小脚掌了。

一个妈妈是他的活动洗衣机。他最讨厌脏兮兮了,可是他的衣服特别不听话,一会儿滚上些泥土,一会儿沾上点墨水,一会儿又倒上些老鼠汤……一早上不到,那衣服就会变成一只"花脸猫"。这时,就很需要有一台"活动洗衣机"能随时随地帮他洗干净衣服,他就不会因为衣服而烦恼了。

还有一个妈妈是他的糖果加工厂。"糖果加工厂"的"车间里"一年到头都会装满各种各样的糖果,有巧克力、小白兔奶糖、水晶心果冻……哈哈,哈哈,只要小猫嘴巴一张,那些美味可口的糖果就会自动往他的嘴巴里送,那感觉真是太美妙了!

当然,还得有"处处纳凉机""时时微笑仪"等。小猫光想想就别提有多美了。

小猫的想法被猫妈妈知道了,猫妈妈拉起小猫就往外面走。

小猫不知道猫妈妈要干什么,就问:"妈妈,干什么去呀?"

猫妈妈说:"种小猫去呀!"

"种……小猫?"小猫一听就愣住了,"您要种……种我?"

"对呀,我想把你种到土里,不久就会长出一棵小猫树。小猫树上就会结满小猫。一只小猫给妈妈捶背,一只小猫替妈妈拎包,还有一只小猫每天都唱快乐的歌给妈妈听……哦,我一定会非常非常爱那些小猫的。"

小猫可不想被那些种出来的小猫抢走了妈妈的爱,他赖在地上不肯走了。

猫妈妈就有些为难了,她说:"小猫,你这样可不行哦! 春天一过,我就不能种小猫了。那样就不会有小猫给妈妈捶背,替妈妈拎包,还唱歌给妈妈听了。"

小猫连忙说:"不用种的,不用种的。您不是有我吗? 我会给您捶背,替您拎包,还会唱歌给您听的。"

"这样啊……可我还是想种些乖乖猫出来,他们不像你这样乱扔玩具,随便弄脏衣服,还一天到晚嚷着要吃糖果。"

小猫一听,马上叫起来:"那我不扔玩具,不弄脏衣服,也不整天嚷着要吃糖果了,那样还不行吗?"

"行! 行!"猫妈妈听了,脸上笑开了花。她连忙抱起地上的小猫,乐呵呵地说:"那我们不种小猫了,我们回家吧!"

从此以后啊,小猫真的变成了一只乖乖猫。

乖乖猫每天还会跑到太阳底下,摸摸太阳公公的金色胡子。当太阳公公的金色胡子摸上去很烫很烫的时候,他才放下心来,因为春天已经过去了。

土豆妈妈和她的宝宝们

土豆姑娘自从做了妈妈,就有了一大堆的烦心事。她的宝宝们实在是太淘气了,一刻也安静不下来。他们在床上翻跟头,在地上摔跤,搞得家里一团糟。瞧,土豆妈妈刚离开一会儿,大宝身上就擦破了皮。土豆妈妈又是心疼又是着急,忙拿了创口贴来给大宝贴上。这边土豆妈妈还来不及喘口气,那边二宝又一头撞到了墙角上,衣服弄脏了不说,头上还敲出了一个大包包……土豆妈妈整天围着土豆宝宝们转,一点儿空闲也没有。

有一天,土豆妈妈对着镜子穿衣服的时候,突然发现自己的脸上长出了一条条皱纹,脸色黄黄的,身材也没有以前做姑娘的时候苗条了。土豆妈妈很是伤心,她想:我大概是世界上最操心的妈妈了。

花仙子妈妈的日子却过得很悠闲,她一点儿也不用为她的宝宝们操心。在她们花仙子的王国里,有一种名叫"静悄悄成长"的药水。花仙子妈妈只要每隔半个月给花宝宝们喂一次药,花宝宝们就会变得很乖巧。她们不吵不闹,不唱不跳,更不会玩激烈的翻跟头和摔跤的游戏。她们总是静静地呆在属于自己的花枝上,对着太阳微微地笑。

土豆妈妈太羡慕花仙子妈妈了:"花仙子妈妈,你真是太能干了,把孩子们养得那么乖巧。"

花仙子妈妈笑了笑,说:"这全靠我们花仙子王国的'静悄悄成长'药水,我的宝宝们喝了这药水才变得这么乖巧的。"

"世界上还有这样的药水?"土豆妈妈感到很惊奇,"那你们这药水卖吗?我想买几瓶回去给我那些调皮的宝宝们喝喝看。"

"你那么想要,我就送几瓶给你吧!在我们花仙子王国,这样的药水到处都有,根本不是什么宝贝。"

土豆妈妈非常感谢花仙子妈妈,她带了好几瓶药水喜滋滋地回家了。吃晚饭的时候,土豆妈妈把"静悄悄成长"药水倒入每个宝宝喝的汤里。土豆宝宝们喝了"静悄悄成长"药水后,真的不吵不闹,不叫不跳,不翻跟头,也不摔跤了。他们擦了擦嘴巴,一个接一个地走进自己的卧室,躺上自己的小床,安安静静地睡起觉来了。

"哎呀,太神了,这药水真是太神了!"土豆妈妈难得有这样一个空闲的时光,她可不想白白地浪费掉。

那一晚,土豆妈妈和土豆爸爸去看电影了。月光很柔美,把土豆妈妈的脸庞映得粉嫩粉嫩的;星星很调皮,他们在这棵树与那棵树之间追来跳去……土豆妈妈觉得自己真是太幸福了!

不过,土豆妈妈并没有幸福太久。没过几天,她就发现土豆宝宝们长胖了,一个个圆滚滚的,腆着个大肚子,就像肚子里装着好几个宝宝一样。土豆妈妈家的椅子呀,桌子呀,床呀,都显得太小太小了,一不小心就会散架。更让土豆妈妈烦恼的是,土豆宝宝们越胖越安静,越胖越会睡,最后连吃饭都要躺在床上要土豆妈妈一个一个地喂过去,更不用说帮土豆妈妈干活了。

以前,土豆妈妈挑水的时候,只要叫一声:"大宝,妈妈去挑水了。"大宝就会一个跟头翻过来,说:"我来! 我来!"没几下就把水缸给挑满了。

以前,土豆妈妈晾衣服的时候,只要叫一声:"二宝,妈妈要晾衣服了。"二宝转一个圈就滚到了土豆妈妈的跟前,衣服一甩,那衣服就乖乖地呆在了晾衣绳上。

以前,土豆妈妈上街买菜的时候,三宝就像是一条小尾巴,一手提着一只篮子,土豆妈妈只要往篮子里扔东西,一点儿也不用担心回去会提不动东西……

哎,土豆妈妈越想越觉得还是以前的土豆宝宝好,虽然闹是闹了点,可还是很可爱的。幸好,花仙子妈妈的"静悄悄成长"药水的药效只有半个月。半个月一过,土豆宝宝们又开始安静不下来了。他们一会儿翻跟头,一会儿摔跤,没几天就减了肥,一个个长得更坚实,更强壮了。土豆妈妈也比以前更疼爱她的宝宝们啦!

【作者简介】

梁英,台州市学院路小学语文教师、中国作家协会会员、台州教育作协副主席、椒江区作家协会副主席、儿童文学作家。

作品《耳朵里面有开关》获 2011 冰心儿童文学新作奖。其在《婴儿画报》《娃娃画报》《好儿童画报》《幼儿故事大王》《宝葫芦》等杂志发表童话近百篇。作品多次入选中国幼儿精品文学年选。已出版《一家人》《一只的故事》《亮闪闪的微笑》《我也想要一个阿嚏》等儿童文学著作 7 部。

田螺手链

◎ 小河丁丁

插秧谁不会,手捉秧苗往泥巴里插下去,就这么简单。我拿着一把秧下田,哥哥却叫起来:"老三捣蛋!"妈妈伸出手说:"秧给我——"姐姐说:"三,你自管玩,不用你帮忙。"唯独爸爸说:"让他试试。"

我插了十来株,奇怪,同样的秧,同样的田,他们插得跟梳齿一样整齐,我插得东倒西歪,有两三株还调皮地浮上来。

爸爸失望地说:"你还是玩去吧。"

我垂头朝田埂走去,哥哥尖着嗓子说:"步子迈大一点,到处踩脚印!"

我气得眼红红,哥哥又说:"哪个掉眼泪就是女孩子!"

我眼球顿时发烫,匆匆上了田埂,背对家人,不知该往何处去。

姐姐来到身边,柔声说:"我带你去摸田螺,一个田螺十二碗汤。"

哈,田螺是我的最爱——田螺谁又不爱呢,放一点油盐姜葱,一把紫苏叶子,炒出来香喷喷,喝起来"叽叽"响。一个田螺十二碗汤! 虽然田螺从来都是炒的,但是人人都这样说,可见田螺是何等美味。螺壳还可以做手链呢。

我对姐姐说:"我摸的田螺,给你做手链,不给哥哥!"

哥哥说:"我才不要田螺手链,女孩子玩的。"

姐姐瞪哥哥一眼:"三还小,三可以玩田螺手链。"

姐姐把我带到附近一条水沟,自己先下去,摸出一枚指头大的田螺,放在我草帽里,说:"这么大的就可以了,太小了不要,你顺着沟摸,我回去插秧。"

我下到沟里,双手在淤泥中乱抓,抓到硬的就看一下,有时是石子,有时是田螺。

太阳热辣辣,感觉这个大火球就在头顶,火焰都燎焦头发了。一抬头,它仍然挂在高高的天空,装作若无其事。它是趁我弯腰时下来晒我的吧,顾不得管它。

"收工了……回家了……"

姐姐叫我了。

草帽已经半满,捧在手上沉甸甸的。

刚摸的田螺不能下锅,要养一阵。回到家,姐姐把田螺养在水桶里,它们先是沉在水底,午后就挨着水线吸附在桶壁上,密密麻麻,支着天线似的触须。头天它们吐出好多泥,比面粉还细。换上新水,次日又吐出不少泥。再换一回水,第三天泥就很少了。

这天下午细雨霏霏,一家人都闲着,妈妈见我蹲在桶边观察田螺,就吩咐姐姐:"反正没有事,把田螺煮了喝着玩。"

姐姐用虎钳将螺尖全部夹掉,从屋后采来紫苏叶子和香葱,将田螺炒了,一家人都来喝。我人小,喝不出,就用针挑。

喝完田螺,姐姐选一把大小合适的空壳洗干净,一枚一枚全是青绿色,闪发翡翠般的光泽,用彩线串成手链,可漂亮了。我戴在腕上左看右看,得意地朝哥哥摇晃,"沙沙"响。

才吃过我的田螺,哥哥不好说我,眼神明明笑我像个女孩。

姐姐说:"三,市场厂棚里总有人跳房子,去跳房子吧。"

我高高兴兴答应一声,小兔子一样蹦蹦跳跳来到市场。

厂棚地上坐着一个小女孩,身穿红黑格子衣裳、青布裤子、黑布鞋,扎着两把大刷子,闭着眼,剧烈地哽咽着,眼泪出得那么多、那么快,鼻子两边挂着两条亮晶晶的小溪,袖子都擦湿了还在潺潺流淌,滑过嘴角,落到衣服上,留下深色的斑渍。地上用红石子画着房子,小女孩坐在房子底端,脚边有一串破碎的田螺手链。燕子姐姐,小凤姐姐,莺莺姐姐,大乌鸦、小乌鸦兄弟,小喜鹊,交头接耳嘀咕着什么,且离小女孩远远的,好像有所顾忌。

　　我认识这个小女孩，只是从未跟她说过话。她的名字叫莫愁，住镇子西边，家两旁都是菜园，围着高高的槿篱，屋后栽着几株芭蕉。

　　燕子姐姐埋怨大乌鸦："人家的田螺手链，你一脚就踩坏……"

　　原来是大乌鸦欺侮人，我指着他鼻头的痘痘，高声质问："你凭什么欺侮人家？"

　　众人看着我，不屑、恼怒、费解、好笑，什么表情都有。我们家跟莫家一不沾亲二不带故嘛，况且我比大乌鸦矮一个头。

　　大乌鸦打开我的手："她眼睛里有眼泪鬼，哪个敢让她加入？"

　　"眼泪鬼？"我的眼睛睁得好大。

　　大乌鸦更加神气："你还不知道吗？莫愁一哭就没完没了，是因为她眼睛里藏着眼泪鬼。老爱哭的人就会招来眼泪鬼，眼泪鬼靠泪水养活的。"

　　小乌鸦警告我："千万不能跟莫愁对眼睛，小心眼泪鬼钻到你眼睛里！"

　　莫愁哭得更加伤悲，爬起来一边离去一边抹泪。我真担心她摔一跤。

　　大乌鸦拾起那串不成样子的田螺手链用力扔上屋顶，说："都怪你呀，人家只是路过，你平白无故叫她一声——我们接着玩吧，该谁了？"

　　小喜鹊说："该我了！"

　　燕子姐姐问我："你不来一个？你来的话，插在小喜鹊前面。"

　　我取下田螺手链说："我就是来跳房子的，这个手链我姐帮我串的，田螺是我自己摸的。"

　　这是我第一次跳房子，以前想要入伙，大乌鸦不让，因为我既没有沙包，也没有田螺手链，此时他无话可说了。

　　我把手链放在地上，双脚夹住，向前一跳，人跳出去了，手链还在原地——我的手链是崭新的，刚才担心挤破螺壳，没有夹紧。

　　我说："重新来！重新来！"

　　大乌鸦不允许："你等下一轮，小喜鹊快上！"

　　小乌鸦也帮腔："等下一轮，不许耍赖。"

　　我悻悻地拾起手链，站在一边，眼睛看着小喜鹊，心里却惦记着莫愁——她眼睛里藏着鬼呀！吊死鬼舌头老长，跳井鬼浑身是水，大脚鬼脚板大得像枕头，僵尸鬼走路膝盖不会弯曲……眼泪鬼长什么样子？

我见燕子姐姐待人友善，好像跟每个人都有亲，就问她："你有没有见过眼泪鬼？"

燕子姐姐回答："我没有见过，哪个敢跟莫愁对眼睛！"

小凤姐姐说："眼泪鬼小小的，要不怎么躲在眼睛里。"

我赶紧问："你见过？"

小凤姐姐直摇头："见过就跑到我眼睛里来了。"

大乌鸦说："前天我在河边打猪草，莫愁也在打猪草。我偷了她篮子里一把猪草，逗她玩的嘛，她一屁股坐在地上，哭到嗓子哑掉……啧啧，眼泪鬼！"

又轮到我了，这一次我并紧双脚把手链夹牢，猛力向前一跳，在空中分开脚，手链飞出老远，落在房子外边。

小喜鹊推开我说："太差劲了，看我的！"

大乌鸦威胁我："都不想让你来了！"

莺莺姐姐也说："还不如小乌鸦。"

我拾起手链，嘟着嘴独自离去。

其实我只有三分气恼，七分是想借机开溜，把我的手链送给莫愁。她哭得那么伤心，却没有一个人安慰，多可怜呀。而且我想侦察一下她眼睛里究竟有没有眼泪鬼，如果有，究竟是什么样子？

我先是越走越快，到了菜园却又放慢脚步。小心呀，不能跟莫愁近距离对眼睛……轻步走过花香袭人的篱下小径，来到莫愁家，大门虚掩着，只留一道窄缝，显得格外神秘。

伫足听听，屋里静静的，槿篱上蜜蜂"嗡嗡"地飞。手搁在门上，我试着推了一下，门很紧。加一点劲，门轴"吱嘎——"一声，听起来那么恐怖，吓得我掉头就逃。

好险，要是莫愁站在门后，门一开，不就跟她眼对眼……我暗自庆幸，第二天却禁不住诱惑,再次前往莫愁家。

这一次我绕到屋后,发现她一个人在芭蕉树边孤孤单单跳房子,大人不在,也没有别的小孩。我不知道怎么跟她搭话,又不舍离去,就那样远远地看着。"沙沙沙",起风了,她背过身,抬手不停地揉眼睛,显然是进了灰尘。我跑过去说:"我帮你吹眼睛!"她没有拒绝,把脸朝向我,一只手指着眼睛,睫毛又长又密。我翻开她的眼皮,正要吹,那颗宝石般的眸子中间出现一个小妖精,绿皮红毛,正觑着我呢。

眼泪鬼!

我吓了一跳,想要逃,世界一片黑暗,远处传来犬吠——哦,我躺在床上,是做了一个梦。

这个梦跟真的一样,莫愁的确是又孤僻又古怪,从未见她跟谁在一起玩。那么她特别需要朋友吧,燕子姐姐叫她一声,自然就想留下,却被大乌鸦欺侮到哭……如果我跟她一起玩,风迷了她的眼睛,我帮她吹,不就可以看一看眼泪鬼什么样子了吗?只是眼泪鬼跑到我眼睛里怎么办……

我左思右想,再也睡不着。

上午爸爸、妈妈、哥哥、姐姐下地干活,叫我看家。家没有翅膀,也没有腿脚,有什么好看的?我无所事事,又去莫愁家,正看到莫愁爸爸从屋里出来,表情僵僵的像木偶。我退后一步,差点儿撞着另一个人,是莫愁妈妈,她正提着一篮子衣裳从河边回来。这对夫妻一个进门,一个出门,擦肩而过却不打招呼,彼此像是没有看见。

空气立时绷紧了。

我佯装只是路过,举手弄着篱上洁白的槿花往前走。大乌鸦吹着口哨从对面过来,用异样的眼光审视着我。隔了一夜,他鼻头的痘痘快要溃烂,好不丑陋。

"你是不是又到莫愁家去了?"

"什么又到?我一次也没有去!"

"昨天你去过,别以为我不知道,我跟踪你的!"

"去了又怎么样?"我觉得这家伙好没道理。

大乌鸦做出怕怕的样子,一边快走一边回头:"你眼睛里也有眼泪鬼了!"

我气得直跺脚,恨不得追上去,在他鼻头上砸一拳。

更气人的事还在后头。傍晚,我路过市场时,又见到大乌鸦、小乌鸦、小喜鹊和莺莺姐姐在厂棚里跳房子。我想要加入,还没有走近呢,大乌鸦高叫一声:"眼泪鬼!"他们竟然炸了窝,一眨眼就逃散了。

偌大一片厂棚只剩我一个。

我又气愤,又无奈,泪珠夺眶而出。

糟糕,他们没有跑远,纷纷从墙角柱后探出头,看到我流泪了。无法辩解,我只好站在那儿,瞪圆了泪朦朦的眼睛,忍着气说:"我没有眼泪鬼,不信就看看我的眼睛!"

脑袋一下子全缩进去,这一次他们跑得无影无踪。

我也跑,跑回家,缩在床角,泪如雨下。

中午,干活的人收工了。

吃饭时妈妈问我:"上午有没有好好看家?"

他们干活不肯带上我,我才懒得理睬。

爸爸说:"下午不要乱跑,跟我到莫愁家吃饭。"

我愣了一下,问道:"为什么到他们家吃饭? 我们从来没有请他们。"

爸爸淡淡地回答:"写纸呗。"

写纸,就是大人买卖房屋田地、分割家产什么的,要写合同。爸爸会写毛笔字,人缘又好,人家写纸多半会请爸爸到场。这种办大事的场合,菜肴特别丰盛,爸爸总想带上我,而我向来不爱去——人家请大人,小孩子跟着蹭吃喝,害不害臊呀。这一回我却无法拒绝,神秘的眼泪鬼一边在吓唬我,一边也在诱惑我。

下午三点多,爸爸带我到河里舒舒服服地泡了个澡,回到家中,妈妈说:"这就去吧,莫愁爸爸来请过了,菜都炒好了。"顿一顿,又说,"这种事,劝合不劝离。"

爸爸沉着脸,点一下头,拉着我的手出了门。

看样子这回写纸非同小可。

我问爸爸:"什么叫劝合不劝离?"

爸爸回答:"这是大人的事。"望见开满白花的槿篱时,又弯腰嘱咐我:"到了莫愁家,大人先要商量事情,你和莫愁到屋外玩,吃饭就叫你们。"

到了莫愁家,果然,菜炒好了,却是一碗一碗放在灶台上,桌上摆开几张黄棉纸,一支毛笔,一瓶墨汁。

莫愁妈妈坐在灶前,双手支着下巴,似乎在想心事。

莫愁爸爸坐在桌边,面朝大门,见到爸爸,站起来叫声"老丁",用手挠头。

莫愁家跟谁家写纸呀?怎么不见别的人?我好生纳闷,却见莫愁倚在后门那儿,正瞅着我。

爸爸给我递个眼色:"跟莫愁玩去,你不是有田螺手链吗?一起跳房子去呀。"

莫愁爸爸连忙说:"莫愁,你和老三到后面跳房子,大人要办正经事。"

大人一唱一和,看样子事先安排好的。

莫愁朝我招手笑呢。这是我第一次看到她笑,印象里只见过她哭,要不就是一个人失魂落魄。

我们两人来到芭蕉树边,房子是现成的,那是一座高高的城堡,虽然画得歪歪斜斜,但是格外可爱。莫愁让我先跳,我双脚夹住田螺手链向前一蹦,哈,运气不佳,手链压在线上。

我对莫愁说:"我输了,你跳吧。"

莫愁伸出脚尖把手链拨到格子中心,示意我继续。

我万万没有想到,莫愁待人这么好。然而,我不敢跟她对眼睛,看她只看鼻子,要不就看脸颊——她的双颊挂着泪痕,那不是新鲜的泪痕,而是长期流泪形成的洗不掉的斑痕,淡淡的,如同玻璃窗上雨滴留下的陈迹。

轮到莫愁了,她多开心呀,像小鹿一样在格子间跳跃,两把大刷子上下飞舞,向后摆腿时后跟都打着屁股了。

我目不转睛地看着她,又是喜爱,又是同情。没错,她爱哭,可是大家凭什么疏远她?她从来不会侵犯别人,爱哭也不是她的错,眼睛里藏着比老鼠还要狡猾的眼泪鬼,她也没有办法……"沙啦沙啦",芭蕉叶子骤然摇动。这是夏日的怪风,突如其来,而且毫无章法。我想看看风向,头一偏,左眼飞进什么东西,硌硌的,是一粒沙。

怪风几秒钟就平息了。

我用力眨眼睛,不管用,沙粒非常刁钻,藏到眼球下方去了。

莫愁伸手来碰我的眼皮,小巧的嘴唇花瓣一样卷起来,要给我吹眼睛。刹那间,我想起昨晚的梦,恍恍惚惚,不知是真实还是幻觉。

我生怕跟她对视,紧紧把眼皮闭上。

那细柔的手指,像植物卷须一样细柔的手指,轻轻掰开我的眼皮,啊,她的眼睛如此明亮,如此清澈,里头当真有个小人儿。

反正他们都不跟我玩,眼泪鬼,快到我眼睛里来,让我替莫愁流泪吧!

莫愁吹了一下,又吹一下。吹出的气息香香的,如同槿花吐露的芬芳,小小的旋风在眼角一转,眼泪便发大水似的喷涌而出,把沙粒冲了出来。我眨一眨眼,世界格外美丽,如同仙境,眼前之人融洽无间,好比自家小妹。

"吃饭了。"爸爸出现在后门,语气不带情绪,大概写纸那件事既不值得夸耀,也不值得懊恼,一碗水端平了。

我把手链向莫愁递着,没有说什么。

莫愁接过去,嫣然一笑,戴在自己细细的腕上。

进了屋,桌上的黄棉纸和笔墨不见了,莫愁爸爸和莫愁妈妈正在摆放杯筷菜肴,他们配合默契,面带喜色,好像占了大便宜。另一方怎还不来?写好纸不吃饭就走了吗?难道没有谈成?我想要问,话到嘴边被爸爸严肃的目光堵住了。

我和爸爸回到家,妈妈迎上来问:"怎么样?"

爸爸缓缓答道:"还能怎么样?早就商量好的,和和气气。"

妈妈似乎还有话说,瞅我一眼,又瞅一瞅坐在天井边捧着收音机听相声的哥哥姐姐,闭上了嘴。

我有大事在身呢,来到自己房间,拿着镜子站在白炽灯下照来照去,灯光昏黄,只照见眼珠闪闪发光。

上了床,我时而睁着眼,时而闭着眼,又害怕,又无助,辗转反侧,难以入眠。

早上醒来,第一件事就是照镜子。拿着镜子站到窗前,凝视自己的眼珠,噫,当真有小鬼,两只眼珠都有,我在外头看它们,它们在里头看我!

赶紧去找莫愁。不是去埋怨,也不是去邀功,而是去告诉我的好朋友,向她倾诉。

早饭吃得那么匆忙,喝稀饭都噎住了。扔下饭碗跑到莫愁家,却见大门挂着一把生锈的铁锁。绕到后面,后门上了闩。房子像一只巨大的蝉蜕遗弃在那儿,芭蕉在风中摇动,想要说些什么,却只会"沙啦沙啦"。

也许一家三口上县城了吧。中午去看,傍晚又去,主人没有回来。第二天还去,还是铁将军把门。

第三天吃晚饭时,我问爸爸:"莫愁家怎么老是锁着门?"

哥哥飞快地白我一眼,低下头,饭粒扒到鼻孔边了。

爸爸见我一脸忧色,解释说:"那天他们家写纸,是写离婚纸,我带你去是为了支开莫愁,免得她哭哭啼啼。大人离婚了,妈妈回娘家去了,爸爸带着莫愁到广东打工去了。"

我浑身一震,像是给雷击了一下:"莫愁什么时候回来?"

爸爸回答:"也许一年半载,也许三年五载……"爸爸叹一口气,又说:"莫愁现在还蒙在鼓里呢,大人瞒着她的……不过她早晚会知道……"

我鼻子一酸,眼泪大颗大颗落在自己碗里,姐姐递过手帕也不肯接。

妈妈好生讶异:"哭什么?又不关你事……"

哥哥趁机打报告:"他们都说老三眼睛里有眼泪鬼,跟莫愁对眼睛逗来的。"

叮！爸爸用筷子敲一下碗沿："那是人影子！你看别人的眼睛,近近的,盯着看,会看到小鬼头,那是你自己的影子。照镜子,凑近照,眼睛里也有小鬼头,那也是自己的影子。"见我还在哽咽,爸爸皱着眉头说："男子汉,别这样。"

我也觉得羞耻,可就是忍不住,只好掩面跑开。

我相信爸爸的话,然而,我多么希望当真有眼泪鬼。当真有眼泪鬼,大家就不会怪我爱哭,而是怪眼泪鬼。当真有眼泪鬼,我心甘情愿用眼泪养它们——我是替莫愁养的呀,虽然才在一起玩过一次,虽然只送过一串田螺手链,虽然不知何时才能相见,我们却已经成了最好的朋友,一生一世。

【作者简介】

小河丁丁,本名丁勤政,湖南人,曾在蓬街私立中学工作,现居家写作。代表作有《爱喝糊粮酒的倔老头》《牧笛哥哥》《蓑羽鹤之歌》等,曾获陈伯吹国际儿童文学奖、曹文轩儿童文学奖、小十月文学奖等。

第五编

悦 读

走进《诗经》现场

◎金阳春

"三百五篇,孔子皆弦歌之。"你能想象孔子依琴瑟而咏歌《诗经》的那幕情景吗?《诗经》本是民歌,篇章短小,语言通俗,重章叠唱,是最合适不过的流行音乐。但后来,《诗经》被置于六经之首,在一般人看来,经典似乎就是和通俗势不两立的,让人觉得高不可攀,无从下手;再加上语言演变、社会变迁、诗歌本身发展等因素的影响,《诗经》的文本不再通俗,让人望而生畏。

我热爱汉语,喜欢诗歌,《诗经》是我渴慕多年的阅读对象,但每每动了想读《诗经》的心,又往往止步于其佶聱难懂的文字。这样犹疑的心态持续了数年。终于,在2018年底,我被果麦文化出品的一套《诗经》版本打动,购买,摩挲,赏读,背诵……未开读《诗经》,我以为这是一趟需强大自制力才能完成的苦读之旅;而一旦开始阅读,却发现这是一次欲罢不能的让人身心沉浸的自在飞翔,其对大地生灵的朴素描绘,其对习俗的如实记录,其对情感的细致诉说,让我深切感受到了不同于唐诗宋词的另一番清新之美、质朴之美、深沉之美。

这套《诗经》由复旦大学教授骆玉明解注,配上日本江户时代细井徇撰绘的《诗经名物图》,让我这个本就对植物怀有一腔热情的语文老师欣喜不已。对照细井徇的图片,《诗经》里那些陌生的植物名在周遭的山林田野、一年四季里有了熟悉的身影。"参差荇菜,左右流之",乡土味的"荇菜"原来是有着可爱圆叶子、娇柔黄色花朵的水景佳品,那纤柔姿态正如"窈窕淑女"般让男子辗转渴慕。"采采卷耳,不盈顷筐",有着可爱名称的"卷耳"便是我们在野外避之不及的苍耳,生命力顽强,长有硬刺,一旦贴附于身,揪都揪不下来。《卷耳》中的抒情女主人公采摘苍耳的幼苗嫩叶为食物,可看出这个底层妇女的艰难生活,丈夫又服役在外,"嗟我怀人",思念来得何等遥遥无期啊!"于以采蘩,于沼于沚,于以用之,公侯之事","蘩"原来就是清明前后常见的鼠曲草呢,江南人常用来揉入糯米粉中做成呈碧绿色的团子。《采蘩》中,这种植物做成的食物常用于祭祀,是不是觉得我们今天在清明节以青团子上供祖宗的行为与几千年前的先人有遥相呼应的亲切感?这便是文化的传承吧!"摽有梅,其实其兮……摽有梅,其实三兮……摽有梅,顷筐塈之……",随着梅子的由盛转衰,女子恨嫁的心越来越强烈。那颗几千年前让女子心旌摇曳的梅子在今天可熏制为乌梅,可盐渍为话梅,可青梅煮酒……难道不是一场奇妙的邂逅?"焉得谖草,言树之背,愿言思伯,使我心痗","谖草"即萱草,俗名黄花菜,又名忘忧草,《伯兮》里深情的妻子便希望种植谖草来缓解强烈的思念情,聊以解忧……一趟《诗经》之旅走下来,我边读边查阅,努力实现孔子建议的"《诗》,可以兴,可以观,可以群,可以怨。迩之事父,远之事君,多识于鸟兽草木之名"的目标,从这些美丽的生灵中一窥几千年前人们的生活,在野外随处可见的这些绵延不休的植物上感受先人的喜怒哀乐。

"民以食为天。"饮食文化是中华文化中相当具有民族特色的一部分,《诗经》中关于当时饮食文化的记载让已在现代化生活中浸润太久的我们重新感受到大地的味道,感受到四季的变迁。《诗经》305 篇中共出现 63 次"酒",可见,作为以粮食种植为主的古代农业文明的一个分支,"酒文化"在当时已然形成,如"我有旨酒,嘉宾式燕以敖""伐木于阪,酾酒有衍""君子有酒,旨且多""傧尔笾豆,饮酒之饫"……酒被分为用于祭祀的"事酒",成年窖藏的"昔酒",用于祭祀的"清酒",还有醇美的"旨酒",用于犒赏重体力劳动的"酾酒"……喝酒的规矩上,"人之齐圣,饮酒温克",意即喝酒时要向圣人看齐,酒风温和,酒量有度。如果实在盛情难却,的确喝醉了怎么办?"既醉而出,并受其福",意即喝醉了主动离开,在筵席吵嚷对大家都不是好事。这些对喝酒的规范正与《论语》孔子所教导的"唯酒无量,不及于乱"相呼应,确实是理性克制的民族气质啊!

"尔酒既旨,尔肴既佳。"酒既美,"肴"也当佳!《诗经》中提及130科植物,200科动物,可谓菜色丰富。就单单讲荤食吧,荤食涉及兽禽鱼等,工具上狩猎以网、箭,渔则以网、钓,必要时人们也与野兽肉搏,所以男子田猎时的豪迈形象就具有摄人心魄的魅力,如"叔于田,乘乘马,执辔如组,两骖如舞",何等勇武!当然,饲养也已经开始:"执豕于牢,酌之用匏",已有猪被圈养了;"取羜以軷,载燔载烈",人们吃羊肉,也用羊肉祭神灵和祖先,"羔裘"更是人们御寒的必备用品;"鸡栖于埘""女曰鸡鸣,士曰昧旦",鸡已和人类形成依附关系了;"舒而脱脱兮,无感我帨兮,无使尨也吠""卢令令,其人美且仁","尨"与"卢"分别是长毛犬与大黑犬,狗的看家功能与狩猎功能已被挖掘,狗逐渐成为人类的忠实伙伴……

学者郑振铎说:"在全部《诗经》中,恋歌可说是最晶莹的圆珠圭璧。光辉竟照得全部的《诗经》金碧辉煌、光彩炫目。"的确,《诗经》中植物很美丽,习俗很亲切,但若没有那些恋爱、相思、决绝、苦恼,只能是单调乏味的百科全书而已,又怎会有延续千年的魅力?

《匏有苦叶》中,女子安然地在渡口看着水茫茫、鹭雉鸣,等待时间流逝,这份安然,是因为有爱人的承诺吧。但是,当船夫摇船回岸问渡时,女子只能以"卬须我友"(我等待我的朋友)来解释,甜蜜的等待中有没有一丝丝忐忑?"未见君子,忧心忡忡……未见君子,忧心惙惙……未见君子,我心伤悲……",《草虫》中的女子对丈夫那股浓烈的思念只能以"陟彼南山,言采其蕨(薇)"的劳作来消解一二,只能以虚幻的"亦既见止,亦既觏止,我心则降"的自我安慰来消解一二,想象的喜悦越浓,思念之情就愈切。

"野有蔓草,零露漙兮。有美一人,清扬婉兮。邂逅相遇,适我愿兮。"只是因为在人群中多看了你一眼,再也没能忘掉你的容颜,我心满足而快乐。"求之不得,寤寐思服,悠哉悠哉,辗转反侧",男子真心地爱上了善良贤淑的女子,那种求而不得的苦恼多么可贵。"静女其姝,俟我于城隅。爱而不现,搔首踟蹰",约会时的小捉弄,日后想起来都是甜蜜的回忆吧!"彼采葛兮,一日不见,如三月兮",深深地爱上了,只渴望能时时刻刻厮守。"桃之夭夭,灼灼其华,之子于归,宜其室家",把最美最善良的女子如愿娶回家,这个家从此成为最幸福的居所。

当然,不是所有的爱情都有美好的开始与结局。"将仲子兮,无逾我里,无折我树杞。岂敢爱之?畏我父母。仲可怀也,父母之言亦可畏也。"当所爱的男子不是很合父母、亲人的意时,约会就显得战战兢兢了,面对未来也更无从计划了。"彼狡童兮,不与我食兮,维子之故,使我不能息兮。"爱情中谁更在乎对方多一些,谁就更卑微,低到尘埃里了。这份委屈,今人何尝不知?"青青子衿,悠悠我心,纵我不往,子宁不嗣音?"女子爱上了有才华的书生,爱得死心塌地,又嗔怪对方对自己不够用心,书生会理解女子的任性埋怨吗?"三岁为妇,靡室劳矣,夙兴夜寐,靡有朝矣,言既遂矣,至于暴矣。"自由恋爱结合的婚姻依然遭遇背叛,沉湎于爱情究竟会收获什么?是幸福厮守,还是失望决绝?这是从古至今相爱之人不停息地在探索的谜团吧。

海德格尔说,人的本质目的是诗性地活在大地上。诗是对生活的揭示、还原、歌唱、吟咏,在创作与歌咏间享受美感,得到自由。走进《诗经》现场,我亲见了《桃夭》的繁华、《蒹葭》的企慕、《无衣》的慷慨、《山有枢》的豁达、土国城漕的劳苦和死生契阔的悲凉,似乎回到我们民族的源头,亲见当时的民风民情。那种清新的植物之美,质朴的习俗之美,或深情或苦恼或绝望的爱情故事,还有"不知我者,谓我何求"的委屈,"乐郊乐郊,谁之永号"的悲愤,"夭之沃沃,乐子之无知"的哲思……直抵心间,无可比拟。

庄子说:"吾生也有涯,而知也无涯,以有涯随无涯,殆已。"世上书籍浩如烟海,以有限生命阅读无限书籍,荒谬至极!但,"没有一艘船能像一本书,也没有一匹马能像一页跳跃着的诗行那样——把人带向远方。这条路最穷的人也能走,不必为通行税伤神——这是何等节俭的车——承载着人类的灵魂"。阅读是最容易让人的灵魂走向高远的一个路径。经典有限,《诗经》,"诗"之"经典",生命短暂,只有阅读可以延长、丰厚生命,就让我们从走进《诗经》现场开始吧。

【作者简介】

金阳春,2001 年毕业于台州学院,现任教于台州市宁溪中学。其《怒放的生命,比春天灿烂》获 2017 年市直读书征文活动一等奖,《天涯何处无芳草,从容人生皆深情》获 2018 年浙江省第十三届读书征文一等奖,《走进诗经现场》获 2019 年台州教育系统读书征文比赛一等奖。

起风的夜里，玻璃终于碎了

江一郎《我本孤傲之人》读后感

◎温德斌

　　已故知名诗人江一郎，就在我生活的小城温岭。我们并非相识，我只见过他一次，远远地，在九龙轩。那是《三角帆》改稿会，留着长须的他不停地抽烟，在烟雾弥漫里谈诗。那个秋日的下午，他说了不少话，我清楚记得他热情地点评一位初学者的创作笔记，还记得他说的"读不懂的诗，就不要去读它，可能它不适合你""诗歌并不适合所有的人，有些人一辈子写的可能都是非诗"这样的话。

　　如今，这本《我本孤傲之人》就打开在我面前，它从头到尾闪烁生命的悲悯之光。尽管20年来，我断断续续读过江一郎不少诗，感受过其诗歌里的悲悯气息，但一旦它们装在同一本诗集里，原先那些零散的光芒便集束而来，密密匝匝，让人有一种痛入骨髓之感。

　　我以为一个诗人的悲悯是从自身开始的。江一郎的悲悯最先在他对自我命运的观照中实现，通过思考自身从而引发对生命的思考。作为个体，他在时光的长河里渺小如沧海一粟，而他的生命又坚韧不拔，在和死神的拔河中，他看透了生命的本质。诗人的悲悯里充满了对死亡的谶语、对孤独的淡然和对人生的达观。面对苦难，他"悲从中来/但不觉得那是一种羞辱，他极力修补/生活依旧漏洞百出"（《我本孤傲之人》），他知道有一天他会走在别人的前面，但是他相信诗歌永恒的力量，所以能坦然面对：一个人死了/再也不管我们了/一身铁打的骨头化为灰烬/他化成灰烬，为何/又那么残忍地飘落/压在我们心头(《怀念一个人》)。

和诗人杜甫一样,江一郎的悲悯情怀没有停留在自斟自饮的狭隘之中,而是从人生转向亲人,转向众生,转向万物。像一颗石子扔在生命的河里,他的波澜可能很小,但是涟漪不断由内向外扩展。他的悲悯之光从"妻子的白发"到乡下的"姨妈",从"母亲"到"瞎婆婆",从"冰河上的女人""想起一个老妪",从"提灯的人"那"听一位牧羊老人唱花儿"……单单从这本诗集中的诗题上,我们就能把握到一个现实主义的苦吟人,他诗歌的血管里充满悲悯的脉动。

窃以为,江一郎诗歌里最动人的悲悯不仅在于人世,更"在低处,甚至更低,多少庸常的事物/被我看见,又常常被我漠然地/遗忘在生活的角落里"(《在低处,甚至更低》)。有一首歌唱到"要不是痛彻心扉,谁还记得谁",并不是每一个生活在体制之外的人,都会有这种悲悯。一个诗人如果对身边庸常的事物毫无观照之心,对那些底层的艰难熟视无睹,他就永远无法在诗歌中传达出那种悲悯。在对生命的无常与人世的坚忍之中,他又看到了从底层发出的宗教般的力量和光芒。他"说出了旁人想说却又无法说出的思想"——西行的路上/我赶上一个朝圣的人/他用额头走路/我让他上车,他摇摇头/说,你的车到不了那儿(《向西》)。

这就是江一郎独一无二的语言,永远不会有那种生涩,每一首都那么直指人心,又那么冷峻、犀利,他不屑于玩那些故弄玄虚的神秘,也不会堆砌各种奇怪的意象,而是从日常的生活中提炼出语言背后的锋芒,将每一个词句锻造得那么沉默,又那么铿锵。

现在,江一郎,这个人走了,"走在我们的前头/他在路上,刚才还走得好好的/说倒下就倒下了"(《怀念一个人》),在这物欲横流、诗歌式微的年代,他倒下了,像一块玻璃,在破碎之前,我们"不知道他有着怎样揪心的隐痛/又在巨大的忍耐中/坚守着什么……我不知道该为它难过/还是为它庆幸/他碎了,在起风的夜里/松开了自己的生命"(《玻璃终于碎了》)。

【作者简介】

温德斌,温岭市泽国五中语文教师,有诗歌、时评等各类文字100多篇发表于各类刊物。

再读《雷雨》

◎张璐瑶

　　第一次接触《雷雨》，是在高中语文课本上，那时并没有意识到这部作品在中国现代文学上的地位和作用。后来，我也看了易卜生版本《雷雨》的话剧节选，在当时的欣赏水平下，觉得演员演得非常好，神情非常夸张，情感非常疯狂，雷声霹雳配合得非常震撼人心，以至于在之后读《雷雨》文本时总有种歇斯底里和悲怆的基调。

　　重新翻读以前粗粗掠过的文学名著，总想读出深度来，或者可以单刀切入作者的思想内涵，可以对其隐含意义进行一番深刻剖白。只是一本书在眼前，文还是文，字还是字，似乎也并没有什么不同，因此，看着书桌上的《曹禺经典戏剧选集》，老旧的纸张，陈破的页面，我有点灰心。

　　窗外飘来一阵狂风，雨点"噼里啪啦"就砸下来了，雷阵雨！我一震，像是某种感应，几乎是下意识翻到《雷雨》，莫名地渴望外面再多打几声雷。书本上，曹禺先生在缓缓地铺成开他的序言——我不知道怎样来表白我自己，我素来有些忧郁而暗涩，在孤独时如许多精神总不甘于凝固的人，总是困恼着自己……

　　他提到宇宙人生的残酷性："宇宙正像一口残酷的井，落在里面，怎样呼号也难逃脱这黑暗的坑。"于是，对雷雨敲定的印象便是残酷的，黑暗的。刀剑淋漓的现实，再难找出其他可供欢欣的因素，似乎让人栽进去了便爬不出来了。

　　不过，也托了这些原定基调的福和风雨雷交加的阅读环境，周身都感觉到一种阴暗中带着潮气的色调，悲怆和冷意渐渐渗入文本，呼吸之间竟能体味出紧张和压迫。

　　曾经观赏过的影像早已模糊,现如今跟着文字走,抽象和形象的人物与环境在我的大脑里构造,我万分珍惜地把握住这难得的意境和灵感,让一幕幕老旧的画面不甚清晰地呈现。

　　开篇序幕,一间宽大的客厅。冬天,下午三点钟,在某教堂附设医院内。

　　棕色的门,门身笨重,旧花纹,厚帷幔,深紫色的,门漆已蚀了。暗涩的光,阴沉而气闷。

　　环境开始渲染,人物纷至登场,一幕又一幕的戏剧展开,即使已被剧透,也在某些场景随着文字蹦入眼帘时感到心神一震。

　　翻过全篇后,心情难平,涌动着无可奈何的悲哀,想那些人物,想人物中的人性,人性后的社会,社会里的矛盾交织、爱恨纠缠。

　　背景、情节、高潮、结局都在雷雨之夜,"雷雨"作为整个作品的自然环境,具有深刻的象征意义,许是心理环境,沉闷、压抑、令人窒息的气氛;许是社会环境,半殖民地半封建的抑郁空气和一场或是痛斥社会或是改变现实的雷雨将要伴随着闪电袭来。这是封建大家庭的罪恶和工人与资本家之间的矛盾冲突,以及正在酝酿社会大变动的 20 世纪 20 年代的中国社会现实。

　　一场伦理的悲剧。伦理是规矩的、约束的,打破伦理的锥子是尖刻的,牵连着无情和无辜的死亡。周冲和四凤,他们该是整个故事里最无辜的角色,却不得不作为牺牲品去牵引读者思考人性。

　　周冲是五四运动后成长起来的一批年轻人的代表,接受新的思想,勇于反抗封建,却更善于空想。四凤勤劳善良,热爱生活,听任命运,他们的性格和关系并不是复杂性的核心,只是一个引子,引出封建资产大家庭里的矛盾。

　　他们是无辜的,无辜的不止是他们。故事的源头是周朴园,旧社会的资本家,唯利是图,抛弃鲁侍萍,贪婪无情,只是他是最后唯一一个完整无缺的人,在天性的性格下,在时代的促成中,他是一无所有还是适得所有,放至在那样的背景和时代中,也许谁也不能做出一个清晰的评定。

　　周朴园的对立面的代表人物鲁大海,工人阶级的典型代表。他在多重压迫下,激烈反抗,反抗精神被彻底地展现出来。他没有血缘关系的儿子鲁贵是贪婪的,呈现出一副市井之气、小人之鄙。

繁漪是特别的。她的性格里有一股不可抑制的"蛮劲",这使她能够忽然做出不顾一切的决定,她爱起人来像火一样热烈,恨起人来又像火一样把人烧毁。生活在周朴园这样一个牢狱式的家庭中,她痛苦而绝望,因压抑而爆发,对封建礼教接受又反抗,并且反抗失败,于是乱伦和吃药,终至粉身碎骨地疯狂。她也只能疯。

繁漪与周萍、周萍与四凤双重乱伦的故事,尚在悲剧的表层;深化了的悲剧是人对自我选择的被限定性的反抗,以及反抗的无意识所造成的对他者的冲撞。曹禺先生在情节与人物的构造上将悲剧渐次展开,形成不可言诉的张力,将粉饰在社会秩序和家庭伦理上的温情面纱撕毁,从而审视人类复杂深邃的灵魂。当人被放置在激烈的戏剧情境之中的时候,意志和性格的较量,蒸腾出一片狰厉可怖的气息。两性之间的战争、被动选择与自我承担的矛盾、反抗动机与毁灭前提的逆转,形成《雷雨》中令人喘不过气来的悲剧情结,也触及到了人类带有哲学性的悬而未决的问题。

难以想象,那时的他,只有 23 岁。

除却复杂的矛盾情感、扭曲的人物性格,曹禺先生对戏剧的掌握和创新的构思也让人惊叹。他巧妙地将一个大家庭几十年的恩怨情愁浓缩到一天来表现,仅用了 4 幕剧、2 个场景。在如此集中的地点和时间上渐次展开资本的压迫、冷漠的人性、畸形的爱、反抗封建束缚的勇气,以及命运的无情和悲剧的无可避免性。8 个人物勾出一整个社会的图景。

背景是阴暗的,基调是压抑的,社会是罪恶的,整部剧充满了危机和满溢的黑暗现实。周萍、四凤、周冲,还有繁漪,一直都处于一种想要逃离却无路可逃的状态里,只好反反复复地挣扎和痛苦,没有出路,没有自由。

从作品到作者,曹禺先生说他是苦闷的,是孤独的。他渴望自由,却在社会和人性,以及生命里感受到不得解脱的压抑,于是将生命的血泪化作文字,《雷雨》就是"在发泄被抑压的愤懑"。他凭着锐敏而深刻的直觉,用"光怪陆离"的社会现实去折磨他笔下的人,笔下的事,笔下的情感,还有他自己。

优秀的作品总是关乎人性,关乎哲学,关乎宇宙。在看完全本之后再次阅读曹禺先生自己写的序言,他从这样自然和宇宙的大视界来俯瞰人类,对现实人生的发现、对灵魂的深度揭示是对人和人性的人文关怀,但他的关怀不再是温和的春风。社会、时代、人性,以及他自己,都需要一场雷雨,一道惊醒的、尖利的、可以劈开黑暗现实的雷电。

【作者简介】

张璐瑶,90后青年教师,毕业于福建师范大学,现就职于新前街道中心小学。笃信文字,热爱生活。阅读和创作,是生命中的一道光。

读杨绛《我们仨》零碎札记

◎叶海鸥

　　其实,我最怕读书,最怕读这类"从此只有死别,不再生离"的文字,潜藏在字里行间的那份蚀骨的伤与痛是我浅薄生命中所不能承受的生命之重。所以,感性无知的我排斥一切书写"死别"的文字,明知这种"讳疾忌医"尤为可笑与荒唐,但是我原意。所以,《我们仨》也在我的排斥、抵制中。

　　直至上个周末,在小儿的枕边重拾了那本列入书籍"黑名单"的《我们仨》……

　　　　"我抚摸着一步一步走过的驿道,一路上都是离情。"
　　　　"一九九七年春,阿瑗去世。一九九八年岁末,锺书去世。我们三人从此失散了。就这么轻易地失散了。"

　　读来句句是离人泪。每一个平静的文字里,我分明触及了"一只又一只饱含热泪的眼睛",也分明触及了那一汪深不可测的深情。在翻阅那本牛皮纸书面的书时,那份深情中的"失散",是阴阳相隔,是从此"永失",那份铺天盖地的悲情吞没了这个春日里所有的明媚与爽朗。

　　　　"我想去看我爸爸,可是我腰痛得不能弯,不能走动,只能站着。""她又提醒我说,妈妈,你不要走出后门。"

　　那声声句句里的"我想""我不能""你不要",写尽了一个女儿对生命的不舍,更有对父亲的记挂和对母亲的放不下。所有的情愫交割着我心,我真得看不得这些,听不得这些,可它真实地上演在杨绛先生真实的生命里,先生该如何承受?"我说,自从生了阿瑗,永远牵肠挂肚,以后就不用牵挂了,我说是这么说,心上却牵扯得痛。"为人母的那份痛深入骨髓,无以复加,我似乎也能感同身受到那份灼热的痛与苦。可生活还得继续,生命还得继续,不是吗?即使生活虐我们千百遍,我们哪怕噙着泪也依然要一腔热诚地高歌欢进。

这份痛失爱女的悲情,让我想起去年暑假惊闻我们一同事的儿子,一个刚刚考进温中,很乖、很优秀的男孩,在他年华正好时,却被确诊为"恶性肿瘤"。我的那位同事,一夜白发,从此憔悴。是啊,儿女是我们的心头肉,如果可以,我们情愿那个被确诊的是自己;如果可以,我们情愿移植那个该死的肿瘤;如果可以,先生情愿代替阿瑗先行一步……可是生活太铁面,没有任何的如果。那一段时间,我不敢去探病,哪怕连一个电话、一个微信都不敢发。因为人到中年,又为父母,我们深知任何一句问候与宽慰都会无限度地掀起狂风巨浪,一遍又一遍地啃噬这位母亲本已支离破碎的心。我不知道我的同事有没有看过杨绛先生的这部《我们仨》,如果有,那将是一种怎样的情感倾覆与吞没。"我们与世无求,与人无争,只求相聚在一起,相守在一起。"可是上天没有恩赐满足这位母亲小小的心愿,最终还是带走了她"生命中的杰作"——阿瑗。让她"变成了梦也无从找到她,我也疲劳得无力变梦",那份疲劳是心力交瘁后的无望与心痛,是"从今往后,只有死别"的彻肌彻肤之痛。

岁月静好,是天下所有父母对孩子的底线期望,可有时造化弄人,天不遂人愿,如阿瑗的早逝,如同事儿子的噩耗。唉,生活中可怕的不是一地鸡毛,而是一地鸡毛都没有,是一份赤裸裸地失去至爱。

"绛,好好里(好生过)。"

这是钱先生留给他至爱妻子的最后嘱咐与牵挂,更多的是不舍。忆及当年钱先生的深情表白:"在没有认识你的时候,我从来都没有结婚的念头;

在和你结婚后，我从未想过要和其他人结婚。"今生夫妻，永世深情。所以，即使钱先生的晚年生活都在病病痛痛中走得好缓慢，他们彼此都不觉得这是生命的一种煎熬与累赘，而是一种陪伴、一种取暖。就像书中所言的："我曾做过一个小梦，怪他一声不响地忽然走了。他现在故意慢慢儿走，让我一程一程送，尽量多聚聚，把一个小梦拉成万里长梦。"一切病痛中的痛苦与煎熬都成了他们永不离弃的陪伴。的确，这世上"最长情的告白就是陪伴"，钱先生与杨绛先生为此做了最好的诠释。

"离别拉得长，是增加痛苦还是减少痛苦呢？我算不清。但是我陪他走得愈远，愈怕从此不见。"那份天崩地裂的惧怕在 3 年前，我真切体验过。那年，罗爸在单位体检中被查出肠道外有一个四五厘米长短的肿瘤，小心谨慎的医生跟我们说了可能出现的最坏的化验结果。那段时日，我独自一人奔走于温岭与上海之间，是如此地无助与绝望。自从与罗爸结识之后，从来不曾独行过。当一个人提着行囊打车去车站时，我会流泪，我从来没有一人出门，更没有一人返程过；当在动车站找不到取票口，四处打听时，我会流泪；当一个人坐动车，看着周围都是陌生的面孔与笑靥时，我会流泪。那段时日，我时常坐着坐着，就泪流满面；走着走着，也泪流满面，我不敢想象那个万一出现的最坏的结果。不过，我们是幸运的，最后的化验结果是所有预料当中最良好的一种。于是，我们仨又可以一起出门旅行，一起返程，一起回家，关起门来一起过着柴米油盐酱醋茶的平庸至极却也快乐至极的小日子。与爱人携手，即使生活悲苦，却"能任性啼哭，还有百般劝慰，是多么幸福"。我是幸运的，亦是幸福的。

而杨绛先生却没有这般幸运，最终他们仨还是失散了，无论有多不舍，多惧怕，他们都回去了。世间万般人都可以平凡幸福到老，唯独先生一家却没有"小说和童话故事那样的结局：从此他们可以永远快快活活地一起过日子"。一直渴望"日常相守"，却一个个先先生而去，于常人这是一种伤心欲绝的痛，是一种撕心裂肺的痛，而先生只把这份蚀骨的痛交付给了温婉平实的文字。巨痛与平静，那是无以复加的剧痛。

　　"我一个人，思念我们仨。"

　　"往者不可留，逝者不追；剩下的这个我，再也找不到他们了。

　　我只能把我们一同生活的岁月，重温一遍，和他们再聚聚。"

　　人生多少悲欢事，尽在平淡不言中。温婉平实的文字，看似波澜不惊，却波涛暗涌，那里蕴藏着一份怎样刻骨铭心的痛与苦？而在先生笔下仅一句"世间好物不坚牢，彩云易散玻璃脆"的感叹而已。

　　面对至亲的离去，先生只能在他们仨的三里河的寓所里，孤独地以一个"万里长梦"，记录了这段生命之痛，但她没有刻意去渲染这份生命的悲情，而只是轻描淡写他们仨的过往点滴。轻描淡写，不是不爱，而是大爱无言，至爱无声。就像李咏先生的亡故，其妻哈文的那句"永失我爱"，让我们身在家庭中的人不忍读，不敢读，字字泣血，伤痛无言。在先生极家常的回忆中，我们看到了一个平凡的女子，为爱甘心情愿成了"灶下婢"，甘心情愿为他们"洗手作羹汤"，甘心情愿到异国他乡当个"旁听生"，甘心情愿当个"散工"，而且"只愿做散工"，她甚至甘"愿变成一块石头，屹立山头，守望着我已经看不见的小船"……然而所有的甘心情愿的放弃也没有让他们"岁月静好，现世安稳"。读之，心甚是不甘。

　　我们更多时候把物是人非之后的回忆，当作一种噬毒，当作重新揭疮疤，让那份渐渐沉静了的伤痛再次掀起狂澜。而先生则把这份回忆当成一次重新聚首，即使活在心酸的回忆中，也能咀嚼出如此一份甜美，唯有钱锺书心中的这个"最贤的妻最才的女"，杨绛先生是也。所有经历过的悲欢离合 7、大起大落，在先生眼里是一种淡定自然，如鱼得水，冷暖自知。人如都能活得如此通透，也算是对所爱之人的不辜负，对生命的不辜负。

　　最后，以杨绛先生的百岁感言做结吧，与诸君共勉：

　　"我们曾如此渴望命运的波澜，到最后才发现，人生最曼妙的风景，竟是内心的淡定和从容。我们曾如此期盼外界的认可，到最后才知道，世界是自己的,与他人毫无关系。"

以此致敬杨绛先生!致敬《我们仨》!

【作者简介】

叶海鸥,笔名石见,温岭市泽国二中语文老师,温岭教育作协会员。偶有文字获奖或在《台州文学》《温岭日报》《海风》等刊物发表。

漫谈《倚天屠龙记》中的爱情

◎曹伶文

历史上,男儿在重大事情抉择前,时常会有忠孝难两全的冲突。而生活中,女子也会遇上那么一二回忠孝难两全的选择。男儿的忠孝,多的是表现在君国之忠,亲情之孝;女子的忠孝,多的是表现在爱情之忠,亲情之孝。在亲情与爱情发生冲突时,金庸对《倚天屠龙记》里几位女子的安排,仔细想想很有意思。这里提的是小昭、赵敏、周芷若、蛛儿、杨不悔对张无忌的爱情。

小昭为了亲情,为了失贞的母亲(嫁于韩千叶)免予一死,自愿放弃对张无忌的爱情,替代母亲去做了波斯明教的圣女(并马上接替了教主)。小昭的选择来得突然,几乎是快刀斩乱麻式的。那张无忌是如何看的呢?在几位女子中,小昭最为漂亮——张无忌在光明顶秘道出来时,暗叹波斯女子鼻高,肤白,比中原女子美得尤胜一筹。小昭对张无忌最贴心,最关爱,因为她一直作为张无忌的仆人存在,为他的起居,为他的日常生活照料着。对于一位成功男子来说,对于中国传统的道德观念来说,她应该是张无忌婚姻的最佳选择。然而,张无忌对小昭的爱,并没有表现得更为彻底。也许,张无忌顾忌到在她出现之前,他已经对别的女子表达过爱意,甚至婚姻,如答应过娶蛛儿为妻。所以,张无忌对小昭的放弃,几乎没有很往心里去。

赵敏夹在爱情与亲情之间的压力最大,规格也最高,因为涉及忠君之情,所以最为悲壮。但她最终忠于爱情,宁愿断绝父女之情,甚至宁愿叛君,与张无忌私奔。为了逃婚(与札牙笃王子的婚姻),他还不惜牺牲哥哥的生命——虽然这只是一出被人导演的戏,但她是在完全不知道的情况下参与了这场戏。而张无忌又如何做的呢?也许,正因为男子都喜欢顽劣一些的女子,张无忌虽然爱佳人(小昭),爱孩子时代的(周芷若、蛛儿),但都比不上对赵敏的爱——当然,赵敏同样爱他爱得付出了一切。于是,正因为张无忌的主观原因占上风,就有了与赵敏"有情人终成眷属"的喜剧。

周芷若在亲情(师训)与爱情间最为悲苦。师父临终前逼她发下的毒誓,让我们对灭绝师太的"灭绝"认识得更为深刻。而周芷若对张无忌的爱情也是刻骨铭心。她一直在亲情与爱情之间摆动,可以说两者的冲突力量不相上下,甚至连作者都无法作出明确的选择。所以,让周芷若一度选择了爱情,而不顾对师父发下的毒誓,与张无忌结婚。可惜,在成亲的关键时刻,让赵敏因救"金毛狮王"的事来扰乱了,戏剧性的,也是必然性的,安排了周芷若对张无忌的由爱到恨。由此,周芷若即使放弃对张无忌的爱情,也不再是她的错,也不能说她对爱情不忠了。而张无忌对周芷若爱情的不忠却表现出来了——他在亲情与爱情前选择了亲情,他负了周芷若,而去救父义。作者把周芷若在亲情与爱情之间的抉择之后,迅速的,如此轻易的抛给了张无忌,实在是作者安排的高明之处,巧妙之极。这也为周芷若嫁不得自己所最爱的人,后来,宁愿嫁给最爱自己的人(宋青书)找到的理由。当然,从某种角度上讲,宋青书是女子最佳的婚姻选择。有人说:"善良的男人,在关键时刻会放弃小家庭的利益而顾全别人。而'恶'人自私,在小家庭与别的利益发生冲突时,会很在乎小家庭。女子往往在婚前都喜欢善良的男人,这是没办法的事。"宋青书就是个宁负天下人,也不愿负情人的"恶"人。他对周芷若的爱超越了一切,甚至不惜弑叔叛门。所以说,要得到个人的幸福,嫁给宋青书是没错的。

蛛儿(阿蔬、殷蔬),可以说不但没有亲情与爱情之间的冲突,而且亲情是有助于推动爱情的,因为张无忌与她是表兄妹。但可怜的蛛儿,成为周芷若完成师命的牺牲品。虽然她并没有真的死去,但她因为"死",而错过了与张无忌从爱情到婚姻的完美结合。虽然她"死"前,已是张无忌名义上的妻子——张无忌也答应过娶她。她在心里早就把张无忌当丈夫了。可她至"死"也不知道自己爱上的阿牛哥,就是死心塌地,日夜追寻的张无忌。这真是一出无言的悲剧。

这四位女子对张无忌的爱,可以说都一往情深,不可以比深浅的。只有杨不悔对张无忌的爱,在这四位中稍逊一些。

杨不悔,如果真爱上张无忌,那可以说是没有亲情与爱情冲突的,但她对张无忌即使有过儿女情长,可更多的是兄妹之情,所以她能很快陷入另外的爱情中,一种怜悯之心的爱情(报答殷六侠对母亲的爱情)。不悔对殷梨亭的爱情,是有沧传统道德的,即使是今天,也叫人难以接受。所以她的阻力,应该非常巨大。从逻辑上,从传统看法上,这同《神雕侠侣》中杨过与小龙女的爱情遭到整个社会的阻力,令人不齿与唾弃,应该是一样的。不过,金庸让不悔有个比较开明的父亲(杨左使),就让大事化小,小事化了。想必,杨不悔的爱情不是小说的重点,所以金庸如此轻巧而过。

【作者简介】

曹伶文(离骚之痛),1971 年出生,台州市路桥区腰塘小学教师,浙江省作协会员。作品散见于《山花》《星星诗刊》《诗歌月刊》《杂文月刊》《百花园》《文学港》以及原《东海》等刊物,《遗落的玫瑰》获诗刊社"金马车丛书"优秀诗集。另出版小说集《百合心》《把猫关在兔笼里》,与人合著《台州十友十年诗选》。